USINA

JOSÉ LINS DO REGO
USINA

Apresentação
Mariana Chaguri

São Paulo
2021

© **Herdeiros de José Lins do Rego**
20ª Edição, José Olympio, Rio de Janeiro 2010
21ª Edição, Global Editora, São Paulo 2021

Jefferson L. Alves – diretor editorial
Gustavo Henrique Tuna – gerente editorial
Flávio Samuel – gerente de produção
Juliana Campoi – coordenadora editorial
Sandra Brazil e Adriana Bairrada – revisão
Mauricio Negro – capa e ilustração
Fabio Augusto Ramos – diagramação

Dados Internacionais de Catalogação na Publicação (CIP)
(Câmara Brasileira do Livro, SP, Brasil)

Rego, José Lins do, 1901-1957
Usina / José Lins do Rego ; apresentação de Mariana Chaguri. – 21. ed. – São Paulo : Global Editora, 2021.

ISBN 978-65-5612-107-9

1. Ficção brasileira I. Título.

21-67958   CDD-B869.3

Índices para catálogo sistemático:
1. Ficção : Literatura brasileira   B869.3
Aline Graziele Benitez - Bibliotecária - CRB-1/3129

Obra atualizada conforme o
Novo Acordo Ortográfico da Língua Portuguesa.

Global Editora e Distribuidora Ltda.
Rua Pirapitingui, 111 — Liberdade
CEP 01508-020 — São Paulo — SP
Tel.: (11) 3277-7999
e-mail: global@globaleditora.com.br

Direitos reservados.
Colabore com a produção científica e cultural.
Proibida a reprodução total ou parcial desta obra
sem a autorização do editor.

Nº de Catálogo: **4415**

Sumário

Crítica social e os novos tempos do "ciclo da cana-de-açúcar", *Mariana Chaguri* 7

Nota à primeira edição, *José Lins do Rego* 15

PRIMEIRA PARTE
O retorno 21

SEGUNDA PARTE
Usina 75

Cronologia 365

Crítica social e os novos tempos do "ciclo da cana-de-açúcar"

Mariana Chaguri

No curto prefácio que escreve à *Usina*, José Lins do Rego recupera algumas impressões sobre seu "ciclo da cana-de-açúcar" que, em 1936, julgava concluído.

> Com *Usina* termina a série de romances que chamei um tanto enfaticamente de "ciclo da cana-de-açúcar".
> A história desses livros é bem simples – comecei querendo apenas escrever umas memórias que fossem as de todos os meninos criados nas casas-grandes dos engenhos nordestinos. Seria apenas um pedaço de vida o que eu queria contar.

Esse pedaço de vida seria contado justamente por uma memória compartilhada por "todos os meninos criados nas casas-grandes dos engenhos nordestinos", o que permitiria ao romancista tirar partido das coisas vividas. Desde sua estreia literária com *Menino de engenho* (1932), a obra de José Lins do Rego foi tomada por parte da crítica especializada como o encontro muito bem-sucedido entre uma memória prodigiosa e uma capacidade narrativa emotiva e telúrica. Para o poeta Manuel Bandeira, o autor daria forma a narrativas que cheirariam

> [...] a canavial e a melaço da terra do Nordeste, prosa de uma naturalidade, de uma espontaneidade, de uma força que fazem esquecer tudo o que carregam de imperfeição, de desmazelo,

de incúria estilística. Porque o estilo de José Lins do Rego é um estilo de cheia de rio – barrento, libidinoso, arrastando tudo que encontra na cabeça de água; troços de mocambo, porteiras de engenho, árvores derrubadas, gado afogado, o diabo.[1]

Cheiros e tons que, para o poeta pernambucano, seriam as marcas de um estilo narrativo impetuoso, e, por consequência, de uma narrativa marcada por personagens e enredos com forças comparáveis às de um rio revolto. A equiparação entre a narrativa e a força da natureza não é casual e foi frequentemente acionada pela crítica da obra do romancista paraibano. O crítico Otto Maria Carpeaux, por exemplo, argumenta, por ocasião do lançamento de *Fogo morto*, que "todas as virtudes e todos os defeitos do escritor José Lins do Rego residem na sua espontaneidade fabulosa, na sua riqueza vital, na sua força instintiva"[2].

Construindo personagens e entrelaçando narrativas, os romances que compõem o "ciclo da cana-de-açúcar" percorrem a trajetória dos descendentes, das terras e do próprio coronel José Paulino, o poderoso senhor de engenho do Santa Rosa que, segundo conta o menino Carlinhos em *Menino de engenho*, tinha, entre trabalhadores, escravos e moradores, "para mais de quatro mil almas debaixo de sua proteção"[3].

Ao iniciarmos a leitura de *Usina*, no entanto, sabemos que o coronel estava morto, que seu neto, Carlos de Melo, "comprara uma passagem de trezentos contos para o mundo"[4]

---

[1] BANDEIRA, Manuel. Ciclo da cana-de-açúcar. *O Jornal*, Rio de Janeiro, 1936.
[2] CARPEAUX, Otto Maria. O brasileiríssimo José Lins do Rego. In: REGO, José Lins do. *Fogo morto*. 1. ed. Rio de Janeiro: José Olympio, 1943. p. 8.
[3] REGO, José Lins do. *Menino de engenho*. 84. ed. Rio de Janeiro: José Olympio, 2002. p. 104.
[4] REGO, José Lins do. *Banguê*. 23. ed. Rio de Janeiro: José Olympio, 2011. p. 238.

e que seu filho, Juca, arrematara o Santa Rosa para transformá-lo em uma usina. Dona Neném, filha de José Paulino, resume a situação das terras e da família do seguinte modo:

> A casa, que fora de José Paulino, estava com uma mulher, que ninguém sabia quem era, morando por lá. Quem diria que o casarão do Santa Rosa terminasse dividido em duas casas? Tudo isto porque aquele Carlinhos não tivera coragem de aguentar o repuxo. Sangue do seu povo estava degenerado. [...] Os antigos não deixavam rastro, tinham-se ido para sempre.

O menino Carlinhos, protagonista de *Menino de engenho* (1932), *Doidinho* (1933) e *Banguê* (1934), sai de cena com o encerramento de uma saga que era, ao mesmo tempo, sua, de José Paulino, do Santa Rosa e de sua gente. Estamos, agora, na companhia da trajetória de Juca, o filho que José Paulino formou bacharel e que, sem talento para o júri, casou-se e herdou a fortuna do sogro.

É por meio das dúvidas, incertezas e sonhos de grandeza de Juca que conhecemos os novos tempos da família de José Paulino e das antigas terras do Santa Rosa. Pouco a pouco, a narrativa entrelaça os destinos de moradores e ex-escravos do antigo engenho (todos, agora, trabalhadores de eito de usina) aos dos recém-chegados àquelas terras.

De modo ampliado, o romance descreve um grande conjunto de transformações nos modos de morar, produzir, trabalhar, se relacionar com a natureza e com as pessoas no processo de conversão do engenho Santo Rosa em usina Bom Jesus, pontuando a miséria social e a destruição ambiental em seu bojo, o que confere atualidade renovada ao romance publicado em 1936, além de imprimir um tom de crítica social presente também *Moleque Ricardo*, publicado em 1935, um ano antes de *Usina*. Acompanhando a narrativa do romance, o conjunto de transformações aludido anteriormente tem seu ritmo e sua direção dados por aquilo que o narrador caracteriza como "fome de usina", isto é, uma força que apagava os rastros do antigo engenho, tomando a várzea, cortando árvores, destruindo roçados, pomares, deslocando moradores, suas casas, seus santos, seus oratórios e seus espaços de convivência.

Uma fome que é, portanto, força de destruição, sendo narrada numa velocidade que destaca a súbita eliminação de hábitos, costumes e modos de viver gestados desde longa data. A "fome de usina" faz desaparecer mundos, ao mesmo tempo em que coloca novos personagens, normas de conduta e interesses em cena. Trata-se de uma fome de lucro, da ganância de expandir produção, de converter roçados de alimentos em plantações de cana, de precarizar as condições de vida e a remuneração dos trabalhadores.

Ao longo do romance, a voracidade da usina encontra paralelo na avareza do usineiro, construída, por sua vez, na oposição à generosidade do senhor de engenho. Juca, por exemplo, torna-se insistentemente assombrado – e incomodado – pela lembrança e ecos da presença do pai, cuja autoridade e bondade jamais haviam sido colocadas em disputa. Se a legitimidade da autoridade e do poder do coronel José Paulino não encontraram réplicas ao longo de toda a vida do senhor de engenho, o mesmo não se passou com seu filho. O filho usineiro se vê constantemente desautorizado, fato que atribui aos velhos hábitos dos antigos senhores, que teriam feito o povo tomar como direito aquilo que era bondade do senhor:

O povo pobre reclamava a vida. Tivera que botar para fora muita gente viciada com os tempos do velho José Paulino. Queriam ficar na propriedade, desfrutar as terras e fugir das obrigações. [...] Em banguê podia ser, mas usina não podia aguentar morador com regalias. [...] Usina pedia as terras livres para cana. Do contrário teria que estragar o seu trabalho se fosse amolecer o coração. Havia muita diferença dum coração de senhor de engenho para um coração de usineiro.

Na justificativa de Juca, seu coração teria de ser diferente daquele do coronel José Paulino, sobretudo pelas exigências próprias do tempo da usina, um complexo de produção industrial que demandava disciplina, ordenamento e impessoalidade, ao contrário dos tempos antigos. No entanto, o usineiro Juca não consegue evitar a comparação com o pai, lançando-se num esforço que, por um lado, busca justificar suas escolhas como consequências dos novos tempos e, por outro, procura estabelecer uma superioridade em relação ao pai:

> Sabia que o povo se queixava dele, trazendo sempre o seu pai na frente para comparar. O velho José Paulino fora de seu tempo. Queria que ele viesse dirigir uma usina, com aquele seu sistema de vida, com aqueles gritos, aquele barulho todo, para no fim não fazer nada. Tinha que ser duro com o povo.

Ao justificar sua dureza e o certo desamor dos antigos moradores do Santa Rosa para com ele, Juca também procura justificar sua própria fome. Se a usina tinha fome de terras, o usineiro estava faminto por mais crédito, mais maquinário e maior produção; um anseio limitado apenas pelas restrições feitas por sua família, que se opunha à hipoteca das terras como garantia de empréstimos bancários.

Ponto especialmente sensível, a hipoteca da terra era, para Juca, "apenas uma formalidade dos vendedores, uma garantia maior, uma convenção". No entanto, para parte da família a hipoteca era sinônimo de falência, simbolizando, também, a perda da honra e do orgulho daqueles que não tomam a terra como capital abstrato, mas como bem simbólico imobilizado pela família há gerações e constitutiva de sua moral, valores e modos de estar no mundo.

O dilema vivido por Juca também ilustra a progressiva dependência da lavoura do crédito bancário. O senhor de terras cede lugar ao empresário cuja conta corrente de crédito e débito está amarrada à cidade, tornando os senhores de terra progressivamente dependentes de empréstimos, o que, no caso da Bom Jesus, impulsionará sua crise.

Apesar dos propostos da família, Juca aposta na financeirização da Bom Jesus, fiando-se na certeza de que boas safras e preços estáveis garantiriam a quitação das dívidas. No entanto, após três anos de safras abaixo do esperado, a usina via suas dívidas aumentarem cada vez mais, não sendo capaz de esboçar qualquer tipo de reação, não resistindo a uma grave crise no preço do açúcar: "os compromissos enormes, os cálculos feitos na alta. As despesas com safras gigantes e a Bom Jesus sem recursos próprios, sem banco, sem crédito para se aguentar".

Um triste fim, então, se anuncia para a usina de Juca, que não suportou a queda contínua no preço do açúcar: "o Santa Rosa ficara grande, inchara, subira e era aquilo que se via, sem força para moer um pé de cana".

Juca muda-se com a família para um engenho na catinga, herança de sua esposa, Dona Dondon. Humilhando diante da família, a queda da Bom Jesus é figurada como uma tragédia social e ambiental sem precedentes para aquelas terras e sua gente, fossem eles os descendentes de José Paulino ou os trabalhadores. Aprofundando o tom de crítica social que marca o romance, a modernização industrial da várzea paraibana é retratada como produtora de miséria e desigualdade, ou seja, a quebra dos vínculos de proteção e assistência dos tempos do engenho (e da sociedade patriarcal) projetam trabalhadores e usineiros em processos de miséria material e moral.

Em *Usina*, o filho do coronel José Paulino compreende, a duras penas, que não teria condições – objetivas e subjetivas – de repetir os feitos do pai. No entanto, seu maior aprendizado parece estar referido a outro ponto: sua incapacidade de agir em novas direções, arruinando a família moral e financeiramente. A ascensão e queda da Bom Jesus acaba por enunciar a tragédia de estar vivo num mundo em ruínas, tema que ganhará novos contornos em *Fogo morto*, este sim o último romance do "ciclo da cana-de-açúcar", publicado seis anos após José Lins do Rego ter considerado encerrado seu ciclo.

Nota à primeira edição

José Lins do Rego

Com *Usina* termina a série de romances que chamei um tanto enfaticamente de "ciclo da cana-de-açúcar".

A história desses livros é bem simples – comecei querendo apenas escrever umas memórias que fossem as de todos os meninos criados nas casas-grandes dos engenhos nordestinos. Seria apenas um pedaço de vida o que eu queria contar.

Sucede, porém, que um romancista é muitas vezes o instrumento apenas de forças que se acham escondidas no seu interior.

Veio, após o *Menino de engenho*, *Doidinho*, em seguida *Banguê*. Carlos de Melo havia crescido, sofrido e fracassado. Mas o mundo do Santa Rosa não era só Carlos de Melo. Ao lado dos meninos de engenho havia os que nem o nome de menino podiam usar, os chamados "moleques da bagaceira", os Ricardos. Ricardo foi viver por fora do Santa Rosa a sua história que é tão triste quanto a do seu companheiro Carlinhos. Foi ele do Recife a Fernando de Noronha. Muita gente achou-o parecido com Carlos de Melo. Pode ser que se pareçam. Viveram tão juntos um do outro, foram tão íntimos na infância, tão pegados (muitos Carlos beberam do mesmo leite materno dos Ricardos) que não seria de espantar que Ricardo e Carlinhos se assemelhassem. Pelo contrário.

Depois do *Moleque Ricardo* veio *Usina*, a história do Santa Rosa arrancado de suas bases, espatifado, com máquinas de fábrica, com ferramentas enormes, com moendas gigantes devorando a cana madura que as suas terras fizeram acamar pelas várzeas. Carlos de Melo, Ricardo e Santa Rosa se acabam, têm o mesmo destino, estão tão intimamente ligados que a vida de um tem muito da vida do outro. Uma grande melancolia os envolve de sombras. Carlinhos foge, Ricardo morre pelos seus e o Santa Rosa perde até o nome; se escraviza.

Rio de Janeiro, 1936

USINA

A Graciliano Ramos
e José Olympio.

PRIMEIRA PARTE

O retorno

1

Ricardo estava ali naquele banco de segunda classe do trem da Paraíba. Há anos viera ele do engenho, num trem como aquele, menino quase, de coração cheio das saudades da mãe, dos irmãos. Anos se foram em sua vida. E agora o coração do negrinho de outrora voltava murcho, como se um bicho qualquer tivesse chupado tudo o que ele tivesse de seiva. E sem querer mesmo, a sua cabeça trabalhava, recordando num instante histórias e histórias que tinha vivido, que tinha sofrido. Lá estavam os canaviais, os bueiros do engenho, as terras cobertas de roçados, os trabalhadores parando a enxada para ver o trem passar roncando. Olhava de sua janela tudo isto, mas não via, com o pensamento que estava perdido por longe. Viera de Fernando de Noronha. Dois anos no presídio, no meio dos criminosos, com o mar imenso cercando eles de todos os lados. Lembrava-se da ilha. No começo, nos primeiros dias, uma coisa dizia que dali nunca mais voltaria. Deodato, Simão, Jesuíno tiravam as noites para as conversas, para se lastimarem da vida. Às vezes uma lua branca, como a do engenho, fazia que eles fossem, de noite adentro, cada um para seu canto, a olhar o mundo sem que nada tivessem para dizer um ao outro. O mar vinha se quebrar nas pedras com o seu rumor de penado. Ricardo estranhara aquele ruído de todas as horas, aquele vaivém de gemidos que lhe tirava o sono, que era como uma reza, comprida demais, do Xangô do Pai Lucas. Mas os dias foram passando. Deodato e Simão haviam entrado para o serviço da padaria do presídio. E ele estava servindo de criado para o médico, um velho solteiro, sem ninguém, que vivia por ali como um preso qualquer.

Viam navios passando de longe, navios que vinham e voltavam para o estrangeiro. Havia presos que sabiam os nomes dos barcos e discutiam a identidade deles, as Companhias, pela cor das chaminés. E aquilo era mesmo um divertimento dos melhores que eles tinham. Orania, dizia um. Não é, respondia outro, é da Mala Real. E até que a fumaça se sumisse entre o céu e o mar, eles batiam a boca, puxavam histórias. Alguns, que eram marítimos, contavam fatos da vida, incidentes perigosos por que tinham passado.

Aos poucos Ricardo foi se acostumando, se sentindo ali de uma vez. Notícias de fora nunca tivera. Alguns recebiam cartas. E quando chegava navio à ilha, estes privilegiados só se aquietavam quando na agência dos Correios saíam com as suas cartas. Eram os grandes na ilha, estes que tinham mulheres e filhos para se lembrarem deles. As cartas eram lidas, relidas. Os que não sabiam ler pediam a outros para que lessem em voz alta. E até juntava gente para ouvir as saudades, as doenças, as misérias que vinham da terra. Os segredos corriam de boca em boca. Ter segredo ali era um luxo dispensável. Havia então um velho de quem se sabia a desgraça da filha, com o marido bêbado e os filhinhos na penúria. No fim da carta ela pedia sempre ao pai a sua bênção. O velho tirara trinta anos no júri de Gameleira. Mas ele não dava limite ao tempo. Havia de voltar e aquele cabra veria o que era casar com filha de homem. Os outros não diziam nada. Todos achavam difícil que ele pudesse voltar. Muitos ali não voltariam mais. Mas não havia um só que não alimentasse a sua esperança, embora esta esperança estivesse muito longe da realidade. Ninguém se sentia condenado até o fim. Criminosos esperavam revisão de processo, já que os júris lhes tinham esgotado os últimos recursos.

Ricardo vivia com eles, sem que os crimes de seus companheiros tivessem sobre ele a mínima impressão. Ali havia uma outra vida, era como se tivessem nascido outra vez.

O cozinheiro do médico tirava pena por três mortes e agora nem parecia que era ele, quieto na sua cozinha, como um tigre a quem tivessem cortado as garras. Falava dos crimes com a maior naturalidade deste mundo, sem remorso e sem repugnância. Outros se diziam sempre inocentes, estavam no presídio por perseguição, por engano, vítimas, que eram, de inimigos poderosos.

A vida da ilha era assim. O povo da ilha não era tão mau como parecia de longe. Até Zé Moleque não era aquilo que o povo do Santa Rosa pensava. Ricardo se lembrava que no seu tempo de menino as histórias e os crimes de Zé Moleque arrepiavam, de tão cruel era o bandido. Matara no Itapuá um velho para roubar e arrancara a orelha do filho do pobre, um menino de 14 anos. E agora ele via Zé Moleque na ilha, plantando milho no seu roçado, um negro como ele, de olhar baixo, calado. Seria o mesmo? Um dia ele quis falar com o perigoso. E foi se chegando devagar, até que, perdendo o medo, bateu língua com o outro.

— Seu José, o senhor já esteve no Itapuá?

O preto levantou o olhar manso para ele:

— Você é de lá? Estive sim. E por sinal que fiz um estrago. Diziam que o velho era podre de rico. Tinha lá nada, tudo conversa. Tive raiva e fiz uma bagaceira.

Depois perguntou por mais coisas. Ele conhecia o senhor de engenho do Santa Rosa. Não matara o velho porque não quisera. Vira o coronel na estrada uma porção de vezes e ele bem montado em sua casa de aguardente, sem que ninguém soubesse que era Zé Moleque. Passara muito pela porta do

Santa Rosa. E só fizera o estrago no velho Leôncio de Itapuá porque tivera raiva. Diziam que o desgraçado tinha dinheiro. E só encontrara crueira na casa de farinha.

Depois Ricardo ficou conversando sempre com Zé Moleque. Os crimes do negro não tinham nada que ver com aquela fala descansada, aquele olhar tão manso. No presídio o bandido criara fama de boa pessoa, de trabalhador. Os seus roçados de farinha eram sempre os maiores e nunca estivera em cela, nunca dera o que fazer aos diretores. Deram-lhe trinta anos para tirar e ele ia fazendo a sua tarefa como melhor podia, conformado com os dias compridos da sentença. Ricardo, sempre que nada tinha que fazer, ia para a palhoça do criminoso que trabalhava nas horas de descanso fazendo sapato. Aprendera o ofício na cadeia e já tinha o seu pecúlio para quando saísse. Mas ele não falava em sair, calculando como muitos outros com os seus dias de liberdade. A liberdade para ele chegaria. Tinha esta certeza e não precisava trocar, com ninguém, ideias sobre isto. Só falava da vida que passara por fora, dos engenhos que conhecera, dos roubos, de cavalos de sela que apanhara, pelas estrebarias, para vender por longe. Não tinha vergonha. Contava mesmo das transações que fazia. Em Timbaúba havia um senhor de engenho que acoitava ladrão de cavalo. E tantos cavalos viessem do sul como ele comprava. Fora freguês do capitão Felismino do Sempre-Viva. Comprara até uma terrinha para um irmão seu morar, em Sirinhaém. Um dia voltaria para morar com seu irmão, descansado. O que ganhara, nos vinte anos de cadeia, já dava para uma vida melhor. Tinha tempo. Um dia perguntou a Ricardo por que crime estava ele ali e quantos anos pegara. E quando soube da história teve pena e um pouco de desespero pelo companheiro. Então não tinha crime? Viera para ali sem culpa nenhuma, por causa dos outros? Qualquer dia destes voltaria.

E assim foi Ricardo passando os seus dias. A ilha era grande. A terra é que era como as dos carrascos do Santa Rosa e o mar não tinha aquelas praias de areias brancas para espalhar as suas ondas. A vida era triste, de uma tristeza que nem o sol brilhante, o céu azul e o mar verde mudavam de tom. Foram dois anos, dias e dias que ele suportara sem grande sofrimento e, às vezes, até com uma alegria esquisita. Simão, Deodato e Jesuíno sim, que sofreram mais do que ele. Tinham filhos, tinham mulheres para lhes encherem a cabeça de preocupações, de maus pensamentos. Toda vez que ia conversar com os amigos, via o ódio que eles cada vez mais criavam pelo mundo. Ódio crescia naqueles corações como em terra de massapê, com todo o vigor, com toda a força. Simão falava dos filhos, do mais moço, da filha que tinha tanta coisa com ele. Deodato nem tinha coragem de tratar dos seus. Ficava calado, silencioso, ouvindo os outros se derramarem em confidência, trancado com a sua dor, sofrendo mais.

— Nem é bom a gente falar, Simão. Para quê? Que adianta? Eles estão lá.

E fazia um gesto com a mão, apontando para o outro lado, para o mundo que comia os seus filhos.

Jesuíno é que não aguentava a conversa. Mal os amigos botavam para falar dos seus, o negro enchia os olhos de lágrimas, encostava a cabeça para um canto, soluçando alto. Desde que chegara que era assim. Sebastião andava separado deles. Recebia cartas de amigos, de gente que se interessava por ele. E lá um dia foi-se embora. Diziam que haviam requerido *habeas corpus*. Despediu-se dos amigos. Que eles tivessem paciência que o dia chegaria na certa. Logo que botasse os pés em Recife cuidaria de providenciar. Todos voltariam o mais breve possível. Simão e Deodato sentiram a saída dele como uma traição.

— O que era que eu te dizia, Simão? Tudo é igual. A gente que fique. Ele teve logo quem botasse advogado e o diabo mais. Os trouxas que fiquem em Fernando.

Os dias de Fernando eram mais compridos. Parece que o sol acordava mais cedo na ilha. Era um sol quente, uma terra feia, uma mataria rasteira. As pedras na beira do mar cortavam os pés dos que pescavam de tarrafa. Havia presos que estavam ali há anos. E outros que haviam voltado várias vezes, que eram da ilha como se tivessem nascido por lá. Mas todos queriam voltar, todos quando se referiam à terra do outro lado era com uma saudade que não tinha tamanho.

O cozinheiro do médico, o sertanejo de três mortes, falava a Ricardo de Pajeú de Flores com a boca cheia d'água. Aquilo que era lugar de gente, de abundância. Ele se criara numa fazenda de gado. As terras eram tão extensas que não tinham dono. Boi e bode andavam às soltas. Era um mundo que não tinha limites. Em todo o caso melhor valia a ilha do que a Detenção, a cela estreita, a casa úmida, uma gaiola de pedra e cal. No começo Ricardo desconfiava dele, aos poucos, porém foi perdendo o receio, mas sempre com respeito, tratando o outro como mais velho.

O médico comia os petiscos de seu Manuel, sem reclamar. O mesmo peixe frito, a mesma carne-seca com farofa de todos os dias. Era um homem calado. Nunca que eles tivessem ouvido dele uma palavra que não fosse para mandar fazer alguma coisa, para pedir um café, um banho, para botar o almoço. Recebia cartas da terra, lia muitas vezes, e à noite escrevia num livro, quando não saía para ver doentes. Não era homem para se gostar dele ou se ter raiva. Era mais para se temer, desconfiar-se daquele silêncio, daquela reserva. Não dormia a noite inteira. Muitas vezes, Ricardo acordava com ele passando pelo alpendre, saindo para fora de casa, quando a lua, muito do alto, deitava-se e o vento soprava frio, vindo do mar, fazendo barulho nos galhos da gameleira que ficava ali bem pertinho. O doutor andava horas e horas à toa, e quando entrava para o seu quarto o sol da ilha, às quatro horas da manhã, clareava tudo, com uma pressa danada de aparecer, de castigar o mais possível os pobres homens perdidos naqueles ermos.

Só as noites eram boas, eram mansas, quando as chuvadas torrenciais não caíam sobre eles, com raios fuzilando, com o furor da ventania que parecia querer arrancar as casas de tijolo, levar pelos ares as palhoças. Em noites assim o doutor ficava em casa, trancava-se e, quando chegava algum recado chamando-o, não ia. Deixassem a chuva passar. Mesmo se fosse chamado de gente do Cabo Submarino não botava os pés fora de casa com invernada. Eram raras estas noites assim. O mais comum era o tempo limpo, o céu estrelado, a ventania branda, acalentando o sono pesado dos presos e o sono frágil dos que estavam ali por força de emprego. Os ingleses do Cabo Submarino, as mulheres louras, lá para um canto, tirando aquele tempo, com os maridos na ilha, como se fossem dias danados, dias que lhes dariam direito a todos os pecados. Os presos, quando viam estas louras, de cangote empretecido pelo sol, altas, esqueléticas, olhavam para elas como para uma espécie estranha de bicho. Aquilo não seria gente para eles.

Havia presos a quem permitiam levar família. Uma mulher em Fernando tinha o valor de diamante. Contavam-se no dedo as que existiam por ali. Mesmo os funcionários, que para lá iam, deixavam do outro lado as famílias. Eram poucas as mulheres, em Fernando. O amor também fazia a sua miséria pela ilha. Contavam histórias de crimes conduzidos pelo amor. Uma mulher de mais de sessenta anos provocara uma tragédia, apesar de todas as suas rugas.

Ricardo sonhava com as suas mulheres nas noites calmas da ilha. Isaura e Odete lhe apareciam nos sonhos como visitas camaradas, enchendo os seus sonos de contatos, de uma luxúria boa, de uma mágoa profunda no coração, ao despertar. Elas vinham para a sua rede, vinham de pernas abertas, com beijos quentes na sua boca seca. Ora uma, ora outra, mas todas lascivas. E às vezes, fugindo, indo para bem longe, deixando o pobre na ânsia desesperada com que acordava. Ah!, ele bem que gostava daqueles sonhos, daquelas visitas, daquelas fugidas infernais. Ouvia bem o vento bulindo com a gameleira, ou então o chiado dos morcegos que eram os pássaros daquelas noites da ilha. Os bichos roubavam os frutos imprestáveis das árvores da gameleira e iam sacudir, de ilha afora, roídos, sujando os telhados.

Pai Lucas dizia que gameleira era pé de mato de Deus, por onde Deus descansava e por onde o demônio tentava os homens. O vento gemia na gameleira. A lua entrava pelas telhas do quarto e o gosto de Isaura, de Odete fazia a luxúria do negro trabalhar. Como nos tempos de menino, ele se entregava, nestas horas de silêncio, aos prazeres que arranjava

com as suas próprias mãos. A princípio teve vergonha. Fazer aquilo que há tanto tempo não fazia! Depois acostumou-se, familiarizou-se com o vício. Também na ilha o amor era quase sempre impossível. Os homens se acostumavam da falta de mulheres amando uns aos outros.

Uma noite Ricardo vira o cozinheiro saindo alta madrugada do quarto do médico. Pensou que tivesse ido lá para um serviço, um chamado, mas na outra madrugada a mesma coisa. Desconfiou. Seu Manuel, quando falava com ele, era sempre se encostando, com agrados. Deu para preparar petiscos que ele não pedia. Falava-se ali de homens morando com homens. Ninguém se espantava com estas ligações, com estes amores irregulares. Quando ele deu para ir à casa de Zé Moleque, Simão falou-lhe:

— Abra o olho, senão os cabras caem em cima de você. Pensou naquilo com nojo uma porção de dias. Um homem servir-se de outro. Lembrou-se dos tempos de menino, das porcarias que faziam entre si na bagaceira. Mas aquilo era de muito longe que nem lhe deixava uma recordação exata. Coisa de menino. Só por vadiagem besta. No engenho havia no entanto um velho dado àquela história. Era o negro Pereira que tirava esmola para os santos. Chamavam de tio Mané Pereira e ele sempre tinha um moleque fornido, morando em sua casa. Diziam que ele gastava o dinheiro de Nossa Senhora do Rosário com os amigos. O velho Pereira fora escravo e não ia para o eito. Vivia de opa e com prato, com a coroa da Virgem, andando pelas estradas, atrás de esmola. Gostava de viver com homens. Ricardo ouvia os cabras do eito falando da fraqueza do tio velho.

— Aquilo só tem mesmo osso e prega.

No entanto na frente do negro velho ninguém ousava uma palavra, um dito safado. Respeitavam o coitado, não lhe diziam nada que não fosse da maior consideração. E Mané Pereira dormia na sua cama de vara com moleques que eles todos conheciam. Muitos deles já tinham sido na certa os preferidos, os papadores dos cobres de Nossa Senhora. Entre os pequenos, Manuel Pereira era quase tido como um padre. Aquela opa até os joelhos, aquela coroa de santa dentro do prato com rosas davam ao sodomita um prestígio de sacerdote. Tomavam-lhe a bênção. E as mulheres tinham o preto na conta de grande. Nenhuma que se atrevesse a uma palavra menos respeitosa. Até as raparigas sabiam respeitar o grande concorrente. Ricardo só conhecera no engenho aquele. Falavam de outros, dum filho de seu Amâncio, que tocava viola e dormia com uma mulher de pau que ele esculpira. Nunca, porém que aparecesse moleque nenhum se gabando, dando notícia de nada. Só mesmo Mané Pereira. E este, meio sagrado, de estrada afora como um enviado de Deus, pedindo para a gente do céu, comparsa de alguma conspiração diabólica. Quando o velho passava pela estrada eles todos paravam a brincadeira. E lá ia ele de andar sacudido, com a opa vermelha e a cabeça descoberta, levando a coroa que Nossa Senhora do Rosário trazia na cabeça, de mistura com os vinténs e tostões dos devotos.

Ali em Fernando a coisa era outra. Os homens-mulheres não eram raros como no engenho. Seu Manuel cozinheiro era um. Não havia mais dúvida. A princípio Ricardo teve medo, uma vergonha maior do que aquela de amar sozinho. O tempo porém foi dando costume às suas repugnâncias. Lembrava-se bem daquela noite escura, um vento furioso soprava forte. Viria chuva na certa. A gameleira sofria, o médico trancado no quarto e ele pensando em muita coisa fora dali do degredo. Então ouviu que batiam na porta. Uma voz soprada, chamando por ele. Ficou com medo, medo de um crime, de uma aparição de alma. Tremia na rede quando a voz se elevou mais:

— Abra, menino, sou eu.

Uma voz angustiada, uma voz de quem se humilhava até o mais baixo.

— Abra, menino, sou eu.

Conheceu quem era. Era seu Manuel. Abriu seu quarto. O frio da noite entrou-lhe de portas adentro. E com ele o companheiro que lhe chegava tremendo, de fala amedrontada, ofegante, como de um faminto de muitos dias.

Quando ele se foi, Ricardo pensou em muita coisa, mas depois um sono pesado pegou-o na rede até de manhã, com o sol alto. O médico nem estava mais em casa. Seu Manuel já tinha feito todo o seu serviço. Estava alegre e cantava uma moda qualquer, muito feliz, muito contente da vida. Ricardo não quis olhar para ele. Terminou olhando porque os agrados do cozinheiro, a cara alegre não consentiam naquela cerimônia.

O que não diriam Simão e Deodato? O que não diria um homem como seu Abílio? Isaura? Seu Lucas? Passou o dia inteiro pensando. Na ilha aquilo não queria dizer nada, quase todos tinham simpatias daquele jeito. As mulheres que havia por lá tinham os seus donos. Seu Manuel, um homem com três mortes, fazendo coisas assim, feito uma mulher no cio, atrás dele, do médico. Custava a compreender. O mundo dava voltas que só o diabo sabia. E Deus? O que diria Deus daquilo tudo? Deus não sabia de nada. Perdidos no meio do mar, eles estavam perdidos dos olhares de Deus. Deus não devia olhar para preso de Fernando. O padre, que aparecia para dizer missa, vinha como se fosse um desgarrado, chegando até eles por acaso. Sem dúvida que não era para ali que tinha vindo. Perdera-se de outras terras. Simão e Deodato não queriam saber de Deus, de ninguém. Eles só falavam de vingança, de traição dos amigos, de Sebastião que fugira, o único homem em quem eles confiavam, o último ser para quem eles olhavam sem aquela raiva que guardavam para todos os outros. Seu Alexandre, dr. Pestana, o mundo inteiro era um campo de miséria para aqueles dois que deixaram filhos e mulheres soltos, entregues a todos os azares. Ricardo tinha até medo de falar com eles. Nada que tocasse, que abrandasse aqueles corações em fúria.

— Por isto é que há cangaceiro no mundo – dizia Deodato —, gente que mata, que sangra. Quando sair daqui sou outro. Besta é quem vai se meter em trabalho.

Avalie se Ricardo lhe contasse a história de seu Manuel. Jesuíno era mais dele agora que os outros dois amigos da padaria. Este ia mais com a fraqueza do moleque conformado do Santa Rosa. Em muitas ocasiões ele sentia que não era mais de Simão e Deodato. As conversas da padaria, a greve, aqueles dias de terror da rua do Lima, tudo lhe parecia mais longe de que muitas outras coisas mais distantes. Os amigos ficavam lá para o casarão do presídio, batendo massa como na padaria de seu Alexandre. E ele, muitas vezes sem ter o que fazer, não ia estar com eles, conversar, falar da vida. Não era que nenhum dos dois lhe houvesse feito nenhuma desfeita, nem dito nada que o ofendesse. Ele vivia diferente, a amizade de seu Manuel lhe trouxera de um homem a ternura que nunca sentira nem mesmo de mulher. Junto dos amigos da padaria estava como contrafeito, sujeito a uma censura.

E quando Simão falava nos traidores, dos que tinham fugido, de Sebastião, de Clodoaldo, do dr. Pestana, parecia que só faltava naquela lista de renegados o seu nome. Melhor para ele era falar com Jesuíno, o negro besta que por tudo caía no choro. Este era mais dele e só pedia a Deus pelo dia que tivesse de sair da ilha para ver os filhos. Não culpava a ninguém da sua desgraça.

— Bem que Pai Lucas dizia, Ricardo.

No começo haviam botado o pobre no presídio, com aqueles que não prestavam para nada, que eram os párias, os ínfimos. Sofrera o diabo mas logo depois um guarda o escolhera para criado. Fazia serviço de mulher. Muito melhor, apesar de tudo, que a vida com os pestes, com os sentenciados que não tinham jeito de gente.

Jesuíno dava tudo para estar com Ricardo. Era o seu encontro com o passado, a sua maneira de estar com os filhos, com a mulher, com o Pai Lucas. Então a conversa só tinha um motivo. E sempre vinha o choro, as lágrimas correndo pelo rosto. Coitado! A dor naquele não conduzia para o ódio de Simão e Deodato. Em Deodato, ainda mais que em Simão. Este ainda não sofrera do mundo como o outro, ainda havia mulher para quem se virava como para o único ser humano que não tivera garras para ele. Deodato só possuía mesmo os filhos. E para estes mesmos não se voltava com aquela antiga efusão. Quando tocava no assunto calava-se.

Ricardo sempre que estava com os amigos era para se sentir cada vez mais fora deles, fugido das preocupações e dos desejos daqueles pobres que ele vira sofrendo, castigados sem que tivessem feito coisa nenhuma. No entanto o que se passava, o que ele ia vivendo em Fernando, contando-se, não se acreditava. Até nem tinha saudade do Recife. Todos ali, quando falavam em voltar, era com a ambição de ganhar um tesouro, de ver o mundo outra vez, sentir-se gente, pessoa humana. Ele não. Era uma vergonha pensar nisto. Um homem em Fernando de Noronha sem vontade de que os seus dias de degredo corressem, fossem para o inferno. O que seria aquilo? Doença ou castigo do céu? Bem que podia ser castigo. No começo sonhava com a liberdade, via-se livre, com estradas amplas para andar, com a terra coberta de tudo que era prazer para ele. Sonhava com a vida do engenho, com os banhos de rio, com os balaios na cabeça, vendendo os pães de seu Alexandre, com os amores das mulheres que conhecera. E por que agora não era o mesmo? Que força, que mandinga era aquela que ele não sabia decifrar? Nunca que dissesse a ninguém que gostava daquela vida. Os que esperavam anos e anos sem se afobar pela liberdade, o que não ficariam pensando de um negro que se dava bem no inferno? Calado ficava com as suas fraquezas. Nem a Jesuíno, nem a seu Manuel tinha coragem de abrir a boca e falar daquilo. E os seus dias foram assim. Assim rolando os seus dias com o mar gemendo nas pedras, com o vento gemendo na gameleira e aquelas manhãs de sol de fogo, de areia quente que chegava a torrar os pés do povo. Passavam vapores de bem longe que só deixavam ver a fumaça se perdendo nas nuvens. Os presos ficavam olhando, de olho comprido, para os que iam para lugar certo, pisar em terra que não fosse um calcanhar de judas como aquele. Todos tinham raiva do mar, um ódio igual ao que tivessem pelas grades da cadeia. O mar prendia-os, o mar era o grande carcereiro. Sair de Fernando, fugir, era mais um encontro com a morte, um suicídio a que muitos se haviam submetido. As escapulas da ilha eram contadas como os maiores acontecimentos que pudessem existir no mundo. Muitos, na história triste do presídio, se tinham aventurado, muitos se tinham perdido. Mas para estes, melhor valia a vida entregue às ondas, aos furores das águas, que aquela vida, aquele destino de morrer um dia de perna inchada, amarelo, com o beribéri chupando todo o sangue, vazando os olhos. Melhor cair no mar, nos quatro paus de jangada e deixar que o vento os levasse à vontade. Podia ser que dessem em uma praia, que eles pudessem ainda pisar em terra que não fosse a terra maldita da ilha.

Ricardo pensava naqueles todos que sacrificariam tudo para se salvar de Fernando. E ele sem esta vontade, ele sozinho no meio de centenas, no meio dos piores homens que pudessem existir, dos que roubavam, dos que matavam, dos que faziam tudo que era ruim, ele somente, sem saber por que, sem entusiasmo para voltar, para esperar o dia grande da partida, um navio pequeno, com aquele brilho nos olhos e aquela alegria na cara que tinham os presos que embarcavam de volta. Pareciam famintos que fossem para o melhor banquete da terra.

Seu Manuel contara-lhe as suas histórias do sertão. Ele sabia cantar, sabia contar contos de princesas. Eram sempre tristes. Sobretudo aquela que o cozinheiro mais gostava, a história de d. Isabel:

Oh! Meu Deus, quem morreria?
É morta a bela infanta
Pelo mal que cometia
Descasar os bem casados
Coisa que Deus não queria.

A cabeça da infanta ia num prato de ouro. Seu Manuel ficava fanhoso, quebrava a voz como num choro e os olhos do moleque se enchiam d'água. Aquilo bem que era bom para ele, aquela tristeza, aquela mágoa, o sangue da princesa pingando, para que nunca mais ela pensasse em descasar os bem casados, coisa que Deus não queria.

De noite seu Manuel ia para o quarto dele. Trancavam-se e o criminoso de três mortes botava a cabeça de Ricardo nas pernas, passava as mãos na carapinha, como nunca mulher nenhuma teria feito com ele. Lá por fora era noite escura da ilha, o céu de estrelas faiscando, a grande noite onde o mar gemia mais alto, mais soturno, e os morcegos chiavam, na bacanal com as frutas da gameleira.

Ricardo deixava-se ficar assim. Era um gozo, uma volúpia desesperada com que ele passava o dia a sonhar, aquela de sentir-se bem perto de seu Manuel, o homem de quem no começo tivera medo, e sentir aquelas mãos que se ensanguentaram alisando a sua cabeça com a delicadeza que nem Isaura e nem Odete souberam ter. Esquecia-se de tudo, esquecia-se da ilha, do vento que corria, do mar que gemia, de tudo que não fosse aquilo que lhe dava Manuel de Pajeú de Flores, com trinta anos tirados no júri.

Começaram a falar na ilha da amizade dos dois. A princípio se dizia que ele era do médico, do velho solitário, que mais esquisito ia ficando com o tempo. Viram logo que a coisa era outra e ficou no conhecimento de todos a sua ligação com o cozinheiro. Uma miséria. Simão e Deodato não lhe disseram nada. Se haviam sabido, fizeram que não haviam dado pela coisa. No íntimo, Ricardo fazia as suas bem amargas reflexões. A vida dele era aquilo que se via: não fazer nada, varrer casa, levar recado, porque o mais que era de sua obrigação seu Manuel não deixava que ele botasse as mãos. Procurou reagir contra aquilo. Afinal de contas era um homem, queria trabalhar, mas foi aos poucos cedendo, cedendo que, quando deu fé de si, não tinha mais quase nada para fazer na casa do doutor. Então deu para andar pela ilha à toa. Os pensamentos que o assaltavam, as preocupações, as saudades do mundo vinham para ele à vontade, em profusão. Seu Manuel, quando ele se demorava mais tempo por fora, ficava ansioso pela sua volta. E queria saber até onde ele estivera. Não queria que o amigo fosse à casa do Zé Moleque, que se demorasse por outros lugares. Ficar em casa era melhor. Os guardas podiam desconfiar de que estivesse com alguma coisa no juízo, algum plano de fugida.

Seu Manuel rezava. Tinha no peito oração para fechar o seu corpo dos males da terra. Rezava, sabia benditos longos.

Às vezes Ricardo sentia náuseas de tudo isto, um nojo de se ver assim, acariciado, coberto dos cuidados e dos dengos de um outro homem. Lembrava-se então das histórias, que contavam no engenho, das cobras-de-veado que pegavam o homem na mata, quebrando todos os ossos, lambendo o pobre, lambendo para depois engoli-lo. Como não seria nojento aquela língua de cobra no corpo, aquele acariciar repelente. Saía para andar, quando lhe vinha este asco repentino. Uma vontade de fugir, de fugir mais de seu Manuel do que da ilha, lhe apertava. E era tão fácil. Bastava procurar o diretor e dizer que não queria trabalhar mais para o médico, que preferia o eito do presídio, a ficar, com os outros trabalhadores, no roçado grande.

À noite, porém, seu Manuel chegava para o seu quarto. Vinha com aquela ternura que era uma mistura de agrado de mãe e de rapariga, tão bom, tão carinhoso que ele se perdia outra vez, entregando-se a tudo que viesse, até o fim. Depois que ele se ia, o nojo voltava. E o moleque ouvia o mar, que era o mesmo, o vento, tudo que a noite falava naquelas horas, os cochichos, e as lamentações da noite da ilha.

E a vida foi assim até que um dia Simão adoeceu. O pobre queria ficar em pé e não podia. As pernas dormentes, os olhos perdendo a luz. Ia ficar com o amigo, e sozinhos conversavam de muita coisa. Simão falava como se já fosse do outro mundo, com pedidos de testamento:

— Você volta, Ricardo. Você ainda vai ver o meu povo. É isto mesmo. Cada um com o seu destino. Os negrinhos vão sentir mais. Já nem existo para eles.

O amigo queria consertar aquele desânimo, aquela lamúria de enterrado vivo. Mas não tinha jeito, não tinha forças. A desgraça de Simão era, como aquela de Florêncio – irremediável. E foi assim pelos dias adentro. O povo da ilha sabia o que era. O beribéri brabo não marcava ninguém à toa. Vinha devagar, de manso, mas aonde ele queria chegar chegava. O doutor nada podia fazer, nem remédios, nem injeções impediam que ele fosse caminhando, parando as pernas, apagando os olhos, inchando a barriga. Seu Manuel dizia que só os poderes de Deus podiam levantar Simão daquela.

Mais uma vez a morte estava perto de Ricardo, pronta para pegar o amigo, como já fizera com Florêncio, Manuel Caixeiro, d. Isabel, Odete. A morte vigiava Simão, ia devorando aos poucos o Simão, que tanto suor derramara em cima da massa, que tanta força fizera para que o pão, que os outros comiam, fosse bom, macio.

Ricardo entristeceu. Nem seu Manuel, com todos os seus agrados, fazia o moleque fugir da desgraça do amigo.

Naquele tempo, logo que ele acabava os serviços da casa, ia para o quarto de Simão, no cubículo aonde Simão, de papo para o ar, se consumia devagar. O doutor mesmo dissera para que ele ficasse por ali, servindo o doente no que ele precisasse. Outros presos vinham também fazer quarto, porque já era de quarto a conversa pela porta de Simão. De dia só Ricardo ficava. Deodato não queria se chegar para ver. O doente falava de tudo. A fala, a morte ainda deixava que ele usasse. Não via mais nada. Só fazia falar dos filhos e da mulher, como se eles estivessem bem pertinho. Dava conselhos: que não fossem eles para a linha de ferro, que a mulher não se esquecesse de vigiar o mais pequeno, senão podia um automóvel doido pegar.

Mas logo ele voltava para a ilha. O passeio até a rua de sua gente fora tão longo que o deixava angustiado de cansaço. E se virava para Ricardo:

— Foi o diabo. A gente ficou sozinho, como cachorro sem dono. Cadê Sebastião?

O companheiro procurava falar, encontrar uma saída para tudo aquilo. Vinha-lhe então um nó na garganta, uma vontade de abrir a boca ali mesmo e soluçar, como naquele dia em que morrera Odete. Reagia. E as palavras iam-lhe saindo, como se fossem pedaços de seu coração que ele arrancasse. Que nada. Sebastião fora tratar da volta deles. Melhor que fosse um, pelo menos. Botaria o negócio para a frente, cuidaria dos outros.

Deodato ficava por fora sem querer entrar, rondando. O médico quisera botar Simão na enfermaria, mas a sala estava cheia, pois a moléstia chegara com caráter epidêmico, derrubando logo os mais fracos.

Seu Manuel dava limão para Ricardo chupar de manhãzinha. Era a melhor coisa. Dava às escondidas, porque limão na ilha era raro. Só mesmo a gente de cima podia ter. Falavam que viria do outro lado um navio, com médicos para socorrer a ilha. Seu Manuel não tinha medo de nada. Chupando limão todo o dia em jejum ninguém teria doença. E não se conformava com o amigo arredio, todo de Simão que se ia embora. Dava então conselhos: que não se impressionasse, que fazia mal em pensar naquela coisa, como Ricardo estava pensando. Quem estava no mundo era para isto mesmo. Que um homem não devia se importar com besteira.

Mas a morte era mais forte do que o amor. Ricardo passava as noites agora à cabeceira de Simão que nem se mexia mais, falando cada vez mais baixo. Agora só era mesmo um sussurro o que lhe saía de dentro. Os nomes dos filhos na boca, como se ele estivesse beijando os bichinhos.

E numa tarde morreu mesmo, na hora em que o sino da igreja da ilha batia as ave-marias. Ficou estendido em cima da cama. Jesuíno, sentado no chão, urrava como um desenganado. Os outros presos ficaram por perto, de cara fechada. Os que tinham matado, os assassinos mesmo, escureciam a cara, porque, apesar de tudo, o mistério da morte devia ser maior que os seus instintos de feras.

A noite chegou e no outro dia de manhã enterraram Simão na terra quente de Fernando. Naquela noite não houve carinho de seu Manuel que acalmasse o amigo com a cabeça coberta e uma dor de desespero com ele na rede. Seu Manuel sentia também aquela dor desesperada. E, por fim, como se quisesse acalentar um filho pequeno, começou a cantar baixinho para um lado. E o que ele cantava ainda era mais triste:

Minha mãe me deu contas para rezar,
Meu pai me deu faca para matar.

Era a história do Cabeleira, o grande cangaceiro de quem seu Manuel sabia a vida em verso, e numa música fanhosa. A história de um enforcado que na hora da morte contou para o povo a sua vida. E assim foi até alta noite. Ricardo, sem ouvir nada, pensando no amigo morto e o companheiro querendo trazê-lo para os seus carinhos, com canto de mãe sertaneja fazer filho dormir.

Depois da morte de Simão, Ricardo pensou em deixar a casa do médico. O amigo morrera. Deodato e Jesuíno estavam ali para qualquer dia levarem o diabo e ele vivendo de grande, naquela sem-vergonhice, com um homem como mulher no quarto, passando bem, comendo do melhor que se comia na ilha. Aquele pão, que seu Manuel lhe dava, com manteiga, era o pão que Simão e Deodato faziam de noite, o pão amassado pelas mãos de seus amigos. Um já se fora, comido pela doença. E os outros estariam no caminho. Em breve ele veria Deodato de perna gorda, cego, perdido para sempre.

O moleque saía andando pela ilha com aquilo roendo por dentro. Traíra os amigos. Igualzinho o que haviam feito com eles o dr. Pestana, o Clodoaldo, o Sebastião. Não tinha diferença.

O mar da ilha não baixava a fúria de suas ondas nas pedras. Espumava, rugia todas as horas, enraivecido. Era um carcereiro que não dormia, um elemento que os homens aproveitavam de Deus para castigar outros homens. Por todos os lados o mar era o mesmo. Aventurar-se por ele era querer a morte, porque o bruto não se amansava como nas praias do outro lado, não baixava o lombo das ondas, convidando a gente para o seu regaço. Ricardo deixava a casa do médico para dar de pernas, andando de um canto para outro. Agora conversava mais com Zé Moleque. Só faltavam dez anos para o criminoso voltar para a liberdade. Um irmão dele tinha um pedaço de terra em Serinhaém. Iria para lá. Os últimos dias de sua vida seriam de um homem qualquer. Falava do irmão, que era menino, quando ele fora preso. E já era um homem cheio de filhos, homem direito. Só ele na família se perdera daquele jeito. Mas que culpa tinha ele? Quando abrira os olhos era criminoso. Zé Moleque na ilha era um casto. Vivia do roçado para o seu cubículo, fazendo sapatos nas horas de descanso. Diziam que tinha até dinheiro junto.

Quando chegava em casa para dormir, Ricardo encontrava o seu quarto arrumado, um pedaço de qualquer coisa que seu Manuel deixava para ele comer. E foi assim criando nojo dele mesmo. Não era de outro, não. Era dele mesmo. Mas quando a noite entrava de ilha adentro, seu Manuel chegava-se para ele, vinha medroso, trêmulo e, perto do seu negrinho, o assassino perdia a coragem, parecia mais uma pobre vítima, sem força para erguer a voz. Vinha angustiado. E com pouco mudava. A vida corria-lhe pelo corpo, exaltava-se, fremia, como se fosse todo ele um nervo só. No fim falava, falava. E às vezes até nestas confissões dava para chorar como um menino.

Na ilha todo o mundo sabia da coisa. Olhavam para eles dois como marido e mulher. Ninguém reparava naquilo, quase todos viviam assim.

Um dia falaram de um navio que chegaria com os médicos, por causa da peste. E sempre que se anunciava o navio a esperança vinha fazer ninho na ilha. Havia os que esperavam a revisão de processo, perdão, comutação de pena.

E os que só se contentavam com as notícias de casa. Os que estavam sem processo, os párias, apanhados nas ruas como entulho e mandados para Fernando, estes sempre levavam na certa o retorno. Já estavam cansados de banho de mar, de praia, e queriam a terra grande para eles.

Numa manhã o navio amanheceu ao largo. Ficara de longe. Os passageiros saltaram e uma notícia, como o vento, encheu a ilha de lado a lado. Todos que estavam ali sem processo voltariam, seriam recambiados. Os médicos queriam o menos possível de gente na ilha. Aquilo fora como se Deus tivesse vindo a Fernando. A ilha ficou em rebuliço. O navio voltaria na outra semana. Por toda parte se via preso dando as últimas demãos na bagagem. Uns presenteando aos que ficavam os bichos que não podiam levar, pedaços de roça, e uma alegria de cara a cara, que ia aos seus extremos, fuzilando nos olhos dos pobres-diabos que não teriam mais aquele mar roncando nos ouvidos, como um carrasco que não se cansava de repetir a sentença.

Deodato e Jesuíno correram para a casa do médico para contar a Ricardo. O moleque recebeu a notícia com espanto. Iria embarcar. A princípio uma grande alegria lhe encheu a alma. Davam-lhe a vida para ele viver outra vez. Mas aos poucos uma estranha tristeza foi tomando conta dele. Não sabia mesmo o que fosse aquilo. Não ia deixar para sempre aquele Fernando infeliz?

Quando chegou na cozinha, seu Manuel já sabia. Estava sentado no batente, de olhar fixo para um canto. Nem quis olhar para ele. Viu então que uma mágoa profunda, uma coisa maior que a sua tristeza era aquela de seu amigo.

Uma tarde de céu escuro caía sobre a ilha. Ricardo olhava para fora e via presos passando, gente se preparando para na outra semana fugir de Fernando. Seu Manuel sofria. O pobre tinha anos e anos para tirar. Cantava como se fosse um liberto, um pássaro no meio de seus arvoredos, de suas capoeiras. Quando ele entrava ofegante no seu quarto fazia pena vê-lo. Mas logo depois era uma alegria imensa que lhe banhava o corpo todo. Para Ricardo, naquelas noites de chuva, naquelas noites pesadas da ilha, fora-lhe seu Manuel uma mãe, uma rapariga, um irmão. Tudo que tinha era para lhe dar. Um amor mais feroz do que o de Isaura na hora boa, mais pegajento do que o de Odete. Todos ali tinham o seu. Só os duros, os que odiavam como Deodato, tinham força de fugir daquilo. Ele não. Ele se entregava de corpo e alma. O nojo que lhe vinha às vezes, as repugnâncias pelo outro, por ele mesmo, não valiam as noites de ternura do amigo, aquelas carícias que as mãos de um assassino de três mortes sabiam arranjar. Lá na cozinha estava ele de cabeça baixa, sofrendo com a liberdade que o governo mandava após dois anos. Deodato e Jesuíno estariam ardendo de felicidade. Tinham filhos, mulher para encontrar do outro lado. Tinham um resto de vida que ainda não apodrecera. Deodato temperara o seu coração num fogo mais quente que aquele com que cozinhava os seus pães. O mundo era dos sabidos. Florêncio e Simão morreram todos os dois para que tudo continuasse no mesmo.

Jesuíno abriu os dentes de contente. Para ele tudo estava esquecido. Fernando fora um sonho mau. A mulher e os filhos esperavam por ele outra vez.

À partida do navio, na segunda-feira seguinte, houve passagens de cortar coração. Chorava preso na praia. Os que ficavam, os que se separavam de amigos, de apaixonados, separavam-se como mulher de marido que fosse levado para a guerra. O pobre de seu Manuel passara a noite no quarto do companheiro, sem consolo. Contara tudo o que ainda não havia contado de sua vida a Ricardo. Falou de uma irmã que se perdera com um vaqueiro casado. Fora a sua primeira morte. Aí o júri dera-lhe razão. Veio para a rua, livre. A mana estava nas mãos de todo mundo. Fez tudo com o pai para que ela voltasse para casa. O velho endureceu e ela teve que descer para Rio Branco e ficar rapariga. Quando se lembrava disso não podia viver em paz. A irmã perdida, de todo sujeito, entregue aos tangerinos, aos desejos de quem quisesse. Ficou na tristeza, sem vontade de nada, até que o chamaram para o grupo de Cocada. Andou como renegado no mato, furando as caatingas, farejando grutas, de nariz aceso como cachorro de caça. Até que deram fogo com a força de Alagoas. Durou horas e quando terminaram, os companheiros tinham fugido. Estava sozinho. Entregou-se à força. O tenente queria sangrar, mas vendo que ele era quase um menino, teve pena e levou para a cadeia. A vida dele era aquilo somente. Tinha aquele fraco. Era uma desgraça um homem precisar de outro, como ele precisava. Melhor era passar fome na caatinga, ouvir passos de tropa passando por pertinho dos coitos, melhor tudo o que fosse o pior na vida do que precisar um homem de outro como ele. Deus lhe dera aquele castigo. Bem que a mãe pedia para ele rezar, bem que ela lhe ensinava aquelas rezas para lhe fechar o corpo, para acertar o juízo. Nada lhe servia quando chegava a vontade, o desejo de se perder, de ir atrás de gente que era ruim, que só fazia as coisas para maltratar. Até ali só encontrara um que fora bom para ele. Era Ricardo.

E chorava. Só Ricardo era bom, dera-se com o gênio dele, sabia entender o seu coração. A irmã era assim como ele. Parecia que estava vendo a pobrezinha, os cabelos soltos e compridos e uma boca grande. A irmã Maria ficava com ele na rede, contando aquelas histórias que ela sabia contar. Ela sabia de tudo, de príncipes, de amor, dos homens que matavam as mulheres, esquartejavam e iam deixando num quarto, bem guardadas. Mas a irmã se fora e ele ficara com o coração trancado. Um dia chegaram em casa dizendo que ela e o vaqueiro estavam bem perto em uma fazenda. Ficou com aquilo roendo. Lembrou-se da irmã numa rede com um sujeito casado. E a coisa roendo por dentro. E só parou de roer quando deixou o bicho estendido no chão. O povo todo de Pajeú ficou do lado dele. Menino de brio, diziam por toda a parte. Podia ter neste tempo uns 17 anos. Fez tudo para o pai botar a irmã para casa. Quisera até ir morar com ela, mas a pobre estava feito rapariga de um e de outro. Entrou no cangaço e estava ali na ilha, sofrendo o debique dos outros. Uma infelicidade um homem precisar de outro para viver. Seu Manuel estava feito molambo. Não sabia como fosse viver na ilha, sem aquela amizade que fora a maior, a única que lhe substituíra a irmã fugida.

Nunca Ricardo vira um homem mais infeliz. A desgraça de Florêncio, de Simão morrendo, não era nada em relação à miséria, à infelicidade do companheiro que ele via a seus pés como cachorro, lambendo os seus pés. Teve pena, tanta pena que pensou em ficar, em deixar o navio largar-se sem ele. Gostava do outro, nunca ninguém fora dele assim, fizera dele tudo no mundo. Seu Manuel era um branco, tinha um cabelo estirado como os brancos do Santa Rosa e vivia precisando dele, fazendo o impossível para lhe arranjar um agrado. Quem o amara assim? Mãe Avelina, Isaura, Guiomar, Odete? Ninguém no mundo tivera para ele um amor como aquele de seu Manuel. Ele, Ricardo, seria um Deus se quisesse para o outro. Seu Manuel rezava para ele, cantava, trabalhava. O dia de seu Manuel, os pensamentos, a alegria, a tristeza, tudo era dele. Agora ia-se para sempre. Chorou também.

    E, na despedida da praia, enquanto todos se separavam, eles se abraçaram no meio do povo.

    O navio deixara Fernando. A princípio o enjoo de mar não deixou que ele pensasse em coisa nenhuma. Aos poucos foi vendo as coisas. Fernando ficara em sua vida, não fora aquele inferno que era para Deodato e Jesuíno. Tivera seu Manuel. Ficara para trás uma vida que não fora tão miserável, como pensava que fosse. O mar de Fernando cercava os presos por todos os lados.

    Nem se via mais a ilha. Seu Manuel devia ter ficado por lá com aquela dor enterrada no coração, igual àquela que a fugida da irmã lhe provocara. Teve saudade de seu Manuel. A dor que ele tinha, o que o pobre sofria ele podia curar. Estava nas mãos dele evitar tudo aquilo. Pela primeira vez em sua vida Ricardo sentiu que um ser dependia dele, que uma pessoa sofria por sua causa. Não fora por sua causa que Guiomar morrera e nem Odete. Mas aquele sentenciado louro, de três mortes, faria o impossível para viver ao seu lado. Via assim que havia amor no mundo e que o amor era capaz de mover o mundo.

    Os companheiros esperavam o dia de pisar na terra livre, com ansiedade de quem fosse descobrir terra nova. Deodato e Jesuíno trocavam ideias. Deodato falava castigando os outros:

    — Você quer que eu lhe diga? Ninguém presta não. A gente deixou Simão enterrado. Aquele sim, que era de primeira. Tinha que morrer mesmo. As outras pestes ficam por aí.

    Ricardo não tinha coragem de abrir a boca. Ele se sentia uma daquelas pestes, um traidor dos companheiros. Jesuíno, falando com Deodato, achava que não, que havia muita gente boa no mundo.

— Boa para o fogo – dizia Deodato. — Você não viu este negro aí? Deixou a gente para um canto e foi se amigar com um criminoso.

Ricardo quis falar, mas não teve coragem. Deodato não queria mesmo saber dele. Traíra os amigos. Melhor que tivesse ficado na ilha para o resto da vida. Deixou Deodato e Jesuíno para um canto do navio e ficou a pensar na sua desgraça. Entrara na greve porque os amigos haviam se metido. Vira o povo de Simão, de Deodato, de Jesuíno com fome, e foi com eles para Fernando.

E de lá voltava sem os amigos. Simão enterrado na areia quente e Deodato dizendo aquelas coisas. De que lhe servia voltar para o Recife? Não tinha mais ninguém para ver. Seu Abílio, a sogra, Isaura, sem dúvida, nem sabiam mais que ele vivia. Fora-se. E voltava assim um moleque safado, sem uma pessoa para lhe esperar no cais. Lá ficara, dois anos atrás, Pai Lucas dando com os braços para eles. Nem se lembrava. Tinha Pai Lucas, tinha o negro velho para descarregar as suas mágoas. Chegando em Recife era para onde iria logo, na certa, falar com ele que não virava o rosto a ninguém, que sabia perdoar as fraquezas, as misérias dos outros. Deodato que se fosse. Tudo fizera para ser amigo dos homens da padaria de seu Alexandre, dera tudo que podia dar, fora para Fernando. E Deodato achava pouco. De fato teria ele procedido mal? Quando soubessem em Recife o que fizera na ilha, iriam debochar, tirar troças com ele. Seria horrível suportar os deboches, as pilhérias da canalha. Não ficaria em Recife. Tomaria o rumo de qualquer lugar distante, onde ninguém soubesse de suas misérias. Mas tinha saudades de seu Manuel.

2

EM RECIFE FICOU COMO em terra estrangeira. Tudo tinha mudado na Encruzilhada. As maxambombas não corriam mais. Aquilo parecia outro lugar, com os bondes amarelos dando uma vida diferente à atividade do povo. Seu Alexandre vendera a padaria. Fora-se para a terrinha, depois que em casa da mulata levara uma facada dum tocador de violão. O jardim de seu Lucas nem parecia mais aquele. Pai Lucas morrera. Contaram a Ricardo. Desde aquela partida dos negros para Fernando que o preto velho andara diferente. Numa noite no seu Xangô, no Fundão, cantara de um jeito diferente, cantara tanto, batera tanto com os pés no chão que caíra para um canto, meio desfalecido, de olho virando. Desde aí que Pai Lucas não era mais o mesmo. O jardim foi sentindo a doença do mestre, as roseiras não contavam com aquelas mãos devotadas. Pai Lucas foi indo, foi indo. Nas rezas a sua voz não cortava o silêncio da noite com aquela força de outrora, era mais manso, mais brando nos seus gritos a Xangô. E foi assim até que morreu sozinho no seu quarto. Passara-se um dia sem que ninguém visse Pai Lucas no jardim. Procuraram por ele e foram encontrar o pobre na cama estendido, bem morto, com a cara que era a mesma cara da vida. A casa se encheu de povo chorando, de mulheres que tocavam nele e caíam com ataques. As velhas cantavam junto do corpo, derramavam incenso que se espalhou pela rua toda. Cantaram, cantaram para que Pai Lucas fosse para bem junto do Xangô no céu. Ah!, se ele subisse em carne e osso para o céu! O povo todo queria ver Pai Lucas subindo como são Elias, num carro de fogo, para junto de Deus.

Ricardo sentiu a notícia da morte do mestre profundamente. Contaram-lhe com tanto sentimento a história do negro morto que ele não pôde deixar de chorar. Pai Lucas... Era bem nele que ele vinha pensando, bem nele que vinha confiando para pedir conselho. Só Pai Lucas saberia dar rumo à vida dele. Chegara de Fernando como se tivesse saído para uma outra terra. O Recife era uma estranja para ele. Que faria agora sem Pai Lucas, sem ninguém para contar a sua história triste? A ninguém ele diria aquilo, porque seria a pior vergonha. Mas tinha saudade de Fernando. Seria mesmo de Fernando? Ele sentia que lhe faltava qualquer coisa. E que lá a sua vida andava com mais alegria do que agora. Era de seu Manuel que se lembrava. Aonde que encontrasse uma amizade daquelas, aquele pensar de todas as horas, uma vida que era uma agregada da sua? Estava só, sozinho, ao léu. Lembrava-se daqueles que fugiam da ilha em quatro paus de jangada, soltos ao vento, e às ondas. Dias e dias assim sem ver terra. Céu e mar. Mar e céu. Até que a morte aparecia como o grande porto, aberto a todas as embarcações da terra. Lembrava-se destes, das agonias, dos desesperos. Estava quase assim. Para onde iria, se não tinha vontade de nada? Um vazio como aquele que lhe trouxera a morte de Odete, um vazio enorme estava dentro dele. À noite era que ele se sentia mais só, mais isolado do mundo. Ninguém existia mais para o pobre. Tudo murchara, tudo estava como aquele jardim de seu Lucas, de terra seca, de roseiras morrendo. De que valia ter voltado da ilha? De que valia a liberdade? Deodato não queria saber de ninguém. E dele com mais razão ainda. Por isso procurara Jesuíno, o negro que era de sua têmpera. E Jesuíno lhe dera um pedaço de chão para ele dormir. Dormia ali bem perto da família enlutada, dos moleques, da mulher, todos juntos, grudados uns aos outros pela miséria. Ficara com Jesuíno. Podia até ajudar aqueles pobres, fazer alguma coisa que fosse para o bem dos amigos. Os molequinhos só vinham em casa mesmo dormir. Com o pai por fora acostumaram-se com a vida de vagabundos. Pediam esmolas pelo mercado da Encruzilhada, trazendo para a mãe o bastante para comer.

 A mulher do Jesuíno parecia uma velha, um resto de negra, a quem a miséria tivesse comido as carnes e roído os ossos. Mas era daquilo mesmo que o marido gostava, dela assim mesmo de dentes caídos e peitos murchos, toda mirrada que nem um rabo de bacalhau. Jesuíno sonhava com ela em Fernando. E a pobre vivia a lhe aparecer nos sonhos como nos tempos em que a conhecera lavadeira, numa casa do Espinheiro, bem cheia de corpo, toda chibante. Casaram-se logo. E vieram os filhos e a fome que fora o dote que Deus lhe dera. Foram-se embora as carnes. Agora era aquilo que se via, um caco. Mas nunca Jesuíno entrara em casa que a encontrasse enfurecida com a sorte. Só tinha mesmo de luxo o Xangô do Pai Lucas. Dançava nele e recebia uma vez ou outra a visita do Alto em suas entranhas. Tremia, descia suor pelo seu corpo e Deus do Céu vinha deitar-se com ela, passear pelo seu sangue, fazendo vibrar aqueles seus nervos gastos pelos partos, pelas misérias. Deus era bom. Não tinha orgulho. Ali no terreiro de Pai Lucas cobria mulheres desgraçadas como ela, pobrezinhas. Deus não tinha um pedacinho de bondade. Era isto que dava coragem a Leopoldina para viver. O marido inocente fora mandado para a ilha dos criminosos. Ninguém daria mais um tostão para que pudesse ela comer descansada, olhar para os filhos. Pai Lucas no começo dava o que podia dar. Mas morreu. Ela viu bem o santo estendido na cama, com a cara comprida, como se estivesse num sono profundo. Para ela foi uma desgraça a morte do pai de santo. Um pedaço de Deus deixava o mundo. Quem viria fazer no terreiro do Fundão o que Pai Lucas fazia? Quem teria força para fazer as mulheres tremerem de um frio que vinha de muito longe, dos confins? Leopoldina chorou com as outras mulheres, chorou e cantou pelo Pai que fora chamado pelo Criador. A vida ficou mais dura. Sem marido, sem o protetor, ficou com os filhos sem saber para onde ir. Casa para pagar, comida para comer. E assim os filhos traziam para casa o que lhes davam de resto de pão, de carne, de roupa velha, tostões. E foi vivendo até que o marido chegara de Fernando naquele estado, tão magro que parecia cinzento, de olho amarelo como gema de ovo, meio trôpego, aleseirado, chorando por qualquer coisa. Felizmente que aos poucos melhorava, já podia sair de casa para fazer um trabalho qualquer. Os molequinhos tinham se acostumado com a vida. Andavam tirando esmolas pelas portas, pedindo comida, corridos de uns, maltratados pelas portas das vendas, tangidos como uma praga, uns pestilentos. Deram também para roubar, para aproveitarem-se dos descuidos dos balaieiros, disparando rua afora. O povo conhecia os negros de Jesuíno. Os bichos alarmavam os quintais. Ninguém podia estender um pano com medo deles. Chamavam de ratos. E eles mesmos pareciam ratos com aquelas cabeças compridas, aquele ar de espantados.

    Jesuíno encontrou a sua gente neste pé. E não podia fazer nada. Não dispunha de força para evitar o destino que os seus tinham aceitado. Ele mesmo nem tinha força para o trabalho. Estava um molambo. Os filhos é que eram os donos de sua casa. Ele e a mulher estavam vivendo do que eles traziam da rua. Fora para o pobre negro uma humilhação pior do que o desterro de Fernando. Sofreu horrores para se acostumar àquela miséria. Mas passou dias inteiros sem coragem de mudar de vida. Depois que se empregara numa padaria para bater marcas de bolachas, em serviço de menino, ele que tivera braços que moviam os cilindros de seu Alexandre, começou a endireitar as cousas em casa.

Um dia chegou um soldado na porta de seu mocambo com um recado do delegado. Ficou pensando em mil coisas. Capaz de ser história de operário. Pediu a Ricardo para ir com ele.

A autoridade era agora o seu Loia da farmácia. Os dois ficaram na porta do delegado, esperando um tempão, sentados na calçada da rua, até que pudessem ser recebidos. Por fim o seu Loia disse o que queria:

— Você é o pai desses moleques que andam por aí, não é?

Jesuíno respondeu que sim.

— Olhe – lhe adiantou o delegado —, mandei chamá-lo para que o senhor contenha os seus filhos. Andam por aí como uns ratos, roubando tudo o que pegam. Estou fazendo uma limpeza no distrito. A primeira vez que pegar estes negros mando todos para a colônia da detenção.

Jesuíno se desculpou, estivera por fora e os filhos se tinham perdido por falta de quem tomasse conta deles. Estivera dois anos em Fernando.

— Filho de gato é gatinho – lhe respondeu o seu Loia. — E você o que é que está fazendo agora? Não quero vagabundo no meu distrito. Se não quiser entrar no regime, vá para outro lugar.

Ricardo e Jesuíno saíram, os dois mais mortos do que vivos. O que podia Jesuíno fazer, sem força para os moleques, doente, ganhando um ordenado de menino? O jeito que tinha era um dia ou outro ver os filhos na colônia. Pensando bem era até melhor.

Quando chegou em casa contou à mulher. Aqueles restos, aquele caco de gente deu um pulo como nas noites de Deus no corpo. Filho dela não saía encangado como bicho, filho dela não iria para a colônia como se não tivesse pai e mãe para trabalhar para eles. Jesuíno era um desalmado. Queria ficar sem os filhos. E deu para chorar, para tremer com aqueles tremores do terreiro. Primeiro deixasse ela morrer, primeiro deixasse ela morrer, descansar debaixo da terra, para fazerem uma judiação daquelas.

Quando os moleques chegaram, de tarde, foi Ricardo que falou com eles. Contou tudo o que dissera seu Loia, o que sentira a mãe por causa deles. Ficaram quietos, traziam as mãos cheias de tudo. Era uma mistura de comida e pano velho. Ficaram quietos até que o mais velho se abriu para Ricardo. Não roubavam, não:

— A gente tira o que o povo não quer mais.

E se foram os três para o fundo do mocambo, amedrontados. Jesuíno ameaçou, daria pancada, não queria ladrão dentro de casa.

Os moleques não deram uma palavra. Apenas o mais moço chegou-se para perto da mãe, deitada na cama de vara. Leopoldina estava com os olhos fechados como se dormisse. O mais moço chegou-se para ela e bem baixinho, como se não quisesse acordar a mãe, falou para ela:

— Mãe tá doente?

Leopoldina não disse nada, mas começou a chorar aos soluços. Os soluços que eram aqueles que ela dava quando Deus lhe vinha visitar.

Jesuíno foi buscar um pedaço de alho e deu à mulher para cheirar. Os moleques ficaram por perto da cama, encolhidos como passarinhos molhados pela chuva, bem junto um do outro, para olhar a mãe com aquele negócio feio, aquele tremor da cabeça aos pés. O mais moço chorou. E Jesuíno também.

Mais tarde, na porta da casa, Jesuíno falou com Ricardo:
— Se Pai Lucas estivesse vivo não acontecia aquilo.

Ele não era como Deodato, com raiva de todo o mundo, mas bem que dava vontade de ser. A mulher, aquilo que Ricardo via, mais morta do que viva e os filhos soltos sem que ele pudesse meter mais cabresto em nenhum deles. Simão tivera sorte. Estava lá debaixo da areia quente de Fernando. Que importava que os ventos furiosos varressem a ilha e que o sol fosse quente e que o mar cercasse tudo? Simão não veria os filhos como Jesuíno estava vendo os seus. E a mulher estrebuchando no chão e o delegado atrás dos moleques como de raposas ferozes. Os vizinhos se queixavam também. Os moleques de Jesuíno botavam seus filhos a perder. Os mocambeiros tinham o que perder.

Ricardo ali ficou nos primeiros dias de sua volta a Recife e tudo aquilo que ele via de triste ainda mais o fazia sentir-se de fora, de bem fora daquela cidade, daquele povo, de tudo o que parecia arranjado de propósito para fazer um coração fraco como o dele sofrer. Pobre do Jesuíno! Lá na ilha levava os dias sonhando com a mulher e os filhos. E o que encontrava de volta era uma podridão de gente, a família no último grau de miséria.

Ricardo procurou serviço na construção da linha de bonde de Beberibe. Só lá encontrara trabalho. Mesmo ele não desejava viver mais em padaria, pegar amizade para depois suceder o que lhe havia acontecido.

O trabalho era duro. De picareta na mão, cavando terra, no serviço puxado com os companheiros acostumados fazendo as coisas na maciota, conversando uns com os outros. Parecia o eito do Santa Rosa. O feitor estava tomando conta, os cabras de pés no chão, e a terra na frente, a tarefa dura para tirar. Criou calos nas mãos. E o sol queimava-lhe as costas, um sol como o da ilha. Os primeiros dias foram difíceis, mas aos poucos foi se acostumando. Os homens falavam da vida de cada um. E riam-se alto das troças, das pilhérias que tiravam. Botavam apelidos, falavam de mulheres, de episódios, de amores, de desgraça dos outros. A vida para eles era as noites que eles tinham para gozar e os domingos e os dias santos em que se espichavam pelas portas dos mocambos quando não se davam às mulheres, à cachaça, aos folguedos dos ensaios para os grandes dias do Carnaval. Ricardo levou dias sem fazer conhecimento que fosse mais ligado. Chegava para o serviço e saía para casa como entrara a primeira vez. Terminou porém entrando na conversa dos companheiros, embora pouco tivesse para contar. Pouco sabia para fazer os outros abrirem em gargalhada enquanto a picareta tinia na terra dura. Estavam construindo o leito da linha para os bondes que vinham substituir as maxambombas, os trens que davam àqueles caminhos de Beberibe um sinal de vida mais humana, com os seus apitos saudosos e aquele ir e vir de comboios compridos, com horas certas, com passageiros que tiravam prosas, que se familiarizavam. Viriam os bondes amarelos, parando de poste em poste. A Encruzilhada já se despojara de seus trens. E agora chegava a vez de Beberibe. Com pouco as maxambombas ficariam lá para as oficinas encostadas. Muitas seriam vendidas para as usinas. Iriam apitar pelos canaviais, pelas ingazeiras, pelas cajazeiras, arrastando cana para as esteiras.

Ricardo e os outros estavam fazendo o caminho dos bondes. De dia e de noite turmas martelavam nos trilhos, cavavam a terra, batiam em dormentes. Às vezes ele vinha trabalhar na turma da noite. A noite inteira de picareta na mão, sem o sol tirânico nas costas como um castigo. No silêncio daqueles ermos os cabras cantavam. Os instrumentos de trabalho soavam como se fossem um acompanhamento malfeito. As enxadas, as picaretas, os martelos se encontravam com os seus ruídos, com as vozes fanhosas, com as tristezas e a luxúria da gente que estava ali até o sol apontar, até que viessem outros fazer o mesmo. Nestas noites Ricardo trabalhava com a cabeça cheia de pensamentos. Lembrava-se da padaria de seu Alexandre, das noites da ilha, de seu Manuel que lhe vinha com aquela ternura de Mãe Avelina e de Isaura. Lembrava-se de tudo isto. E bem que não queria se lembrar. Melhor que nada disso pudesse existir para ele. Bem que desejava que uma coisa viesse e escurecesse todas as suas recordações, que o seu passado se sumisse, se danasse para as profundas. Tudo que era da vida passada vinha-lhe como uma dor. Queria cortar todas as ligações, fugir para uma coisa nova, para uma ideia diferente. E era impossível. O passado vinha a propósito de tudo. Uma palavra de algum companheiro, uma referência besta era a picada para as recordações que ele não queria mais ter. Ora era de Isaura, de Odete, de Simão, de Florêncio, do Paz e Amor. Tinha até vontade de chorar quando a coisa lhe chegava de supetão, quando uma cantiga qualquer lhe acordava os sentidos para um dia feliz, para uma hora, um minuto em que fora todo de sua alegria. E sucedia-lhe que agora era que ele descobrira que fora feliz, em alguns instantes da vida. Uma coisa se passara há tanto tempo e somente com a recordação é que ele via que fora feliz. Na casa de Jesuíno não podia ficar mais. Devia procurar um lugar para ficar só. E tinha medo. Na ilha, seu Manuel o acostumara com a sua companhia. Tinha medo de ficar sozinho num quarto, sem um ente por perto por quem ele pudesse chamar, dar um grito. E, no entanto, devia sair da casa de Jesuíno. A miséria que ele não podia remendar incomodava-o. Os filhos de Jesuíno não ouviam mais o pai. Jesuíno era mais um fantasma de pai. Meio trôpego pela doença que trouxera da ilha, ganhando como um menino, a mulher dando de quando em vez aquelas tremedeiras de Xangô tudo isto fazia que o pobre nem tivesse mais coragem de dar um grito, de pegar os filhos pelas orelhas.

Os moleques continuavam a mesma vida. O mais velho nem vinha mais para casa. Diziam os outros que ele estava trabalhando numa cocheira, no Espinheiro. A mãe na primeira noite não dormiu, pensando nele. No outro dia ele chegou assoviando, com a história do emprego, e em casa ficou tudo conformado. Jesuíno não acreditava na conversa, mas nada podia fazer. Era um trapo que nem tinha mais força para conversar com Ricardo. Quem o visse no outro tempo, puxando os cilindros de seu Alexandre com aqueles braços de ferro, não acreditava que ele desse naquilo em que estava, andando devagar, de pernas bambas. Só Pai Lucas daria um jeito nele, mas se fora, não pudera com ele mesmo.

O pai de terreiro que ficara no Fundão, o negro Oscar, era novo no culto, não tinha ainda poderes de Deus. Cantava bem, espichava os beiços para cima, mas de que valia se

Deus ainda não partilhara com ele a sua força? Jesuíno não acreditava no negro Oscar, não tinha confiança em procurá-lo para se queixar de suas doenças. Pensou noutro. Só se fosse para o Pai Anselmo, de Olinda. A doença, porém, até a fé de Jesuíno comia, até a confiança nos seus santos tinha tirado do negro devoto de Pai Lucas.

A casa dele era aquilo que se via. Filhos feito ratos de feira e de quintais e a mulher acabada, dando aqueles ataques, tremendo de um frio que ninguém sabia donde vinha.

Ricardo queria sair da casa de Jesuíno. O que ele estava ganhando dava para viver só. Ao mesmo tempo examinava e via que era uma miséria ir embora deixando o pobre Jesuíno naquela situação, ganhando o mundo com a miséria dos seus amigos roendo os infelizes. E ficou assim vacilando, como sempre fora a fraqueza de sua vida.

De noite ele ouvia tudo o que se passava na casa do amigo. E ficava com vergonha de ouvir o amor de Jesuíno com a mulher. Era um fim de amor, uns restos de vida que os pobres gastavam, últimas reservas que tremiam na cama de vara de Jesuíno, que nem davam mais para fazer filho.

Sentia-se cúmplice daquela tragédia e um remorso de estar ouvindo os últimos arrancos daqueles corações em ruína se apoderava do moleque. Então ele abria a porta e saía para a rua. Os outros mocambos estavam quietos, de fogos apagados, outros Jesuínos procuravam as suas Leopoldinas, e o céu cheio de estrelas e a noite, como sempre, cobrindo tudo com as suas sombras. Queria andar pelos arredores, perder-se por aquelas estradas ermas, mas tinha medo, tinha medo de andar só. E ficava assim ali, na porta de Jesuíno, esperando que o sono viesse amansar a pobre luxúria de seus amigos. E ele nem tinha com quem fazer o que os amigos faziam. Era só. Só no mundo como um infeliz, um Judas. Seu Manuel, na ilha, gostava dele como ninguém. Mas não podia mostrar aquele amor, seria levado no deboche, olhado como safado. Este mundo era errado, todo errado. O corpo quebrado pelas trabalheiras, pelas oito horas de picareta, o lombo doído, as mãos ardendo. Se dormisse era bom, se os pensamentos se fossem, se o mundo começasse outra vez seria tudo. Mas não. O mundo era o mesmo e o passado estava tão junto dele como se fosse daquele dia.

Foram desse jeito os seus dias de Recife. Voltava do trabalho com vontade de cair na rede. E na rede o sono tardava, a cabeça não deixava que dormisse até de madrugada. Na ilha dormia com um sono de pedra, depois que seu Manuel deixava o seu quarto. Dormia como uma pedra caindo no fundo do rio. Os sonhos que lhe vinham eram mais dos primeiros meses. Depois ganhara a afeição do sertanejo louro e a vida foi mudando para melhor. Por isto sentia saudades da ilha. Só podia ser ele muito ruim para sentir saudade de lá. Ninguém sentia. Todos chegavam do presídio com impressão de um retorno do inferno. Ele não. Ele voltava e a vida que lhe apareceu foi uma vida de encarcerado sem esperança. A casa de Jesuíno lhe parecia um lugar de suplício, com a miséria de seus amigos, a maior miséria que tinha visto. Os filhos de Florêncio andavam pelos cisqueiros mas nunca fizeram medo no mercado, nas vendas, nos quintais.

Para ele, Ricardo, só havia um jeito; era fugir, botar de lado aquela besteira pelo povo de Jesuíno e ganhar para uma terra qualquer, mesmo que fosse para viver como cachorro. Ninguém queria bem a ele. Deodato ficara com ódio, por causa de sua fraqueza, e Jesuíno nem podia mais querer bem a coisa nenhuma. Aonde encontrar uma pessoa, um ente de carne e osso para conversar, ter confiança? Lembrou-se de seu Abílio e de sinhá Ambrósia. Se fosse bater na porta dos ex-parentes?

    Sinhá Ambrósia ficou espantada quando o viu e seu Abílio lhe fez uma cara de amigo que recebesse um conhecido velho. Conversaram a tarde toda. Os pássaros de seu Abílio tinham crescido de número. Eram muitos por debaixo dos arvoredos.

    Sinhá Ambrósia falou de Odete, de feitiço. A pobre morrera em vista de coisa-feita. Parecia que acusava Ricardo, mas não era. Sinhá Ambrósia desde que a filha morrera que ficara com aquela conversa. A morte de Odete era o seu tema. Seu Abílio quis saber de muita coisa da ilha. Os seus pássaros cantavam naquela tarde calma da rua do Cravo. Agora o preferido era um concriz que saltava na gaiola, grande como um dominador. Nem parecia um prisioneiro, de tanto cantar; mudando de voz, variando a ária, experimentando escalas como um mestre.

    Ricardo ouviu a conversa de sinhá Ambrósia e do sogro e foi-se com uma decepção. Não havia uma pessoa que quisesse história com ele. Foi quando pensou no Santa Rosa. Por que não se lembrava mais dos seus, dos que eram mais remotos em suas saudades? Tinha-se esquecido da mãe, dos irmãos. Ainda em Fernando lhe chegaram os parentes perdidos, mas estavam tão de longe, e outros haviam marcado a sua alma tão forte que nem aqueles existiam mais, como gente sua. Nem Mãe Avelina nem Rafael. Tudo perdido numa distância de mil léguas. Mais de seis anos que não sabia o que seria feito de seu povo. Talvez que Mãe Avelina tivesse morrido, que os irmãos tivessem saído pelo mundo como ele. Uma saudade rebentou nele, dos tempos do engenho, das manhãs frias, do leite ao pé da vaca, dos cavalos que lavava no rio. Veio vindo da casa de seu Abílio pensando em tudo isto. Poderia voltar. Pelo menos passaria por lá uns tempos. Depois voltaria, procuraria outro lugar, assentava praça. E chegou na casa de Jesuíno com a ideia na cabeça. Não havia mais dúvida. Trabalharia mais uma semana na linha de Beberibe, juntando o dinheiro da passagem, e na primeira ocasião ganharia para o Santa Rosa. Dormiu nessa noite, revendo a vida de outrora. Mas não deixou de sonhar com Fernando, com seu Manuel dando um adeus, dizendo para ele uma coisa que ele não sabia o que era. Vira o amigo no muro alto e de lá de cima procurando dizer uma coisa que ele nunca que entendesse. Seu Manuel no sonho estava magro. E por mais que Ricardo fizesse o amigo não se chegava, não se aproximava dele. Uma angústia dominava-o. Chorava de ver o outro e de não poder se encontrar com ele.

Acordou sobressaltado. Teria acontecido uma desgraça com o seu companheiro? Acordou triste e foi para o serviço, atravancado com aquele pensamento. Não tinha uma pessoa para desabafar, para abrir-se. O sonho ficou com ele a manhã toda. Morrera ou estaria doente lá em Fernando, o único ser no mundo que fora para ele o que nunca ninguém tivera sido?

Naquele dia encontrou Sebastião no serviço. Sebastião que o conduzira com Simão, Deodato e Jesuíno para Fernando. Na hora do almoço o negro de fala fácil chegou-se para conversar. Era o mesmo. Viera de Fernando e até aquela data estivera sem emprego, corrido de toda parte. No entanto dera os passos para que eles voltassem. Podiam falar com o presidente da Resistência para saber. Encontrara Deodato que virou o rosto para ele. Estavam enganados e queria dar uma prova. Um dia daria uma prova. Um dia quando eles precisassem dele, encontrariam um amigo. Precisavam confiar. Não era um traidor, um fujão. Veriam que não era. Agora mesmo estava ali pegado no cabo da enxada para viver no meio de todos. Podia ter embarcado, levar a vida boa de embarcadiço. Mas não quis. Pegara a cadeia, sofrera o diabo, mas operário contasse com ele. A coisa mudaria. Não havia dúvida, mudaria. Ninguém seria mais sacudido em Fernando somente porque se pedia um tostão a mais nos salários.

Os outros operários se chegaram para ouvir Sebastião na conversa. O negro estava dizendo uma verdade.

O cabo porém não permitia conversa fiada. Operário que quisesse ouvir lorota que ficasse em casa. Ali era serviço. Sebastião voltou para o seu canto. Ricardo com a sua conversa perdera a impressão do sonho. Seu Manuel tinha voltado outra vez para a ilha. Sebastião era um homem terrível. Nada abrandava a sua vontade, nada virava a sua cabeça. Queria uma coisa difícil, quase que mudar o mundo, dar para operário o que era dos ricos. Ia para Fernando e chegava de Fernando com a mesma ideia, falando sempre de um dia em que as coisas mudariam.

Quando acabaram o serviço ele procurou Ricardo para conversar. Soube da desgraça de Jesuíno mas falou mais de Deodato. Só queria saber por que o outro lhe virara o rosto. Capaz de estar pensando em safadeza, em cachorrada por parte dele. Deodato era um homem que servia, homem duro de roer. Procuraria o amigo e resolveria tudo. Ficaria sabendo que não enganava companheiro:

— Passei o diabo com a polícia atrás, desde que cheguei da ilha. Para onde ia era vigiado. Até que se esqueceram. Se não fossem os camaradas da Resistência morria de fome. Agora aguento firme.

Depois falou de uma nova greve, em fábrica de tecidos. Já fora à Várzea falar da coisa e soubera dos planos. Greve era o que melhorava operário:

— A gente perde, eles perseguem, mas a raiva fica no meio dos pobres. E no dia que a raiva tomar conta da gente toda, eles cedem, eles abrandam para o nosso lado.

O pessoal ali da linha de bonde não tinha traquejo. Era pessoal que tinha vindo do interior, pessoal que não sabia o que era direito. Mas ele estava instruindo eles. O povo precisava era de quem dissesse o que ele valia.

Ricardo chegou em casa com medo de Sebastião. Falou com Jesuíno que se abriu:

— Aquele não se emenda. Você viu que a gente comeu o diabo por causa da greve. Morreu gente na bala, foi-se pra Fernando. Sebastião não muda. Os filhos da gente que se desgracem todos, que se morra de fome. Não vou atrás de conversa não.

Jesuíno andava melhorado, mais firme, de olho mais branco. A mulher é que era a mesma ruína, sem jeito. Agora dera outra vez para o Xangô. O Pai Oscar queria que ela estivesse sempre no terreiro. Ela tinha força para os espíritos. Os santos gostavam de descer no seu corpo, tremer em seus ossos.

Leopoldina nem se importava mais com os filhos, pois tinha os santos para conviver com ela. Nas noites de reza chegava em casa que era uma lástima. Jesuíno reclamava. Que deixasse daquilo. Que um dia ela morreria estrebuchando no terreiro como outras tinham morrido. Que se lembrasse da negra Paula, gritando, gritando no chão, se espojando como um animal, até que quando foram ver era um cadáver. Leopoldina não ouvia. Quem seria Jesuíno para ditar leis para ela que sentia Deus no seu interior, Deus no seu corpo, vindo do alto, da sua corte celeste para fazer os seus restos de carne tremerem, descer pela sua alma, trazendo-lhe aquele frio que ia até os ossos. Um frio que era mais frio do que o das maleitas.

Naquela noite em que falava de Sebastião, Jesuíno se queixou do Pai Oscar. Nunca que o Pai Lucas fosse se servir de gente fraca para as suas rezas. Oscar não tinha força, não podia com a força de Deus e ficava atrás dos outros, precisando das mulheres para fazer alguma coisa:

— Sebastião quer levar a gente para a greve e Oscar tira a mulher da gente.

A cara de Jesuíno refletia uma dor enorme. Ricardo teve pena do amigo. Aquilo era uma besta de bondade, incapaz de ofender uma mosca, e no entanto só merecia de Deus o que era de desgraça. Até da mulher do pobre se serviam, sacudindo aquele monte de ossos para dançar, gritar, estrebuchar como um bicho qualquer. E Deus ficava assim para Ricardo como um Sebastião maior, querendo tudo dos pobres, tirando tudo do povo. Depois que viesse o reino do céu, como o dia da vitória de Sebastião. Tudo não passava de conversa. Não acreditava mais em Deus. Mas desde que se surpreendia com aqueles pensamentos de incréu ficava com medo. Deus tinha olhos e ouvidos que viam e escutavam tudo, que iam até aos pensamentos, aos desejos, às vontades. Deus entrava pelas portas fechadas, atravessava as paredes grossas, furava a terra, rompia as nuvens. Então ficava com medo de castigos. Leopoldina não seria mesmo mulher de Deus? Ou tudo aquilo não passaria de sabedoria de Oscar? Por que então Deus não lhe dava os filhos como ela queria que eles fossem? Deus e Sebastião só queriam uma coisa: fazer o povo sofrer. Devia era correr para o Santa Rosa. Deixar tudo, não se importar mais com Jesuíno, se esquecer de seu Manuel, procurar outra vida, na terra que fora de todos os seus. Tudo por lá estaria mudado. Falavam que no Santa Rosa existia agora uma usina montada.

    E a saudade da terra veio chegando para ele. Parecia que sentia o cheiro do mel, aquele cheiro doce de mel que subia pelas telhas do engenho moendo, na fumaça branca da casa de caldeiras. Melhor era mesmo voltar, nem que fosse para o eito, nem que fosse para ser cabra de esteira, tombar cana, ser negro de confiança, ser o que quisessem que ele fosse. Ali era que não podia ficar. Não tinha amor por mulher, não tinha a fé de Leopoldina, a coragem de Sebastião, a raiva de Deodato, a bondade de Jesuíno. Não tinha nada que merecesse guardar. Tudo que fora seu, se fora: mulher, amigos. Odete morrera, Guiomar se matara, Florêncio, Simão, d. Isabel, Mané Caixeiro, Pai Lucas se foram para o outro mundo. O amor de seu Manuel enchera-lhe os dias da ilha de uma satisfação incalculável. E não podia falar disto a ninguém. Amor de um homem que era uma miséria para os outros. O moleque Ricardo se ligara com um criminoso em Fernando. Deus livrasse ele de que viessem a saber disto. Cairia na boca do povo e estava desgraçado para o resto da vida. E no entanto para ele o criminoso de três mortes fora quem melhor no mundo gostara de si. Coitado! Como não estaria de longe pensando nele! E a história da princesa que descasava os bem casados, como não tremia na voz fanhosa de seu Manuel? A cabeça pingando sangue numa bacia de ouro.

    Iria para o engenho, não tinha mais dúvida. Na próxima semana se veria livre de todas as desgraças a que assistia, de todas as recordações que lhe atormentavam a vida. O Recife para ele era como um cemitério.

3

Agora estava ali no trem, naquele banco comprido de segunda classe, vendo terras passando por ele, engenhos e canaviais subindo pelas encostas. Há quanto tempo não via um canavial com o vento soprando nas folhas, de pendão florido por cima da verdura que baixava e subia como uma onda! Como não estaria o Santa Rosa? E a Mãe Avelina por onde andaria àquela hora? Se soubessem que ele voltaria, estariam contentes, ela, os irmãos, todos da rua estariam satisfeitos com a sua chegada, depois de tantos anos.

Passavam estações. Via chaminés de usinas, altas como torres, de tijolos encarnados, bem diferentes dos bueiros brancos dos engenhos. Como estaria o Santa Rosa virado em usina? Teriam botado abaixo a casa rasteira do engenho, teriam subido os paredões, construído uma chaminé como aquela que ele via igual às das fábricas de tecidos? A casa do Santa Rosa estava na sua frente, bem nítida, a casa-grande, a gameleira, os pés de *flamboyant*, o curral, a casa da farinha, a rua aonde dormiam as negras que vinham do cativeiro. Teriam mudado tudo isto? A ânsia de chegar, de botar os pés na terra que ele conhecia, palmo a palmo, de pisar a terra que os seus pés de menino pisaram, perturbava a visão do negro, de olhos estendidos para a paisagem que o trem cortava. Então uma alegria, uma alegria estranha lhe encheu a alma. Há tempo não sentia aquilo. Só mesmo nas noites em que ia ver Guiomar, andar com Isaura ou nas noites da ilha, com seu Manuel. Não devia se lembrar mais de nada. Sentia, de fato, que ia viver outra vez, que outra vez o mundo nasceria para ele. Ouviria pássaros cantando nas árvores, outra vez acordaria com as vacas do coronel esperando por ele para tirar leite.

E, enquanto o trem corria, Ricardo sonhava. Há não sei quantos anos num banco daquele viera para a terra, aonde os negros eram mais livres, mais do que no engenho, aonde, em vez de alugados, seriam empregados, tivessem regalia de homem livre, pudessem mandar em sua vida. Tivera a vida nas mãos e fora aquela desgraça.

Perto dele, no trem, um sujeito puxou conversa perguntando para onde ele ia, donde tinha vindo. E quando soube que se botava para a usina do dr. Juca, a conversa pegou firme. Também era para onde ia. Tinha sido chamado para cozinhador. Fora da Catunda, a maior usina de Pernambuco. Aquilo sim, que se podia chamar de usina. Tirava mil e quinhentos sacos por dia, tinha 170 quilômetros de estrada de ferro, só dentro das terras da fazenda. Trabalhara lá muitos anos, mas agora haviam botado um estrangeiro para químico. E o galego era uma peste de malcriado. Fosse ele para os infernos. E no primeiro chamado que tivera, aceitara:

— Veja o senhor. Levei a vida dando ponto em açúcar, conheço o meu ofício. Lá isso eu conheço. Pode ser que outro tenha mais ideia da coisa, mas nunca queimei um quilo de açúcar, nunca dei prejuízo. Quando a cana não ajudava, não havia jeito porque ninguém tem parte com o diabo para mudar caldo. Pois veja o senhor: o galego chegou, começou a contar lorota, a mexer em frasco, e tudo o que os mestres faziam, sem barulho, sem visagem nenhuma, ele fazia tomando nota em livro, fazendo manobras. E dando gritos, falando numa língua misturada. Qual!... No primeiro chamado deixei Catunda. Passei ali a vida toda desde menino. Fui tudo, até trabalhei na esteira. Mas para ser maltratado por galego não ficava. Queria bem até o diabo da usina porque faz gosto a gente trabalhar naquele mundo. Sou franco, só saio de lá contrariado. Vou ver o que se faz aqui na usina do doutor. Soube que é uma coisa pequena, um arranjo com ferro-velho. Porém com açúcar no preço em que está, toda usina é boa. Seu menino, nunca vi usineiro ganhar tanto dinheiro como nos tempos que correm. Eles nem sabem aonde botar tanto cobre. Avalie você que este galego entrou ganhando cinco contos de réis por mês, na Catunda, e ainda falam em porcentagem, no fim do ano. Isto é que é um ganhar.

Depois quis saber se Ricardo vinha trabalhar na usina, se tinha ofício, se era mestre. O homem falava, gabava tanto as suas qualidades que chamou atenção no carro. Outro veio para a conversa.

Era um negociante de cereais. Para este o assunto era o seu negócio de milho e de feijão. Esta história de usina estragara o mercado. Ninguém plantava mais roçado, era só cana. Agora quem quisesse pegar um negócio que fosse para o brejo, para o sertão:

— No tempo do coronel José Paulino, do Santa Rosa, a gente negociava com os moradores. Comprei muito alqueire de fava por lá. Hoje é o que se vê. Fava e milho só quem está comprando é o barracão da usina. E como a coisa vai, eu só quero ver no tempo de seca. Usineiro só quer saber de cana.

O cozinhador dava razão aos usineiros. Com o preço do açúcar, não se podia perder um palmo de terra com feijão. O que dava dinheiro era a flor-de-cuba.

— Dá dinheiro, é verdade – dizia o comerciante —, mas para a burra dos grandes. O que lucra o povo com isto?, me diga o senhor que tem família. Quem pode sustentar gente em casa com os cereais pelo preço que estão? Digo isto não é por interesse, não. Até para mim não faz diferença. Tomo o meu cavalo, vou ao brejo e trago o artigo que vendo muito bem. Mas não é brincadeira. O senhor veja a desgraça do povo por aí. Muita gente vive na farinha seca, que feijão está ficando comida de rico.

Ricardo ouvia calado a conversa dos companheiros. As terras que avistava pela janela do trem já se pareciam com as suas. A várzea do Paraíba estava ali coberta de cana, estendida pelas margens do rio, subindo até o pé das caatingas. A cana subia e descia pelas encostas. O homem da Catunda gabou a cana:

— Canão!

Só vira assim na várzea de Goiana.

O moleque gozou o elogio da terra, como se fosse para ele. O rio descia com água barrenta. Corria manso, sereno, sem aquela raiva das enchentes perigosas. Aquele era o seu rio, a água barrenta dos seus banhos, das travessias, dos cangapés.

O cozinhador queria saber o nome dos engenhos que via. E gabava a terra, o massapê, a várzea larga, sem grotas, boa mesmo para plantar cana.

Com pouco mais estariam no velho Santa Rosa que Ricardo deixara há oito anos, fugindo como de um presídio, de uma ilha de trabalhos forçados. Fugira de lá para não ser um alugado e fora pior do que isto. Tivera dores que os alugados não sofriam nunca. Uma alegria extraordinária enchia o peito do moleque naquela hora. O trem corria para os seus campos nativos. Atrás ficava uma vida que não queria mais que se repetisse. Ainda era novo, podia ainda viver sem recordações: sem os pensamentos infames mastigando na sua cabeça.

Agora ele via a terra que fora sua, coberta da babugem das primeiras chuvas. Os marizeiros do rio não perdiam aquele verde desmaiado. Aonde não se via cana, balançando ao vento, o mato rasteiro cobria a terra que descansava para o outro ano. Um cheiro de mato entrava de portinhola adentro. E quando o trem parava numa estação deserta, um silêncio bom, um silêncio reparador caía sobre o trem. Só a máquina chiava, tomando água e o apito do condutor fazia outra vez as rodas rodarem sobre os trilhos. E terras e terras passavam. O Santa Rosa devia estar bem perto. O cozinhador queria saber se estava longe. E uma coisa tomava conta de Ricardo. Ele mesmo se fosse dizer o que sentia não poderia. Não sabia bem se era frio aquilo que entrava pelo seu coração. Era uma ânsia, uma vontade de gritar naquele carro para todo mundo: "Eu sou Ricardo, moleque de cria que trazia os jornais da estação, que fugi, que me danei pelo mundo, que estive em Fernando, que vi gente morrer; que vi homem na cama dos outros. Eu sou um negro infeliz, sem amigos, sem mulher, sem vontade de amar".

Pelo seu gosto todos saberiam que vinha voltando do desterro. Simão, Florêncio, Mané Caixeiro, todos tinham morrido ele vendo. Agora não. Ele via era a terra dos seus tempos de moleque, a terra de suas safadezas com as vacas do coronel. Agora não era a ilha que lhe aparecia aos seus olhos, não era mais a carícia boa de seu Manuel.

Num instante tudo isto passava pela cabeça dele. Se o povo todo daquele carro soubesse o que ele sofrera, se todos tivessem conhecimento das suas noites, com medo de Odete, estariam olhando, vendo que o moleque voltava para viver outra vez.

Depois o trem foi parando, parando aos poucos. Chegara. O bueiro do Santa Rosa era outro. Via-se de longe, subindo para o céu azul, um bueiro que não era aquele com boca de gaita. Uma chaminé redonda, enorme, vermelha.

O moleque pisou em terra firme. Era ali mesmo, onde há oito anos passados vinha buscar os jornais do coronel. A vida lhe tirara a goga de ser livre. Prendera os pés, os seus braços com correntes mais pesadas que aquelas que os negros arrastavam no cativeiro.

Na estação viu um moleque pequeno. Seria Rafael? Chegou-se para perto, olhando para os olhos grandes do menino. Parecia-se com Mãe Avelina. Quis abraçar, pegar aquele negrinho e beijar, como no dia que ele o chamava de Cardo. Quis dizer quem era, mas teve vergonha. Deixou que o irmão saísse de linha afora com jornais debaixo do braço. Por que não corria atrás, não dizia quem ele era, não perguntava pela mãe? Foi andando. O cheiro do mato entrava-lhe de ventas adentro. Aquilo não era cheiro de quintal de Recife, de mato rasteiro da ilha.

O moleque, seu irmão, montado num burro, já se sumia na curva da estrada de ferro. Não via mais Rafael. Via bem a chaminé vermelha da usina subindo para o céu bem limpo.

SEGUNDA PARTE

Usina

1
—

Depois que Carlos de Melo deixou o Santa Rosa, fugindo dos pavores que o atormentavam, entregando o seu patrimônio aos parentes, o velho engenho se transformara de alto a baixo.

A família queria uma usina, alcançar o progresso, igualar-se com outras, que haviam subido de condição, com as turbinas e vácuos.

O dr. Juca, do Pau-d'Arco, enfeixara em suas mãos todos os poderes dessa transformação. Era ambicioso. Aquela energia tranquila do pai, no filho era só ambição de mandar, de ser rico, de mostrar-se. A ideia de montar a usina fora sua. A decadência do banguê, aonde o velho fizera uma fortuna espantosa, animava-o a tentar a grande aventura. A São Félix, ali a dois passos, enriquecera em poucos anos aos seus proprietários. Açúcar só dava mesmo lucro compensador com as vantagens de uma usina. E a rápida riqueza da São Félix, invadindo a várzea como um bicho insaciável, devorando banguês sem pena, fizera o dr. Juca sonhar com a fábrica, com o prestígio e as importâncias de usineiros. Usineiro. Usineiro era um nome que enchia a boca. Os de Pernambuco se enchiam de ouro. O açúcar cristal fazia fortuna da noite para o dia. Os senhores de engenho seriam pobres bonecos diante da riqueza da Catunda, da Tiúma, da Goiana Grande. Não precisava ir longe. Fosse à São Félix. Em menos de oito anos o dr. Luís, que chegara lá com dinheiro emprestado, era hoje o homem mais rico, o mais temido de todo o vale. Nunca ninguém, por aquelas paragens, alcançou maior soma de poder, mais força perante os pobres e perante os ricos. A São Félix valia como um estado. O governo temia a sua importância. Os seus protegidos não conheciam delegados, as portas das cadeias não prevaleciam para as ordens do usineiro. Procurassem saber de jurados, de eleitores que não fossem crias da grande fábrica e encontrariam poucos. Os júris, as eleições, os padres, os juízes obedeciam às vontades do usineiro. O pobre Carlos de Melo conhecera há tempos o peso desta força. As terras do Santa Rosa cresceram aos olhos da São Félix e José Marreira dera cartas, arrastara o pobre senhor de engenho ao domínio de um senhor que não conhecia o que fosse tolerar. Vira-se o pobre perdido, sitiado por todos os lados, com medo até das lagartixas, que faziam barulho nas folhas secas. Foi quando lhe apareceu o tio Juca e os parentes todos coligados para enfrentar a São Félix. Carlos de Melo ficou com os parentes, desertando da velha casa, aonde o seu avô comandara por tantos anos. Saíra desse modo, à força. Entregou ao tio as rédeas de um governo que ele desmoralizara.

    A usina Bom Jesus nasceu dessa fraqueza, da luta entre a São Félix gananciosa e a família do velho José Paulino, querendo resistir à invasão que vinha de fora. O dr. Juca sonhava com o poder, com o despotismo que a esteira de usina impunha. E o Santa Rosa fora escolhido para sede da fábrica pelas suas condições naturais. Com a compra de mais outras propriedades a usina ficaria em situação privilegiada. Várzeas extensas e água com fartura era tudo para o destino que o dr. Juca queria dar ao velho domínio do pai. E depois a situação topográfica do engenho era ótima, sobretudo pela proximidade da estrada de ferro e a vizinhança de outros engenhos. Era bem o Santa Rosa o centro de zona capaz de fornecer cana para uma grande fábrica.

Os planos do dr. Juca agradaram à parentela. Todos entrariam na sociedade. E fizeram a usina Bom Jesus, com as ferragens adquiridas de uma outra, que se desfizera de ferro-velho para aumentar de capacidade. O dr. Juca achou o negócio ótimo. As caldeiras, o vácuo, as turbinas, a moenda tinham sido comprados por um preço muito baixo. Se fosse ferro novo seria uma fortuna.

Fizeram festa na botada. Os jornais da Paraíba deram notícias, falando no progresso que entrava para a várzea do Paraíba, no gênio empreendedor do dr. José de Melo, na riqueza que seria para o estado um empreendimento daquele gênero.

O Santa Rosa se encheu de convidados. A velha casa, onde o velho José Paulino vivera os seus oitenta e tantos anos, se reformara também. Ali na cozinha, nas portas largas por onde entravam e saíam os moradores e as negras, tinham posto grades de ferro. A sala de visitas se enfeitara de poltronas, como as que se viam nas casas da cidade. Os quartos de dormir se forraram. O grande casarão tomava assim outras cores, outro jeito, outras maneiras de receber os que chegavam. Aquele ar bonacheirão, aquelas portas abertas, a cozinha sempre cheia de gente, tudo que era tão natural e tão seu, se fora. A casa-grande da usina não podia continuar a ser uma casa-grande de engenho. O dr. Juca cuidara de dar-lhe uma cara mais decente. Aquela banca do alpendre de pau bruto, aonde o velho José Paulino dava as suas audiências, fora substituída, desaparecera para um canto qualquer. Ali agora brilhava a palha branca de umas cadeiras de vime. A rua, a antiga senzala dos negros, não podia ficar bem defronte de uma residência de usineiro. Botaram abaixo. E as negras tiveram que procurar abrigo mais para longe. Avelina, Luísa, Generosa, Joana Gorda que fossem arranjar os seus teréns lá para o alto.

D. Dondon, mulher do dr. Juca, estranhou aquilo. Falou com o marido, que aquilo não se fazia, que as negras não podiam ser tratadas como cachorros. Eram do engenho, o velho criara aquela gente. E fazer o que faziam com elas era uma ruindade sem tamanho. Então o dr. Juca deixou que o povo ficasse na velha casa de d. Inês, lá para as bandas do curral grande. Era uma casa abandonada há anos, por onde ninguém quisera habitar, com medo dos mal-assombrados. Limparam, deram-lhe uma tinta nova, dividiram em quartos e para lá se mudou a rua, com os baús velhos, os cacarecos que há mais de cem anos vinham mudando de dono mas ficando sempre pelos mesmos cantos.

Agora a casa-grande da usina não tinha mais para lhe tomar a frente o arruado feio de taipa, com aquelas negras sentadas pelo chão, tirando as suas sestas. A casa-grande brilhava livre daquela feiura.

No dia da botada da Bom Jesus houve festa de arrombar, veio banda de música, gente de toda a parte, parentes do Itambé. E até o governador mandara o seu representante. O povo lá por fora, os cabras de eito, os agregados olhavam o acontecimento de boca aberta. Os antigos moradores, os João Rouco, estavam também animados com a mudança. Os paredões do engenho haviam crescido, o telheiro baixo de antigamente subira. Folhas de zinco cobriam a maquinaria, uma chaminé de tijolo vermelho mostrava-se nova em folha, dominando tudo com aquela ponta fina dos para-raios. O povo pobre olhava para a usina embevecido. Mulheres tinham vindo de longe para ver. Usina para elas era uma coisa de um poder extraordinário. Queriam ver de perto aquele monstro. Mas não devia haver tanta coisa de extraordinário para contentar aquelas imaginações. A maquinaria estendia-se, as moendas grandes, a roda gigante, e a esteira puxando cana. Tudo muito maior que o engenho, mas nada com o grandioso que diziam. Os que já tinham visto a Goiana Grande se desapontavam com o tamanho da Bom Jesus. Aquilo era mais um meio aparelho.

E a Bom Jesus botou, cresceu, o açúcar dera dinheiro como nunca. E com dois anos animara os donos a algumas reformas. O lucro daria para tudo.

Legítimo dono, senhor absoluto ficara o dr. Juca, pois os parentes de fora foram aos poucos cedendo aos seus planos, às suas ideias. Mandava ele só. Os lucros fantásticos calavam a boca dos que pretendiam fazer restrições. E no seu terceiro ano de moagem a Bom Jesus só tinha uma boca para falar por ela – que era a do dr. Juca. Os parentes iam passando, sem sentir, à categoria de fornecedores. Os que se insurgissem tinham que calar, porque não contavam com a unanimidade que fizesse pressão. As ordens do dr. Juca não contavam com adversários. Tudo era ele. O preço do açúcar consertava todas as dificuldades. O ferro-velho não dava conta. Por várias vezes a fábrica parara para consertar. Mas ia para a frente, vencendo tudo. Saco de açúcar por sessenta mil-réis dava para tapar todos os buracos.

As terras do Santa Rosa começaram a dar o que podiam. O arado cavava pelas várzeas, pelos altos. As capoeiras de mato grosso gemiam no machado, com as caldeiras precisando de lenha. Os trinta mil sacos de cristal, que as turbinas lançavam, que os trens puxavam para a cidade, davam para custear as transformações das máquinas e sobretudo para que o dr. Juca da Bom Jesus fosse ficando nababo.

    No quarto ano de safra a vida da família do usineiro conhecera uma mudança quase que radical. Os meninos já não estudavam na Paraíba. Haviam passado para os colégios caros de Recife. A casa-grande da usina era somente para veraneio, porque palacete de duzentos contos se erguia bonito na capital. D. Dondon não ia muito com esta ostentação. Mas o marido queria, o marido fazia questão de que a família dispusesse de todo o conforto. Ele mesmo não saía do automóvel, da Paraíba ao Recife, gastando sem pena, dado que era, como sempre fora, às mulheres, aos prazeres das companhias alegres. Usineiro tinha sobra para tudo. A Bom Jesus dava com fartura para isto. O açúcar, em alta, correspondia às exigências e aos luxos do dr. Juca. A mulher, porém, na sua casa da cidade, não se sentia à vontade. Vivia sempre reclamando a sua vida da casa-grande. Mas que ia fazer? Juca não permitia que ficasse sozinha, sem os meninos por lá. Só pelas férias é que voltaria para o casarão amigo, para os seus passeios à tarde pela estrada, com os filhos andando pelos arredores. Para ela eram os seus grandes dias. O marido, nos tempos da moagem, demorava-se mais ao seu lado. Até alta noite ficava ele dando ordens, olhando para o serviço, que estava sempre precisando de gente para mandar. Usina não era banguê que andava por si, que se deixava governar por um simples mestre de açúcar. O marido ia dormir pela madrugada. Quando chegava para a cama ela nem via. Acordava de manhã com ele pegado ao sono, levantando-se devagar para que Juca dormisse até mais tarde. A mesa grande estava pronta para ela e os meninos. O marido dormiria ainda.

A vida para d. Dondon tinha mudado, não havia dúvida. No outro tempo era bem diferente. Marido e mulher viviam mais juntos. Ela se sentia mais feliz naqueles tempos do Pau-d'Arco, com os filhos pequenos e Juca saindo para o serviço, sem aquelas preocupações de agora. E as viagens, as corridas de automóvel e as noites em claro, vendo a moenda comendo cana, vendo o açúcar, reclamando dos cozinhadores. A vida para d. Dondon se complicara. As parentas da usineira invejavam-lhe a sorte. Tinha ela casa rica na cidade, automóvel para andar, filhos nos colégios caros, mas aonde estava a felicidade, o seu gosto de mandar em casa, de fazer as coisas, a sua horta? A usina crescera, a casa-grande era diferente e ela nem sabia como voltar aos seus afazeres de antigamente. No Pau-d'Arco tinha tempo para tudo. O ano inteiro vivia lá. Sabia do nome dos moradores, das mulheres que estavam para ter filho. Com a sua caixa de homeopatia do dr. Sabino espalhava doses. Mudara-se para o Santa Rosa e uma coisa estava lhe dizendo que ela estava fazendo erro. Desde que se casara que vivia no Pau-d'Arco. O pai dera-lhe o engenho. O marido recebera o dote de porteira fechada, criara amor ao que era seu e do marido. Lembrava-se da horta, do jardim que fizera nos primeiros meses de casada. Viera-lhe o primeiro filho, e o marido tirara a primeira safra. O açúcar dera dinheiro. O engenho corrente e moente, tudo andando às mil maravilhas. Uma vez ou outra tomava o trem e ia à Paraíba ver uma companhia de teatro, passar uns dias, ver a festa das Neves. O dinheiro dava para tudo. Juca criava gosto pelo gado. Às terças-feiras botava-se para Itabaiana, fazendo negócios com garrotes, vendendo gado gordo. Estavam em boas condições. Não havia senhor de engenho novo que apresentasse melhores safras. Era verdade que Juca sempre gostara de gastar. Um dia comprou um automóvel. A princípio falou. Aquilo era um desperdício. Mas viu que não era. Pelo contrário, dava até resultado um automóvel ali na porta. Precisava-se de um médico, de um recado urgente, em caso de doença, e nada era mais útil naqueles momentos do que um automóvel. Sentia-se feliz de verdade. Vieram outros filhos. Engordara um pedaço. O marido gostava que comprasse os vestidos nas modistas. Não havia dúvida que nenhuma senhora de engenho daquelas redondezas fazia mais figura do que ela. Até uma vez Juca falara em uma viagem ao Rio. Gostaria de ver o Rio, deixando os meninos com a irmã, na casa do pai, e fariam grandes passeios. E quando estava se preparando para isto sentiu os primeiros sinais da gravidez de Pedrinho. Teve medo de ir assim, podia acontecer uma desgraça. O marido foi. Trouxe belos presentes. Lembrava-se muito bem de um vestido de rendas que na Paraíba fora gabado pela mulher do governador. Não tinha nada que dizer do marido. Tudo lhe dava, tudo fazia para vê-la de cara alegre. Tinha quatro filhos crescidos quando apareceu o negócio da usina. No começo sentiu-se contente com a coisa. Juca dispunha de duzentos contos de réis. O pai entraria para a empresa, os parentes da Várzea também. Depois teve vontade de falar pensando que Juca devia desistir daquilo. Negócio com tanta gente não daria certo, bem melhor seria ficar no seu Pau-d'Arco, dona do que era seu, só seu, do que se meter com outros, dividir com os outros o que lucrasse. No engenho, Juca não teria que dar conta a ninguém do que fizesse ou deixasse de fazer. Não teve, porém, coragem de abrir os olhos do marido. E se arrependeu. Devia ter sido franca e se opor mesmo à história da usina.

O marido estava tão cheio de entusiasmo, só falando na coisa, que teve pena de dar o seu voto. Antes tivesse dado. Mulher bem que via as coisas melhor que os homens. Eles dizem que não, que mulher não sabe para onde vão os negócios. Ela tinha aquele receio de que um dia viesse um arrependimento. É verdade que tudo parecia que andava muito bem. Os parentes do marido estavam contentes com ele. O pai dela nem se falava, tinha mesmo uma coisa pelo Juca.

A usina crescia. Novas máquinas, estrada de ferro particular e uma zona de primeira ordem. Cana ali não faltava, crédito, e o marido contava com todos os parentes. A Bom Jesus marchava para se emparelhar com a São Félix. Bastava se ver o novo terno de moendas chegado da América. Diziam que o bagaço sairia dela como uma farinha. Em quatro anos fizera-se um progresso espantoso. Apesar de tudo, d. Dondon não se esquecera do seu Pau-d'Arco. Na casa-grande dela morava agora um administrador; a horta devia ter morrido. E o jardim, com aquelas roseiras que trouxera de Recife, belas roseiras que lhe deram tanto gosto, devia ter murchado. Gostava do Pau-d'Arco. A casa-grande ficava no alto. Aqueles dois pés de tamarindo davam uma sombra fresquinha nos dias mais quentes. Passava o dia inteiro fazendo uma coisa ou outra. Quando não tinha menino pequeno, precisando de cuidados, de alimentação, saía para a horta, mudando as plantas, fazendo canteiros para os coentros, tratando das verduras. O marido gostava de alface. Era bem medicinal. Fazia gosto a sua horta. Ali, no Santa Rosa, ainda tentou fazer alguma coisa. Mas a vida era diferente. Procurara mesmo fazer um jardim. Plantar uns crótons pela porta da casa-grande. Só encontrara mesmo aquele pé de jasmim, que dava para o seu quarto. Só o jasmineiro resistira à desgraça que passara pelo Santa Rosa. Lembrava-se que no tempo de Maria, sua cunhada, belas roseiras e craveiros se mostravam no engenho. Da horta nem havia sinal. Pensara em refazer tudo. E começou mesmo o trabalho quando Juca advertira que no lugar da horta iam fazer uma planta de cana. Cana, cana, por toda parte na usina só se via isto. Lembrava-se também do choro da velha Generosa, no dia em que as negras tiveram que sair da rua. Ela mesma não pôde conter as lágrimas, correndo para dentro de casa para não ver a judiação. Afinal de contas Juca não tinha mau coração. Queria era que a casa-grande da usina não fosse aquele casarão do pai, de telha-vã, de chão de tijolo, com aquelas meias-águas de taipa na frente, dando uma péssima impressão. Era preciso dar uma aparência melhor a Bom Jesus. Concordou com Juca. Vinham agora ali visitas que não veriam com bons olhos aquela senzala suja. A usina pedia que se botasse o coração de lado. Outra coisa que lhe doeu foi a mudança que fizeram na cozinha. O marido trouxera da Paraíba uma cozinheira nova. Custou-lhe muito falar com a velha Generosa. Não sabia mentir, mas viu que era melhor mentir para a negra do que contar a verdade. Esta estava velha e Juca não queria que ela morresse na beira do fogo. E por isto vinha outra cozinheira para ali.

 A negra não se enganou. Sabia o que era aquilo e abriu-se em lástima. Desde que o velho fechara os olhos que aquela casa só andava para trás. Ninguém podia viver mais. O dr. Carlinhos fora aquela desgraça que se vira. Agora era o dr. Juca botando tudo abaixo. Só podia ser mesmo castigo de Deus. E chorou. Só não ia para outro lugar porque não tinha mais pernas para nada. Era um caco velho. Tudo que era bom tinha se acabado.

Depois foram as grades nas duas portas grandes da cozinha. O marido lhe dissera que era preciso acabar com aquele povão entrando pela cozinha adentro. O pai consentira naquilo porque se viciara com aquela vida. Não ficava decente aquelas negras passarem o dia por ali conversando. E ainda mais: ele não deveria permitir que as mulheres dos moradores vivessem a todo instante na casa-grande. Aquele povo devia saber que o tempo do velho José Paulino havia passado. Não pensassem que quem estava no Santa Rosa era o dr. Carlinhos.

A mulher do usineiro deu nó no coração para botar na ordem dura do marido os costumes da velha casa do Santa Rosa. Aquilo era duro demais para ela que gostava tanto da outra vida. No engenho de seu pai era o mesmo que no Santa Rosa. Criara-se assim, vendo o povo entrar de cozinha adentro, para pegar o seu prato de feijão, quando chegava na hora do caldeirão fumaçando. Aquelas grades que o marido mandara fazer na porta da cozinha pareciam de uma cadeia. Nada tinha, porém, que fazer. Era fazer o que o marido queria. Ele mesmo lhe dissera que não pensasse que vida de usina era a mesma coisa que de engenho. Precisavam olhar para as menores coisas, senão tudo ia de águas abaixo. Assim d. Dondon ficou sem gosto para fazer a sua horta, para arranjar trabalho e encher os seus dias. O filhinho mais novo morrera com dois meses, os mais velhos estavam no colégio. E o marido não queria mais filho novo dentro de casa. Choro de menino só mesmo para quem não tinha o que fazer, dizia ele. Juca estava mudando. Bem bons os tempos do Pau-d'Arco! De que lhe valia aquele título de usineira, aquela fama de riqueza? Lembrou-se de que podia fazer alguma coisa pelos moradores, que lhe vinham pedir remédio. Falara com o marido para lhe comprar uma nova caixa de homeopatia do dr. Sabino, com o livro que ensinava a aplicação dos remédios. E era a sua maior ocupação. Moradores vinham de muito longe consultar as mulheres e os filhos, que ficavam em casa. Falavam sempre de morrinha pelo corpo, de dores nas pernas, de barriga dura, de dor de cadeiras. Dava as doses para todos os males, com uma fé de devota. Muitos chegavam aflitos para que ela desse um jeito às mulheres, que estavam aperreadas sem que pudessem se aliviar dos filhos.

Outra coisa com que d. Dondon não se conformava era com as ordens que o marido dera para parar com o leite que forneciam aos moradores. Juca falava em acabar com as vacas leiteiras da usina. Só mesmo queria umas três ou quatro para serventia da casa. O gado todo ficava nos currais da caatinga. Os moradores, coitados, já estavam acostumados com o leite da casa-grande. Alguns mandavam, de manhã, os filhos com garrafas buscar um leitinho para os mais pequenos. O velho lhes dava, vinham dando há muitos anos e o dr. Juca mandara acabar com aquilo. D. Dondon, porém, não consentira. Fora ao marido e botou abaixo o decreto. Poderiam vir buscar o leite de manhãzinha. Também era demais.

E assim levou ela dois anos na Bom Jesus. A casa nova da Paraíba, o palacete gabado por todos, não a encheu de satisfação. Que iria fazer lá, sozinha, com o marido em cima de um automóvel, vivendo mais no Recife, longe dela, só chegando em casa para falar em negócios. Recebera a casa, arrumou os móveis caros, encontrou um jardim bonito, mas tudo isso não fora para ela grande coisa. A casa do Pau-d'Arco não lhe saía da cabeça. Quem conhecia ela, na Paraíba, para conversar? Lembrou-se de chamar a irmã mais nova para passar uns tempos com ela; e fora uma solução se não fosse aquele namoro de Luísa com um rapaz que ela não conhecia. O seu pai soube e veio para ela com aspereza. Como era que permitia namoro de sua filha com um sujeito que ninguém sabia quem era? Perdera, assim, a companhia da irmã, tão boa, tão sem luxo, mas doida para se casar.

E o palacete da Paraíba ficara-lhe sendo uma espécie de degredo. Entristecia-se de se ver só, com os criados, sem visitas. Dava graças a Deus quando chegavam parentes para almoçar. A sua casa ficara uma espécie de restaurante da parentela que vinha à cidade e voltava para o interior no trem da tarde. As noites, sem o marido, eram duma insipidez horrível. Fechava o portão da frente e chamava a negra Laurinda para a sua companhia, conversando com ela como se fosse com uma amiga. Aquela vida não podia continuar. Preferia a casa-grande da usina ou então que Juca tirasse os meninos do colégio e os deixasse em casa, externos. O marido, porém, não consentia que os filhos viessem dos colégios de Recife para perderem tempo na Paraíba. A sua filha mais velha tinha 17 anos. Falara ao Juca para que ela ficasse em casa, para que não fosse mais para o colégio. Seria ótimo que Clarisse lhe viesse fazer companhia. Era uma menina de gênio forte, de vontade própria. Não sabia a quem ela puxara, tão caprichosa. Desejava que a filha fosse terna, como a mais nova, Maria Augusta, tão boazinha, fazendo tudo o que a mãe queria. Clarisse, desde pequena que era aquilo. Enfurnava-se pelos cantos, quando não lhe davam as coisas chorava, batia com o pé, até que vencia os mais velhos. Diziam-lhe que era gênio forte, que palmadas resolveriam o caso mas nem ela e nem Juca gostavam de dar nos filhos. Eles tinham muito medo do pai, bastava uma cara feia de Juca para que todos sentissem a força paterna. Dela não. Brigava muito com os filhos, mas eles com a mãe faziam tudo o que queriam. Sozinha na Paraíba, lembrava-se mais dos filhos distantes. Lembrava-se do dia em que Clarisse saíra para o colégio pela primeira vez. Chorou mais do que a menina. Nem teve coragem de ir com Juca deixá-la no Colégio das Neves. Via a filhinha precisando dos seus cuidados, misturada com as outras, ela que era tão cheia de vontades, sofrendo repreensões. O que não seria de Clarisse com aquele gênio, dando resposta às freiras? Mas a companhia dos outros filhos consolara daquela primeira separação. E depois a filha precisava mesmo do colégio. Todos os parentes diziam isto, que só colégio era que servia para dar modo a meninos. Anos depois foram os outros. Deu-lhe trabalho para se esquecer de Maria Augusta, para se acostumar sem ela na casa-grande da Bom Jesus. Ficara um vazio enorme pelos quartos e salas da casa. Chorou muito. O marido, quando voltou de Recife, ela ainda estava sentada com a partida da filha menor. Quem tomaria conta da bichinha? Era tão dengosa, tão boazinha! Não sabia fazer nada. Era a mãe, em casa, quem lhe dava as coisas na mão. E mesmo Maria Augusta era franzina de corpo, não comia tudo, toda biqueira. Mas era preciso que os filhos tomassem educação. Queria tudo para o bem deles. Ela nunca fora a um colégio. O pai botara uma mestra em casa, que lhe ensinara a ler e as quatro operações. Por isto tinha vergonha de conversar com pessoas instruídas. Podia errar, dizer tolices, palavras erradas. O pai não cuidara da educação dela, como devia ter feito. As irmãs mais novas tiveram mais sorte. Foram a colégios e voltaram de lá até sabendo alguma coisa em francês. Por isto sofria calada o internato das filhas. Clarisse era que já estava na idade de sair, de viver com ela, aliviando um pedaço a insipidez que passava por ali. O marido não dormia duas noites seguidas em casa. Quando não estava em Recife, estava na usina, cuidando dos negócios.

D. Dondon amargava aquela condição de rica que a Bom Jesus lhe trouxera. Na cidade, num palacete confortável, invejada pelas parentas, que lhe gabavam a sorte, e no entanto ela só desejava uma coisa, era que a sua vida voltasse ao que fora, a boa vida do Pau-d'Arco. Ela não dizia nada a ninguém dos seus desejos. Não queria passar por boba. Todas as suas conhecidas falavam para que ela luxasse. Uma francesa, que viera vender vestidos para a festa das Neves, saiu de sua casa desapontada. E falou mesmo pela casa das outras freguesas: Aquela é que era a usineira da Paraíba? No Recife era muito diferente. Mulher de usineiro luxava de verdade, gastava os cobres do marido sem pena.

D. Dondon sabia que era censurada. O padre Almeida, da igreja de Lourdes, não podia falar. Tudo que lhe pedira para a matriz ela dera. Fizera mesmo Juca assinar dois contos de réis na lista para levantar a torre. Os padres do Pilar e de São Miguel nunca batiam à sua porta que negasse nada. Não podia negar dinheiro para os santos. Deus protegia a sua família. Deus e Nossa Senhora da Conceição. Juca gozava a saúde que gozava, nunca tivera um filho aleijado, de beiço partido, como a sua irmã Marta tivera. Ela mesma atravessara os seus partos muito feliz. Devia isto à proteção de Nossa Senhora da Conceição. Todos os anos mandava pintar o monumento da sua padroeira, no alto da estação do Pilar. Confiava na proteção do Alto para ela, o marido e os filhos. Juca não era caridoso como devia ser. Podia ser mais caridoso. A usina estava dando dinheiro para ele gastar em tanta coisa. Gastava muito. Não sabia para que aquele automóvel novo, igual ao do governador, que o marido trouxera de Recife. Falaram que custara quarenta contos de réis. O preço de uma casa muito boa. E uma casa era coisa que durava, que dava renda. E no entanto o que Juca fazia pelos pobres? Não fazia nada. O marido precisava mudar. Precisava olhar pelos outros, não viver somente para si e para a família. O povo do Pau-d'Arco vivia como podia. Podia se dizer que o povo do seu engenho não passava necessidade. Só mesmo os preguiçosos, os que não queriam pegar na enxada passavam fome. Muitos até tinham os seus haveres. Ela, quando estava lá, não tinha orgulho de sair de casa e ir falar com os moradores, passeando com os meninos pelos arredores do engenho. Na usina era diferente. A casa-grande da usina era um mundo para a usineira. Quisera fazer alguma coisa, ser boa, como no Pau-d'Arco. Mas ali tudo era difícil, era maior. Ela sozinha não daria conta se quisesse fazer alguma coisa. Os moradores de perto da casa-grande tinham sido jogados para longe. Nada de casa de morador pelo meio da várzea, tomando o lugar dos partidos de cana. A usina não permitia que o povo ocupasse um pedaço de terra que fosse boa de cana. E por isso, para ela sair de casa, como fazia no Pau-d'Arco, era difícil. Ali por perto moravam somente os mecânicos da fábrica, gente que vivia mais ou menos, pessoal que viera de outros lugares e que ganhava mais. No entanto ela sabia que a miséria era grande lá por cima, para a zona imprestável, por onde moravam os cabras de eito. Um dia falou a Juca para botar um hospital na Bom Jesus, como um que havia na fábrica Tibiri. O padre Almeida lhe falara nisto na cidade. E o marido faria com isto uma caridade. Ele achou muito bom mas nunca mais lhe falara na coisa. Era por estas coisas que d. Dondon temia. Deus podia abandonar a proteção que vinha dando a todos os seus.

 No seu palacete da cidade pensava ela nestas coisas. Era mesmo um pensamento impertinente. Tomara ela que Clarisse viesse do colégio para que ao menos a filha, com a sua presença, tirasse de sua cabeça aquelas ideias. Juca mudara nos últimos quatro anos, como da água para o vinho. Ela não era tão velha, tinha a sua saúde e até não fazia vergonha com o seu porte. Estava nos seus quarenta anos e muita gente dizia que não parecia. Era forte e gostava do marido, casara-se com ele por amor. Por que então Juca não vinha dormir em casa? E quando chegava era pra dormir logo? Se fosse na Bom Jesus estava direito. As noites em claro, o cuidado com a moagem davam direito ao marido de cair na cama e roncar até tarde. Ali na Paraíba a coisa era outra. O marido chegava em casa, jantava e dormia. Como se lembrava ela dos bons tempos do engenho! Jantavam às quatro horas da tarde. O marido saía para ver um serviço qualquer e às seis horas estava em casa, lendo os jornais e ela por perto, descansando dos trabalhos da casa, bordando um pano qualquer, enquanto a noite vinha, a noite boa do Pau-d'Arco. Dormiam cedo. E Juca existia em carne e osso para ela.

Tudo mudara em quatro anos. Pareciam-lhe aqueles quatro anos quarenta anos bem puxados, em que tivessem ela e o marido envelhecido muito, perdido um pelo outro o grande interesse da vida. D. Dondon não dizia a ninguém, mas via claramente que o marido não sabia que ela existia para outras coisas. Ela via a cunhada Maria, mais velha do que ela, com filho novo. Vinham-lhe então pensamentos tristes a seu respeito. Estava como a mulher do coronel Pedro da Cunha, da Água Torta, morta para o mundo, como um traste, e toda gente sabendo que o senhor de engenho tinha uma mulher, perto da casa-grande, porque a sua velha não dava conta. Estaria assim? Aquela vida seria horrível para ela se isto acontecesse. Às vezes ficava impaciente, com a coisa lhe aperreando, com uma esquisita vontade de chorar sem ter motivo. Não sabia bem o que era aquilo. Ia ficando nervosa, irritando-se com as pequenas coisas, importunando-se com as negras da casa. Tivera vontade de chamar o dr. Maciel, mas já sabia o que ele lhe diria. Não era nada, não passava remédio nenhum, aquilo era impressão somente. O fato era que se sentia diferente do que era. E por isto já falara ao marido para deixar Clarisse com ela. Pelo menos era uma ocupação que teria. Uma filha moça enchia uma casa, daria outro jeito ao palacete que ela nem sabia que era dele. Juca não concordou. A menina queria tirar o curso. Para que contrariá-la? E depois, com mais dois anos, a teria em casa de uma vez. Esperasse mais um pouco.

A sua irmã Luísa vinha passar dias com ela, gostava que ela se demorasse mais tempo, mas o pai não consentia. O namoro de Luísa com o tal rapaz, empregado numa loja, descontentava o velho. Parecia até um bom rapaz, mas isto de ser caixeiro, de passar o dia medindo fazenda, não ia com seu pai. D. Dondon sentia que o velho já não era o mesmo de outrora. Lembrava-se dele, quando enviuvara, com a filha mais moça ainda meninota. Não quis se casar. Criou-as todas com a maior severidade e a todas amava do mesmo modo. Era um grave, um cara fechada dentro de casa. As filhas se casaram bem. Só restava mesmo Luísa, a que ficara bem pequena. Para esta o velho reservava o resto de sua afeição. Nem parecia o pai seco que fora para as outras. Luísa fazia dele o que queria. Bastava um agrado e o coronel José João, do Uruçu, se derretia nas suas mãos. Aquele namoro com o caixeiro da Rainha da Moda estava agora preocupando o velho demais. Quando ele vinha à casa da filha, vinha se queixar. Luísa queria lhe dar aquele desgosto no fim da vida. Culpava muito a ela, Dondon, que não aconselhava a irmã. Mas o que ela podia fazer? Luísa queria. A princípio não permitia as conversas da irmã na porta.

Depois, examinando as coisas, vira que o pai não tinha razão. O rapaz era bom, seria um esplêndido marido para Luísa. O pai dispunha de recursos para estabelecer o novo genro com uma casa de negócios. E Luísa podia até ser mais feliz do que ela. Sempre fora feliz, a sua vida com o Juca fora plena de felicidade. Gozara anos e anos de absoluta felicidade. Aquela usina viera para lhe destruir a vida. Juca não queria mais saber da mulher. Sem dúvida que estava velha, acabada.

 E d. Dondon responsabilizava a Bom Jesus por tudo. Todas as suas desditas vinham dela. Podia dizer que só dispunha mesmo dos filhos nas férias. Por este tempo a sua existência criava outra cor, a casa-grande da usina criava alma nova. Ela mesma parecia nestes dias a Dondon do Pau-d'Arco. Os meninos faziam passeios pelos engenhos dos parentes e a mãe acompanhava-os, radiante, fazendo tudo o que eles quisessem. Maria Augusta sempre mais pegada que os dois rapazes, um de 13 e o outro de 12 anos, queimados de sol, soltos pelas terras camaradas do Santa Rosa. Era tempo de moagem da usina. Os filhos passavam o dia por lá. Tinha até medo de traquinagem. O marido brigava com eles. Na ocasião do almoço passava carão. Que não queria menino metido na usina, que aquilo era um perigo. Ela sentia que era perigoso estarem os meninos metidos pela fábrica. Aquela maquinaria não tinha nada da mansidão dos banguês. Juca estava com toda a razão. Então se alarmara com os filhos. E depois o povo era outro. Ninguém nem sabia donde viera aquela gente toda. Os filhos se podiam perder, ficando naquele convívio. Preocupava-se. E de vez em quando mandava uma negra chamar os meninos para comer qualquer coisa. Ficava inquieta. Lá da casa-grande escutava o rumor da usina, o barulho que fazia o monstro comendo cana.

Um dia Juca chegara em casa com as mãos na cabeça. Fora um desastre. Um cano de vapor estourara, queimando dois homens. Os pobres estavam como mortos, com o couro caído, em carne viva. Deus livrasse os meninos de uma coisa daquelas. Então dava para ficar nervosa.

O marido falou-lhe em banho de mar. O dr. Maciel, na Paraíba, lhe aconselhara uns banhos salgados. A ideia de Juca era boa. Em vez de ficarem ali naquele perigo, podiam, ela e os filhos, ir para a Praia Formosa. Clarisse e Maria Augusta gostaram. Os meninos fizeram oposição. Mas foram.

Estava agora mais longe do marido. Juca pouco aparecia. E quando chegava na praia era para voltar no outro dia de manhã. As filhas deram graças a Deus. A vida ali, comparada com a da usina, parecia-lhes um paraíso. Banhos de mar, rapazes, brinquedos, dança no pavilhão, uma festa para elas que chegavam do colégio. Pegaram logo o nome de usineiras. A fama da riqueza assanhava os namorados. Clarisse, mais retraída. Maria Augusta, com os seus 14 anos, gozava a temporada com gula. A mãe acompanhava a alegria das filhas. Pela primeira vez em sua vida fora a uma dança, como aquela do pavilhão. Era uma palhoça, à beira-mar, aonde dançavam os veranistas. A gente melhor da Paraíba corria para as praias. Praia Formosa e Ponta de Mato atraíam os grandes da terra.

D. Dondon via as meninas procuradas, dançando, não chegando para quem queria. A rapaziada não deixava parar um instante as riquezas da Bom Jesus. Mas quando a mãe viu que havia namoro, ficou com medo do marido. Se chegasse aos ouvidos dele viria medonho para cima dela. Clarisse conversava sempre com um rapaz estudante de medicina, filho do seu Guilherme, dono de uma farmácia na cidade. Andava com ele pela praia, sozinha. D. Dondon não dormia, pensando naquilo. Uma filha sua parecia-lhe uma coisa sagrada. Aquele rapaz estaria desfrutando somente, namoraria a filha por brincadeira? Falou então com Clarisse em voltar para a usina. As filhas repeliram a proposta. Clarisse ficou calada, de cara fechada. Maria Augusta deu-lhe muitos beijos, fez-lhe muitos agrados. Mamãezinha para aqui, mamãezinha para acolá.

Os meninos pareciam uns moleques, de tão queimados; passavam o dia na bicicleta. O pai dera aquilo de presente de festas. Clarisse e Maria Augusta traziam para casa conhecidos da praia. Uma vez até fizeram uma dança. Se Juca soubesse de tudo? Melhor era voltar. Já tinham passado as festas.

Parecia que ela estava adivinhando, pois o marido chegou em casa de cara fechada. Tinham que voltar para a Paraíba. Soubera da saliência das meninas. As duas voltariam para o colégio, no começo do ano. Nunca mais que viessem passar tempo em praia.

D. Dondon chorou com as filhas, que choraram. Era uma dor para ela ver as meninas castigadas daquele jeito. Iria ficar sozinha outra vez. A sua vida não valia nada.

E as filhas se foram e o ano entrava com a mesma insipidez. Muito sofria uma mulher de usineiro.

2

Na pensão Mimi, da francesa Jacqueline, moravam as mulheres da vida, as mais caras do Recife. Estrangeiras experimentadas ou nacionais que atingiam à aristocracia da prostituição, pela beleza, pela mocidade, ou proteção dos coronéis abastados. Uma casa-grande, velho sobrado de três andares, vivia cheia dos ricaços do estado. Ir à Pensão Mimi era sinal de boa situação financeira.

À noite, Jacqueline, uma mulher alta, bem-falante, presidia à exibição das suas mulheres, sentadas pelas mesas pequenas. Ela mesma passeava de grupo em grupo, dirigindo o serviço de bebidas, com um cálice ou copo em cada mesa. Era o quartel-general dos usineiros, que gastavam à larga. A francesa sabida conhecia os homens, sabia da situação financeira de todos e regulava as despesas conforme queria. Ia ali sempre o coronel José Rodrigues, da Murici, que só gastava champanha. A polaca, que andava com ele, tratava o *mon chéri* a velas de libra. Nas noites em que ele chegava, com o seu vozeirão estridente, Jacqueline sabia que o seu lucro subiria cinquenta por cento em todas as despesas. O coronel Lula, da Santa Luzia, também morria em garrafas de champanha e cálices de licor. Com ele, na Mimi, ninguém ficava de boca seca. Este era da própria Jacqueline. Aquela mina de ouro, ela não ia deixar que outras espertas botassem as mãos. O coronel dela dava leite como vaca turina.

Lá do primeiro andar do seu quarto, dando sobre o Capibaribe, olhando para as outras pensões rivais, Jacqueline se sentia tranquila, sem medo da velhice que arrastara outras francesas como ela para a rua das Flores, onde faziam tudo. Com o seu coronel, as reservas do banco iam sempre para a frente. Aquela pensão lhe dava um lucro de cinco contos de réis líquidos por mês. E isto sem contar com os seus *michés*, que eram poucos, mas valiosos. O seu usineiro não lhe regateava despesas. Todas as vezes que ele dormia no seu quarto, cheio de almofadas, do luxo profissional de mulher de sua cotação, deixava quinhentos bagarotes. Meio conto, que com os outros contos de sua caderneta, ficava esperando por outro para fechar no redondo as suas economias. Jacqueline tinha os seus livros, lia os seus romances. E alguns literatos da terra gabavam o seu gosto, falavam do seu talento. Esta vaidade de letrada era a única vaidade que não rendia dinheiro para ela. Pelo contrário. Muitas vezes o poeta Almeida chegava sem nenhum tostão para beber os seus licores. Jacqueline, para se fazer de fina, deixava o poeta beber de graça. A casa ia-lhe tão bem, que nada queria dizer aquele desperdício com o poeta que lhe falava de Verlaine e dos vícios da boêmia de Paris. Era para a francesa amadurecida uma recordação de sua mocidade de café-concerto, dos tempos em que dormia com homens somente pelo amor, pela alegria do amor. Hoje as noites de Jacqueline valiam ouro. Ali, de cima de seu quarto, ela via a lua boiando nas águas do Capibaribe. Luzes de lampiões se refletiam, enfeitavam o rio manso. O seu coronel dormia ao seu lado, num colchão macio. Uma aragem boa entrava de quarto adentro. Jacqueline ficava fazendo os seus cálculos, resolvendo os problemas de sua administração, antes de pegar no seu sono tranquilo, de consciência limpa. A casa estava rendendo como nunca. Quatro usineiros frequentavam os seus salões. As mulheres rendiam da melhor forma. Até aquela brasileira Clarinda estava dando conta muito bem do seu recado. E começara tão mal, gostando de rapazes, de perder tempo com poesia. Jacqueline gostava de Clarinda. A abelha-mestra tomara-se de uma simpatia forte pela nacional inexperiente. Estava Clarinda na sua casa há dois anos somente. Chegara ali a mandado do coronel Epifânio, do Imbu. Era quase uma menina, com os seus 16 anos. Fizera dela uma elegância, dera lições da vida, o *chic* que ela hoje tinha. Só não pudera corrigir logo aquela mania da sua pupila pelos rapazes, estudantes que nada podiam dar, que chegavam na pensão para beber umas minguadas cervejas. Dizia todos os dias a Clarinda para se libertar destas tolices. Felizmente que aos poucos ela ia se libertando dessa boêmia. Era preciso que a abelha menor de seu cortiço fizesse valer o seu favo, não desperdiçasse o seu mel à toa. Nas suas mãos um dia Clarinda perderia este vício de amar que para a sua profissão era pior de que todos os vícios. Muito mais arriscado do que beber, muito mais nocivo do que beber.

Clarinda contava a sua história, com a maior inocência. Seu pai era um pequeno lavrador da Imbu. Ela se criara no sítio aonde ele plantava cana para a usina. Mas tudo o que o pai fazia não dava para a família. E por isto vivia preso, devendo sempre ao coronel. Todos os anos, quando terminava a safra, a conta crescia. Ela se lembrava do pai, falando com a sua mãe das dívidas. O ano inteiro passava ele nos partidos e o que ganhava só dava mesmo para que não morressem de fome. E a dívida crescendo. Ouvia o pai se queixando da balança da usina, dos juros da usina. Um dia, ela se lembrava como se fosse hoje, o coronel passou a cavalo pela sua casa. E parou para perguntar pelo pai. Fora ela quem aparecera para responder. O coronel ainda era moço e bonito. Achou bonito o homem que mandava em tanta coisa. Lembrava-se de ter visto o usineiro no tempo em que ia para a escola. Mas só naquele instante ela vira direito o senhor de tudo que era de seu pai: das canas, das terras. No outro dia o coronel passou outra vez pela porta e conversou mais um bocado. Contou à mãe, que ficou com medo:

— Não diz nada a teu pai, menina.

E foi assim até que na beira do riacho da levada ela conheceu que a vida era boa. Depois saiu de casa e andou por outros lugares. Esteve na cidade do Cabo, até que veio para Jacqueline, a mandado dele. E continuou do coronel da Imbu meses ainda. Depois ele se esqueceu e ela conheceu outros. E outros iam pagando os seus vestidos. Os homens diziam que ela era linda. Muitos queriam que ela fosse morar somente com eles. Botariam casa. Mas justamente esses que queriam dar tanta coisa não agradavam a Clarinda. Velho só mesmo para entrar e sair. Ficava desesperada quando alguém ficava para dormir. Não dormia com um bicho, procurando-a de vez em quando. Uma vez saiu do quarto correndo por causa do dr. José Luís, da usina Belo Jardim, que queria dela o que não podia dar. Agora não sucederia uma coisa daquela, porque sabia se defender, enganar os homens. Jacqueline brigava porque ela gostava de rapazes. Eles não tinham o que dar. Mas uma noite com qualquer um deles lhe enchia a vida de alegria igual àquela que tivera na beira da levada. Na Pensão Mimi era a mais procurada. Dinheiro não lhe faltava. A sua modista, que era patrícia de Jacqueline, fazia-lhe vestidos lindos. Era *chic*. Aprendera tudo com a dona da pensão. Sentia mesmo que, quando entrava no Cinema Moderno, os homens se viravam para vê-la. Muitos que não tinham falado com ela pensavam que fosse francesa. Com aqueles olhos claros e aquele moreno pálido enganava. Sempre que vinha da rua trazia para casa dois ou três pretendentes. Jacqueline tratava bem, dava conselhos, ensinava as coisas. Aprendera a beber com ela, a pedir bebidas caras, os *chartreuses*, os *kümmels*. Aprendia tudo com a maior facilidade. As polacas não gostavam muito dela. Ali mesmo só Jacqueline mostrava um interesse diferente do que tinha pelas outras. Às vezes, alta noite, quando não aparecia um freguês de categoria, a abelha-mestra convidava-a para um passeio de automóvel. Saíam sem rumo ou iam até Boa Viagem ver o mar verde, sentir o cheiro da praia. A lua bonita deitava-se nas águas do mar, balançando-se nas ondas como numa rede. Boa Viagem, naquele tempo, era um deserto. Então Jacqueline pedia ao chofer para levar longe o carro, para um pouco mais longe. E caíam nuas na água fria. Ficavam um tempo enorme gozando a vida. Jacqueline pegava-se a ela e Clarinda sentia a carne quente da francesa. E dentro d'água, sentadas na areia, com o chofer de longe, ela sentia com Jacqueline uma coisa que ela não sabia o que era. As ondas vinham até elas, entravam de pernas adentro, como línguas frias, a espuma cobria as suas carnes e a lua, querendo se pôr ainda, deixava uma luz fraca por cima do mar. Clarinda sentia-se feliz, cheia de vida. E o sono daquela madrugada, naquela cama macia, sem homem junto dela, era um sono pesado, um grande sono dos justos. Era feliz. Outras podiam se queixar da vida, outras podiam se lamentar. Ela não. Tinha mocidade, tinha homens que a procuravam. Na Pensão Mimi, Jacqueline gostava dela, o seu leito rendia para a casa. Orgulhava-se de nunca ter passado uma noite sem ter sido procurada por um homem. Via as companheiras apaixonadas, as polacas com homens que faziam visitas, que pareciam tomar conta de seus negócios. Ela nunca pegara um amor que fosse absorvente, de todas as horas, que fizesse chorar, como chorava aquela Lucíola pelo rapaz que dormia com ela, que vinha de madrugada dormir com a amante, desfrutar os restos que os outros deixavam. Lucíola sofria muito. Aperreava-se com o seu rapaz bonito. Jacqueline se aborrecia com aquilo. Mulher só devia mesmo se preocupar com os homens que rendessem à casa. Seguisse o seu exemplo. Clarinda estava seguindo. Nunca que nenhum daqueles rapazes, que ficavam com ela, demorasse mais de oito dias na sua afeição. Não pegava amor. Por isto, em muitas ocasiões, se sentia inferior às outras que amavam como Lucíola. Até aquela Mme. Josephine, quase velha, não passava sem o seu pequeno, o Artur, alto, cheio de valentias e de quem ela sofria o diabo.

A Mimi dava às suas mulheres um certo orgulho. Mulheres da Mimi passavam pelas outras pensões da Santo Amaro pisando fino, de cabeça alta. A casa preferida pelos usineiros, pelos ricaços do comércio, pelos figurões do governo fazia-se valer, investia as suas damas de uma pose particular.

Agora Clarinda tinha o seu usineiro certo, o dr. José de Melo, da Bom Jesus. Jacqueline lhe dissera para tomar conta do coronel, que rendia, que era mesmo uma mina. Todas as semanas, às quartas-feiras, o automóvel dele parava na porta da pensão. O champanha corria. Dinheiro de açúcar não regateava. Jacqueline se desdobrava em agrados, vinha para a mesa conversar com um freguês de primeira, dando gastos às bebidas caras. O dr. José de Melo não fazia como o Bandeira, da Urupema, ou o coronel Wanderley, que contavam as garrafas, que discutiam nas contas.

Clarinda não sabia por que, mas gostava do doutor mais que de todos os homens que lhe vinham pagando. Gostava mesmo. Os rapazes davam-lhe uma alegria que se ia aos poucos embora. O doutor não era bonito, não era moço, mas tinha qualquer coisa que ia com ela. Tudo que quisesse dele lhe vinha sem esforço. Não mentia para ele, como fazia para os outros, inventando histórias de parentes doentes, quando queria arrancar dinheiro. Tudo lhe dava. Tinha até remorso de pedir tanta coisa. Jacqueline mandava que sempre pedisse. Era preciso aproveitar bem, tirar tudo o que pudesse, enquanto a coisa estivesse quente.

Então chegavam para a rapariga uns pensamentos tristes. Os homens se enjoavam, deixavam de aparecer. Aborreciam-se das mulheres. E elas iam ficando para um canto, esperando na mesa, esperando que entrasse um que se agradasse. E a velhice e o fracasso de tantas que tinham caído para a rua Estreita do Rosário, para a rua das Flores. Mme. Josephine estava quase assim. Jacqueline só deixava que ela ficasse na pensão porque a velha dispunha dos cobres, pagava em dia. E Clarinda pensava nas que fossem obrigadas a sair de casa, bater por outras pensões, fazer o que as mulheres da rua das Flores faziam. Mas qual. Era moça bonita, sadia, e o mundo daria voltas e voltas até que ela envelhecesse. O seu usineiro gastava, era bom, vinha à Mimi uma vez por semana. E lhe falara em montar casa para ela viver sozinha. Mulher da Mimi era importante, mas mais importante ainda eram as que moravam em casa própria, que possuíam amigos importantes, criadas. Mulher que fosse a cinema acompanhada de ama, criava fama nas rodas. O doutor lhe oferecera uma situação assim. E enjeitara. Sabia lá! Um dia se aborreceria, não voltaria e acabou-se toda a grandeza. Ficaria mesmo com Jacqueline. Não sabia o que seria aquilo, mas a francesa lhe agradava intimamente, possuía um não sei quê. Aqueles passeios, aquela quentura de carne na água fria do mar! Jacqueline grudava-se a ela. Jacqueline gostava de Clarinda diferente. Não deixaria a Pensão Mimi. O seu coronel teria que gastar mesmo ali. E depois ficaria isolada numa casa, sem aquele rebuliço da pensão, sem ver aqueles rapazes, que tanto a procuravam.

O dr. Juca, da Bom Jesus, estava mesmo engraçado da pequena. Outras já teriam passado pelas suas mãos. A sua fama corria pelas pensões alegres. Era conhecido na rua Santo Amaro, respeitado pelas donas de pensão. Aonde chegasse o melhor pedaço seria seu. Agora porém se enrabichara com a Clarinda da Mimi. Os amigos gabavam-lhe o gosto. De fato, a pequena merecia trato. E as suas noitadas da Mimi, quando ele chegava da usina, ficaram faladas. Champanha era como se fosse cerveja. As polacas cresciam o beiço de inveja. Com um coronel daquele comprariam um castelo na terra delas. Clarinda não sabia aproveitar.

Não era tanto assim. Aquele solitário que a nacional exibia, na mão esquerda, custara quantos sacos de açúcar? O melhor quarto da pensão agora era de Clarinda, os melhores agrados de Jacqueline pertenciam a Clarinda.

O dr. Juca era sempre esperado com ansiedade. O champanha no gelo criava gosto para as ceias e Clarinda no canto da sala, nos dias que o coronel chegava, não queria conversa com os rapazes, botava o vestido mais novo, parecia uma francesa, na distinção que ficava.

Às vezes o dr. Juca chegava com outros. Jacqueline vinha fazer sala aos convivas. E a conversa dos homens era a de sempre. Falavam de safras, tratavam de preço de cana, de tabela de fornecedores. O dr. Juca dizia que na Paraíba não admitia aqueles absurdos. Fiscal na sua balança, olho de estranho nos seus negócios, não permitia em absoluto. Os amigos concordavam. Se todos os usineiros se unissem, se não fosse aquela ganância de zona, fornecedor teria que chegar para o que eles bem quisessem. Mas não, faziam guerra uns aos outros. Catunda, que dispunha de um mundo de terras, fazendo questão por um engenho que mais servia a outra usina. E com relação a preço de trabalhador, era o que se via, uma competência daquelas. Havia usinas que estavam pagando quatro mil-réis por dia. Um verdadeiro absurdo.

— Pois conosco, lá na Paraíba – dizia o dr. Juca —, não é assim não. O meu vizinho da São Félix até hoje não me deu motivo de queixa. Preço de cana e de trabalhador não me preocupa. Trato bem aos meus fornecedores, pago o que é de direito. Agora quanto a isto deles se meterem a fiscalizar, é o que eu não admito.

— Você é feliz – respondia-lhe um dos colegas. — Não lhe dou porém muito tempo para que o seu amigo da São Félix não lhe dê trabalho. Conheço bem aquela peça.

As conversas eram assim. O usineiro da Bom Jesus esperava sessenta mil sacos. O seu colega uma safra menor. Ambos tinham reformas, encomendas de maquinismos.

As mulheres bebiam o champanha. Os licores de Jacqueline não estavam esperando por ninguém. Açúcar dava anel de brilhante, felicidade a Clarinda. Mulheres e bebidas tinham o gosto de mel. Quem dava força aos amores, quem perfumava o leito das raparigas, quem inflamava aqueles antros de alegria? Era o açúcar da Bom Jesus, da Santa Luzia, da Camaragibe. Açúcar dava anel de brilhante, felicidade a Clarinda, solidez a Jacqueline.

Clarinda aproveitava, sempre que o seu coronel estava na cidade, para os passeios de automóvel à noite. O vinho subia-lhe à cabeça. Queria andar e que o automóvel grande de seu protetor a levasse para longe. Queria ver o mar de Boa Viagem. Era o seu fraco: cair na água fria do mar. Jacqueline às vezes ia também. Um amigo do dr. Juca fazia companhia à francesa e na praia se metiam nus, homens e mulheres, no banho. Farra sem Boa Viagem não valia. A água do mar curtia o peso das bebidas, despertava o corpo para o amor. Clarinda, nestas ocasiões, parecia uma menina, saltando dentro d'água com uma alegria de 12 anos. Mais tarde era o amor. Com a madrugada seu leito macio de paina embalava os sonos do usineiro próspero e da rapariga feliz.

No outro dia acordava como uma inocente, leve. E o dr. Juca, de Packard, retornava para Bom Jesus.

As moendas quebravam cana de noite e de dia, as turbinas pariam açúcar cristal de noite e de dia. As várzeas estavam cheias de partidos. Cana subia pelos altos, descia pelas grotas, se espremia nos carros da estrada de ferro. Sacos de açúcar cristal nos armazéns, empilhados, sessenta mil-réis por cada um. Ouro em pó.

O Packard roncava pela estrada de Goiana. O dr. Juca via a chaminé da Goiana Grande fumaçando preto. As águas das levadas corriam pelos partidos de cana. Um dia a Bom Jesus seria maior do que a Goiana Grande. Zona, ela tinha para mais e as máquinas viriam. A São Félix se reduziria a um nada. A usina dele seria a maior do estado. Catunda, com mil e quinhentos sacos por dia. Tiúma eletrificada. As terras da Bom Jesus seriam um partido só. Trens atravessavam os seus canaviais. Locomotivas da Bom Jesus entrando pelas várzeas, cortando pelos altos. E ele o homem mais rico da Paraíba. As raparigas bebiam champanha como água. Mandaria os filhos estudar na América. A mulher passearia coberta de joias, como uma rainha. As filhas se casariam com filhos de outros usineiros.

O Packard bufava nas subidas e sereno deslizava pela estrada feita pelo imperador. Nas paredes dos cortes estavam escritas palavras obscenas. O dr. Juca lembrou-se de Clarinda. Que corpo, que carne deliciosa!

A Bom Jesus lhe daria mulheres e mulheres como Clarinda.

3

Na Pensão Peixe-Boi a vida rastejava mais pelo chão. A escada do sobrado tinha tapete e Britinho tocava piano. D. Júlia, proprietária, tinha uma malha escura no rosto e de tão feia ganhara a alcunha, que era retrato fiel. A sua pensão fora de moda, lá pelas bandas de 1900, fora a casa mais importante do Recife. Enriquecera mas gostava da profissão, amava viver de mulheres, descobrir uma mercadoria nova, uma peça rica e mercadejar com a carne das outras. A vida de d. Júlia era como se fosse um romance impróprio para menores, com pedaços porém que levariam lágrimas aos olhos, de tão comovidos. Falava grosso, de fala arrastada. Os erres, na sua boca, eram erres de verdade. As mulheres respeitavam a patroa. D. Júlia dava gritos, brigava muito, mas, quando chegava na hora triste, acalentava com as suas histórias as que sofriam de amor. Era a mãe de todas. Ela mesma dizia que ali na sua casa era uma família só. Sim. Ela deixava que as suas mulheres amassem, desfrutassem os seus rapazes, desde que tivessem servido aos coronéis.

Britinho tocava piano com coração. Uma valsa de Britinho marejava os olhos de d. Júlia:

— Toca a "Valsa da Saudade", Britinho.

E o piano ia e vinha na melodia triste, doce, bem pernambucana.

— Este Alfredo Gama é um danado – dizia d. Júlia, elogiando o compositor.

E enxugava as lágrimas.

As mulheres bebiam cerveja, com os comerciantes, os caixeiros, com a freguesia do mato de d. Júlia. Velhos fregueses que gostavam da casa, senhores de engenho do Cabo, de Palmares, que há anos davam preferência à mercadoria de d. Júlia. Muitos conversavam com ela. D. Júlia sabia dos negócios, das dificuldades, das safras dos coronéis. Aquilo era uma família só.

A velha amava também. Tinha o seu amigo, o dr. Justino, caixa da Delegacia Fiscal. Por mais de uma vez os cobres de d. Júlia tapavam os buracos que a boêmia do dr. Justino fazia no Tesouro. Todas as noites ele vinha beber bem perto da sua amada de tantos anos. A velha dava-lhe gritos. O dr. Justino puxava briga com os fregueses da casa. Mas, lá pela madrugada, a velha cama de d. Júlia aguentava o peso do dr. Justino.

— Este Justino não passa de uma criança. É uma besta.

As mulheres de d. Júlia eram escolhidas a dedo. Não queria francesas e nem polacas no seu elenco. Policiava as suas mulheres. Não queria viciadas, sem-vergonhas que lhe sujassem a respeitabilidade da casa. Fossem para a rua das Flores.

No tempo de mais moça, ela saía para o interior procurando as suas peças. Descobria pedaços que enchiam a boca dos seus clientes. Maria do Carmo estava na sua casa há 15 anos e era como se fosse a sua filha. Trouxera-a do Cabo. D. Júlia tinha ido passar a festa daquela cidade e lhe vieram com a notícia de que tinha chegado uma menina de 16 anos para uma casa de raparigas. Fora ofendida por um filho de um senhor de engenho. Levou Maria do Carmo para o Recife. Uma criança perfeita, um sonho de beleza. Educou a menina. Ganhou muito dinheiro com ela. Lembrava-se, como se fosse hoje, de um negociante, o Canuto, que quase se arrasara por causa dela, enchendo-a de joias, pagando contas. O pobre do Canuto chorara ali na sua casa, como um menino, porque Maria do Carmo não queria saber dele. A bicha gostava da farra. Aquilo sempre fora um tição de fogo. Mas gostava muito dela. Um dia Maria do Carmo saiu com um sujeito safado e depois de dois anos voltara grávida. D. Júlia criava a filha de Maria do Carmo como neta. Estava até no colégio das freiras. Quando vinham as férias, mandava a menina para o interior. A mãe continuava a trabalhar para a casa.

Outra muito boa era a Lúcia. Esta chegara para ela, sem lhe dar trabalho. Quem a trouxera fora o Senhorzinho do Sacuri. Chegara em sua casa que parecia um bicho, estranhando os homens, chorando sem ver de quê. Senhorzinho fizera mal à menina. Era filha de um feitor dele. Quem hoje visse a Lúcia não conhecia. D. Júlia dera jeito de gente à mulata de olhos verdes, de carnes rijas, que atraíam para a Peixe-Boi os conceituados comerciantes, aquele comendador da fábrica de doce, de Olinda, que gemia nas suas mãos.

Laura também era de engenho. Devia a d. Júlia tudo. Até de moléstia do mundo se curara na Peixe-Boi. A pobre com 14 anos saíra corrida de Vitória. Uma senhora de engenho de lá mandara passar-lhe a tabica, com ciúme do marido.

Fornecedores de cana procuravam mais o povo de d. Júlia. Não podiam com o champanha da Mimi, não aguentavam o repuxo de usineiro. D. Júlia tratava os seus clientes com intimidade. Chamava-os sem os seus títulos. Era somente: Senhorzinho, João, Manuel, Campos, Canuto, sem cerimônia. Eles respeitavam mesmo a veterana.

O açúcar, que se derretia na Peixe-Boi, não seria da grã-fina da Mimi. Açúcar bruto era o que ficava pela gente da d. Júlia.

A velha andava de chaves no cós da saia. E fazia questão de dizer que não explorava os seus fregueses como as francesas. Ali tinha-se conta de beber. Mulher em sua casa não pedia bebida para estragar. Por isto se zangava quando sabia que um cliente se passava para outra casa. Tinha ciúmes, fazia barulho quando o pródigo voltava:

— Vocês vão atrás de francesas porque não têm vergonha. Aqui na minha casa não pisa peste de polaca. Não quero bezerro comigo. Não quero sem-vergonhices. Mulher comigo tem que andar na linha.

A vida na casa de d. Júlia tinha a sua dignidade, os seus códigos de honra. Bastava saber que uma mulher sua fazia o que não devia para botá-la no ostracismo. Fosse para os infernos. D. Júlia nunca fizera, em tempo de moça, aquelas desgraças. Conversava com os seus clientes, abria-se. As visitas do dr. Juca, da Bom Jesus, à Mimi vinham lhe exasperando. Era assim que ele pagava a sua dedicação. Quanta coisa boa não arranjara para o usineiro! O bicho enricara, botara usina, gente daquele jeito não ia com ela. Gostava do Caetaninho, da Potengi. Há vinte anos que era seu freguês. Fora senhor de engenho e era usineiro sem mudar de cara. Não vinha ao Recife que não fosse à sua casa. Homem de bem fazia era assim. E Caetaninho passava por um dos mais ricos do Sul. Não ficara besta com dinheiro. O Juca crescera a barriga. Porém as francesas vingariam as suas mágoas. Deixasse o açúcar cair. Já vira em Recife usineiro tomando bênção a cachorro. Açúcar virara lama nos armazéns.

Naquele sábado a pensão estava cheia. Rapazes, estudantes sentados pelas mesas sem pedirem nada para beber. D. Júlia chegou, olhou para todos, dizendo bem alto, uma voz de quem estivesse cantando:

— Isto aqui não é banco de jardim, meninos.

Os rapazes se riam. O piano de Britinho gemia a valsa de Alfredo Gama. As mulheres não queriam se comprometer, esperando os homens que lhes rendessem.

Numa mesa, Maria do Carmo e Lúcia estavam com os seus dois coronéis do interior. Os homens bebiam e falavam de negócios. Eram dois fornecedores de cana da usina Cucaú. Um se queixava da balança. Furtavam mais de duzentos quilos em tonelada e ninguém que fosse reclamar, porque prendiam o fornecimento de dinheiro.

— Só mesmo fazendo como aquele Deodato do engenho Cana Verde. O usineiro deixou a cana dele secando por causa duma reclamação de peso de balança. Um prejuízo dos diabos. Deodato não teve conversa. Tomou o seu cavalo e foi conversar com o homem cara a cara. Conversar é um modo de dizer. Botou foi o revólver nos peitos do graúdo. No outro dia mandara carro para o partido dele. Usineiro também tem amor à vida.

O outro falava dos juros. Tomava-se o cobre para plantar cana e a usina cobrava dois por cento ao mês. Era o diabo. No fim da safra o saldo de que dispunha não dava nem para dar um vestido novo à mulher. E o açúcar pelo preço que estava:

— Plantar cana para usina só mesmo para quem não tem coragem de fazer outra coisa. Os ingleses da Tiúma estavam dando uma bonificação. Davam para um lado para tirar pelo outro.

D. Júlia entrava na conversa:

— Só vejo vocês se queixando de usina mas ninguém arreda o pé de lá. Aqui nesta casa ouvi o Caetaninho se queixar de fornecedor. Que só viviam atrás de dinheiro, que nada produziam. Vocês todos são uns iguais.

E dava uma risada que atravessava a rua, que ia até a pensão das francesas.

Os fornecedores brincavam com a velha. Que fechasse o engenho dela ali e fosse plantar cana para o coronel Caetaninho.

A cerveja corria, as mulheres viravam copo. Maria do Carmo e Lúcia queriam passeio de automóvel. Farra sem automóvel não prestava para nada.

As usinas comiam os lucros dos fornecedores, mas açúcar, mesmo assim, ainda dava para tudo. Usineiros e fornecedores gozavam a vida. D. Júlia e Jacqueline tiravam o seu da melhor forma.

4

Na Paraíba a fama do dr. Juca, da Bom Jesus, crescia cada dia que se passava. O seu automóvel atravessava o comércio, enchendo a rua de lado a lado. No café do Maia os amigos do usineiro cercavam a sua mesa. Ninguém pagava. As mulheres da vida falavam do dr. Juca como de um protetor generoso. Havia uma Josefa, da rua da Areia, que tinha uma casa dada por ele. Os parentes censuravam a vida do Juca, mas os lucros da Bom Jesus cobriam, tapavam as fraquezas do diretor-gerente. A Bom Jesus andava de vento em popa. Dera mais de oitocentos contos de lucro na última safra. Aquilo que o velho José Paulino levara oitenta anos juntando, o seu filho ganhava numa safra, sem abrir os peitos de trabalho. Só de álcool para mais de trezentos contos de réis. A família se rejubilava com a direção do Juca. Aquilo de gastar, de mulheres, era o menos. Desde rapaz que era assim, dando trabalho às cabrochas do Santa Rosa. Puxara ao tio Jerônimo, que era um vadio de marca. O dr. Juca empolgara os parentes. Só mesmo os que não tinham entrado na empresa, como o coronel Trombone do Maçangana, criticavam com mais azedume as suas extravagâncias. O primo despeitado botara-lhe mesmo o apelido de barão. E pelos trens debochava do luxo do parente. O usineiro ameaçava-lhe o prestígio político. Podia ficar o chefe mais procurado pelo governo. E o velho Trombone não se conformava com o Juca, um rapaz de ontem, chefiando a família, resolvendo por todos, manobrando com o dinheiro dos outros com aquele sucesso. E pregava contra. Aquilo iria de águas abaixo. Veriam como a Bom Jesus não aguentaria com um ano de seca, uma cheia do Paraíba, ou uma baixa de açúcar.

Enquanto isso os partidos da Bom Jesus cresciam. Engenhos, que botavam cana para a São Félix, se preparavam para experimentar a usina mais moça. A São Félix não se dava por achada. A zona era grande demais para sofrer com a concorrência da vizinha. Terra ela tinha para mais de cem mil sacos de açúcar. Deixava que a Bom Jesus se estendesse. Não lhe faria medo com aquelas moendas que, comparadas com as suas, pareciam moendas de banguê. A São Félix confiava nos seus dentes afiados. Toda a cana que aparecesse ela comia, triturava o bagaço, não deixava um tico de caldo. Por isso a Bom Jesus que se espichasse à vontade. A leoa do Baixo Paraíba esperava a rival para a hora decisiva. Por enquanto não valia a pena brigar.

O dr. Juca passava de Packard, roncando pela porta da São Félix. O automóvel bonito levantava a poeira pela estrada da São Félix. O usineiro olhava o dr. Juca glorioso, o diretor-gerente da Bom Jesus, como um general que soubesse o ponto fraco do exército contrário. O dia dele chegaria. O Santa Rosa fugira de suas mãos. O dr. Carlinhos entregara à família o melhor pedaço da terra da várzea. Crescera já a Bom Jesus. Uma chaminé subia para os céus, no velho engenho do coronel José Paulino. Sessenta mil sacos de açúcar cristal saíam das terras que poderiam ser suas. Tivera que crescer a São Félix para o outro lado, procurando alimento para as suas moendas, por bem mais longe que o Santa Rosa. Gastara trilhos, dormentes, furara cortes para que as goelas da sua esteira não parassem. Não fazia mal, a várzea do Paraíba um dia seria sua toda, desde o Pilar ao Sanhauá. Agora não valia a pena guerrear com a Bom Jesus. Continuaria a luta mais tarde.

O Packard do dr. Juca cobria a estrada de poeira. A chaminé da São Félix via o automóvel bonito até se sumir.

5

D. Dondon não podia deixar de saber das vadiagens do marido. E calava. Casara-se sabendo das histórias do noivo. Falavam das cabrochas do engenho, de raparigas na Paraíba. Outras, como ela, teriam tido maridos assim. Ali pelos engenhos os maridos tinham direitos que elas, mulheres, respeitavam. O exemplo dos velhos animava-os. Ter filhos naturais, crescer a família por outros lados, era comum entre eles. O dr. Juca não escandalizava a mulher com as suas histórias. Ela sabia muito bem que estava ficando velha. Agora só era mesmo para os filhos grandes, para encobrir do marido as traquinagens dos meninos e os namoros das meninas. Clarisse escrevia para o rapaz, que conhecera na praia. Não tinha coragem de chamar a filha e perguntar que cartas eram aquelas. O gênio de Clarisse era forte. Se chegasse com perguntas lhe responderia com aspereza. Maria Augusta não. Era a mesma. Contava-lhe até as minúcias de seus namoros. Agora estava gostando do filho de um juiz, um que era do último ano do liceu. Ele lhe dera um livro de Júlio Dantas: *Ao ouvido de Mme. X*. As freiras no colégio censuravam muito os livros que, como aquele, falavam de amor. Até certo ponto achava o namorado pau, fazendo versos para ela. Bonito, era muito. Os cabelos anelados e alto de corpo.

D. Dondon não ligava importância às brincadeiras da filha. Bem bom que Clarisse fosse como Maria Augusta, contando tudo. Para que aquele segredo, as cartas que ninguém lia? Mas no fundo a filha mais velha era uma boa. Lembrava-se bem daquele dia em que Iaiá Soares chegara em sua casa para contar histórias do marido com mulheres. Clarisse, que estava no quarto vizinho, saiu-se com quatro pedras na mão, brigando com a alcoviteira, dizendo-lhe que a mãe não estava disposta a ouvir mexericos de espécie nenhuma, que tudo aquilo era mentira. Ela sabia que era mentira.

Mas, quando Iaiá Soares saiu, chorou no regaço da mãe. Choraram ambas por muito tempo. Maria Augusta queria saber o que fora, o que sucedera a elas.

D. Dondon vira naquele dia que Clarisse era boa, que lhe queria bem de verdade.

O relaxamento do marido estava fazendo as meninas sofrerem. Por ela não se importava mais. Conformara-se. Todos os homens da família eram assim. Mas as meninas? O que ficariam pensando elas de um pai conhecido por toda a parte, de um pai andando de mulher em mulher? Felizmente que estavam no colégio, longe dos comentários, dos mexericos que lhe batiam em casa, de todas as Iaiás Soares que lhe vinham contar coisa, pensando que lhe agradavam. Tinham-lhe contado da mulher da rua da Areia, presenteada com a casa de vivenda. Se não tivesse os seus filhos, talvez que sofresse mais com estas histórias. No Pau-d'Arco, Juca era dela. Lembrava-se até que comentara com uma sua irmã. Diziam tanta coisa do marido, antes do casamento, que ela estava até espantada. Nos primeiros anos, não invejava a vida de mulher nenhuma. Com filha moça dentro de casa, a coisa mudava de figura. Um pai vadio, vivendo de mulher em mulher, dava uma impressão deplorável.

D. Dondon, em seu palacete da Paraíba, com os seus meninos em férias, criava outra alma, remoçava, esquecia as ideias que a solidão trazia para a sua cabeça.

Juca, às vezes, vinha almoçar com eles e dera autorização para que fossem para a praia, como as meninas queriam. Para isto tinha comprado a casa que fora do cônsul inglês, a melhor residência da Ponta de Mato, para que a família pudesse veranear com conforto. Maria Augusta e Clarisse saltaram de alegria. Os meninos se aborreceram. Estavam acompanhando uma fita em série e assim perderiam o fio da história.

A alegria das meninas contagiara a mãe, que era toda dos filhos. Não sofria pelas traições do marido, porque dispunha de quatro criaturas que lhe enchiam a existência. Podia ter tido mais filhos, porque a alegria que davam, compensaria de tudo. Se não fossem eles o que seria dela, só naquele casarão, pensando nas coisas ruins do mundo, botando vigia no marido? Recordava-se de uma sua parenta, senhora de engenho em Pernambuco, que não deixava o marido nem sair sozinho para o serviço. Não tivera filhos e o ciúme fazia dela uma infeliz. Juca podia fazer o que bem quisesse. Desde que respeitasse a ela e aos filhos, pouco se importaria com as pernadas que desse por fora. Não era mais uma criança para andar sofrendo de amor. Tinha as filhas para ajudá-las, para pensar no casamento delas. Não pensava em casar nenhuma com gente de engenho. Casar com parentes também não servia. Eram uns atrasados. Uns mulherengos da marca de Juca. Então botaria as filhas em colégio de Recife para aprender tanta coisa e depois entregava as pobres aos filhos de Mané Gomes, de Álvaro de Aurora, de José do Jardim? Só mesmo um castigo. Casaria as meninas com quem elas quisessem. Juca que não se metesse com este assunto. Ficasse lá para a usina dele e deixasse ela com o mais. Com as filhas era ela só. Elas saberiam encontrar felicidade, os homens que lhes dessem uma vida melhor do que a sua. Sim, Clarisse com aquele gênio, e nem Maria Augusta, tão boazinha, se conformariam com um marido como o seu, passando dias e dias por fora de casa.

Na Paraíba, as usineiras da Bom Jesus estavam na moda. Não havia festa para que elas não fossem convidadas. O automóvel grande não passava um dia sem atravessar as ruas, com as ricaças fazendo compras.

Na praia, então, o prestígio delas ainda era maior que no ano anterior. Os rapazes davam em cima com ganância. Eram as meninas mais ricas da terra. E bonitas. Maria Augusta, com aquele seu cabelo ondeado e um pouco esbelta, flexível e com os seus olhos castanhos, parecia uma princesa de pés no chão pela beira do mar. A casa delas ficava com o mar batendo quase no alpendre. As ondas, com a maré alta, vinham quebrar na calçada. Estacadas de madeira defendiam o palacete do usineiro dos furores do mar bravo.

Elas levavam uma vida de grandes. À noite, com a lua, todas as moças saíam de praia afora, aos grupos, cantando. O namoro ia da Praia Formosa à Ponta de Mato. Não havia uma moça que não tivesse o seu. Falavam das que se excediam, das que aceitavam sem relutância as sugestões que o mar verde, os coqueiros rumorosos e a lua romântica faziam aos corações namorados.

D. Dondon se preocupava quando companheiras vinham buscar as meninas para os passeios. Iam até longe. A maré vazia deixava uma estrada ideal para os pés nus. O frio da areia umedecida devia ser mesmo uma delícia para elas. D. Dondon não achava bonito aquilo. Por que não saíam calçadas? Mas o *chic* na praia era fazer o que as meninas estavam fazendo. Clarisse com o estudante de medicina, Maria Augusta com o seu. Vida melhor elas não podiam ter. Os meses de internato se pagavam com aquela liberdade que d. Dondon consentia, com certo prazer. Deixasse as meninas descontar os dias de prisão. O diabo seria se o marido viesse com a cara feia.

Mas pela Várzea os parentes falavam das liberdades das moças da Bom Jesus. Juca não estava ligando à família. Como era que deixava as filhas soltas na praia, fazendo o que bem queriam, tomando banho com rapazes estranhos? E censuravam a mãe, a quem o dinheiro cegara. De engenho a engenho corria o falatório. Aquilo era uma vergonha para a família. Nunca que permitissem o que Juca e a mulher estavam permitindo. Dinheiro de usina dava para a mãe e pai esquecerem os seus deveres.

Nessas censuras a mais visada era d. Dondon. E seu próprio pai foi à praia somente para abrir-lhe os olhos, censurando forte a filha. Ele sabia que o genro não tinha tempo para cuidar da família. E aquilo não podia continuar. Aonde já se vira meninas com liberdade de rapaz?

Enquanto o velho falava, Clarisse e Maria Augusta estavam lá por fora, brincando com as amigas. A mãe chorou, defendeu-as. As filhas não faziam nada demais, eram moças de juízo, brincavam como todas as outras, tinham o direito de fazer o que as moças mais distintas faziam. Ela confiava nelas, não tendo que dar satisfação a ninguém. Confiava nas filhas. Moça era aquilo mesmo. As meninas do Maravalha falavam porque não podiam fazer o mesmo.

E o velho voltou no outro dia de manhã, de cara fechada, dizendo que não botaria mais os pés na praia. Dondon fizesse o que bem entendesse.

Depois d. Dondon ficou pensando. As filhas estavam faladas e o povo da Várzea botava para cima dela a culpa de tudo. Tinha consentido naquilo e se arrependia. Ia chamar as meninas e pedir para que terminassem com aqueles passeios, com os banhos com muita gente. Para que levar fama, cair na língua das parentas, que não perdoavam a vida de lordes que elas levavam? Todos pensavam que estaria radiante, muito cheia com a fortuna do marido. Felicidade ela só tivera no Pau-d'Arco. Hoje era o que se via. Juca pegado no serviço que nem se importava mais com a família, dando espetáculos com as mulheres da vida. As meninas do Maravalha censuravam as suas filhas. O que não teriam feito todas elas nos tempos de moças? Lembrava-se até das temporadas que no tempo de moça ela tinha passado na praia. O pai se lembrava de mandá-la com as irmãs para tomarem banho salgado, com a tia Firmina tomando conta da casa. Naquele tempo Ponta de Mato era um deserto. Uma ou outra casa espalhavam-se pela praia. De veranista, só a família do dr. Carvalhinho e o povo de Félix de Belli. A praia toda desabitada. Joca Pai Velho era o dono de tudo.

Na casa em que foram morar, o chão era de areia, as paredes de palha. Só quem tinha casa de pedra e cal era Joca Pai Velho, dono de todos os coqueiros, de todo aquele mar. As meninas do Maravalha vinham também do engenho para a estação. D. Nenen, bem magrinha, precisava de banho de mar para a saúde e as filhas fizeram amizade com elas. Lembrava-se dos banhos com aquelas calças compridas de flanela, cobrindo tudo. Rapazes só apareciam mesmo os filhos do dr. Carvalhinho e do comerciante Félix de Belli. A vida era triste, mas sempre era melhor para elas que a tristeza do engenho do pai, do que as noites escuras do Uruçu, com os sapos cantando e o velho na cabeceira da mesa fazendo contas do engenho. A vida da praia regalava. Nas noites de lua as meninas do Maravalha vinham para a beira do mar. Tia Firmina consentia que elas fossem e cantavam modinhas. O filho do dr. Carvalhinho tinha uma voz gabada por todos. Conversava-se, brincava-se de anel, de berlinda. A lua boiava nas águas do mar ou então escondia-se pelos coqueiros que rumorejavam. Havia mesmo uma moda do tempo falando do mar: "o mar suspira e geme e treme". Não sabia por que, mas tinha uma coisa pelo filho do dr. Carvalhinho. A voz doce, tremida, do rapaz bulia com ela. As meninas do Maravalha voltavam para casa com as filhas de Félix de Belli. E a tia Firmina chegava, chamando-as para dentro de casa. Não seria mais de dez horas. Os coqueiros gemiam no vento. E na cama se lembrava das modas, dos brinquedos, da voz doce do rapaz. Na Várzea também falavam da vida delas. Viviam fazendo serenatas. Tanto que o pai um dia chegou zangado com a tia Firmina. O que ela fazia ali, que não via as filhas? Soubera das tocatas de violão a horas mortas. Aquilo era uma vergonha. Tia Firmina gritava para ele. Que fosse cuidar das canas e deixasse as meninas com ela, que tinha olhos, que sabia onde botava as ventas. Apesar de tudo ficaram até o fim do ano gozando a vida.

Agora a Várzea falava das suas filhas. Consolava-se porque sabia que tudo o que diziam era mentira, inveja. O que faziam demais Maria Augusta e Clarisse? Conhecia tão bem as filhas, sabia ao certo que eram todas as duas incapazes de fazer o que as parentas da Várzea diziam. Elas eram moças e estavam no seu direito.

Ali na solidão da praia, enquanto os filhos ficavam por fora brincando, e Maria Augusta e Clarisse na conversa com as amigas, d. Dondon calculava o destino delas. Quem seria aquele namorado de Clarisse? Estudante de medicina, o pai negociava com botica na Paraíba. Seria um bom casamento? Seria um bom rapaz? Tinha medo do gênio da filha, daquela maneira imperiosa dela querer as coisas. Há mais de dois anos que Clarisse se carteava com o namorado. Juca não sabia de nada. E era bom mesmo que não soubesse, senão viria se meter a brigar com Clarisse, aborrecer a menina. O namoro de Maria Augusta não valia nada. Com esta o amor não seria nunca aquela coisa séria e constante de Clarisse. D. Dondon via as filhas casadas, cada qual com a sua casa, felizes com os maridos que houvessem escolhido. Deus as livrasse de homens rapariguieros como o pai, como os avôs delas, gente para quem a mulher era só para dentro de casa, como um móvel. Queria maridos para as suas filhas, maridos bons, que não fossem aqueles homens grosseiros dos engenhos, que só queriam mulher para lhes encher a barriga de filhos. Nossa Senhora da

Conceição daria rapazes de linha, que soubessem tratar bem Maria Augusta e Clarisse, como elas de fato mereciam. Tudo o que as filhas queriam tinham. Só bastava desejar para ter. Vestiam do melhor na Paraíba, compravam à vontade em todas as casas. O pai, felizmente, não lhe chegou nunca com reclamações, fazendo questão de gasto. Quando ela entrava na Rainha da Moda o seu Avelino vinha logo oferecendo a casa toda. Não abusava, não estragava. E as meninas neste ponto estavam com ela, não se exagerando. Até para o que possuíam gastavam na conta. No Carnaval o carro das usineiras era o mais bonito do corso. Clarisse enfeitava-o ela mesma, arranjando sempre uma maneira do carro dar na vista. D. Dondon saía com as meninas no corso, mas, para que não dizer?, não lhe adiantava mais ver tanta gente na rua. Gostava mais de levar as filhas para o Clube Astreia, aonde o povo rico da Paraíba dançava nos três dias. Sentava-se para um canto, com outras companheiras da sua idade, comentavam a festa, as fantasias, os pares. Ficava radiante vendo as filhas disputadas por todos. As meninas não paravam. As fantasias delas eram sempre as mais caras, as mais bonitas. As senhoras, que ficavam com ela, gabavam muito o seu gosto, elogiavam as meninas. Regalava-se assim com a felicidade de Maria Augusta e Clarisse.

Os meninos gostavam mais da usina. A mãe temia por eles, mandando recado para que voltassem. Pedia ao marido para mandá-los para a cidade. Vida de usina sem ela era um perigo para os meninos como eram os seus, traquinas. Juca era contra. Deixasse os meninos com ele, não tivesse medo.

Agora estavam na praia, ali perto dela. Mas, mesmo assim, faziam medo, porque saíam de jangada pelo mar, se sumiam com pescadores e voltavam para casa queimados como dois moleques. O mais moço, Pedro, brigava muito com as irmãs. Raro era o dia que não chegava em casa falando do namoro de Maria Augusta e de Clarisse. Diria ao pai quando ele chegasse. D. Dondon acomodava este zelo, este ciúme. E Pedro se reconciliava. Clarisse era sempre mais severa, não querendo sair com ele, mandando o irmão brincar com os meninos. Mas Pedro, às vezes, ficava como cão de fila atrás das irmãs. Os namorados procuravam conquistá-lo com agrados. Pedro resistia, investindo, arisco, com o estudante de medicina, com o besta que namorava com Maria Augusta. Chamava a irmã mais moça de Tuta. E em casa, d. Dondon levava um tempão para amansar os furores de Pedro.

O mais velho era mais do mar. Dava-se com os pescadores e quando não estava de bicicleta, na praia, estaria na certa montado em jangada, aprendendo a manobrar. Era um prático de pescaria. Em casa afligia a mãe, contando os seus lances, as suas bravuras em alto-mar. D. Dondon pedia para que ele não fosse tanto para dentro, aquilo podia virar e o filho morrer. Seu Joaquim pescador lhe garantia porém que não havia perigo. O menino era brabo de verdade.

Era assim a vida de praia da família da usina Bom Jesus. A usineira feliz, apesar de tudo. Bastava a filharada estar contente da vida para que ela também estivesse.

O dr. Juca, uma vez ou outra, aparecia na praia, queixando-se dos trens. Se tivesse estrada de automóvel viria mais vezes. Dormia uma noite na praia e ia no outro dia logo, não tolerava aquele barulho do mar, batendo nas estacas. Na manhã seguinte fugia para a usina, para Recife, para o meio dos amigos.

Clarinda, a mulher da rua da Areia, na Paraíba, e a usina Bom Jesus esperavam por ele.

6

Na casa velha de d. Inês as negras expulsas da rua se acomodaram como puderam. A princípio, para elas, fora difícil se conformar com a mudança. A casa de dentro do cercado grande vivia há anos abandonada. Por lá, quando havia a maior safra de algodão, o senhor de engenho mandava depositar as sacas de lã, que não cabiam por outros lugares. A casa de d. Inês vivia entregue aos seus mal-assombrados, aos seus hóspedes do outro mundo. Havia um mistério em se saber quem fora de verdade a d. Inês. Os mais velhos, as negras do cativeiro falavam de uma mulher muito bonita que tinha qualquer coisa com o velho Jerônimo, irmão do coronel José Paulino. Vivera naquela casa muitos anos e terminara louca, gritando noite e dia. E anos e anos d. Inês vivera assim gritando, sem botar a cabeça de fora, com uma negra que tomava conta dela. E quando morrera, ninguém quis mais habitar a sua casa e aquilo ficou para sempre se chamando a casa de d. Inês. Fechada, cercada de mata-pasto, com aquele pé de gameleira enorme perto, a casa de d. Inês estava para sempre marcada de mistério. Os meninos tinham medo de passar por lá, as negras acreditavam em almas penadas dormindo pelos quartos vazios.

Agora as negras haviam sido conduzidas para esta hospedaria de fantasmas. Quando a notícia chegou para elas, correram para d. Dondon que neste tempo ainda morava na usina. A senhora porém não conseguira nada. O jeito que tinham era mesmo de conviver com a gente de d. Inês. Generosa botou as mãos na cabeça, dizendo o diabo do dr. Juca. E dizia alto que Deus estava vendo tudo aquilo. Deus do céu via a judiação que estavam fazendo com ela.

D. Dondon chorou neste dia. Elas viram a senhora de olhos vermelhos das lágrimas. Mas usina era assim mesmo. Aquilo parecia às negras um fim do mundo. Botaram a rua abaixo. Criaram-se ali, tiveram filhos, amaram, sofreram as suas moléstias, mandaram os seus defuntos para o cemitério, e o dr. Juca botava tudo abaixo. Um fim de mundo. E por cima de tudo ainda teriam que ir para a casa de d. Inês.

Nas primeiras noites ninguém dormiu. Avelina viu um homem de branco, destelhando a casa. Luísa, uma mulher se balançando numa rede muito alva de varanda que se arrastava no chão. E quem não vira coisas ouvira rumores. Mas aos poucos foram se acostumando. Os morcegos chiavam a noite inteira na gameleira. Aquilo tinha parte com o demônio, dizia a tia Generosa. Morcego era pássaro do diabo.

Morcegos e corujas gostavam da casa de d. Inês. As negras tremiam com o canto das corujas, com o cortar de mortalhas das pobres agourentas. Quem tinha a sua dor, quem pensava na morte, quem tratava de seus doentes ouvia coruja passando por cima da casa, como um aviso impiedoso. Era mesmo que um médico desenganar, mandar cuidar do enterro. A casa de d. Inês fora ninho de corujas. Viveram as pobres no meio das almas, aprendendo com elas os mistérios, a adivinhar as desgraças.

Coruja e morcego atormentavam as negras do velho José Paulino. Que haviam de fazer? Para onde iriam se o mundo para elas era só o Santa Rosa, se a terra toda do mundo era só a terra do Santa Rosa?

Quando Ricardo chegou do Recife encontrou o seu povo desterrado. Ele viera pensando no Santa Rosa. Vira um negro parecido com Rafael, com uns jornais. E veio andando, mas foi vendo um mundo novo a cada passo. A estrada, pisada de automóvel, os partidos de cana subindo para altos aonde nunca foram, e os sítios dos moradores, as casas de Manuel Lucindo com laranjeiras, a casa de José Ludovina com jenipapeiros grandes, a estrada coberta de cajazeiras, tudo isto tinha desaparecido. Tudo era um descampado. Cana e cana se espalhando pela Várzea, tremendo ao vento até onde os olhos alcançassem. Só partidos e partidos.

Foi andando e nada que via já fora visto por ele. Aquilo era uma terra nova. As estradas sem as cajazeiras. Parecia que alguém tivesse cortado os seus cabelos bonitos. O sol cobria o caminho e a cerca de arame vinha até em cima da estrada. Tudo que era terra estava coberto de cana.

Ricardo foi se chegando. E com pouco viu a usina, nua, amarelada, de chaminé comprida, com um fumaceiro saindo pelas telhas de zinco. Trens de cana espichavam-se pela antiga bagaceira. E ali, onde fora a casa de purgar, estendia-se uma esteira, rolando, levando comida para as moendas. O moleque ficou um tempão olhando para tudo. Um povo, que ele não conhecia, conduzia burros, descarregando carroças de cana. Lá por dentro devia ser um formigueiro. O moleque, porém, queria era ver a sua gente. E foi saindo para a casa-grande e não viu a rua. Tinham plantado eucalipto por defronte da casa-grande. Olhou para a cozinha e viu as grades de ferro. Teria se enganado, teria saltado noutro lugar? Não conhecia ninguém, não via ninguém conhecido. Quis entrar e teve medo.

Aonde estaria o seu povo? Não conhecia ninguém. Um arrependimento de ter vindo para ali lhe invadiu. Pela estrada grande passava gente a cavalo, matutos escanchados nas suas éguas. Não era a mesma gente do seu tempo de menino. Mas onde estaria Mãe Avelina? O moleque do jornal? E saiu andando para a banda da destilação.

Perguntaram quem ele era, se queria falar com alguém, se vinha procurar trabalho. No lugar da destilação estava um prédio com aqueles tijolinhos das fábricas de tecidos. Viu então um moleque. Tinha olhos grandes. Seria Rafael? Foi para ele. Um tremor pelo corpo, um frio esquisito lhe tomou inteiramente. Num segundo, mil pensamentos lhe chegaram na cabeça. Capaz de não ser Rafael. Todos teriam fugido da usina. O negrinho esperou que o moleque falasse.

— Mãe está morando na casa de d. Inês.

Ricardo quis fazer uma coisa e não sabia o que era. Não sabia o que perguntasse mais. Viu o irmão assustado com aquele negro vestido como branco. Quis dizer quem era mas teve vergonha, como na estação. Vergonha de quê, não podia saber. Quis pegar Rafael e abraçar, correr com ele para a casa de d. Inês. E não sabia fazer coisa nenhuma. O irmão pensaria que fosse um maluco. A sua alegria era tão grande que não dava saída a uma palavra. Teve vontade de gritar: "Eu sou Ricardo, o teu irmão, o que te levava para o banho de rio. Ricardo, o teu irmão, que te carregava nas costas, que te via mijando na cama de Mãe Avelina".

— Mãe está na casa de d. Inês – lhe disse outra vez o negrinho assustado.

Na calçada da casa-grande ele viu um branco que olhava. Reconheceu o dr. Juca, mais velho. E naquilo deixou que Rafael fosse embora, sem que soubesse que ele era Ricardo. Estava de botina e de gravata, resto da sua grandeza de Recife. Saiu andando, quando ouviu um psiu, um chamado. Voltou-se. O dr. Juca dava com as mãos para ele. O moleque lembrou-se imediatamente do "Ó Ricardo!" do velho José Paulino. Chegou-se para o dr. Juca, que o reconheceu logo à primeira vista:

— Você não é o filho de Avelina que fugiu para o Recife? Respondeu meio tonto. Não sabia o que era aquilo que tinha. Podia até parecer um bêbado ao dr. Juca.

— Sou sim, senhor.

— Que veio fazer por aqui? Veio buscar a sua mãe?

— Não senhor.

Não sabia mesmo o que estava respondendo. Só ouviu bem o dr. Juca falando em trabalho, que precisava de gente trabalhadora. E ficou assim na calçada um tempo enorme. Sentia frio pelo corpo. E era de tarde. Lembrou-se da mãe e dos irmãos. Tinha vindo para viver com eles. Que frio era aquele, que lhe tomava os passos? Seria a doença do Simão? O povo, que passava pela calçada, olhava para ele com espanto. Era sem dúvida para as botinas e para a gravata. Negro de luxo ali assim era raro. A mãe estava na casa de d. Inês. Ele estava fazendo o papel de besta. Por que não fora logo ver a mãe? Deixara que Rafael se fosse sem se dar a conhecer. Só sendo doença, uma doença de doido.

A casa de d. Inês! Lembrava-se bem, dentro do cercado, arrodeado de mata-pasto. Saiu para lá agora com vontade desesperada de chegar, de ver a mãe. Era um homem feito, de barba na cara. E quando chegou na porta da casa Avelina olhou para ele espantada e limpou os olhos para ver se não era uma mentira. A negra ficou estatelada, olhando, e tomando a força do tempo. Depois deu um grito e abraçou-se com ele. Choraram os dois.

Foi uma alegria enorme na casa de d. Inês. Todo mundo pedindo para Ricardo contar a vida dele em Recife. Com Avelina só estava Rafael, o seu irmão mais moço. Todos os outros tinham ido embora. Maria Salomé não era mais moça. Um cabra de usina fizera-lhe mal e ganhara os campos. Mãe

Avelina estava velha, com as veias da perna estouradas. A tia Generosa quase cega, os filhos de Joana no eito. Acabara-se o tempo de moleque ficar no pastoreador ou lavando cavalo. Era o eito para todos.

Os conhecidos vieram ver o negro de Avelina, que chegara de Recife. Correra a notícia que ele viera rico, buscar a mãe e os irmãos. Na noite da chegada Ricardo ficou até tarde, contando as coisas. Os trens de cana passavam apitando. Da casa de d. Inês ouvia-se o barulho da usina. De noite e de dia naquele cortar. Só parava na noite de festa de Natal.

Generosa falou pelos deserdados da casa de d. Inês. Falou da vida que levavam:

— Acabou-se o bom tempo, menino. Desde que o velho fechou os olhos que a gente pena. Mandaram até buscar cozinheira da cidade. Eu até penso muita vez que o dr. Juca não é do sangue da família. Vi aquele menino nos cueiros, fiz muita papa para ele. Romana era quem dava de mamar. E botou a gente para fora. A gente entulhava na rua. Pergunte a Avelina o que sucedeu com Salomé? Tu pensas que pegaram o negro para casar? A gente ficou igual ao povo de Pinheiro. Nem parecia que Salomé era cria da casa. Podiam pegar o cabra e casar. A tua irmã está feito rapariga, como as outras. E a comida que a gente come? Os moleques de Joana e de Avelina tomando conta da casa. Trancaram a despensa. Quando d. Dondon estava aqui ainda dava o que era de direito. A negra, que botaram na cozinha, trancou a despensa. Nem um pedaço de ceará sai dali para ninguém. Só não fui para o Recife porque a menina está doente e mesmo eu não tinha um guia para me levar. Com pouco eles tomam esta casa. E a gente o jeito que tem é ir para a Areia, morrer por longe, igual ao povo do eito. Tudo agora é igual.

Mãe Avelina também tinha as suas queixas. No quarto, em que ela dormia, estava a rede de Rafael.

Ricardo dormiu na rede do irmão, que se acomodou na cama da mãe. E na rede escura de sujo foi ele pensando na vida que lhe chegava para viver. Apesar de tudo aquilo era melhor do que a casa de Jesuíno. A tia Generosa tinha suas mágoas da casa-grande, Avelina era a mesma paciência de sempre, não possuindo a coragem da tia Generosa para falar das coisas. Parecia que ela tinha medo de alguém. Ele puxara à mãe, era como ela, sempre com uma força maior do que ele manobrando o que desejava.

De madrugada ouviu o apito grosso da usina, os trens de cana passavam rangendo nos trilhos e o rumor da fábrica chegava aos seus ouvidos com nitidez. Ouvia-se bem a moenda, o chiado do vapor, o bater dos mancais, dos motores e a gritaria dos homens na esteira. De noite e de dia aquele barulho. De madrugada o apito da usina chamava as outras turmas para pegar no pesado. Levantou-se para olhar a madrugada do Santa Rosa que há anos não via. Olhou para o lado da caatinga e o céu era o mesmo, os mesmos clarões de luz rompendo a aurora, somente a Várzea não tinha mais aqueles cajueiros grandes, cobertos de névoa, como grandes paióis de algodão. A Várzea agora era só cana que nem chegava a se ver o fim. Tinham botado abaixo os cajueiros. Eles tomavam terreno bom para a flor-de-cuba. Pela estrada iam chegando os trabalhadores, que vinham render as turmas da noite. Botadores de fogo, moendeiros, ensacadores de açúcar e a gente da esteira, que deixavam a cama dura para pegar até as oito horas da noite. No tempo do banguê, às seis horas tiravam a última têmpera, os carros de bois paravam às cinco, o motor se poupava para o outro dia. Usina tinha que ser de noite e de dia.

Depois Ricardo viu um exército caminhando pela estrada. Para mais de trezentos homens de enxada ao ombro. Era um eito da usina que se botava para o partido da Paciência. Chegou-se mais perto da estrada para ver se via algum conhecido dos outros tempos. E não reconheceu ninguém. Era gente de fora, novos braços que a usina chamava para os partidos.

Avelina também já estava de pé:

— Esse povo todo é sertanejo que desceu. Estão dando limpa nas canas do outro lado do rio. O povo antigo do engenho saiu quase todo. O doutor Juca só quer gente que dê seis dias de serviço por semana.

Apesar de tudo o moleque sentia-se bem, respirando à grande o velho e amigo ar do Santa Rosa. O povo dele sofria, era verdade. Mas um não sei que lhe dizia para ficar ali, para entrar também no pesado.

Mais tarde desceu para o rio, o Paraíba dos seus tempos, das cheias enormes, dos banhos do poço. Lembrou-se de tanta coisa, vendo o seu rio barrento. Mais embaixo estava o marizeiro grande, aonde amarrava a canoa. Ficou com vontade de cair na água amarela. E deu braçadas, mergulhos, cangapés. Era o mesmo rio, a mesma água, a mesma sombra do marizeiro. Tinham botado abaixo a rua das negras, as cajazeiras da estrada, os cajueiros do partido. Não podiam porém com o Paraíba, não podiam com a cheia, que levava tudo com a cabeça-d'água, que parecia uma cobra assanhada se enroscando pela areia branca. O rio era o mesmo, bem estava vendo. Tia Generosa aumentava as coisas. Qual nada!, a usina não tinha força para fazer o que quisesse no Paraíba. Ali estava ele com as primeiras chuvas do sertão. Aquelas águas desciam de léguas e léguas, traziam o barro das caatingas, a espuma que os lajedos faziam. Bancos de espuma descendo.

O moleque demorou-se no banho. No dia que fugira para o Recife levara no couro a lama do Paraíba. Nunca se esquecia do rio, que criava força de gigante nas enchentes e que depois minguava, baixava o lombo, ia descendo até que as areias apareciam, os juncos cresciam pelo leito, o povo plantava pelas vazantes a salsa enramada. E o gigante morria, deixando o seu corpo para o pasto do gado e para a terra dos pobres.

O moleque viera de outras terras quebrado de reveses. Vira a mulher e os amigos morrerem, tivera homem com ele na cama, comera cadeia em Fernando. Uma vida inteira ficava atrás. O corpo dele Ricardo tivera muitas almas, fora de outros Ricardos. O mundo, que vira e que sofrera, ficara para trás. Tudo se fora. Naquele rio estava deixando agora os restos, lavava o seu corpo. Bem se lembrava dos bexiguentos, que apodreciam nas palhoças no meio da mata, mas quando escapavam, quando secavam as postemas, só estariam livres de pegar as desgraças nos outros depois do primeiro banho de rio. Deixavam na água a doença, os últimos restos da bexiga.

O Paraíba fazia o moleque outra vez do Santa Rosa. De dentro d'água ele via os trabalhadores passando para o outro lado. Havia para mais de três canoas passando gente. Tudo ali crescera: os partidos, o bueiro, a casa do engenho, tudo ficava gigante. O apito era mais forte do que o dos trens, roncava como apito de navio. Trens de cana andavam por onde João Miguel conduzia os seus carros de boi cantando. Apito de trem, como os da maxambomba da Encruzilhada.

As terras só queriam cana. Nada de milho ou de feijão, dos roçados dos trabalhadores. A negra Generosa lhe dissera que tudo agora era diferente. E elas estavam na casa de d. Inês, dormindo com as almas do outro mundo. Mas o rio seria o mesmo, não tinha dúvida. A batata-doce do povo teria que enramar pelas vazantes. Para que a usina queria areia? Cana não dava. A velha Generosa exagerava aumentando as coisas. Coisas de velha. O dr. Juca não tomaria do povo as vazantes onde só crescem o jerimum e a batata-doce. O rio era do povo. Ninguém mandava nele. Nunca ninguém pudera com o Paraíba, cheio de vontades, entrando pelas várzeas, subindo pelos altos, matando cana, cobrindo tudo de lama. Árvores podiam cortar, terras podiam trabalhar, lajedos e pedra podiam saltar no estopim, mas o rio quando crescia de cima, brancos e negros sabiam o que seria uma cheia, uma força que vinha de Deus. Ninguém podia parar as suas correntes, ele comia a terra que bem queria. O coronel José Paulino para ele era igual a João Rouco. O rio era dos pobres. Não acreditava que tomassem a vazante dos pobres.

Ricardo via gente passando de canoa para o serviço. De dentro d'água ouvia a usina moendo. Os passarinhos cantavam no marizeiro. E o Paraíba descia manso, sereno, indomável.

7

A VIDA ERA MAIS mansa no tempo do Santa Rosa. Era o que Ricardo sentia no balcão do barracão, aonde servia de caixeiro. O chefe era seu Ernesto, que viera do Pilar, com prática de negócios. Havia tudo no barracão: carne de ceará, fazenda, chapéu de palha, cachimbo, fumo de rolo, cigarro, cachaça, tudo que pobre queria e precisava se encontrava na casa de seu Ernesto.

Depois de um ano de usina o moleque pegara aquele emprego. Sabia ler, contar. Estava ótimo para o serviço. Dormia mesmo nos fundos do barracão e ganhava sessenta mil-réis por mês com direito a comer com os oficiais na casa-grande da usina. Para ele a vida não mudara muito. Abriam o estabelecimento às seis da manhã e fechavam às dez da noite. O trabalho, para atender o pessoal, só era pesado na hora de servir aos trabalhadores, que vinham do eito. Pelo dia ficavam de braços cruzados, atendendo, de raro em raro, a gente que vinha comprar uma garrafa de vinagre ou um litro de farinha. O pesado era a boca da noite, quando o pessoal chegava para levar as precisões. Eram ele, seu Ernesto e mais dois caixeiros. Um que tinha vindo de Santa Rita, e outro dali mesmo, um filho de seu Firmino carpina, que fora da escola do Pilar. O companheiro de Santa Rita era um amarelo como Manuel Caixeiro. E bem prosista, sabendo de coisas, contando histórias e grandezas de amor. Dizia-se um valente para as mulheres. Ricardo dormia com ele nos fundos do barracão e admirava aquela facilidade de falar e tanta coragem para amar.

Vinham mulheres e filhas de moradores fazer compras, levar para casa as necessidades, as meias quartas de carne, os meios litros de feijão. O amarelo estava sempre com dizeres, com agrados, com enxerimentos para as freguesas. Seu Ernesto não queria aquelas saliências.

Havia também moças sabidas que davam respostas às lorotas do amarelo. As filhas do maquinista Filipe, que tinham vindo da Catunda, com elas o sabido de Santa Rita encontrava resposta. Não se podia dizer que elas fossem bonitas, mas a mais moça, de corpo cheio, de busto arrebitado, dava na vista. Dizia frases para o pessoal e saía sacudindo os quartos, pisando de um jeito que mulher nenhuma ali sabia fazer. Mangava das matutas, das pobres cabras criadas no Santa Rosa, de olhares esquivos, de pés no chão e vestidos em tira. Sempre que as filhas de Filipe vinham ao barracão puxavam conversa. Seu Ernesto com as meninas do maquinista não fazia questão de dar a sua prosa.

O outro caixeiro, o filho de seu Firmino, sempre desconfiado, não queria história com ninguém. Diziam que o rapaz não gostava de mulheres, contentando-se com ele próprio nas precisões. A fama de Joaquim era aquela. Terminaria maluco, porque homem só era homem para aquela gente quando se pegava com mulheres. Fora daí era doente, um mucufa qualquer.

As moças de Catunda faziam escândalos na Bom Jesus, com os vestidos da moda, os cabelos penteados, a fala difícil. Havia quem dissesse que elas não eram mais donzelas, que o gerente da Catunda tinha passado todas as duas nos peitos. E que fora por isto que Filipe saíra da grande fábrica para a Bom Jesus. As filhas porém não se davam por achadas. Seriam moças para todos os efeitos, queriam casar. Quem quisesse saber que viesse com os papéis da Igreja e do juiz.

À tarde os trabalhos do barracão se intensificavam. Hora de conta com os trabalhadores, de despacho, centenas de homens levando comida para a casa, fazendo as suas contas. Dinheiro não corria na usina. A moeda corrente era uns vales de metal. Os trabalhadores davam os seus dias de serviço e quando conseguiam saldo ficavam com a sua moeda correspondendo ao valor. Trabalhavam pelo quilo de ceará, pelo litro de farinha ou de feijão e quando o trabalho valia mais que a precisão de comer levavam para a casa o vale de tanto, a moeda que só tinha valor no barracão da usina. Ali eles teriam que comprar, ali eles teriam que deixar o metal que o seu suor, as suas 12 horas de sol ganhavam para eles. Os sertanejos, os que chegavam de fora não se sujeitavam a isto. Queriam o dinheiro corrente, as moedas de níquel no bolso. Vinham para a Várzea na safra, davam os seus dias, semanas de serviço e quando relampeava para cima faziam as contas e corriam para as terras deles, que eram livres. Os operários, os mecânicos, os cozinhadores também estavam livres do vale da usina. A maioria, os cabras do eito, estes não tinham para onde correr. Moravam em terras da usina e não podiam fugir. Muitos se lembravam do banguê, como de um tempo de ouro. Outros emigraram para os engenhos de Itambé, que ainda estavam no velho regime. João Rouco saíra com os filhos para o Gameleira do dr. Lourenço. Até que usina chegasse por lá havia tempo, já teria morrido. Os demais foram ficando, as raízes dos pés deles estavam enterradas naquelas terras. Então se queixavam.

    Sempre que vinha ao barracão, o velho Teodoro se abria. Criara-se no Santa Rosa. Os filhos dele já eram homens feitos, todos puxavam a enxada do velho José Paulino. Ele tivera o seu sítio na Várzea, aonde fazia o seu roçado, plantava a sua fava, o seu algodão. Veio aquela desgraça e levou tudo. Teve que se mudar para a caatinga, levar os cacos dele para uma terra que nem água tinha para se beber. Agora era o que se via. Os filhos não tinham mais direitos de tirar uns diazinhos para limpar o mato das plantações. Até ele, naquela idade, era obrigado a pegar na enxada, de ir para o eito. Chegaria o dia em que os mais velhos nem podiam mais ficar em casa, todos teriam que descer para o pesado. Não se importava de ir para o eito da usina, mas que lhe deixassem o sítio da Várzea. Até já queria bem ao pedaço de terra. Era uma nesga que o coronel dera para ele trabalhar. Há mais de quarenta anos que, com os poderes de Deus, fizera tudo por aquele pedaço de terra. Dali ele tirava a sua arroba de algodão para vestir o seu povo, umas espigas de milho e umas ramas de feijão, que davam para comerem o ano todo. Criava também o seu porco, que rendia para tanta coisa. Pela festa vendia o bacorinho e os quarenta mil-réis prestavam tanto serviço.

Teodoro falava para os caixeiros com as mágoas de espoliado. Aquela terra já era dele. Quarenta anos dormindo ali, limpando mato, chupando laranjas, cheirando os bogaris. Já lhe haviam dado o direito de posse. O velho lembrava-se do dia em que o feitor chegou com a notícia. Ninguém acreditava. Seria possível que o dr. Juca fizesse uma coisa daquela? Ele mesmo foi falar com o doutor e voltou com a notícia definitiva: a terra, que fora deles, seria para a usina. A usina não podia perder um palmo de terra de várzea. Eles que fossem para a caatinga. Subissem, deixassem a Várzea para a cana, terra ótima para algodão não faltava no Santa Rosa. A mulher de Teodoro chorou. E deixaram a várzea numa manhã de chuva. Parecia o dia do enterro do coronel José Paulino. Um dia infeliz aquele! Agora ninguém sabia que tivesse havido casa por onde fora o seu sítio tão querido. O partido de cana cobria tudo de verde. Teodoro não prestava mais para nada. Era um caco. Só dava mesmo para se lastimar. Os filhos tinham tomado o lugar dele no cabo da enxada. Por isto deixavam ainda que ele batesse boca, contasse histórias, falasse da vida.

Ricardo vivia com a mãe, dando-lhe o necessário para que ela vivesse. A despensa do Santa Rosa cerrara as suas portas, a cozinha tinha grades nas portas. Nos seus primeiros dias de usina, teve vontade de voltar. Se não fosse para Recife haveria outros lugares para onde ir. Pensou muito. Lembrou-se porém da mãe. Viu os irmãos desertando, as irmãs ofendidas. Quis fugir outra vez mas Mãe Avelina segurava o filho. A pobre não podia viver coisa nenhuma. A tia Generosa, quase cega, só fazia falar dos bons tempos. Cativeiro era melhor do que isto. Aquele dr. Juca não era filho do velho José Paulino. Puxara, sem dúvida, a d. Sinhazinha para ser malvado daquele jeito. Ricardo foi ficando por todas essas coisas. E foi bom que ficasse. Avelina dormiria satisfeita com o filho, caixeiro da venda. Nunca que ela pensasse que tivesse um filho para ser mais alguma coisa que carreiro, lavador de cavalo. Um filho dela sabia fazer contas, escrever o nome dos trabalhadores. Joana falava da filha, que mandava cartas do Recife. O seu Ricardo estava bem junto, ganhando sessenta mil-réis por mês, comendo com os oficiais feito lorde em relação com os outros filhos. Aonde andariam os seus filhos que fugiram? O que se fora com os tangerinos, o que descera para Mamanguape, para a fábrica de tecidos? Maria Salomé como ela recebia homens na cama de vara, lá pela caatinga. Podia ter se casado, ter um homem só, do que levar vida de rapariga de usina, que era bem diferente. Até as raparigas tinham piorado de vida. Os cabras, que chegavam de fora, não levavam mulher em conta. Maria Chica, que tivera filho do dr. Carlos, que era rapariga mas que vivia como Deus permitia, os cabras tinham desgraçado a pobre de moléstia. Pensando no destino das outras, ela se via mais feliz do que nunca. Só tinha medo de ficar como a tia

Generosa, sem um cristão para lhe servir de guia. Felizmente que o filho lhe viera de longe, sabia ler e era caixeiro. Avelina não se queixava da sorte.

E Ricardo foi ficando. A vida do Recife e de Fernando quase que não existiam mais para ele. Às vezes, quando ficava nos fundos do barracão, vinham-lhe umas saudades esquisitas. Lembrava-se de seu Manuel. E era do que não queria se lembrar pela vergonha que tinha. Parecia coisa absurda pensar naquilo. Um homem precisando de outro para certas coisas. Chegava-lhe porém uma saudade da ilha, das noites em que dormia com um sono pesado, embora lá por fora morresse Simão, o vento castigasse a gameleira e morcegos chiassem. Lembrava-se de seu Manuel. Lembrava-se mais dele do que de Isaura. Vinha para o seu quarto o cheiro enjoado do bacalhau. No começo dormir ali fora um sacrifício. O cheiro da venda lhe tirava o sono. Aos poucos se acostumara. Pior era dormir com o fumo, quando chegavam rolos de fumo novo, que embriagava de tão forte. Ficava tonto com as emanações e acordava de cabeça oca como se tivesse bebido a noite inteira. Era nestas noites de insônia que a saudade da ilha chegava. Quando abria os olhos estava pensando em seu Manuel. Nunca mais viu uma amizade que fosse escrava de outra como aquela. Nunca mais que uma pessoa lhe quisesse tanto bem, lhe fosse tão dedicada. Tinha pena do companheiro. Só na ilha procurando um e outro para viver. Infelicidade maior não poderia existir. Lembrava-se da primeira vez que ele chegou no seu quarto, de como apareceu ofegante, de fala aflita como se tivesse regressado de uma viagem aonde não tivesse comido e bebido. Seu Manuel devia sofrer mais do que Florêncio e Simão, juntos. E a alegria dele, depois que o conhecera, cantando de manhã no serviço, leve como um menino.

E Jesuíno? Há um ano que não sabia nada dele. Talvez que tivesse morrido com a mulher. E que andassem por esse mundo de Deus, como Deus queria que eles andassem. Pensando bem nas coisas o moleque se voltava para Deus, sem saber se acreditava nele, se confiava no seu poder. Pai Lucas acreditava. Pai Lucas chamava Deus para o seu corpo e para o corpo dos outros e Deus vinha, estrebuchava nas carnes da mulher de Jesuíno e era manso, doce, sereno na voz de Pai Lucas, rezando alto. A dúvida do moleque provinha das injustiças do mundo. Deus não mandava em tudo? Então por que Simão, bom, morria, e Florêncio e tanta gente boa que fazia tanta falta? E outros ficavam por aí que nem serviam de fogo?

O povo do Santa Rosa acreditava nos santos, todos faziam novena, todos levavam fogos do ar para Nossa Senhora da Conceição, todos amavam os santos. E foi aquilo que se viu. A Bom Jesus comendo tudo o que eles tinham, tomando a várzea, cortando as laranjeiras, destruindo as roçadas, fazendo o povo subir para a caatinga. A desgraça de Teodoro não era só dele. Saísse de várzea afora e só se via canavial. Aonde estava o sítio das meninas de seu Lucindo, a casa de barro escuro, o pé de juá, o jenipapeiro, as roseiras velhas que davam umas rosas que nasciam murchas? A usina comera, a usina raspara, enchera de cana. E a casa da velha oleira, com o seu forno de cozinhar barro? Deus permitira que a usina comesse tudo.

Ricardo conjeturava com os fatos, mas no íntimo tinha medo de Deus. As suas desconfianças só eram com relação aos outros. Chegando nele Deus existia, ele temia os poderes do Alto, os castigos do céu. Nestes momentos arrependia-se de pensar coisas que machucassem a Onipotência.

As conversas da venda eram sempre dirigidas por seu Ernesto, o chefe. A última palavra, o conceito definitivo, seu Ernesto dava seu susto. Falava-se da vida de cada um. Seu Ernesto falava por todos. Fora do Amazonas, dos tempos do dinheiro a rodo, de todo mundo rico. Trouxera dos seringais para mais de duzentos contos. Tivera mulheres. Uma francesa lindíssima morara com ele em uma pensão, uma porção de meses. Lá isto era. Gozar a vida, como ele, ali na usina, só havia um, o dr. Juca. Lá isto era. Podia falar porque de mulheres sabia os passos que elas davam.

— Ganhei dinheiro em seringal que nem contar sabia. Era um roubo. Em Manaus fazia a conta com o meu correspondente, botava o pacote no bolso e ganhava o pasto. Vi numa noite um sujeito acender um charuto com uma nota de quinhentos mil-réis. Eu mesmo me aborreci um dia com a minha amante, a francesa, e arranquei do dedo dela um anel que me custara dois contos de réis e sacudi de janela afora. Aquilo sim que era tempo de homem viver. Eu hoje posso morrer. Já tive meu tempo de grande. Aqui pelas redondezas eu só respeito o dr. Juca.

Fora rico. Ainda trouxera para o Pilar uns restos de contos que nem deram para coisa nenhuma. Se borracha ainda desse dinheiro, iriam ver. Anoitecia e não amanhecia:

— Comprei muita lata de manteiga por cinquenta mil-réis, maço de cigarro inglês por vinte mil-réis. Aquilo que era vida. Dinheiro valia mais do que Deus.

O outro caixeiro, calado, enquanto o amarelo de Santa Rita contava histórias dos grandes da terra dele. Abafava a riqueza do seu Ernesto com a fortuna dos homens da fábrica de tecidos, com os gastos dos usineiros de lá, um tal coronel Lira que só usava ceroulas de seda. Aquilo que era um gastar. Se seu Ernesto fosse a uma festa da Lontra veria o que era gastar. O usineiro tinha fábrica de gelo. Só o banheiro custara vinte contos de réis na Inglaterra. Rapariga do coronel Lira emprestava dinheiro a juro. Havia um em Santa Rita que gastara uma fortuna com Joana Pé de Chita, fazendo mocô. O dr. Juca, comparado com o coronel Lira, nem chegava à metade.

Seu Ernesto punha suas dúvidas. A Lontra não era usina que desse para tanto. Se quisesse ver gastar dinheiro fosse para o Recife. Ali sim, que havia mesmo usineiro que não tinha pena. Viviam da Europa para o Rio, num gozar de príncipe. A Lontra junto da Catunda era uma mosca. A Bom Jesus, que tirava os seus duzentos sacos, era um nada junto da Catunda! Na Catunda não havia isto de tirar cana dos carros para a esteira. A esteira chupava a cana dos carros. Só de linha de ferro a usina dispunha de trilhos que iam como de Bom Jesus a Recife. O coronel Lira, da Lontra, não podia se sentar na mesa com o dono da Catunda.

O amarelo não se deixava vencer assim. Quem quisesse que fosse ver em Santa Rita e falasse com o povo. O coronel Lira tinha um anel no dedo que dava dois de dr. Odilon, de Itabaiana. Brilhava de longe como espelho no sol. Quando ele vinha o brilhante tirava raios de uma distância enorme.

Mas quando seu Ernesto se sentia fraco voltava para o Amazonas e a borracha dava para tudo.

O moleque Ricardo ficava com o outro caixeiro ouvindo. Ouvir para ele era sempre a sua melhor maneira do conviver com os companheiros. Nunca fora dele falar muito. Se ele quisesse, abriria a boca para contar muita coisa. Quem estivera ali metido em greve, preso em Fernando? Ficar calado para ele era melhor. O seu companheiro, o filho de seu Firmino carpina, era de seu jeito. Quando não estava no trabalho ficava debruçado no balcão, ouvindo seu Ernesto contando as suas histórias. Na língua do povo ele era um viciado, um besta que nunca soube o que fosse uma mulher. Os cabras, que vinham comprar, debochavam disso, puxavam o assunto, pedindo para ver a palma da mão de Joaquim, para ver se tinha nascido cabelo. Joaquim não se importava. Cortava os pedaços de carne, pesava, media e aos deboches dos companheiros respondia sempre com um sorriso amarelo. O próprio seu Ernesto dava na vida dele:

— Vai procurar mulher, menino. Com pouco está por aí, virando lobisomem.

Joaquim se ria. E à noite, depois de fechado o estabelecimento, ia dormir na casa do pai. Ricardo ficara amigo dele. Mas o que Joaquim tinha para falar era muito pouco, um quase nada. Um triste, um caboré encolhido para dentro, indiferente à riqueza de seu Ernesto, às gabolices do amarelo, às desgraças de Teodoro. As filhas de Filipe tiravam conversa com Joaquim, puxando pilhérias, mas era o mesmo que nada.

Seu Ernesto se aproveitava do barracão para conquistar. Já era dono de uma filha de Pinheiro, que agora com a usina andava mais infeliz. Mas seu Ernesto não se contentava com uma. As moças, que vinham ao barracão, encontravam a sua lábia, os presentinhos de fitas e frasquinhos de cheiro. Saíam radiantes, contentes com as bugigangas, as coisas ínfimas que seu Ernesto escolhia para trocar pelo amor. O velho já estava conhecido como gavião. As filhas de Filipe porém não se contentavam com as miudezas do conquistador. Levavam na mangação as falas de seu Ernesto. Riam-se, mandavam subir, pintar os bigodes. E sacudiam ditos. Com elas o chefe do barracão não arranjava nada. Não eram as filhas de Pinheiro, que se contentavam com a casa de palha e com o pobre pirão que ele lhes dava.

Joaquim olhava para a mais moça das filhas de Filipe com um olhar de cobiça que ninguém via. Nem Ricardo mesmo sabia o que andava por dentro do filho de seu Firmino carpina. Joaquim era um mistério. O seu pai parecia mais velho do que era, fora oficial do engenho, ali nascera e se criara, aprendera o ofício. Os carros de boi do Santa Rosa saíam de suas mãos. A sua enxó era respeitada pelo capricho de suas obras. Seu Firmino fora também expulso da várzea. Subira para a caatinga e todo mundo dizia que o velho servidor andava procurando engenho para se mudar. Não se conformara com o despejo sumário. O filho Joaquim estivera na escola e sabia as quatro operações. Era bom mesmo na conta e tinha uma letra que fazia gosto. Quisera que ele fosse para fora, empregando-se na vila do Pilar, mas o filho lhe parecia um aruá, todo escondido, encolhido para dentro dele. Fazia até medo o seu menino, sem querer sair de casa, mudo, sem cuidar de serviço nenhum. Não dera para o seu ofício. Ele quisera puxar por ele, mas tinha medo que sucedesse uma desgraça. No dia em que passou as correias em Joaquim, por causa de um erro no trabalho, o bichinho sumiu-se de casa, passou três dias por aí afora. Aquilo só podia ser sangue da mãe, que tinha um irmão leso, um aluado. Dera graças a Deus quando o Ernesto chamou o filho para caixeiro. Ernesto era prosa, mas não era mau sujeito. Joaquim, na companhia dele, podia dar para o balcão e ir longe. Quincas Napoleão começara varrendo casa do patrão e terminara o homem mais rico do Pilar.

Joaquim vinha dormir todas as noites em casa do pai. O velho não sabia explicar aquela quizila do filho em não querer falar, de viver a vida toda como um bicho, entrando e saindo de casa sem dar uma palavra. Quem visse pensava que eles fossem inimigos.

No barracão, Joaquim era o mesmo. Ninguém seria melhor caixeiro do que ele. As contas dos trabalhadores, quem as abria no livro era ele com a sua letra caprichada. Contava bem, as folhas da usina saíam limpas das suas mãos. Pouco estava se importando com as graças dos fregueses. Mangavam dele. Só aquele moleque Ricardo não vinha com deboche, aproximando-se para conversar de outras coisas. Gostava do negro, mas aborrecia seu Ernesto de um modo violento. Do seu canto, debruçado no balcão, ouvia seu Ernesto nas gabolices. Dava-lhe vontade de nunca mais voltar àquela casa. Sabia que o pai precisava, velho que estava, de mãos trêmulas. O ofício pedia mãos seguras. Se não fosse isso já teria saído dali, somente para não ouvir aquelas histórias do patrão, aquelas histórias de mulheres.

Joaquim refugiava-se, escondia-se mais para dentro de si, com um ódio que queimava como brasa. Com os trabalhadores que tiravam graça com ele, se pudesse mandava matar todos. Aqueles infelizes que tinham que ver com a vida de quem não se incomodava com a vida de ninguém? Gostava muito da hora do trabalho pesado, cortando carne, pesando, tomando nota. À noitinha, no momento de despachar a cambada, ficava feliz. Fugia de dentro de si mesmo. Às vezes, quando o barracão se fechava, dava para ir até a usina e ver a moagem. Passava horas ali por perto da moenda, até alta noite. Os cabras, que mangavam dele, muitos estavam pegados no duro, trepados nas carroças, sacudindo cana para a esteira, metidos no trabalho. E ele se quisesse iria para casa dormir, gozar a sua rede, acordar com os pássaros, dormir como um grande. Os cabras ficariam até de manhã. E outros viriam, outros renderiam aos que fossem dormir, com a mulher gritando, com os filhos. Ele se quisesse dormiria das dez da noite às cinco da manhã, sem que ninguém viesse bater nos cordões da sua rede chamando para o trabalho, para o pelo da cana da esteira. Eles todos buliam com ele. Lá estava aquele Manuel Luís, do Crumataú que puxava safadeza para lhe dizer. Era ele mesmo que, de dentro daquela carroça, se cortava na folha da cana. E só sairia dali de manhã. E quando se fosse, quem viria era outro Manuel Luís, que pedia para ver a sua mão, que queria saber se havia nascido cabelo nas suas mãos.

Joaquim só conversava com Ricardo e era uma conversa de meia dúzia de palavras, sem nunca ter correspondido à franqueza, ao coração aberto do companheiro.

De seu Ernesto recebia ordens, e com o amarelo do Santa Rita não batia boca. O povo chamava-o maluco. E aquilo de sair para ver a usina trabalhando, parado num canto a espiar, não podia deixar de ser uma mania de doido para o povo.

Mas nem mesmo Joaquim sabia explicar por que a filha mais nova do maquinista Filipe era para ele uma coisa que nunca tivera visto. Não compreendia o que sentia vendo Clotilde a entrar no barracão, para comprar qualquer coisa.

Clotilde era clara, puxava brincadeira com ele. E seu Ernesto sempre saía-se com conversas compridas. E ele só se aquietava, só ficava de sangue-frio quando ela se ia embora. Seu Ernesto dizia sempre, lambendo os beiços: "Aquela cabrocha vale ouro".

Aquele seu Ernesto, de olho miúdo, de bigodes para cima, de cinturão largo, ficava para Joaquim mais odioso naqueles momentos.

Joaquim queria Clotilde para ele. Outras teriam sido de seu Ernesto. Mas Clotilde não seria besta. Viera da Catunda, conhecia lorota de homem. O caixeiro, se pudesse se abrir com um conhecido, diria o que Clotilde valia para ele, contando os sonhos que Clotilde lhe dava, os amores que na rede fazia com ela. Mas nada dele podia escapar. Não tinha forças para chamar Ricardo e dizer, ali no fundo da venda, o que sentia por dentro, ser franco, não esconder os seus segredos. Era impossível para ele fazer aquilo. Era trancado. Numa casa de ferro cobria tudo o que sentia. E de dentro dele não saía nada.

Lembrava-se de como o povo fazia os seus cabaços. Quando amadureciam os frutos eles furavam a boca e começavam a sair de dentro os caroços, saindo de dentro como se uma força escondida botasse tudo para fora. Se ele pudesse falar com Ricardo, de Clotilde, estaria satisfeito da vida, bem limpo.

O barulho da usina chegava ao barracão, com muita nitidez. Os trens de cana apitavam de quando em vez, mas não davam vencimento à fome das moendas. Burros passavam de cambitos cheios. Pedro de Joana passava dirigindo o seu burro. Lá no barracão estava o filho de Avelina feito caixeiro.

Ele só dava para cambiteiro, era o último ponto de sua carreira. Ricardo fazia contas, vendia ceará, media pano.

8

Sentado numa larga cadeira de espreguiçar, o dr. Juca via do alpendre da casa-grande a atividade da sua fábrica. Da chaminé da usina subiam para o céu nuvens de fumaça. O rumor das máquinas, o ruído da moenda quebrando cana, das rodas dentadas, dos trens chegando enchiam os ouvidos do usineiro próspero. Os partidos se perdiam de vista, alcançando os pés da caatinga com a sua verdura. Tudo era obra do usineiro, esforço seu. Arrancara a família da rotina, do banguê moroso, insignificante. As terras nas mãos dos antigos se esperdiçavam. E agora conheciam a força dos arados. Ele plantara cana aonde nunca o velho Zé Paulino sonhara que desse cana. Um dia subiria até a caatinga. A questão era conseguir o Engenho Vertente, com o seu riacho que poderia descer em nível para irrigação das terras que dariam flor-de-cuba para uma Catunda. Ele tinha os seus planos na cabeça. Via as usinas de Pernambuco crescendo de capacidade, crescendo de zona, aumentando a sua potência. Cucaú estava nova em folha, com turbinas modernas, com cristalizadores tirando um açúcar que parecia pedraria. Fora ver, com um amigo, a beleza de Tiúma, toda eletrificada. Um homem numa alavanca fazia as carroças de cana se despejarem na esteira. E o bagaço saindo como poeira. E a água que moía a usina! Ficara besta de ver um rio correndo a dois passos da fábrica. A água doce, fina, dando para toda a serventia. O Paraíba era aquilo que se via: uma fera, nas enchentes, coberto de areia na seca, inconstante, sem que ninguém pudesse confiar nele. E o riacho, que ele aproveitava, estava dando bem para a Bom Jesus, enquanto a Bom Jesus fosse pequena.

O usineiro pensava em Catunda, em Tiúma, na São Félix. A São Félix estava nas suas ventas, com seiscentas toneladas diárias. O rio Tibiri, conduzido em levada para dentro da usina, e saindo depois com as águas fervidas, amolecendo as terras. A São Félix dispunha de água com fartura. O Tibiri corria manso. Era um amigo pródigo, correndo de noite e de dia sem parar. Se ele quisesse aumentar a Bom Jesus, aonde encontrar água que desse para matar a sede do monstro?

E no entanto com o Vertente e o Santa Fé, contaria com tudo. O Santa Fé lhe abria a zona norte para os seus trens de cana e o Vertente, com as nascentes de que dispunha, poderia alimentar uma usina de mil toneladas. A São Félix começara com meio aparelho e era o que era hoje. Se contasse com a boa vontade dos parentes poderia levantar dinheiro para uma grande obra. Falara com o dr. Pontual, representante dos americanos, sobre uma maquinaria nova. O negócio só seria feito com as garantias das terras. O dr. Pontual lhe dissera que com duas safras a Bom Jesus estaria salva, com tudo pago e aparelhada para o resto da vida. O doutor lhe afirmara que os aparelhos da Bom Jesus botavam fora uma riqueza, desaproveitando vinte por cento de açúcar no bagaço, que saía úmido das moendas. Falara-lhe que em Alagoas havia a Leão, tirando 105 quilos de açúcar por tonelada. A Bom Jesus estragava uma fortuna. Fossem somar os quilos de açúcar que se desperdiçava, e em alguns anos teriam o preço de uma usina. O dr. Pontual estivera em Cuba e sabia muito bem o que valia uma maquinaria em condição. Ele mesmo lhe dissera que se em Cuba soubessem que no Brasil uma usina estragava vinte por cento de seu açúcar, não acreditavam.

Era mesmo. Não precisava ir a Cuba para ver que a Bom Jesus não passava de um banguê em ponto grande. Fosse a Pernambuco e comparasse a sua usina com a grandeza e precisão das usinas de lá. Os usineiros do sul, quando conversavam com ele e que sabiam do seu rendimento, se espantavam com o desperdício, com a pouca estima que a Bom Jesus dava ao trabalho do campo. O barão de Suaçuna lhe dissera que era um crime abandonar daquele jeito o que podia ser o lucro da fábrica.

Por isto, ali sentado na sua preguiçosa, tinha na cabeça o dr. Juca a reforma da Bom Jesus. A safra, que corria, lhe daria, na certa, um lucro maior do que lhe dera a anterior. Apesar de tudo, iria encher as vistas dos parentes com um dividendo de arromba.

Eles se animariam a permitir que metesse mãos à obra, sabendo que não encontrariam uma direção melhor do que a sua. O difícil era levá-los a assinar a hipoteca das terras. Todos tinham horror dessa palavra. Hipoteca para eles era mesmo que o descrédito. Difícil seria levar a sua gente a compreender a insignificância da operação. Aquilo era apenas uma formalidade dos vendedores, uma garantia maior, uma convenção. Em dois anos, com as moendas, os tríplices efeitos, vácuos, turbinas, cristalizadores, pagaria tudo. E a Bom Jesus entraria na linha das grandes usinas. E ele poderia conversar com o barão de Suaçuna, com o pessoal da Catunda, de igual para igual.

Àquela hora da tarde, vinham os trens de cana para o abastecimento da noite. O movimento do pessoal era grande, o povo do eito chegava-se para o barracão.

Os sertanejos davam conta da metade do serviço do campo. Batiam na usina, aos bandos, contratando tarefas. Só queriam receber dinheiro corrente, nada de vales. Metiam-se assim nos partidos, nas limpas e, enquanto o eito da fazenda se mexia devagar, os sertanejos raspavam terra com uma velocidade de máquina. Tiravam as tarefas em três tempos. Agora com a falta de braços o serviço deles era estimado por toda a parte. Podiam contar com os corumbas até que, para as bandas do sertão, os relâmpagos aclareassem, porque só ficavam por ali esperando que as chuvas caíssem pelas suas caatingas. Não havia pedidos que os contivessem. Com chuva a terra deles era um presente do céu.

A Bom Jesus vivia dos braços sertanejos. Os moradores antigos do Santa Rosa haviam emigrado para outros engenhos, atrás de uma servidão que não fosse tão pesada. Eles mesmos não culpavam o dr. Juca. Era a usina que mandava nas coisas. Era assim na São Félix, na Goiana Grande. Por onde houvesse esteira de usina, morador só valia para o eito. Fora daí era impossível viver.

O dr. Juca, de sua cadeira, via o exército, de enxada ao ombro, se chegando para a porta do barracão. A vida, ali no Santa Rosa, tinha mudado. Há seis anos que a Bom Jesus comia o Santa Rosa, engolia aos poucos os restos do velho engenho. Hoje era aquilo que se via: uma nova vida vivendo em tudo. E ainda não era o que ele queria. Com pouco mais a Bom Jesus teria moendas que fariam farinha do bagaço. E o rio Vertente correria por um leito construído por ele.

Mais para o alto, o dr. Juca via o arruado que mandara construir para os operários da fábrica. A gente, que vinha trabalhar nas máquinas, no cozinhamento, exigia, não se conformando com as casas de palha dos moradores. Era gente que havia passado por outras usinas, que não se submetia ao que os cabras do eito aguentavam. Por isto fizera para eles aquele arruado de casas de telhas, de chão de tijolo. Por lá moravam os chamados operários da usina. Não seriam nunca submissos e fáceis de ser mandados como os homens do campo, os trabalhadores de dois mil-réis por dia, que recebiam vale da usina, a carne de ceará e a farinha seca, de cabeça baixa, satisfeitos da vida, como se a vida só tivesse de grande para lhes dar aquela miséria que desfrutavam.

O usineiro gastara uns cobres com aquele arruado. Lá moravam Filipe, os cozinhadores da Catunda, dois cabras experimentados em ponto de açúcar, que conheciam de longe o que a cana dava. Aqueles cabras não aguentavam a menor repreensão. Eram os importantes da fábrica. Grito com eles não ia. Não estavam ali para aguentar abuso. E ele tinha que se conformar. Em Recife lhe falavam em contratar químico. Mas um químico custaria uma fortuna, querendo contrato, todo um luxo de cidade. Ele pagava dez mil-réis a cada cozinhador, botando para fora se não desse conta do recado. E estava livre de trazer para ali um estranho, fiscalizando o que ele fazia. E depois o que a cana dava nas mãos de um químico, daria nas mãos dos seus mestres. Aquilo não tinha ciência alguma. Era só experiência, cuidado, e nada mais. Por causa dessa história de químico o senhor da Amorim passara por boa. O sujeito de contrato em punho cobrara do usineiro uma fortuna. O dr. Juca gozava a fumaça da Bom Jesus ganhando as nuvens. Há pouco tempo o bueiro do Santa Rosa deitava fumo por aquelas mesmas nuvens. Mas o que era um bueiro de engenho comparado com a soberba chaminé de usina, dominando tudo com a sua arrogância? Naquele mesmo alpendre em que ele estava, o seu pai perdia tempo a ouvir histórias de moradores, que chegavam para falar de tolices. O dr. Juca achava o coronel Zé Paulino um homem de uma época distante. Não compreendia como o seu pai, com aquela energia, acostumara à vida de banguê, àquela vida pequena, moendo três mil sacos de açúcar nos grandes anos. Ele mesmo não podia compreender o seu tempo do Pau-d'Arco. Perdera a sua mocidade para ganhar, depois de tantos anos, o que uma usina regular faria ganhar em três anos de moagem.

O usineiro estava nessas cogitações quando lhe chegou um vigia, armado de rifle, com um bando de moleques na frente:

— Peguei esses meninos no partido da Paciência, chupando cana. Parecia um bando de guaxinim.

O usineiro perguntou de onde eles eram.

Tinham vindo da Areia, lá de cima das caatingas para a várzea.

Os moleques, de cabeça baixa, choravam com medo da macaca do vigia, que só esperava uma ordem.

Mas o dr. Juca foi generoso, mandando que levasse os moleques para a esteira, para que tombassem cana até de manhã.

Ninguém podia chupar cana de usina. Aquilo ali não era o Santa Rosa, aonde não se ligava àquelas coisas. Chupar cana de usina era um crime. Num dia em que pegaram um Pinheiro com a flor-de-cuba nos dentes deram com ele no tronco. Era ordem do usineiro.

Os moleques saíram contentes para o castigo. Até de manhã ficariam na esteira, no trabalho mais duro da fábrica.

Sozinho na casa-grande, o dr. Juca trazia sempre para passar o seu tempo um ou outro amigo da cidade. Eram seus companheiros de noitadas, sujeitos que viviam do açúcar da Bom Jesus, das liberalidades de um usineiro que não tinha pena de gastar. Às vezes chegavam até com mulheres que desejavam ver a usina moer. Por isto o dr. Juca não queria a mulher e os filhos metidos na Bom Jesus. Ficasse d. Dondon na Paraíba, no palacete bonito, que comprara, e os filhos nos colégios de Recife. Usina era lugar de trabalho.

Atualmente a grandeza da Bom Jesus era o pensamento único do usineiro.

No Recife, Clarinda o achara mudado. A amante pensou logo em outra mulher. E fez fitas de amor. Clarinda tinha o que precisava. O seu solitário era a maior pedra de toda a zona. Jacqueline gabara o valor. Agora só desejava mesmo uma pulseira de relógio, toda cercada de brilhantes. Vira uma no cinema, no braço de uma artista. Na vitrina do Regulador da Marinha existia uma que era um encanto. Pedira ao usineiro. Custava cinco contos. O dr. Juca achava que era uma fortuna. Mas Clarinda soube fazer o seu serviço: ele não dava porque já tinha outra para gastar com ela. Era uma infeliz. Não valia mais nada. E ficou para o fundo da cama, chorando como uma menina de castigo. No outro dia a pulseira brilhou no seu braço, igualzinha àquela que vira na artista.

Agora, preocupado como estava com as grandes reformas da Bom Jesus, dr. Juca se esquecia um pouco de Clarinda e das outras. Ele vinha menos a Recife. E não era o mesmo. Não que estivesse apertando nas despesas. Quando chegava na Mimi não era o mesmo com aquela alegria. Era que a Bom Jesus preocupava de fato o amante de Clarinda. Não era possível que a sua usina ficasse na situação em que estava. Precisava ela de máquinas, precisava levá-la da humildade daquelas trezentas toneladas, livrar-se daqueles prejuízos com bagaço úmido, sacudindo fora açúcar que era uma riqueza. Mesmo quando o dr. Juca estava na companhia de Clarinda, a Bom Jesus estava com ele. Gozaria a vida depois que tivesse construído uma fábrica que pudesse empatar com a São Félix, metida a coisa, cheia de si com a sua aparelhagem que era de primeira, mas que poderia ser inferior à Bom Jesus, se por acaso ele tentasse a obra que o dr. Pontual lhe sugerira como realizável. Os americanos pediam somente a garantia das terras. Contaria com dois engenhos do sogro, com o seu. Se os parentes não dessem o contra, o negócio estaria fechado. Com mais um ano as turbinas da Bom Jesus botariam para fora mil sacos de cristal por dia.

Vendo, da sua varanda, a usina que levantara, o dr. Juca sentia que consumira todo o seu esforço à toa. Ganhara, nos seis anos, muito dinheiro, dera à família mais prosperidade que em muitos anos de banguê. O seu primo, do Passo Fundo, retirara mais de cem contos de lucro. O que queriam eles mais? E todo aquele lucro, puxado por uma usina de ferro-velho. Se lhe dessem uma Catunda, uma Tiúma, uma Leão, veriam o que era uma fortuna.

O gerente do campo, que trouxera de Cucaú, era um feitor formidável, descobrindo terra de cana até na areia do rio. Terra para duzentos mil sacos ele teria na certa. Só dependia do Santa Fé e do Vertente. O Santa Fé era do Zé Marreira, que o comprara por trinta contos e hoje o moleque enjeitava duzentos. O velho engenho de seu Lula se valorizara pela situação. Se quisesse alcançar a zona norte, a Bom Jesus teria que passar os seus trilhos pelas terras do Santa Fé. Se não, a estrada de ferro teria que galgar a caatinga, realizando uma obra de engenharia difícil, com cortes e aterros. Um serviço para muitos contos de réis. A solução viria do Santa Fé, que abria sem esforço para o Bom Jesus todo o vale rico, todas as várzeas do rio Una. Com a água do Vertente e a franca passagem pelo Santa Fé a Bom Jesus não podia temer a ofensiva sul da São Félix.

Marreira pedia pelo seu pedaço de terra duzentos contos. E quando o dr. Juca lhe falou de uma passagem de trilho, pelo seu engenho, o moleque se desculpou no seu jeito:

— Pode ser, meu compadre doutor Juca. A terra é de vosmecê. Mas o compadre vê. O trem desperdiça a minha varge. E o meu gadinho sofreria. Trio de usina, meu compadre, só é bom mesmo para terra de usina. Vender, eu vendo. É só o meu compadre oferecer. O doutor Luís, da São Félix, já me botou duzentos contos e eu até enjeitei. O Santa Fé só serve mesmo para o meu compadre.

Quando o Marreira se foi, o dr. Juca compreendeu tudo. A usina grande já estava de olho nele. A São Félix queria o Santa Fé para estrangular a Bom Jesus. E naquela noite o usineiro não dormiu bem. Os seus planos de reforma se acumularam na cabeça. Era preciso, quanto antes, se defender da rival, que se preparava para cortar-lhe os passos. Tomando o Santa Fé, com aquele pedaço de terra encravado ali, a Bom Jesus teria os seus movimentos entravados. Os engenhos do norte cairiam nas mãos da outra, a sua zona perderia de muitas mil toneladas.

Para que diabo a São Félix queria mais terras? Todo o Baixo Paraíba estava no seu papo, comera um a um todos os engenhos da sua ribeira. E vinha agora se meter com a Bom Jesus, que começava a viver.

No outro dia de manhã o dr. Juca saiu em campo, atrás dos parentes. Procurou primeiro o sogro, falando-lhe das possibilidades da grande fábrica, dos prejuízos que lhes vinham de uma moenda sem força para tirar o rendimento necessário da cana. Referiu as vantagens que uma Tiúma tirava das suas maquinarias modernas. Mas quando chegou na hipoteca o velho estremeceu. Nunca ele assinara nem uma letra quanto mais uma escritura daquele jeito. Tivesse paciência. Tinha uns cobres no banco, podia dispor deles, mas não lhe viesse falar de hipoteca.

O genro argumentou com os fatos. Aquilo era somente uma formalidade. O dr. Pontual pedia aquelas garantias para inspirar confiança aos americanos. Em dois anos estaria pago e a Bom Jesus aparelhada para vinte anos de safra e com a capacidade maior que a da São Félix.

De engenho em engenho saiu o dr. Juca cantando a mesma ária: capacidade dobrada, rendimento de mais de trinta por cento, a riqueza que se botava fora, a lenha que deixariam de queimar. Uma perfeição. E com dois anos a Bom Jesus pagaria tudo. A família ficaria com a maior fábrica do estado, capaz de resistir às crises de preço de açúcar.

E tanto falou, tanta vantagem apresentou, que o negócio se fez.

Foi uma festa na Bom Jesus. O dr. Pontual e os engenheiros americanos vieram para a usina examinar tudo. Andaram a cavalo. Dias e dias correndo terras, avaliando, contando. Depois foi a assinatura do contrato.

A casa-grande da usina se encheu de parentes, de amigos do dr. Juca. D. Dondon viera para preparar a festa. Há tempos que não punha os pés ali e achou tudo à toa. O marido estava levando uma vida de bicho. A casa inteira numa desordem de fazer vergonha. E levou assim uma semana, arrumando, limpando as vidraças, a preparar a casa para o dia da festa.

A Bom Jesus seria em breve uma usina de verdade. A notícia se espalhou no povo. Os moradores viam os gringos andando a cavalo, correndo terras e comentavam, a seu jeito, as novidades: com pouco mais a Bom Jesus seria duas vezes maior que a Goiana Grande e a São Félix. O dr. Juca trazia máquinas maiores que as da estrada de ferro para puxar os seus trens de cana. E falavam até que o riacho do Vertente seria trazido para dentro da usina. Os gringos já estavam medindo tudo para montar os canos. As carroças de cana não precisariam de ninguém para cair nas esteiras. Era só numa alavanca. Um homem só faria o serviço de cem.

Na casa-grande, no dia da assinatura, os parentes todos se rejubilaram com o acontecimento. Estavam todos prontos para dar os seus engenhos em garantia. Aquilo lhes custara muitas noites de sono aperreado. O que era deles, o que vinha sendo há não sei quantos anos, ficaria preso por um papel a gente desconhecida. Outro seria o dono de tudo o que era deles se não pagassem no dia os cobres da usina.

As mulheres foram contra. Não dariam a assinatura nos papéis. Insistiram com os maridos para que não se metessem naquele negócio perigoso. Os maridos levaram dias para convencer as mulheres. Porque, para eles, não havia perigo de espécie alguma. O Juca não iria desgraçar a família. O primo sabia o que estava fazendo. Juca não era um estradeiro. Se ele botara todos eles no negócio era porque fizera os seus cálculos. O sogro do primo entrara.

A casa-grande da Bom Jesus se enfeitara para o dia grande. O dr. Pontual, muito cortês, explicava as vantagens das reformas. Andara em Cuba e sabia o que era uma fábrica aperfeiçoada, como um elemento de lucro. Agora eles poderiam estar certos que iriam ter uma fábrica de verdade. Porque não se podia dizer que aquele ferro-velho da Bom Jesus fosse uma usina. Estivera em Cuba, correra as Antilhas e sabia que lucro havia numa aparelhagem uniforme, de bom fabricante. Os seus amigos da América haviam investido no Brasil uma fortuna em aparelhos para usina de açúcar, os mais aperfeiçoados. A Bom Jesus, com as máquinas que ele vendera, podia figurar ao lado das usinas mais eficientes do norte. O dr. Pontual deixava os senhores de engenho tranquilos.

O dr. Juca, radiante, falava das suas conversas com os usineiros de Pernambuco. Todos os seus colegas de lá achavam que ele estava botando fora uma fortuna, com as máquinas que tinha. O bagaço, que saía das moendas da Bom Jesus, levava açúcar que daria para enriquecer. Para o ano todos ali veriam o dividendo grande que a fábrica apresentaria.

Foi assim que a Bom Jesus se fortificou para a grande luta com a São Félix.

Zé Marreira tinha o Santa Fé. Os trilhos da usina do dr. Juca queriam lhe atravessar as terras, em busca de outras terras.

O dr. Juca, depois de todos os contratos assinados, só não dormia como um grande por causa daquela tolice: o Santa Fé a dois passos dele, com o moleque Marreira manobrando.

9

A USINA TERIA FORÇA para esmagar o Santa Fé, se não fosse a outra, querendo embaraçar os passos da concorrente. O que valia uma engenhoca, com a sua meia légua quadrada e um senhor de engenho que fora cabra de bagaceira do Santa Rosa? Era só agir, tomar-lhe as forças sem esforço e Marreira cairia como uma paca. Tudo isto seria fácil se não fosse a São Félix, querendo ainda mais do que tinha. A gula da São Félix não se contentava com o seu mundo de terras. O dr. Juca levara os parentes a assinar a hipoteca, fizera contrato para transformar sua fábrica num brinco e lá estava o moleque Marreira, com um problema que ele não sabia como resolver. Dar duzentos contos pelo Santa Fé seria permitir um roubo.

Então começou a usina Bom Jesus a lamber o Santa Fé para comer. A cobra e o sapo medindo as suas forças. Mas o gigante encontrara um adversário coleante, que fugia, escondia-se, abria os dentes para sorrir. Marreira vencera o dr. Carlinhos do Santa Rosa, arrancando do pobre uma fortuna pelas suas canas e nunca alterara a voz, fizera uma má-criação ao neto do homem que dera gritos, que mandara no seu pai, que fora dono dos seus avós. Lutar com o compadre dr. Carlos fora fácil para o moleque. Era só deixar que o tempo corresse, que o tempo dava conta do inimigo. Com a Bom Jesus teria que experimentar outras armas. O inimigo de agora não dormia com medo de visagens. Era uma força de um tamanho imenso. E por isto Marreira se encostou na São Félix. Raro era o dia que ele não chegava humilde para falar com o usineiro:

— Meu compadre doutor Juca, o gado da usina estragou esta noite as minhas caninhas todas. Está de fazer pena, de cortar coração. Ontem mesmo eu disse à minha mulher: "Mulher, eu vou entregar o engenho ao compadre. Isto só presta para ele. Vamos viver como pobre, lá para as caatingas, que negro não pode viver ao lado de branco". Pois é o que lhe digo meu compadre, o engenho é de vossa mercê.

E voltava a insistir nos duzentos contos. O dr. Juca, por aquele preço, não entrava em negócio. Uma engenhoca que estava a Marreira em trinta contos de réis. Era um absurdo.

— Não é não, meu compadre, não é absurdo não. O senhor compare as vantagens da terra. Até conversando com o doutor Luís, da São Félix, ele me disse: "Este seu engenho vale uma fortuna para a Bom Jesus. Dou-lhe duzentos contos no dia em que você quiser." Taí, o doutor Luís sabe o valor que terra tem. Ele tem comprado muito engenho na Varge. O senhor não sabe? O Gameleira do padre Sabino deu trezentos contos. E é aquela linguinha de terra que se vê.

Depois que Marreira saía, o dr. Juca ficava pensando no Santa Fé. O Vertente já estava de escritura passada. Para o lado de leste a Bom Jesus estaria livre. O Vertente lhe dava uma imensidão de terras e mais do que tudo aquele riacho correndo de inverno a verão que, com uns gastos a mais, estaria ali dentro da Bom Jesus para serventia da usina. O volume d'água não era grande, porque se fosse maior poderia ser utilizado como força motora. Os engenheiros americanos, que estavam dirigindo as montagens das máquinas, lhe disseram: "Se este riacho tivesse maior volume d'água o senhor teria energia para mover a sua usina".

Os trabalhos da Bom Jesus andavam adiantados. Os jornais da Paraíba falavam do acontecimento, referindo-se à iniciativa do usineiro. Para as folhas da terra, ele era o reformador da fabricação de açúcar do estado. Até conseguira do governo isenção de impostos para as suas máquinas, e dez anos sem pagar taxas de exportação. A safra daquele ano seria moída com a Bom Jesus comendo seiscentas toneladas diárias, com os seus aparelhos lhe dando cem quilos de açúcar por mil quilos de cana. Mas havia aquele Santa Fé, nas mãos de Marreira, entravando o prolongamento de sua obra. Com seiscentas toneladas diárias ele precisaria de cana para mil e quinhentos sacos pelo menos. E a zona de que dispunha a Bom Jesus seria insuficiente para a capacidade da usina. E usina com capacidade acima de sua zona era prejuízo na certa.

A família achava um desaforo a exigência de José Marreira. Um verdadeiro atrevimento pagar-se àquele moleque o que ele bem pedia. O Santa Fé, quando muito, no caro, valeria cem contos de réis. Dar mais era contentar a gula do cabra.

Valesse ou não, melhor seria para a Bom Jesus a livre passagem pela várzea do que precisar subir a estrada de ferro para a caatinga e depois descer. Só de obra de arte seria uma fortuna. E Marreira sabia disto, sentindo que estava nas suas mãos a chave da Bom Jesus, para atingir as várzeas do norte.

Para o ano que corria, as canas de que dispunha a usina nova dariam no máximo para oitenta mil toneladas. Para outra safra o dr. Juca teria que atacar a penetração de suas linhas para o engenho Cotia e anexos. A Bom Jesus, para subsistir, precisava de comer terra, de alargar os seus horizontes.

Marreira, tranquilo, com o seu riso manso, espiava o gigante, media a força do gigante. E especulava. O dr. Luís, da São Félix, mandara chamar o moleque para conversar. Mas antes de ir, estivera ele com o dr. Juca para saber da última palavra. O usineiro já estava inclinado a fazer negócio com o vizinho, mas achou um desaforo aquela petulância do cabra. E foi rude. Podia ele procurar quem quisesse que ele não estava disposto a ser incomodado por quem quer que fosse. Na hora ele saberia como fazer.

— Mas meu compadre, Deus me defenda de estar com marmotas com vossa mercê. Vim aqui somente para prevenir o compadre. O meu engenho é do senhor. Palavra dada é palavra dada. Para vossa mercê o Santa Fé é um achado. E depois só os maquinismos, a caldeira, as tachas vossa mercê venderia para o Brejo por muito bom preço. E a terra ninguém mais do que o compadre conhece. Só vim mesmo falar com o doutor porque não quero que se diga que o negro fez tratantada. Nossa Senhora me livre. O engenho é do meu compadre doutor Juca. A questão é de chegar aonde eu quero. Preço por preço ninguém me arranca ele. Só se o compadre não quiser mesmo negociar.

Depois que Marreira saiu, o usineiro, na sua espreguiçadeira, ficou a pensar no caso. Marreira iria ao seu rival. Estava certo do jogo da São Félix. No tempo em que ele vira a Bom

Jesus, com as suas trezentas toneladas, não lhe batera a passarinha. Vira a usina pequena, como uma inimiga, sem poder ofensivo. Mas desde que soubera da reforma, do crescimento rápido da Bom Jesus, a coisa seria outra. A competência estava lançada. Amanhã a São Félix seria obrigada a elevar o preço de suas tabelas, a pagar cana mais cara desde que outra fábrica pudesse concorrer. Em Pernambuco a coisa chegara a ponto de fornecedor escolher usina, aceitar proposta. Ali, até aquele dia, a São Félix estivera sozinha, pagando o que queria aos seus fornecedores. Sua balança funcionava livre de fiscalização, dando nas canas o desconto que bem entendesse. A Bom Jesus, com aquele ferro-velho, não lhe fazia cócegas. Era uma usina que só dava mesmo para os engenhos da família. A ideia de aumentar a capacidade da Bom Jesus estremecera a tranquilidade da São Félix. Com pouco mais estaria o dr. Luís em dificuldades com fornecedores, com fiscais em balança e com obrigação de acompanhar o preço da Bom Jesus, deixando de ganhar o que sempre ganhara, sem mais preocupações.

Dinheiro, dr. Luís tinha nos bancos. Há dez anos que os seus lucros com açúcar não tinham tamanho. E ele era de sua casa, não gastava à toa, não perdia sonos como o dr. Juca com mulheres e nem dava presentes, pagando luxo de raparigas. O dr. Luís viera da caatinga para a várzea. A vida dos caatingueiros era restrita, não conhecia luxo de espécie alguma, vida de pobres. Descera para a várzea, para fazer aquele negócio da São Félix e continuava com os mesmos hábitos, sem se aperceber da fortuna que acumulava. A sua vida era a mesma dos tempos da sua fazenda de gado do Guriém. Até aquela data, vivera de vento em popa, com a sua usina campeando, poderosa. A vassalagem à sua esteira era incontestada. Plantar cana para o dr. Luís era uma frase que se repetia de Santa Rita ao Pilar. A chaminé da São Félix parecia uma torre de castelo feudal, olhando de cima os pequenos que procuravam a sua sombra. A diferença era que ela não protegia aos que chegavam, aos que se abrigavam. A esteira da São Félix devorava, triturava, a balança da São Félix pesava à sua vontade, só se enganava para um lado, como uma aliada incondicional do usineiro.

Agora porém o dr. Luís perdera a tranquilidade. Via o dr. Juca passando pela porta, levantando poeira com o seu Packard, sem aquele gozo interior, aquela satisfação de ver o adversário se afundando na ruína. A Bom Jesus se aparelhava para igualar-se à São Félix. Teria moendas, vácuos, cristalizadores novinhos em folha. A Bom Jesus crescia a sua boca, aperfeiçoava as suas vísceras, crescia os dentes. Seria em breve uma potência maior que a sua. E ele teria que suportar fiscal de fornecedor, na balança, de organizar tabelas de pagamento, conforme as tabelas da Bom Jesus. Então o dr. Luís viu que era chegada a hora do combate decisivo. Precisava destruir a rival, encontrar armas que fossem de fato nocivas. Ele sabia que a Bom Jesus comprara a crédito as suas máquinas, mas com aquele preço de açúcar pagaria em dois tempos. E Vergara, que financiava a Bom Jesus, teria os seus cofres abertos, enquanto se visse garantido com cem mil sacos de cristal. Por falta de dinheiro, o dr. Juca não deixaria de ir para frente. Açúcar pagava tudo, valia ouro com um saco vendido a sessenta mil-réis. Ele bem podia falar, sabia o que era comprar uma tonelada de cana por vinte mil-réis e vender um saco de cristal por sessenta mil-réis. E sem falar no álcool. Os bancos que falassem de suas reservas de dez anos de trabalho.

Foi quando o dr. Luís se lembrou de Marreira. Já uma vez o negro fora um seu instrumento nos tempos que estava no

Santa Rosa o leseira do dr. Carlinhos. Marreira lhe servia. Ele iria botar o mosquito, que era o Santa Fé, para lutar contra o gigante. E mandou chamar Marreira e falou-lhe em comprar o engenho, botando logo um preço exagerado. Mas o moleque escapou-lhe da mão no primeiro encontro:

— Doutor Luís o engenho é do senhor com a condição: só se o meu compadre doutor Juca não quiser. Fui criado com aquele povo e, para que dizer, não tenho queixa, não senhor. O meu compadre, o doutor Juca, não dando o preço que o senhor chegar, o engenho é do doutor.

O usineiro insistiu. Dava duzentos contos e se ele quisesse poderia ficar por lá plantando cana para a São Félix.

O moleque Marreira tinha o compromisso dele e preço a preço o engenho seria do compadre da Bom Jesus.

No fundo, ele compreendia o alcance de tudo. A luta dos dois monstros lhe interessava. Era branco com branco. E ele nada tinha que ver com isto. Tinha terra que lhe custara o suor de seu rosto e vendia, aproveitando a ocasião que era ótima. Se não fosse o interesse, nem o dr. Juca e nem o dr. Luís pensariam no seu Santa Fé para coisa nenhuma. Um taco de terra que só dava mesmo para um camumbembe como ele viver.

No trem, de volta da São Félix, o moleque fazia os cálculos. A chaminé da São Félix, vermelha, enorme, dominava a várzea, olhando para os horizontes que eram seus. Sentado no seu carro de primeira, Marreira se sentia sólido, de gravata no pescoço, de botinas de elástico, como as do velho José Paulino e do coronel Lula. Os grandes da terra sentavam-se com ele, lado a lado. O coronel Trombone, do Maçangana, puxou logo conversa. Conhecia o velho Cazuza há muitos anos. Era genro do coronel José Paulino, um homem rico, muito seguro, muito de política. O coronel Trombone, o senhor de engenho mais rico da Várzea, ao lado dele conversando.

O velho quis logo saber da venda do Santa Fé, do preço que o Juca oferecera. E caiu das nuvens quando soube da proposta da São Félix:

— O Luís de França botou o Juca na parede com a faca nos peitos. O seu engenho é bonzinho, mas para um preço de duzentos contos é um absurdo. E o Juca, que lhe disse?

Marreira contou a história. Preço a preço era do compadre. E o coronel criticou o parente, falando claramente das coisas com o moleque, que fora da bagaceira de seu sogro:

— Juca não devia se meter em usina e arrastar a família para o negócio. Enquanto açúcar desse dinheiro ia tudo muito bem. Quero ver na crise. Eu é que não quis conversa com esta história. Prefiro minha pobreza, o meu banguê botando cana para usina no dia que quiser, a esta vida, a esta riqueza, que faz medo à gente.

Marreira deu a sua opinião. Achava usina uma mina de ouro. Não se via o dr. Luís, o homem mais rico do estado em dez anos? Depois que o engenheiro rico desceu, o senhor de engenho do Santa Fé ficou com os seus pensamentos. O que iria fazer de duzentos contos? Era rico, não havia dúvida. Estava com as filhas no colégio, um filho pronto para entrar nos estudos da escola de direito, e a mulher usava chapéu, como as filhas do coronel José Paulino. E agora vinha a briga das duas usinas, por causa do seu engenho. Gostava muito do dr. Luís, que fora muito seu amigo na questão das canas com o compadre dr. Carlos. A mulher porém dizia todo dia a ele que não desgostasse o dr. Juca. Não queria desgostar o compadre. Estava em negócio e o que desse mais ficaria com o Santa Fé. Podia se considerar um homem rico. Ela via bem a cara que faziam certos brancos, quando ele passava na carruagem, que fora do coronel Luís. A cabroeira do Pilar não perdoava. Não furtara de ninguém, não fora à casa do major João José pedir para ser nomeado delegado. Podia prender e soltar. Nenhum negro chegara por aquela ribeira a gozar do seu prestígio. Falavam do senhor de engenho do Calabouço, mas este era lá para as bandas da vila do Espírito Santo. Pela caatinga havia outros com bolandeira de algodão. Ele não. Era senhor de engenho na várzea do Paraíba, ali aonde uma família só mandava nas terras. Tinha casa-grande, limitando as suas propriedades com terras que foram do coronel José Paulino. Lá isto era. Negro, como ele, nunca fora gente na várzea. Era o primeiro e só podia ter orgulho disto. Pouco se importava com a canalha do Pilar. A mulher botava chapéus pela festa da Conceição, como d. Maria Menina, do Santa Rosa, porque podia. Ele andava de cabriolé tilintando pelas estradas porque tinha dinheiro.

Quando Marreira viu a chaminé da Bom Jesus se lembrou do preço do Santa Fé. Do trem, via o seu engenho, com seu bueiro minúsculo, bem perto da grande usina. Não era nada comparado ao colosso que crescia, que com pouco mais seria a maior usina do estado. O dr. Luís botara duzentos contos pela sua engenhoca. O dr. Juca daria o desespero. Ele não era culpado de nada. Estava na sua casa, bem quieto de seu, e fora chamado. Não queria saber de negócio. O Santa Fé seria de quem melhor oferecesse.

10

O NEGRO VELHO FELICIANO não podia mais com o cabo da enxada. Diziam que, depois do negro Manuel Pereira, ninguém, na Ribeira, era mais velho do que ele. Vivia se arrastando, magro, alto, de carapinha embranquecida, mas falando, batendo a língua como um chocalho. A usina sacudira o pobre da várzea para a caatinga, arrancando-lhe o ninho que ele fizera, com os seus cacarecos, os seus troços. A sua casa da várzea não seria melhor do que a outra, onde hoje morava. Mas já estava habituado com o chão, as telhas, as paredes de barro do seu casebre da beira da estrada. Pela sua porta passava um mundo todo, gente de feira, comboieiros, tangerinos. Muitos paravam para pedir um caneco d'água e dar uma conversa de minutos. Outros suspendiam a viagem, tiravam a cangalha dos animais para um descanso de horas e deixar o sol esfriar. O tangerino Cobrinha era de todas as quartas-feiras, com o gado, que trazia de Itabaiana, para o açougue da Paraíba.

Na biqueira da sua casa, Feliciano plantava bogaris, que cheiravam tanto de manhãzinha, e pião-roxo para fazer as suas rezas. Tinha o seu oratório, com os santos da sua devoção. Não seria um Manuel Pereira, um beato de igreja, andando pelas estradas, tirando esmola. Tinha os seus santos e fazia novenas para santo Antônio, em junho, e são Sebastião, em janeiro. Para as suas novenas vinha gente de longe. Dentro de casa, as mulheres puxavam as ladainhas, ajoelhadas defronte dos santos. Traziam flores de toda a parte, que cheiravam, no abafado da sala, como em casa de defunto. Sempre quem puxava a reza era a negra Damiana, do Engenho Santana, que todos os anos chegava para o ofício. Os homens ficavam jogando caipira, na frente, que isto de rezar era só para as mulheres. Feliciano porém era todo de seus santos.

Feiticeiro não existia por aquelas bandas. O Deus dos negros era o mesmo dos brancos. Ninguém sabia de Xangô, das latomias dos catimbós.

Feliciano criara prestígio pelo seu santuário. As suas novenas criaram prestígio por toda a ribeira. Falavam delas, como de uma estação do ano. Dizia-se "no tempo da novena de Feliciano", como se falava em são João e nas festas de fim de ano. E com isto o negro vivia. Não ia ao eito, plantava uns paus de roça, e do seu rodete o povo se servia, pagando uma besteira pelas cuias de farinha que fabricava. No tempo do velho José Paulino, Feliciano era tido na conta de gente, respeitado pelos feitores. A casa do negro era a igreja do povo. E o pastor merecia todas as regalias. Veio porém a usina e não respeitou o oratório de Feliciano, que teve que deixar a casa de telhas da beira da estrada e conduzir os seus santos para o alto, acolher santo Antônio e são Sebastião debaixo de folhas de catolé.

O povo viu a coisa como um sacrilégio. Feliciano esperneou, foi ao dr. Juca, deu para falar do usineiro, rogar praga. A casa dele destruída. Os pés de jenipapo, os pés de laranjeiras, os seus paus de roça, os bogaris das biqueiras, a roseira velha, tudo destruído, tudo posto abaixo, como se tivesse morrido bexiguento por lá.

No dia em que os santos de Feliciano se mudaram para a caatinga, vieram mulheres com toalhas de labirinto brancas para cobrir as imagens, que não podiam levar sol. Fizeram uma procissão. Até ladainhas cantaram, de ladeira acima. Chegaram na caatinga na hora em que a tarde ia chegando devagarinho.

Feliciano ficou triste desde este dia. E não quis novena, não quis mais promessa para os seus santos. Aquilo um dia se acabaria e então os seus santos teriam que descer outra vez. Deus mandaria. Deus não se esquecia do povo. Deus castigava os grandes. O major Ursulino, do Itapuá, descera em carne e osso para os infernos. Feliciano ficou falando, maldizendo. Quando vinha à venda, seu Ernesto se aborrecia:

— Este negro é um boca de praga.

E botava-o para fora. Fosse azucrinar outro. Não queria aquele diabo agourento naquele barracão, dando azar.

Feliciano não se importava com seu Ernesto. Não tinha raiva dele. Voltava sempre e ficava por debaixo do pé de juá, conversando e, quando não tinha com quem conversar, falando só. Diziam que estava de miolo mole, que era da idade. Por isto os feitores da usina não se incomodavam com o que Feliciano dizia. Ofensa de doido não doía em ninguém. Muitas vezes o dr. Juca passava por ele e Feliciano não se levantava, fazendo de conta que não via o patrão. E o usineiro falava com ele, brincando com o negro velho, que desde menino conhecera, que vira com importância entre os súditos de seu pai. Feliciano imprecava nestas ocasiões: Deus estava no céu, vendo a desgraça, vendo os tiranos. Deus no céu via mais do que os olhos dos homens. Deus estava vendo tudo. O usineiro se ria do negro velho e mandava que seu Ernesto lhe desse sempre o que ele precisava para comer.

A casa de Feliciano era na caatinga, mas ele passava o dia por ali na porta do barracão, olhando para o povo que passava. À boca da noite, quando chegavam os trabalhadores para as contas, ainda estava ele, firme, falando da usina, dizendo que Deus não esquecia, que Deus vingaria.

Os trabalhadores não debochavam dele e, quando alguém de fora se metia com pilhérias com o negro velho, os outros da terra não deixavam.

O pobre estava sofrendo. E sempre levavam Feliciano para a casa, deixando-o com os seus santos, no desterro da caatinga.

Sozinho, sem ninguém, era o negro mesmo quem fazia sua comida, quem assava sua carne de ceará. O oratório estava fechado. As devotas dos santos de Feliciano não conseguiriam dele que abrisse as portas do santuário para que elas olhassem a cara dos seus santos queridos. São Sebastião protegia das bexigas, santa Luzia fazia chover. Mas Feliciano não permitia que os seus senhores fossem vistos naquele estado, debaixo de uma palhoça, como mendigos, pobres-diabos abandonados. As velhas pensaram em desobedecer ao preto, abrindo o oratório, enquanto ele estivesse por longe. E tiveram medo. Uma força oculta ainda mantinha Feliciano dono de seus santos. O povo dizia mesmo: os santos de Feliciano. E ele, que não tinha força para puxar uma enxada, era dono dos santos, que mandavam no mundo. Então esperavam que o negro morresse para que ficassem livres os grandes protetores. Nunca mais que elas pudessem cantar as suas novenas, acender suas velas, fazer as suas promessas. Aquilo só podia ser maluqueira do negro. Quando iam lhe falar, para abrir o santuário, Feliciano abanava a cabeça, fazia finca-pé e não consentia. Fossem para as imagens de Manuel Pereira. Manuel Pereira dispunha de Nossa Senhora do Rosário. Mas o povo queria rezar para são Sebastião, para santa Luzia. E Feliciano não deixava.

Começaram então a pensar que aquela história, que dera na cabeça do negro, fosse manobra do diabo. O diabo podia estar manobrando com ele, tirando as forças de Feliciano, zombando dos poderes de Deus. Espalhou-se a notícia de que o negro se deixara vencer pelo demônio. Aquilo de falar só não era mais do que um sinal do peste. E a casa de Feliciano foi ficando como um ponto de encontro do demônio com ele. O negro prendera os santos para poder melhor se encontrar com o demônio. Os santos estavam escravos trancados no santuário. São Sebastião, santo Antônio, santa Luzia, os pobrezinhos escravos do demônio. As mulheres foram ficando com medo do negro velho.

A palhoça de Feliciano ficava num retiro, isolada, sem vizinhos. Um mato grosso cercava-lhe o refúgio. Por ali não passava ninguém, não era caminho para parte nenhuma.

À noite, Feliciano ficava sozinho. Com o seu fogo aceso, fumava o seu cachimbo e se internava com ele mesmo. Era só no mundo. Tinha os seus santos, mas nunca mais que eles vissem a luz do sol. De que valia uma novena naquele esquisito, debaixo da palha de catolé? A usina botara-o para fora de sua casa. Fora-se para aquele alto e quisera mesmo um esquisito para morar. Com pouco morreria. A morte até não era um bicho para ele. A noite, com a escuridão, aguentava melhor a sua morada. De dia, com o sol, com a luz mostrando a ele que o mundo era grande, sentia vontade de sair, de falar só, de dizer desaforo aos que tinham sacudido os seus santos da sua casa da várzea. Ficava então na porta do barracão. Tinha vontade de que uma desgraça viesse sobre todo o mundo. Uma desgraça que arrasasse o mundo. Um fogo que queimasse tudo, uma água que afogasse tudo. As mulheres fugiam dele. Não fazia mal a ninguém e as rezadeiras do seu oratório fugiam dele. Não daria os seus santos a ninguém. Elas queriam o seu são Sebastião para judiar. Bastava de judiação a que tinham feito com ele. Tomaram o seu sítio, cortaram o pião-roxo, as suas laranjeiras, os bogaris, os pés de jenipapo. Por ele passavam trabalhadores que nem conhecia. Não conhecia mais ninguém. Os conhecidos se foram, se sumiram para outras bandas. Que importava, a ele, que as rezadeiras virassem o rosto quando passava? Fossem para as profundas dos infernos. Lembrava-se de quando era menino na senzala do engenho. O pai e a mãe tinham ficado com outro senhor. Viera menino para o Santa Rosa, um frangote de seus dez anos. Vira tanta coisa, fizera tanta coisa, e era só do que se lembrava, de coisas velhas, de muito longe.

Os caixeiros do barracão tratavam bem de Feliciano. Só seu Ernesto fazia questão de que aquele boca de praga não botasse os seus pés no estabelecimento. Aquilo botava para trás, era uma coruja.

O moleque Ricardo se lembrava de Feliciano. Não era negro de bagaceira no seu tempo. Já vivia no sítio da beira da estrada, fazendo as suas novenas, aconselhando o povo. Dava conselhos, desempatava brigas e quando as suas laranjeiras se amareleciam de frutos, o negro levava para a casa-grande o seu presente. E o cesto não voltava vazio. Vinha sempre com um pedaço de açúcar bruto para o café de Feliciano. O velho José Paulino não dava conversa com ele, mas nunca consentiu que bulissem com o negro. Só se zangava mesmo quando, nas novenas, aparecia barulho. Então mandava chamar Feliciano e dava ordens para acabar com as festas. No outro santo de devoção a novena se repetia, os fogos de ar subiam para o céu, e a ladainha fanhosa pedia aos eleitos de Deus pelos pobres da terra. O velho Zé Paulino sabia e não se importava.

Ricardo e os outros moleques de engenho não perdiam as novenas do tio Feliciano. Viam o tio velho, no meio das mulheres, rezando. Era ele o único homem que tirava reza, que acompanhava a devoção. Agora estava o pobre, por ali, como um maluco qualquer. E seu Ernesto, com raiva dele, aborrecendo-se, dando ordem para que Feliciano não botasse os pés no barracão. Mãe Avelina falava em casa, com grande amargura:

— Para ficar no mundo, como tio Feliciano, não queria a vida.

Queixava-se do dr. Juca. Se fosse Maria Menina quem tivesse ficado no Santa Rosa, não sucederia aquilo. Dr. Juca mandara a mulher para a cidade para judiar daquele jeito com o povo.

Ricardo acompanhava a mãe. Viera de longe para ver tudo aquilo. Por que não se fora para outras bandas? Havia tanto lugar neste mundo. E se lembrara do Santa Rosa, pensando encontrar a vida dos outros tempos. Rafael, seu irmão mais novo, era o único sobrevivente da família. Os outros desertaram. Mãe Avelina vira as filhas se perderem com cabras de fora, vindos para a usina. Depois ninguém sabia mais delas. Ela fora rapariga, mas pensava em casar as meninas. Se fosse nos tempos de Maria Menina aquele infeliz teria se casado à força.

Salomé e Maria Pia moravam na caatinga. As irmãs de Ricardo recebiam todos os homens. De longe ele pensava nelas, podiam se casar, ter um marido só. Mãe Avelina não fora de um só, mas quando se pegava com um homem ficava com ele, criava barriga. De que lhe valia aquela pose de caixeiro?

A mãe é que se consolava com a sua posição. De fato, que para o resto da família ele subira, era um grande. Não lhe valia de nada essa grandeza. Quantas vezes comparara os filhos de Florêncio com os meninos do Santa Rosa. Os de cá nunca que passassem fome e fossem ciscar nos monturos, atrás de cacarecos. Era assim no seu tempo. Hoje ele estava vendo as coisas como eram. Bem diferentes. Via os moleques em bando, esfarrapados pela porta do barracão. Seu Ernesto chamava-os de ratos. Estavam sempre com fome. Viviam de iscas, de restos de comida, de rabo de bacalhau, que sacudiam para eles.

Expulsos da várzea, os pobres haviam perdido o socorro do rio, das fruteiras, da batata-doce. O que tinham para comer era o que os pais levavam do barracão: o meio quilo de bacalhau, a quarta de carne, a farinha seca.

De vez em quando os vigias chegavam na usina com uma fieira deles. Estavam nos canaviais chupando cana, pegados num delito grave. A macaca cantava. Era ordem: moleque que fosse encontrado nos partidos, roubando, não tivessem pena. Porque se não fizessem isto não ficaria uma cana para moer. Antigamente somente os filhos de Pinheiro eram os ladrões do engenho. Todos agora eram como os filhos de Pinheiro, todos se juntavam em bando, de estrada afora, como guaxinins assanhados. As mães e os irmãos pequenos ficavam lá por cima, roendo a miséria de casa. Eles saíam para aventurar.

Vida boa tinham os filhos dos operários da usina. Quem era operário parecia príncipe junto de quem era trabalhador de campo. Operário vinha de fora, era gente de mais importância, a quem davam casa de telhas para morar e pagavam uma fortuna. Os trabalhadores nem podiam acreditar que um sujeito daquele ganhasse seis mil-réis por dia. O pessoal, que morava ao redor da usina, vivia separado do resto, da grande escravatura lá de fora. Falavam mesmo, com desprezo, dos cabras da enxada. Muitos tinham as suas famílias no Pilar. Só vinham à usina dar o seu dia ou a sua noite no serviço. Eram marceneiros, ferreiros, maquinistas, turbineiros, que sabiam seu ofício e que haviam subido um palmo acima dos outros.

Mas este palmo marcava uma distância, uma separação de muitos metros.

Os que moravam nas casinhas, que a usina fizera para eles, faziam a sua sociedade à parte. As filhas, os filhos, que se metessem com a cabroeira, sofriam castigo. O povo do mato, aqueles moleques que andavam roubando pelas estradas, só podiam botar os seus filhos a perder.

As filhas de Filipe, que tinham chegado da Catunda, falavam das matutas com um desprezo superior. Aquilo, para elas, não era gente. Passavam pelos cabras sem saber que eles existiam. Eram filhas de operário, não estavam sujeitas à esteira. No dia em que o pai quisesse, voavam dali. No entanto os cabras se vingavam. Para eles todas eram furadas, só serviam mesmo para a rua do Emboca. E eles não eram calafates para tapar buraco de canoa.

O pessoal da rua Nova era uns privilegiados, como as negras da senzala. Não estavam ligados à cozinha da casa-grande. Mas gozavam do seu privilégio.

Operário não recebia vale. Dinheiro para eles era mesmo dinheiro de verdade.

Para o pessoal do eito era que o vale tinha valor. Os que tinham saldo no fim da semana recebiam seu pedaço de metal, a moeda que só corria no barracão da usina. Bem que eles queriam os seus dois mil-réis zunindo nos dedos para que a mulher pudesse ir à feira do Pilar comprar o seu pedaço de carne verde. Tinham que viver na ceará, de inverno a verão.

Nos tempos em que moravam pela Várzea, o rio ajudava muito. Fazer uma vazante no Paraíba era brando e dava logo.

Os jerimuns enramavam, a batata-doce ficava logo no ponto do fogo. Mas quem podia ter roçado, plantar a sua fava, o seu feijão? A usina tomara todos os dias da semana para os seus eitos. Antigamente davam-lhes três dias, que eram deles. O engenho se contentava com o resto. Podiam então ficar em casa de papo para o ar e os mais espertos cuidavam do seu roçado. Teriam com que comer a ceará, o seu milho, a sua fava.

 Ninguém podia ter mais um roçado. Terra de caatinga era dura para trabalhar, cheia de pedra, que quebrava os olhos das enxadas. Aonde encontrar um caco de enxada para deixar com as mulheres? Uma jacaré nova custava uma fortuna. A vida teria que ser aquela mesma. Sair para outro lugar era o mesmo. Muitos tinham medo de sair. A Goiana Grande era aquilo que se via. Dava febres por lá. A São Félix tratava de um jeito que era igual ao da Bom Jesus. Coração de usineiro era igual.

 Ricardo ficava pensando em todas essas coisas, nas suas horas livres, enquanto seu Ernesto e o amarelo conversavam e o filho de seu Firmino, para um canto, parecia não estar ouvindo coisa nenhuma.

 Avelina, na casa de d. Inês, de pernas estouradas, se lastimava da vida. As irmãs de Ricardo, no alto, dormiam com um e com outro. Com pouco mais estariam de pernas abertas, apodrecendo de moléstias.

 Para que diabo viera para o Santa Rosa? O mundo era tão grande, tantas terras havia pelo mundo e lhe dera na cabeça voltar para os seus velhos tempos. Bem bom era o Santa Rosa do coronel Zé Paulino. Os meninos do engenho brincavam com ele. A mãe entrava e saía pela cozinha da casa-grande. Ali do barracão ele via as grades da cozinha de agora. Aquilo parecia mais uma cadeia. Ele sentia que Avelina só existia para ele. E Rafael? O que seria dele com mais uns tempos? Talvez que negro de esteira, tombando cana a noite inteira, igual aos outros que não sabiam que eram gente de verdade. Simão tinha morrido, Florêncio também. E todos queriam o que era mesmo impossível. Ele não. Ele tinha sorte. Fora pãozeiro, em Fernando vivera de grande e na Bom Jesus ficara logo caixeiro. Mas cadê vida para viver? Cadê mulher para amar, para sofrer, para estremecer o coração de uma alegria que nunca mais sentira? Nunca mais tivera uma Isaura, que fizesse dele uma força. Amar para ele era ali pela caatinga, com uma negra qualquer que, como as irmãs, recebiam todos os cabras. Se não fosse a Mãe Avelina, teria se danado pelo mundo. Por isto pensou em ficar. E mesmo podia ser que em outra parte ainda fosse pior.

Feliciano naquele dia estava falando mais que nos outros. Levantara-se e viera para a porta do barracão. E começou a gritar para seu Ernesto. Ninguém podia compreender o que era que ele dizia. Falava de santo, misturando nome de santo com nome de gente. Chegava-se para perto de seu Ernesto e gritava como um desesperado. Tinham roubado ele. Tinham tirado o rio das suas mãos. O rio dele se fora. Não soltava os santos, não. Ladrões. E gritava mais forte ainda, para seu Ernesto.

Feliciano tremia, as pernas magras tremiam. A cabeça branca balançava, o corpo todo parecia uma haste frágil ao vento. Ladrões. O sítio da vargem era dele. As laranjeiras, que tinham cortado, ninguém podia cortar. Não podiam cortar as laranjeiras. Ladrões.

Seu Ernesto se impacientava:

— Este negro está me enchendo as medidas. Isto é um atrevimento. Uma má-criação dos diabos.

E quando Feliciano foi se chegando mais para perto, seu Ernesto pulou o balcão e passou-lhe o metro nas costas.

O negro velho caiu urrando no chão. Seu Ernesto bufava.

E foi Ricardo quem saiu com Feliciano, deixando o pobre na casa da mãe.

Botaram jucá nos ossos machucados do tio Feliciano. A negra Generosa pediu a Deus que castigasse seu Ernesto na hora da morte. Na hora da morte aquele peste saberia da judiação que fizera.

11

O ENGENHO DE MARREIRA esteve em leilão, disputado entre as duas usinas. A Bom Jesus querendo viver e a São Félix querendo matar. Depois de intrigas, de ameaças, de manhas, Marreira entregou a sua propriedade ao compadre dr. Juca. A mulher lhe dissera que não devia contrariar o compadre. Lavraram escritura por trezentos contos, com parte à vista e parte aos pedaços.

Era uma segunda pessoa da família do coronel Zé Paulino que assinava documentos para o cabra que fora da bagaceira do Santa Rosa.

Há pouco mais de seis anos, d. Amélia, de seu Lula, entregara o Santa Fé por uma miséria de dinheiro. O preço da terra, que o coronel Lula não soubera trabalhar, subira dez vezes de valor.

Agora a Bom Jesus respirava.

A vitória sobre a São Félix serviu de comentários nos trens. O dr. Luís perdera. Era a segunda vez que o dr. Juca lhe passava a perna.

A concorrente da São Félix se preparava para uma luta de igual a igual. Se o Santa Fé tivesse ficado nas mãos do dr. Luís, eles veriam o que era uma força impiedosa, um carrasco que matava aos poucos, sorrindo. Mas o moleque negara o corpo.

Pensando bem o dr. Luís não pudera atinar com a manobra que o dr. Juca fizera para lhe arrebatar o engenho. Tudo já estava preparado para que o negócio fosse seu e de repente lhe apareceu o Marreira, com a história de uma proposta de trezentos contos por parte da Bom Jesus. Pensava que estivesse o moleque com manobras e mandou que ele vendesse o engenho. Quando soube, o negócio estava feito. Teria dado mais até, iria aos extremos. Mas perdera a partida. O moleque sabido se precipitara. Tinha certeza de que se o açúcar continuasse na alta em que estava, a Bom Jesus pagaria tudo, vencendo todas as dificuldades. Um saco de açúcar, por sessenta mil-réis, dava para o dr. Juca pagar dívidas e mulheres. Quando ele passava para Itabaiana via a Bom Jesus nas obras da remodelação. Ferragens da melhor, caldeiras, turbinas, na estação de Coitezeiras, esperavam condução para a usina. Ficaria a melhor fábrica do estado, modernizada e com uma zona que se estendia para longe. Nunca que faltasse matéria-prima para os ternos de moenda da Bom Jesus. O Santa Fé abriria um mundo para a concorrente. Se ele pudesse ter ficado com o engenho do Marreira, o dr. Juca veria o que era a fome, a ruína de todas as suas máquinas.

Para chegar aonde queria, o dr. Luís pensava noutra oportunidade. Para o sul ele tapara todas as entradas. Ninguém poria os pés por perto da São Félix. O Puchi, do coronel Joaquim Inácio, estava nos seus domínios. Só ficara de fora o Taboca, mas esse escapava também à Bom Jesus, que precisaria de uma fortuna de trilhos para atingir as suas gargantas e as suas várzeas. Um dia Taboca seria seu. Se não fosse o seu fracasso, na compra do Santa Rosa, a várzea inteira seria de um dono. Uma única voz mandaria do Santa Rita ao Pilar. Perdera daquela vez. O dr. Carlinhos se entregara à família, depois de ter contratado com ele. Todo o mundo lhe perguntava para que diabo queria tanta terra. Ele sabia para que precisava. Usina não se contentava, não se satisfazia nunca. Estava sempre a pedir terra.

Não havia dúvida, ainda teria a sua oportunidade. A Bom Jesus estava crescendo, subira de trezentas para seiscentas toneladas. Ele iria sentir concorrência nas tabelas, no preço dos trabalhadores. Os fornecedores fariam luxo, imporiam condições. Fora um erro danado não ter feito o possível para liquidar o Santa Rosa no primeiro encontro. Se tivesse pegado de jeito o dr. Carlinhos, só Deus seria maior do que ele no vale do Paraíba. Se tivesse chegado mais dinheiro, o rapaz fraco do Santa Rosa entregaria o engenho à São Félix.

A chaminé da Bom Jesus irritava um pedaço ao soberano da São Félix. Uma chaminé, como a dele, campeando por ali. O moleque Marreira passara ao outro o que só podia ser dele. Somente por uns cinquenta contos perdera outra vez a partida. O dr. Juca podia sorrir por mais aquela vez. E tinha razão. Vencera facilmente a ele, que dispunha de bancos, do dinheiro que precisasse. Por causa de uma ninharia deixara de fazer o melhor negócio de sua vida.

Mas o dr. Luís não abria a boca para dizer a menor coisa do seu adversário. Quando lhe falavam da Bom Jesus, sorria, elogiando o dr. Juca. Escondia, assim, com cuidado, os seus desejos, a sua vontade de estrangular a inimiga, que redobrava de forças, às suas vistas. Em Recife lhe falaram com espanto da compra do Santa Fé. Um seu cunhado usineiro se escandalizara. Como era que ele permitira que outro passasse na sua frente, dispondo, como ele dispunha, de recursos para ficar com a propriedade.

O dr. Luís não gostava nem de falar do desastre. Marreira se precipitara, senão o Santa Fé teria ainda um preço que o dr. Juca se encolheria. O fato duro era aquele: a Bom Jesus se espichando, espalhando os seus trilhos. O velho Trombone era agora toda a sua esperança. Embora parente chegado do povo da outra usina, não se dava com o dr. Juca. E contar com o velho era tirar da Bom Jesus duas grandes propriedades. O velho se embriagava com a política. Tudo para ele, no mundo, não se comparava com a sua deputação estadual. Desde a Monarquia que alimentava a sua vaidade com a posição política. O dr. Juca lhe arrancara o prestígio da família. Podia ser que quisesse mesmo fazer-se deputado. E o coronel via a ascensão do parente, pensando na sua queda.

O dr. Luís entregava-lhe os seus eleitores, dizendo mesmo para quem quisesse ouvir que, em política, quem mandava nele era o velho do Maçangana. Estava certo de que, com esta manobra, contaria com os engenhos dele. Aquelas quatorze mil toneladas passariam pela moenda da São Félix.

No seu íntimo o dr. Luís sabia que tudo aquilo não passava de pretexto para consolar da derrota que sofrera. Mesmo que pegasse mais outros fornecedores da Bom Jesus, ela teria recursos para o norte, expandindo-se. O seu erro fora mortal.

Enquanto isto o dr. Juca assistia às reformas da fábrica, contente com o tempo. Os engenheiros lhe falavam de um aproveitamento absoluto da cana. A Bom Jesus teria sobre a São Félix vantagens consideráveis. O seu esmagamento era o mais moderno possível. O bagaço, que saísse das moendas da São Félix, daria caldo se passasse outra vez pelas moendas que os americanos estavam assentando. Com as reformas viriam para a nova usina carroções, que facilitariam, de uma maneira econômica, o derrame de cana nas esteiras. Com um homem na alavanca economizaria o serviço de trinta. Os parentes vinham ver de perto a maravilha que se montava e saíam bestas.

    Não havia dúvida de que estavam com uma usina que era um primor, podiam plantar cana à vontade, encher as suas terras de cana que a Bom Jesus daria conta, engoliria tudo, num abrir e fechar de olhos. O Juca fizera os cálculos da economia que resultaria das máquinas novas. Numa tonelada teria um lucro de mais de quarenta por cento. E dizer que eles levaram a vida fazendo açúcar bruto, botando a alma pela boca para vender melaço por uma miséria e ganhar o pouco que ganhavam. Anos e anos de luta, de trabalheira infernal, para chegarem na velhice a serem o que já tinham sido os avós. A usina, num ano, lhes daria um lucro que valia por muitas safras dos seus banguês. E depois estariam livres dos aperreios da moagem, dos meses enfadonhos de engenho moendo, dos riscos do açúcar ruim, dos preços infames da Paraíba, dos calotes, de todas as lutas. Moer em usina, recebendo dinheiro pelas suas canas e depois uma percentagem nos lucros, era que era vida de gente.

    Muitos deles já tinham seu automóvel, já gozavam um pedaço a vida. Edmundo, do Coité, fazia figura no Maia, como seu primo dr. Juca. As mulheres da Paraíba se regalavam com o bom preço do açúcar. Um matuto, como o Sinhozinho do Santo Antônio, que fora feitor do dr. Lourenço, estava de rapariga na cidade, com casa montada, de brilhante no dedo. Só os velhos, como o capitão Joca, do Maravalha, se conservavam no que eram. Estes criticavam a saliência e os estragos dos parentes. A velha Nenen passava carão num e noutro. Aquilo não daria em boa coisa. Todos viviam confiando na usina. Aquilo teria um fim triste.

Riam-se da velha. Os automóveis passavam pela estrada, levantando nuvens de poeira. O povo do Pacatuba, do Maraial, do Sipaúba, todos possuíam automóvel. Carro de boi passava a ser uma condução humilhante. Para os velhos da família, tudo aquilo parecia um fim de mundo. Viam as moças na cidade, num abrir e fechar de olhos. Até há bem pouco tempo, uma viagem à Paraíba era preparada, estudada. Falavam dias e dias para realizá-la. Agora era o que se via. As mulheres saindo para fazer compras e voltando de carro cheio. As casas de vivenda se enfeitavam de mobílias novas e as meninas queriam piano. Houvera um tempo em que só d. Amélia, por toda a ribeira, era a única que tinha piano para tocar as suas coisas tristes. Fora-se este tempo.

A vida, pelos velhos banguês, tomava outra feição. Só no Maravalha, do capitão Joca, a coisa era a mesma. A vida ali continuava pequena, como vinha sendo há mais de cem anos. Tia Nenen continuava a ir à missa de São Miguel, no seu carro de boi, o velho Joca a desfrutar as suas moradeiras da mesma forma.

As reformas da usina animavam mais ainda o entusiasmo do pessoal. É verdade que eles haviam dado as terras para os americanos, em garantia do capital empregado. Mil contos custara a transação. Mil contos! Todos eles achavam aquela cifra uma coisa do outro mundo. Teriam que pagar mil contos em cinco anos. O dr. Pontual lhe dissera que em duas safras a Bom Jesus daria conta. O Juca era um vadio de marca, mas no trabalho ninguém como ele. E que cabeça, que bicho para os planos! Se não fosse ele estariam todos no ramerrame, no açúcar bruto, levando o ano inteiro em cima dum serviço, para no fim ganhar o que somente dava para comer. O que fizera o dr. João, do Itaipu? Estava perto dos oitenta anos e só tinha a casca do engenho. Morresse amanhã que o enterro se faria fiado. Juca chegara com a história da usina e fora aquilo que eles viam. Dinheiro dando para tudo: para filhos no colégio de Recife, gasolina para automóvel, mulheres na Paraíba, passeios em Recife. Havia muitos entre eles que só tinham ido a Recife em pequeno. Baltasar, do Beleza, falava de uma sua viagem a Recife, como se tivesse ido ao fim do mundo. Agora eram felizes, estavam ricos, gastavam no que pensavam em gastar. E o comércio da Paraíba tratava a todos com mão aberta. Muitos, quando faziam os seus pedidos de enxada e de tubos, nos tempos do banguê, precisavam ir com dinheiro na frente. E o comerciante fazia cara feia, quando a conta demorava um pouco mais. Vergara mandava até avaliar safras para se cobrir. Se havia um, como o velho José Paulino, do Santa Rosa, o dr. Quincas, do Engenho Novo, ou o dr. Lourenço, do Gameleira, a maioria, no entanto, vivia no toco, comendo fogo. Vida de caboclo era a que eles tinham. Juca se lembrara da usina e fora aquela beleza. E ainda melhor seria com as reformas da Bom Jesus. O dr. Pontual dissera que em Cuba ganhavam oitenta por cento líquido numa tonelada de cana. Aquilo era mesmo que plantar ouro. Gastar dez mil-réis e receber sessenta mil-réis. Ouro em pó era o que era um partido de cana. Tudo deviam ao Juca. Se não fosse ele estariam com a São Félix por perto, de dentes arreganhados, fazendo o que fizera com o Carlinhos, do Santa Rosa, sacudindo moleques iguais a Marreira em cima deles. Reparassem nos Mouras, da Pindoba. Estavam em petições de miséria. Entregaram a propriedade e ainda tinham ficado devendo à usina. Juca fora mandado por Deus. Graças a ele as suas filhas estavam nos melhores colégios de Recife e eles comiam dos melhores pedaços na Paraíba. Nem podiam acreditar que há cinco anos atrás vivessem, como viviam, na rotina do banguê, cheirando bagaço podre das bagaceiras. O primo Trombone falava porque não podia ver o Juca com a força que tinha. O Juca sim, que devia ser o deputado da família. O que fizera Trombone em quarenta anos, atrás do padre Valfredo, como um cachorro de caçador? Ele falava de Juca de inveja, fugindo da sociedade, talvez pensando que eles quisessem fazer esperteza. Àquela hora devia estar bem arrependido. Enjeitara o oferecimento e agora estava vendo as vantagens da usina. Juca gostava de gastar, de fazer figura com mulheres. Mas quem não tinha os seus defeitos? O fato era que a Bom Jesus livrara-os todos das garras da São Félix. Senão estariam eles sofrendo em breve os aperreios que os senhores de engenho de Santa Rita aguentaram. Hoje, eles gastavam como lordes e cada ano que passasse, melhor a coisa ia ficando.

O sogro do dr. Juca era que não se vangloriava muito. Assinara hipoteca. Se não fosse coisa de filho não teria assinado. Afinal de contas estava velho e não queria que viessem dizer que embaraçava a vida dos moços. Isto de assinar escritura de hipoteca deu-lhe umas noites sem sono. Nunca que pensasse que, no fim da vida, fosse obrigado a fazer aquilo. Em casa passou dias pensando, botando as coisas no seu lugar. O genro lhe falara com tanto entusiasmo que terminou cedendo. E entregou dois dos seus engenhos com um pressentimento que não queria que ninguém adivinhasse. A mocidade tinha os seus direitos.

No fundo, o velho estava espantado com o sucesso. Os primeiros anos foram de vento em popa. As moagens da usina deram para ele ganhar muita coisa. Não gastava como os outros, pensando nos tempos ruins. Cana era assim mesmo, ia muito bem, muito bem, e lá um dia dava para trás. Vendera na Paraíba, ao Judeu Levy, a dois cruzados um quilo. Aquela gente pensava que sempre era assim. Muitos nem parecia que se tinham criado na lavoura da cana. O dr. Pontual afiançara que, mesmo pelos preços mais ínfimos, com a maquinaria que vendera à Bom Jesus, açúcar dava um lucro compensador.

Aquelas palavras soaram aos ouvidos dos parentes como incentivo a gastar, a confiar no tempo. O velho nada queria dizer ao genro. Admirava o dr. Juca, a sua ousadia, aquela maneira confiante de falar. Gente moça tinha direito a tudo. O tempo dele se fora, era bom deixar a rapaziada fazer das suas. Sabia das vadiagens do genro, das raparigas que tinha, mas fechava os olhos. Não tivera ele também as suas, ali no engenho? Perdoava tudo. Nas noites em que ficava na cabeceira da mesa, fazendo jogo de paciência, nem sabia para onde iam as cartas, pensando na Bom Jesus. Tinha medo da Bom Jesus. O que era dele era dos filhos. Só tinha mesmo Luísa para casar. Somente o que botara na Caixa Econômica daria para ela viver. Na certa que a menina se casaria. Não era aleijada, tinha até boa aparência. Ele nem se importava mais com o namoro com o caixeiro da Paraíba. Podia ser um rapaz bem procedido e dar marido de primeira.

O velho se entregava. Não queria pensar naquelas coisas aborrecidas, que lhe vinham à cabeça. Dera os seus dois engenhos para o negócio da Bom Jesus. E estavam dados. Se tudo fosse de águas abaixo perderia, ficava-lhe só restando o Uruçu, a grande terra que vinha sendo cavada há anos pelos seus. Pensar nisto era um agouro. O Juca sabia o que estava fazendo. O outro seu genro, quando soube da hipoteca, mandara a mulher falar com ele. Não voltaria atrás. Dera a palavra ao Juca e faria o que fora prometido. Havia sempre aquela rivalidade de genro. Não estava protegendo nenhum em detrimento do outro. Mas desfazer o que prometera ao Juca seria papel safado. E os seus dois engenhos entraram na hipoteca. Com pouco mais a Bom Jesus rendia para safá-los e todos ficariam com as suas terras livres e com a fábrica mais importante do estado.

O usineiro, que viera de Recife para ver as obras, um tal de dr. Dinis, achou tudo uma perfeição. Em Pernambuco poucas usinas estariam aparelhadas como a Bom Jesus. O material dos americanos era de primeira qualidade e falou da zona, aconselhando a irrigação com o Vertente. Feito isto poderiam dormir descansados, que dinheiro e lucro não faltariam mais a todos eles. A Bom Jesus só precisava mesmo de irrigação. E isto estava ali perto. As várzeas eram ótimas. Quisera ele ter em Goiana terras daquelas, um massapê que era mesmo que estrume para a cana. E elogiou a compra do Santa Fé. Se tivessem perdido a oportunidade estariam liquidados. Conhecia o dr. Luís. Era homem de negócio seguro. Com o Santa Fé nas mãos, ele teria derrubado a Bom Jesus para sempre.

A notícia das impressões do dr. Dinis correu pela família, como a visita de um médico de fama que viesse constatar a robustez de saúde de um chefe. O coronel Sinhô, do Uruçu, passara dias sem pensar nos seus engenhos passados para o papel, amarrados a uma hipoteca. Ninguém mais duvidava da estabilidade da Bom Jesus. Estava de pedra e cal, firme.

Aquela chaminé arrogante dominava terras que trabalhavam para as entranhas de suas máquinas.

12

A NOTÍCIA DA SURRA em Feliciano correu mundo. Até d. Dondon, na Paraíba, soube e escreveu sentida ao marido. E o dr. Juca, na hora de maior movimento no barracão, entrou desesperado com seu Ernesto. Que não lhe repetisse aquilo, ali na usina. O negro velho não ofendia a ninguém com as suas besteiras. Melhor que ele cuidasse de seu serviço que dar ouvidos à lengalenga de um maluco.

Seu Ernesto trancou a cara e não disse nada. Mas o povo gostou do carão. O dr. Juca dera uma penada do coronel José Paulino.

No palacete da Paraíba d. Dondon, com os filhos no colégio, estava cada vez mais só. Soubera da história de Feliciano pelo moleque Ricardo, que fora levar a mãe para o dr. Maciel examinar.

Avelina andava com as veias das pernas estouradas, com dores de noite e de dia. E na cidade foram para a casa da usineira. D. Dondon ficou medonha com a notícia da surra em Feliciano. E perguntou por mais coisas. Não quis mesmo que Avelina voltasse para a usina. A negra ficava com ela se tratando. E escreveu a carta que o moleque levou para o marido. O dr. Juca se enfureceu, mandando saber aonde estava Feliciano, se estava sofrendo com as pancadas, se precisava de alguma coisa. E passou um carão no seu Ernesto.

D. Dondon, com Avelina em casa, procurava saber de tudo, indagando dos acontecimentos. E a negra se abriu. A diferença em tudo era como do céu para o inferno. O povo antigo se mudara todo. Só se via gente nova, uma canalha que vinha de outras terras. Salomé, coitada, se perdera. Um cabra fizera mal à bichinha e anoiteceu e não amanheceu. O bicho estava em Goiana Grande. O povo saíra todo das várzeas:

— A várzea está uma tristeza só. Só se vê cana. A tia Generosa cega – continuava Avelina — só fazia falar do mundo. Se d. Dondon fosse lá nem conhecia mais as coisas. Na casa-grande morava também um doutor, que estava montando a usina, um gringo encorpado que dava gritos nos oficiais. Falavam que a usina ia ficar maior do que a do dr. Luís. Zé Marreira comprou o sobrado de Quincas Napoleão, do Pilar, e estava com uma loja arrojada. Vendeu o engenho, mas ficou com o cabriolé.

A vida de Avelina, no palacete de d. Dondon, era de grande. O dr. Maciel lhe dissera que aquilo da perna ficava assim mesmo até ela morrer. Só se quisesse ser operada no hospital. Avelina preferia morrer e quando o médico falou em hospital deu para chorar como menina.

D. Dondon consolou. Não iria para o hospital e nem se operaria, e quando a negra falou em voltar, a patroa não consentiu. Apesar de tudo, Avelina queria voltar. Estava criando um bacorinho, e na almofada havia posto uma marca de renda, que era uma beleza. E tinha o filho para lavar a roupa dele. Ricardo, para ela, era tudo. Parecia que todos os outros filhos tivessem morrido e que só lhe restasse aquele.

Na cozinha falava para as negras das bondades de Ricardo. Nunca tinha se esquecido dele, mesmo quando andara por longe, no oco do mundo. O moleque andara até embarcado, fizera viagem de mar e sempre lhe mandava as coisas. Não era por ser seu filho, mas poucos filhos como ele. Contou também a d. Dondon do casamento, da morte da mulher de Ricardo. O seu filho era um santo. O que ganhava no barracão lhe dava. Ela não precisava de coisa nenhuma e ele mandando que guardasse o que era seu. Bem que fora bom ter mandado o bichinho para a escola do Pilar. Aprendera a ler e a contar. Rafael não dera para nada. Nem aprendera o á-bê-cê nos dois anos de escola. O filho mais moço gastara mais de três pares de botina e não aprendeu nada. Ricardo não, dera para homem. No barracão seu Ernesto se encostava nele. Fazia tudo. Ter filho assim valia a pena.

As negras se satisfaziam também com a alegria de Avelina. E ela ia ficando com d. Dondon, com as pernas doendo, sempre se queixando de dores, mas cheia de uma alegria que transbordava. Dormia num quarto, sozinha, em cama de ferro. Nunca, em sua vida, que pudesse pensar em coisa daquela, em dormir fora das tábuas duras de seu leito. Na primeira noite não pregou os olhos. A cama era fofa demais. D. Dondon era uma santa. Parecia-se tanto com Maria Menina. Se ela estivesse morando na usina, muita coisa não teria acontecido.

Uma vez ou outra o dr. Juca vinha dormir ou almoçar na casa da Paraíba.

A vida era boa na casa de d. Dondon. Mas Avelina tinha saudades da terra. O seu bacorinho estava lá passando fome. A sua almofada, coberta de poeira. E quem lavaria a roupa de seu moleque?

Então, para matar as saudades, Avelina contava a história do povo, obrigado a morar na caatinga. Até Manuel Lucindo, o que fazia as compras do velho José Paulino, fora obrigado a mudar de casa. E por isto se fora. O pessoal tinha se acostumado na beira do rio. A terra da caatinga era dura e pedrada. E para procurar água de beber, teriam que descer, às vezes, mais de três léguas, porque no tempo de seca não havia por lá uma gota d'água. Os barreiros se secavam. E o jeito que tinham era descer para o Paraíba. O que mais doía no povo era perder o rio. O Paraíba não era sempre bom para eles. Nas grandes enchentes comia-lhes os roçados, entrava de casa adentro, raspando tudo que tinham. Mas, passada a raiva, o rio era bom, entregava o seu leito para que o povo se servisse dele à vontade. Era o pai do povo na época das vazantes. Com três meses dava tudo: a batata-doce, o jerimum-de-leite, a folha larga de fumo. Agora só teria que dar cana. Plantaram cana até nas ribanceiras, como se o Paraíba fosse um riacho manso.

Avelina contava a história do povo, com as lágrimas nos olhos. A gente de João Rouco fora embora para o Gameleira. Manuel Lucindo também. Vira quando eles passaram pela estrada, com a filharada toda, com a mãe entrevada, as cabras berrando, os bacorinhos no caçuá, fazendo peso para os dois filhos menores, que iam do outro lado. Parecia gente do sertão da seca. Deu-lhe até vontade de chorar quando viu aquele povo passando. Não havia quem dissesse que, em tempos atrás, Manuel Lucindo fosse empregado de confiança do coronel José Paulino. Diziam que ele fora chamado para o Maçangana do coronel Trombone, mas não quisera ir. Ninguém queria perder um homem como Manuel Lucindo.

E foi indo, assim, até o dia de hoje. Não morava mais ninguém na Várzea. Até no cemitério velho, que diziam que fora dos caboclos, plantavam cana. E as caldas fedorentas da usina se despejavam no rio. Fedia de longe. Aquela porcaria se embebia na areia e os urubus passavam o dia em cima. Ia fedendo de rio abaixo, até cair num poço. Ninguém podia mais tomar banho com o rio seco. O Poço das Pedras parecia uma gamboa, com os urubus em cima dos lajedos, como se estivessem atrás de carniça. O mundo tinha mudado no Santa Rosa. Ela só subira para a caatinga uma vez e não queria mais voltar por lá. Para quê? Para ouvir a gente que conhecia se lastimando? Rogando praga?

— Só queria que a senhora visse, dona Dondon, a desgraça do povo. Ninguém pode plantar não. Algodão, o gerente não quer que se plante. Os homens têm que dar todos os dias para a usina. Quem não descer para o eito, não recebe os dias que deu. Ninguém pode nem adoecer. A senhora se lembra daquela Chiquinha, que fazia renda para Maria Menina? A senhora não se lembra porque pouco ia ao Santa Rosa. Chiquinha nunca mais fez uma vara de renda. Só tem mesmo tempo de tratar do roçado, porque o marido tem que dar seis dias de serviço no eito e ela fica na enxada, com os meninos pequenos. O povo não se acostuma na caatinga. Os caatingueiros já sabem viver por lá, mas gente criada na várzea já é difícil.

Avelina ia ficando na cidade. D. Dondon não queria que ela voltasse.

No barracão a vida era a mesma. Conversa de seu Ernesto e de José Amarelo. O silêncio de Joaquim e as visitas das filhas de Filipe, enchendo a venda do cheiro dos seus extratos de quinhentos réis.

Joaquim, quando entrava a mais moça, era como se recebesse uma corrente elétrica. Ninguém percebia o que andava por dentro dele. Era como se fosse um sopro do diabo. Ficava frio. Uma coisa de fora entrava por ele.

As mulatas da Catunda diziam as suas lorotas, levando seu Ernesto para um canto, brincavam com todos e saíam com a sua garrafa de vinagre ou o seu litro do feijão.

Ricardo gostava mais da mais velha, que já tivera filho em Catunda, conforme diziam na usina. Esta vinha pouco fazer as compras. Era triste e em vez daqueles cabelos cortados de

Clotilde trazia cabeleira comprida, que soltava quando voltava do banho. Cabelos de branca e com modos de mulher séria. Viviam as duas sem mãe.

Contavam que a mulher de Filipe fora mestra de pastoril e que deixara o marido com as filhas pequenas, danando-se no mundo. Maria de Lourdes não se parecia em nada com a outra irmã.

Joaquim, quando via Clotilde, ficava tonto.

Ricardo se engraçando de Maria de Lourdes. Sem dúvida que aquela cabeleira comprida não seria para sua mão alisar. Tinha até vergonha de olhar para a moça. Se se pegasse com uma daquelas seria para sempre.

Seu Ernesto falava das meninas, porque elas não lhe davam confiança. Dizia mesmo que as filhas de Filipe não enganavam ninguém. Todas eram furadinhas da silva. Ele conhecia uma donzela pelo andar.

O silêncio de Joaquim era mais pesado nestas ocasiões. Saía lá para dentro do barracão, quando seu Ernesto entrava naquele assunto. Por dentro dele uma raiva de garras teria deixado em pedaços o patrão. Joaquim ficava meio tonto, nestes momentos. Quando ele era menino sentia às vezes aquilo. Lembrava-se de uma ocasião na escola do Pilar. O professor João Cabral fizera aposta de letra bonita. Ele ficara com Carlinhos do engenho. A letra dele era melhor, mais caprichada, e o outro ganhara. Teve vontade de cair no chão, espernear de raiva, como fazia quando era pequeno, e não houve força do pai que fizesse voltar mais para a escola. Os bolos, que levara do neto do prefeito, ainda lhe doíam nas mãos, quando pensava na coisa. Vinha-lhe sempre uma meia tontura nas suas horas de contrariedade. E seu Ernesto, falando de Clotilde daquele jeito, lhe provocava vontade de uma porção de coisa.

À noite saía para ver a usina rodando.

Ficava a olhar, até altas horas, toda aquela confusão de rodas e de manivelas. Diziam que ele era doido e mangavam da sua vida esquisita. Os trabalhadores o desprezavam com aquelas brincadeiras sem-vergonhas. Mas agora tinha mais raiva de seu Ernesto. Clotilde era-lhe mais alguma coisa que a mulata despachada que era para os outros. Não sabia que força era aquela que vinha de Clotilde.

Joaquim não se analisava, não sabia calcular os seus sentimentos. Sentia somente aquele aperreio quando via a mulata no barracão. Nunca tivera vontade de deixar o balcão e pegar-se com ela. Nunca fizera nada com as mulheres, nunca sentia a grande coisa da vida. O seu irmão mudo se casara, andara atrás de moças. Ele não. Se ele pudesse falar com uma pessoa, abrir seu coração trancado, talvez que lhe dissessem o que era aquilo.

Clotilde entrava e saía do barracão e bulia com ele todo. Uma noite, em casa, na rede, pensou em Clotilde. Como seria ela nua, como seria o corpo dela? E lhe veio uma coisa estranha, uma coisa como nunca sentira, uma vibração, uma vontade de fazer o que ele não sabia o que fosse. Sabia que o irmão mudo dormia com uma mulher. Ouvia de seu quarto aquele barulho, os gemidos do mudo, um grito no fim.

Joaquim, naquelas ocasiões, tinha vontade de deixar o seu quarto e sair pelo mundo afora, atrás de uma coisa que lhe faltava.

Clotilde já lhe parecia diferente. Aquelas graças, aqueles reboliços de corpo ficavam com ele, depois que ela saía do barracão. Seu Ernesto lhe dizia besteiras. O patrão pensava que todas as mulheres não resistiam aos seus agrados, que todas seriam dele, que a todas pudesse beijar com aqueles bigodes duros.

Falavam de três caboclas do engenho, que ele passara nos peitos. Uma era filha do Pinheiro e as outras duas tinham corrido para a rua do Emboca, no Pilar. Dr. Juca não se importava com aquilo. Os sertanejos, que vinham para o serviço, viravam a cabeça das moças e era aquele estrago. Salomé se pegara com um que, feita a obra, sumira.

Seu Ernesto criara fama. O povo já tinha medo de mandar filhas no barracão, porque ele terminava pegando. Agora andava danado pela filha do Filipe maquinista. As meninas não ligavam a Filipe, que era um banana. Se Clotilde quisesse, seu Ernesto estava disposto. Via-se a cara dele, conversando com ela, os agrados que fazia, os presentinhos. Mas Clotilde viera da Catunda, botava o corpo de fora. Seu Ernesto falava das moças. Conhecia o andar, aquele andar era de quem já conhecera homem e a todo o propósito a sua conversa era sobre Clotilde.

José Amarelo comentava com Ricardo a paixão de seu Ernesto:

— Aquilo vai dar em casamento.

Mas Joaquim, no seu silêncio, remoía os seus ódios. Quem o visse de braços cruzados, em cima do balcão, ouvindo os outros falando, pensaria que tudo para ele fosse indiferente e que o seu silêncio era de um surdo-mudo. No entanto tudo entrava pelos ouvidos de Joaquim e ia mais longe que aos seus ouvidos. O que seu Ernesto dizia de Clotilde mordia-lhe como uma dentada de cobra.

Cada vez mais Joaquim se concentrava, vivia para um canto, se irritava sem ninguém ver, com as pilhérias dos trabalhadores. Quisera ele ser como José Amarelo, bater língua com um e com outro. Podia ser que assim tivesse mais sorte. O irmão, um mudo, achara mulher para casar com ele.

Ricardo se engraçava de verdade por Maria de Lourdes. Fora fácil, já falava com ela pelos cantos.

E Joaquim via aquilo com desespero. Ele não tinha jeito de ir a Clotilde. Encolhia-se, encolhia-se como imbuá. Seria feliz se soubesse dizer uma palavra àquela mulata que nem lhe estava ligando. Era capaz de pensar dele o que os trabalhadores pensavam, capaz de pensar que crescesse cabelo na palma de sua mão.

Seu Ernesto tomava conta de todos.

Na rua da usina, a vida era como se fosse de uma rua da cidade. Os operários levavam vida de grande, em relação aos outros do campo. Bastava ver a casa em que moravam, com luz elétrica, latrina, chão de tijolo. O mexerico rendia por lá. O povo de Filipe não olhava para a gente do mecânico, que era protestante.

Estes levavam uma vida de importantes. Mulher e filhas liam livros de reza e o marido fora do culto de Palmares. Falavam de Nossa Senhora, dos santos, da pouca-vergonha dos padres e não queriam viver trocando ideias com as filhas de Filipe, que era uma gente sem costume.

O cozinhador Fulô com a mulher falavam da Bom Jesus. Aquilo era um esquisito, um calcanhar de judas. Em Catunda podiam sair que se tinha para onde ir. Cinema não faltava, até circo de cavalinho aparecia. Ali era de inverno a verão a mesma coisa. No ano que vinha não ficariam na Bom Jesus nem que lhe pagassem o dobro.

Numa coisa todos concordavam: era no desprezo ao povo do engenho. Aquilo para eles não era gente. E não queriam que os filhos e as filhas saíssem de casa para se misturar com filhos de cabras da bagaceira. Também o povo pouco os ligava. Vira-os chegando, admirado da importância deles. Ganhavam muito, tinham casa de primeira para morar. Olhavam para eles como se fosse para estrangeiros, gente de outras terras, de outro sangue. Pretos e cabras como eles e, no entanto, tão separados, tão diferentes.

O povo olhava a rua da usina como se aquilo fosse também casa-grande. As negras da casa-grande do Santa Rosa sim, que pareciam iguais ao povo. Tia Generosa, tia Galdina, Avelina comiam na cozinha do engenho, mas não eram nada mais do que eles. Os cabras da rua de agora estavam muito acima dos pobres da usina. Antigamente eles sabiam das coisas da casa-grande pelas negras, tudo as negras contavam. Eles vinham conversar na porta da senzala. Tia Galdina ensinava remédios, tia Generosa dava pano velho dos brancos para eles vestirem. Aqueles tempos se foram. Lá em cima estava uma gente que se chamava operário, um povo que não queria ligar com eles.

Bem melhores eram os sertanejos, que desciam para os trabalhos dos campos. Estes não traziam bondade. Vinham para o meio deles, pegavam no cabo da enxada, namoravam as suas filhas, iam às suas festas, aos seus cocos, embora depois se sumissem, e danassem atrás dos relâmpagos.

Fazia gosto ver os sertanejos caindo em cima dos partidos com uma ganância medonha. Limpavam cana mais depressa do que os "cultivadores" e botavam os cobres no bolso, se misturavam, brincavam com eles. Agora com a usina desciam todos os anos. Até as festas do fim do ano, podiam contar com eles. Muitas vezes dormiam por perto do serviço, por debaixo dos arvoredos. Acendiam um fogo grande e se havia lua bonita no céu cantavam a noite toda. Aparecia gente das caatingas para ouvir os sertanejos na viola. O trabalho começaria com o sol de fora, mas até alta madrugada cantavam na viola, como se nada tivessem para fazer no outro dia. O canavial para a limpa era bem aquele que a lua branquejava. Mas cantar não cansava, não puxava pelo corpo. A viola gemia na noite coberta de branco. O povo das caatingas que vinha escutar ficava besta, ouvindo o que os homens de cima sabiam. Não cantavam o coco. Era uma coisa mais alegre, mais forte. A embolada corria na boca deles, numa pressa de doido. A viola gemia e o duelo fanhoso se prolongava até tarde.

Sertanejo só se lembrava da várzea nos tempos de seca.

Com a usina porém apareciam agora todos os anos. Vinham em magotes e contratavam serviço. O que os cabras do eito faziam em dez dias, eles arrematavam em cinco. Ganhavam os cobres e subiam outra vez para a terra. Chegavam de rede amarrada às costas e trabalhavam sem feitor, comendo na hora que bem queriam, terminando quando bem entendessem. Serviço deles era limpo. Grito de feitor, grito de usineiro não prevaleciam para os homens de cima. Ganhavam por tarefa. O trabalho de um dia de um alugado da usina valia menos três vezes que o deles. Depois voltavam, deixando o acampamento, como um exército, e não havia força humana que os retivesse no dia da partida.

Os cabras da usina viviam de bem com os sertanejos. Eles não tinham a bondade dos operários, daqueles bestas da rua, daquelas molecas enxeridas, que andavam desfeiteando as matutas, puxando na língua, como gente de casa-grande.

Seu Ernesto dizia que Clotilde não tinha andar de donzela, tinha um andar de quem não tinha segredo para homem. Maria de Lourdes soltava os cabelos, quando passava do banho. Fora de todo o mundo na Catunda, deixando que, pelos seus cabelos, os homens passassem as mãos.

Pouco se importava Ricardo com tudo isto que diziam. Desde que chegara por ali que mulher para ele era só de uma hora. Lá pela rua do Emboca, no Pilar, com as raparigas mais cacos que conhecera. Maria de Lourdes, não sabia por que, gostava de passar por ele falando, chamando-o para qualquer coisa. Os cabelos dela quase que batiam na cintura. Não eram duros como os de Isaura e de Odete. Deviam ser macios, deviam encher a mão.

Joaquim era de Clotilde. Ninguém sabia de quem era Joaquim.

E o Amarelo mentia, contando as suas aventuras com as mulheres de Santa Rita.

Todos amavam no barracão da Bom Jesus. Mas ali ninguém queria bem um ao outro, ninguém se abria, ninguém era capaz de uma franqueza, de uma confissão. Eram mudos, indiferentes.

Joaquim cada dia alimentava a sua raiva, dava de comer aos seus ódios. Bastava ver seu Ernesto dizendo coisas a Clotilde, ou então os cabras fazendo gracinhas, para dentro dele crescer o seu ódio, os seus desejos terríveis. Aquilo um dia seria grande demais para viver com ele em segredo, terminaria tão grande que não caberia escondido.

Feliciano, depois da surra, nunca mais viera para perto do barracão. Só saía de casa para procurar o prato de comida que o dr. Juca mandara que lhe dessem na cozinha. E às vezes nem vinha. Era em casa com os santos. As mulheres ficavam com mais medo dele assim escondido. O que estaria fazendo o diabo com ele? Por fim o negro velho começou a subir outra vez, a falar outra vez, de língua solta, descompondo todo mundo.

Viria uma peste para a usina. A bexiga-lixa cortaria o couro do povo. Uma febre, uma cólera deixaria gente na terra sem sepultura.

Tio Feliciano fazia medo ao povo. Agora não eram só as mulheres que temiam ao negro velho. Os homens já passavam por ele depressa para não ouvirem as profecias. E ficavam pensando por que Feliciano queria ver todos eles na desgraça. Que teriam feito eles ao tio Feliciano para tanta raiva? Tiveram pena no dia que seu Ernesto lhe metera o metro nas costas. A malvadeza de seu Ernesto fora grande demais. Dar num negro que mal se arrastava. E agora Feliciano rosnava, como um cachorro doente, para todo mundo. Não havia um só que pudesse conversar com ele direito. Para todos aquelas mesmas pragas: bexiga, cólera, febre para todos.

Sentado na porta do barracão, ficava o negro resmungando. De quando em vez a voz crescia e ouvia-se então uma raiva que não se escondia como a de Joaquim, que era livre, que se expandia.

Seu Ernesto só fazia dizer que aquele negro só precisava de chicote. O dr. Juca botara o atrevido a perder. Pelo gosto dele o metro cantaria nas costas magras de Feliciano. Tudo não passava de má-criação. O bicho estava de juízo bom. Dessem-lhe dinheiro para ver se ele sacudia fora.

13

Vinham trazendo o riacho do Vertente para a usina. Gente de picareta, pedreiros cavavam e construíam o leito para a água correr para a Bom Jesus.

O feito do dr. Juca sairia nos jornais. Desviava-se o curso de um regato, era uma grande obra de engenharia. O Vertente, que se perdia à toa, cantando manso pelas matas escuras, dando de beber com a sua água doce ao povo do Pilar, vinha agora, à força de instrumentos, para a serventia da Bom Jesus.

O dr. Juca passava o dia no trabalho, vendo a sua obra. Era bonito, cavava-se a terra dura, procurava-se um jeito para o riacho deitar-se, como na velha cama de seixos. Com pouco mais, dentro de tijolo e cal, trariam as águas doces do Vertente suspensas da terra. Nunca mais que as piabas subissem pelo remanso.

O riacho tinha um dono, seria mandado como boi de carro. Com as máquinas reluzentes de novas, com um riacho de mais de trinta polegadas d'água ali dentro de casa, a Bom Jesus estaria preparada para tudo.

Os trilhos subiam pelo Santa Fé, em procura do engenho velho. Os cassacos da estrada de ferro estavam ali ganhando mais do que os da companhia. Os dormentes chegavam em costas de cavalos, das matas do Meriri. Faziam cortes, aterros. Os engenheiros manejavam tudo.

O barracão quase que não dava conta de tanta freguesia. Fardos e fardos de carne de ceará cortavam-se por semana, sacos de feijão se sumiam.

A vida na Bom Jesus crescia cada dia que se passava. Havia trabalho por todos os lados na usina. Não falando nos serviços de campo, o dr. Juca atacava naquele ano melhoramentos de todas as naturezas. Trilhos avançavam, um riacho vinha todo inteiro para serventia. Mais de quinhentos homens estavam ali, fazendo a grandeza da Bom Jesus.

O povo, que passava pelos trens, elogiava a iniciativa do usineiro. Não havia dúvida que era um homem de verdade. Raparigueiro, mas trabalhador que só ele.

A chaminé da Bom Jesus orgulhava-se de um soberano de pulso.

Só o dr. Luís olhava para tudo aquilo, medindo, avaliando, comparando. Falavam-lhe das maravilhas da fabricação, que seria a outra usina naquele ano. Seiscentas toneladas de cana, dando oitocentos sacos de açúcar por dia. De fato, se fosse verdade, aquela gente nunca mais saberia o que era dificuldade. Em Recife lhe falaram mal das máquinas americanas. Aparelhagem para usina só mesmo de ótima qualidade. Uma fábrica, que os americanos haviam montado em Alagoas, não dera conta. O dr. Luís esperava ver a Bom Jesus funcionando. E se o rendimento fosse aquele de que falavam, não havia dúvida de que precisava também mudar a São Félix. Por enquanto só queria ver nos outros, estudar com a experiência dos outros. A sua fábrica não dava o que devia dar. Sabia que andava precisando de uma reforma. Pensava nisto há muito tempo. Mas via os lucros serem tão grandes, ganhar tanto que não se lembrava de reformar os seus aparelhos.

O perigo real fora aquela Bom Jesus, ameaçando a sua zona. Não estaria na várzea só, para forçar os fornecedores à escravidão de suas esteiras. Eles correriam para a concorrente. E teria que pagar mais caro. Se a Bom Jesus fosse de águas abaixo, seria para ele um presente do céu, porque aí seriam banguês que se haviam despojado dos aparelhos que ficariam seus vassalos à força. Não perdera a esperança de ver a Bom Jesus espatifada. O preço do açúcar dera ao dr. Juca o ânimo para reformar a fábrica, comprar terras, estender trilhos. Queria ver o dr. Juca era com o açúcar a dezoito mil-réis o saco. Aí sim, que um homem se mostrava na altura. Mas vendendo a sessenta mil-réis, não havia quem não fosse arrojado. Ele comprara a São Félix a uma companhia holandesa, de fogo morto, parada há dois anos. Os gringos não se aguentaram com a baixa, perderam tudo. Quando fez negócio com a usina os seus parentes o chamaram de louco. E a sorte lhe chegou com a guerra de 1914. Ganhara dinheiro, que dera para comprar duas usinas. Sabia agora o que era açúcar. O dr. Juca devia saber também, pois o pai ganhara fortuna plantando cana. E lhe perguntassem o que era açúcar que o velho diria. Dava muito, mas para tirar só ele mesmo. Em Pernambuco conheceu usineiro que, na crise de 22, ficara sem poder sair de casa, porque lhe faltava dinheiro para a passagem do trem. Ninguém podia calcular as coisas, confiando em açúcar. Se ganhara aquilo tudo, se se enchera era porque sabia viver a seu jeito. Era homem de sua casa, de sua família, sem luxo; sabia fazer negócio. Passara dez anos ali na várzea, sozinho, sem peitica de fornecedores reclamando, pagando o que queria pagar. Quem não quisesse moesse as suas canas em suas gangorras. Ganhava dinheiro, porque pegara uma quadra de preço alto. Agora a Bom Jesus estava fazendo as coisas, como se preço de açúcar não fosse para baixo.

O pessoal de lá estava tomando fôlego demais.

O dr. Luís olhava a rival como um mau profeta, agoirando o destino da usina nova. Não estava desejando a desgraça de ninguém e via somente tudo pelo lado que era o melhor dele olhar. Se o melão-de-são-caetano se enroscasse pela chaminé da Bom Jesus, seria uma coisa natural, uma obra do açúcar exclusivamente. Só quisera comprar o Santa Fé para se defender. Um usineiro de verdade não vacilaria um instante para defender a zona de sua usina.

Ganhara os engenhos de Trombone, que preferia a São Félix à Bom Jesus. Soubera enganar o velho com a história dos eleitores. Em todo o caso, se tivesse ganho a partida do Santa Fé, não estaria com medo das máquinas novas e dos trilhos ameaçadores do dr. Juca.

O dr. Juca nem pensava na São Félix. Era só das obras, do movimento gigantesco que manobrava. Tinha orgulho da fábrica que, em breve, seria tão forte e poderosa como uma Tiúma. Se o Vertente fosse de maior curso teria energia para eletrificar os seus aparelhos, teria força de graça para mover as turbinas, arrastar os ternos de moenda, esmagar cana, como a Tiúma fazia, sem gastar um pau de lenha. A família estava do seu lado. Só fugira mesmo Trombone, que se entregara ao dr. Luís, por causa das eleições. O velho pensava que ele quisesse lhe tirar a cadeira de deputado. E pouco se importava das críticas que o parente fazia pelos trens. Achava até graça no apelido de "barão", que lhe botara. A verdade era que tirara a família daquela miséria de moer cana em banguê, dando aos seus uma oportunidade de subirem de vida. O que eram hoje os parentes de Itambé, morrendo para enriquecer os comerciantes de Goiana? Pandorim criara barriga à custa de todos eles. Pobre de João do Rego, do Camará, que, quando mandava cem sacos para Pandorim, estava devendo ainda duzentos! E os banguezeiros da várzea, tirando o velho José Paulino e o dr. Quincas, do Engenho Novo, qual fora o que estivera em condições de viver independente? Agora não podiam se queixar, todos eram gratos, todos lhe davam toda a força necessária. Fizera a Bom Jesus e contara com o pessoal para as reformas. Mas iriam ver o que era uma usina perfeita. Terras não lhe faltariam. O Vertente dera-lhe o riacho de água doce e o Santa Fé lhe abriria a várzea, de ribeira acima. Fossem olhar os eitos da usina. Para mais de quinhentos homens, sem contar os sertanejos, sem contar o pessoal da fabricação. O povo pobre reclamava a vida. Tivera que botar para fora muita gente viciada com os tempos do velho José Paulino. Queriam ficar na propriedade, desfrutar as terras e fugir das obrigações. O seu tio Lourenço acolhera no Gameleira uma porção deles. Em banguê podia ser, mas usina não podia aguentar morador com regalias. A terra era pouco para cana. Se tivesse deixado Manuel Lucindo na várzea, os outros estariam com direito de ficar. Dera-lhe casa e terra na caatinga e se fora embora. Ficasse quem quisesse, que não iria adular ninguém. Manuel Lucindo era de confiança. Aquele sítio, onde ele morava, já tivera sido de seu pai, o velho Lucindo, homem de confiança de seu avô. Quando ele chegara para dizer que não ficava mais na propriedade, teve remorsos de deixá-lo sair assim com a família para começar vida nova por longe. Só descansou quando soube que estava de casa falada no Gameleira. Afinal de contas o que ele estava fazendo não havia usineiro que não fizesse. Usina pedia as terras livres para cana. Do contrário teria que estragar o seu trabalho se fosse amolecer o coração. Havia muita diferença dum coração de senhor de engenho para um coração de usineiro. Em Recife, quando se encontrava com os colegas, eles só falavam de grandeza, de compras de engenho, de zona, de fornecedores. Conversa de usineiro era de um tom diferente. Dondon sentia a vida que levava na

Paraíba, falando-lhe quase sempre com saudade do Pau-d'Arco. Ela não tinha razão. Tudo que mulher de usineiro tinha em Recife, ele lhe dera: palacete na cidade, automóvel, joias que quisesse, vestidos à vontade. Aquilo dele ser das mulheres não queria dizer nada. Era do seu gênio. E mesmo os usineiros de Pernambuco faziam o mesmo. Luís Carneiro, da Sempre-Viva, mandara a sua rapariga para um passeio na Europa. Aquele outro, da Santa Ifigênia, dera um solitário à francesa dele, que valia o preço de um engenho em Mamanguape. Por isto ele não estava fazendo nada demais. E agora mesmo nem estava tanto das farras. Depois que se metera com a reforma da usina, se embebia com os serviços que nem se lembrava das mulheres. Tinha Clarinda, em Recife, mas esta quase que não era rapariga, vivendo só com ele, tão quieta, tão boa que, quando estava com ela, nem pensava em deboche. Clarinda merecia tudo o que ele fazia, dava-lhe presentes caros, pagava as despesas e tudo o que fazia por Clarinda era pouco. Nunca pensara encontrar, em uma pensão de mulheres, uma criatura assim, com aquele critério. Soubera que outros, mais ricos do que ele, andaram atrás dela. O próprio dr. Dinis lhe fizera proposta de muitas vantagens. E a menina não quisera, enjeitando tudo. E não era que se dissesse que vivesse com exigências, como aquela polaca que tirara até o último torrão de açúcar do pobre coronel Nazareno, do Alecrim. Falara-lhe para botar numa casa só, com tudo o que quisesse, criados, todo o conforto. E Clarinda enjeitara, querendo morar mesmo na pensão. No começo pensou em gigolô, mas botara Orsine para espiar e nada se apurou. Clarinda só pensava nele, era sua. Do que tinha mais medo era de passar por besta em mãos de mulheres. Tivera uma, com quem gastara o seu pedaço e viera a saber depois que a bicha sustentava aquele Tegueté, que bebia com ele no Maia. Papel triste fazia o coronel Manuel Luís sustentando uma mulher com um amante público e notório. Botara Orsine para olhar as suas mulheres, espionar e dar-lhe notícias dos petiscos que apareciam de novo. Todo o mundo falava porque vivia com Orsine no automóvel, levando o rapaz para todo o lugar. Falassem quem quisesse. Só ele sabia os serviços que o amigo lhe prestava. Não passaria por besta, enquanto tivesse Orsine para olhar por ele, para defendê-lo dos águias. Dondon fazia que não sabia destas coisas. Era uma santa. Às vezes tinha até remorso de viver assim, esquecendo a mulher. Era de seu temperamento, viciara-se naquilo. Seu sogro sabia e nunca lhe viera com indireta, com cara feia. Bem que quisera só viver para a Bom Jesus e a sua família. Até levara uns dois meses quieto, só preocupado com as obras da reforma. Orsine vinha com notícias ótimas, de coisas novas e nem lhe parecia. Não queria deixar os engenheiros, as obras do Vertente, assim à toa. Um dia ou outro lhe chegava a vontade. E quando aquilo lhe chegava, não parava com dois tempos. Mulher era vício, estava convencido. Era como fumar, beber, jogar. O seu primo Edmundo, do Coité, com todo aquele corpão, era assim como ele, mulherengo. Agora, com açúcar por aquele preço, só se encontrava Edmundo na Paraíba nas pensões. A prima se queixava dele, dizendo que botara o seu marido a perder. Achava até graça. Os velhos da família tinham o mesmo calor no sangue, faziam as negras parirem todos os anos. Estava ali no Maravalha o seu tio Juca, com mais de oitenta anos e de mulher na caatinga, com filho pequeno. Pela ribeira do Paraíba ninguém podia falar um do outro. Só Trombone, mas este se divertia com a política e mesmo não aguentava o repuxo com as quebraduras de que sofria. Homem válido, ali na várzea, não havia um que não fosse rapaguieiro. Agora não ficava bem para ele estar metido com caboclas, perdendo o respeito. Usina não era banguê que se dominava com grito. Todo o respeito era pouco para sustentar o prestígio, fazer-se respeitar. Sabia que o povo se queixava dele, trazendo sempre o seu pai na frente para comparar. O velho José Paulino fora de seu tempo. Queria que ele viesse dirigir uma usina, com aquele seu sistema de vida, com aqueles gritos, aquele barulho todo, para no fim não fazer nada. Tinha que ser duro com o povo. Bem duro, mesmo, senão tomavam o cabresto nos dentes e fariam como aquela gente das Figueiras fizera com o seu sobrinho Carlinhos, revoltando-se. Só mesmo de coração assim, insensível ao choro do povo. Fossem ver o povo como gemia nas mãos do dr. Luís, da São Félix. Até mortes os vigias de lá cometiam. É verdade que havia muita gente boa, mas cabra só mesmo sabendo que existia macaca. A sua mulher lhe falara para botar escola na usina, para ensinar os moleques pequenos. Já havia falado sobre isto com o governador. No ano que vinha chegaria uma professora, paga pelo estado. Pagava imposto para isto. Fizera com que Dondon saísse da usina, mais para evitar que vivesse ela a se preocupar com o que não devia. As mulheres dos cabras se aproveitavam do bom coração de sua mulher para viver nos pedidos. Catunda e Tiúma não tinham mulher de usineiro empatando os serviços, eram firmas comerciais, dando as suas ordens, ordens secas, resolvendo tudo sem pena de ninguém. E por isso foram para adiante do jeito que foram. E nem precisava ir muito longe, não. Procurassem a São Félix para ver como era a coisa por lá. Todo o direito era da usina. E assim era que devia ser. Não queria dizer com isto que fosse fazer o que o dr. Luís fizera com os vizinhos, botando a usina em cima dos engenhos para comprá-los por um quase nada. E o dr. Juca se comparava com o grande rival. O usineiro da Bom Jesus se sentia com outro coração. Lá isto era. Não seria homem para pegar os Mouras e comer até as penas. Sua balança estava ali para quem quisesse ver. Não tinha as manhas de dr. Luís, aquele jeito de querer as coisas e disfarçar, de estar se roendo de raiva por dentro e por fora aquele sorriso, aqueles agrados, a palavra mais doce deste mundo. Era um Marreira branco e podendo mil vezes mais do que o outro. Lembrava-se muito bem das noites em claro que passara com a compra do Santa Fé por causa do dr. Luís. Elevara o preço daquela gangorra para duzentos contos de réis e quando se encontrava com ele, na cidade, era como se fosse o melhor amigo. E via como o dr. Luís se portava com o povo. E o espantoso era que o povo gostava dele. Fizera igreja na São Félix, com a invocação do santo da sua devoção, que era são Luís. Ali pertinho da chaminé da São Félix estava a torre da sua capela, bem humilde, uma torre única, perto da chaminé arrogante. Deus para ele era como os trabalhadores, um servo, um instrumento. Dondon falara em construir também a sua igreja, mas para quê? O povo já estava acostumado com as igrejas do Pilar e de São Miguel. Ficavam tão perto da Bom Jesus que seria um desperdício fazer mais uma. Já teriam para o ano uma escola e, se as coisas corressem bem, construiria uma casa para um hospital, como fizera um usineiro do sul de Pernambuco, que ficara falado por isto. Aquilo sim, que seria útil, mas só quando as posses permitissem. Por enquanto era trabalhar, plantar cana, moer, botar o povo na ordem. Fizera o impossível com aquelas reformas. A compra do Santa Fé e do Vertente, os trabalhos do aqueduto lhe haviam comido os seus dias. Em breve, porém, teria nas mãos a maior fábrica do estado, podendo até fazer figura em Pernambuco. Mesmo poucas usinas de Pernambuco contavam com os melhoramentos da Bom Jesus. O dr. Pontual lhe afirmara:

— O senhor vai ficar com uma fábrica em melhores condições de produção que as melhores do Brasil. O sistema, que os americanos utilizam, é o mais racional.

Seria uma grande festa a botada da Bom Jesus, nova em folha. O dr. Juca pensara em convidar alguns usineiros de Pernambuco e chamar para assistir à inauguração o governador do estado. Pensava em fazer ali, no Santa Rosa de seu pai, a maior festa que se fizera até hoje. E não era para menos. A Bom Jesus seria o orgulho da várzea. Se não fosse ele o que seria daquela várzea, que vinha há dois séculos dando cana para banguês, estragando à toa a força de suas terras?

O dr. Juca olhava-se e via-se como reformador de sua gente. Pensara naquela usina numa ocasião besta. Lembrara-se da coisa, de uma usina de sociedade com os parentes, e a ideia ficou com ele. E deu certo. Até aquele momento encontrara todo o apoio da parentela. E não era para menos. Estavam todos se enchendo, fazendo do açúcar o que ninguém havia feito. A Bom Jesus protegia os banguês, que teriam sido, na certa, presas fáceis da São Félix. Quando o dr. Luís ameaçou o bote para a várzea, querendo comer o Carlinhos, ele tivera a intuição da coisa. Os parentes seriam uns ingratos se não estivessem com ele, como estavam. Só Trombone escapara, fazendo-lhe guerra. Sempre naquela família havia de haver uma divisão. Fora assim desde os antigos. O velho Manuel César era contra o seu primo carnal do Santa Rosa. Só ele conseguira uni-los, unindo-os no interesse de todos. Ficara

Trombone para mostrar que o sangue da família continuava o mesmo. O seu primo se aliara com o dr. Luís dando os seus dois engenhos para a esteira da rival. Não fazia mal. Num dia qualquer estaria despenado, como os Mouras da Pindoba.

14

A USINA ARRASARA o Paraíba com a podridão de suas caldas. O povo cavava cacimba na beira do rio, furava até encontrar água salobra. E era assim que se defendia da sede, nos meses de seca. A água cortava sabão, mas sempre servia para se beber. A Bom Jesus agora despejava as suas imundices pelo leito do rio, sujando tudo, chamando urubu. E quanto mais a usina crescia, quanto mais crescesse, teria imundice para despejar.

Então o povo cercava as cacimbas, cobrindo-as de folhas de catolé para que os urubus não metessem o bico nojento ali por dentro. Outros tinham nojo da água e andavam léguas para trazer um pote. Nos tempos de inverno se abasteciam nos barreiros. E o açude do Santa Rosa lhes dava água nas épocas de mais precisão. Agora porém o açude estava cercado e ninguém podia meter a mão, porque era ele que matava a sede da usina. Usina queria água doce, que não lhe estragasse as máquinas. Caldeira de usina era mais delicada que barriga de gente. Era por isto que o Vertente vinha vindo para a Bom Jesus, numa levada de tijolo, trazido de longe, para que nunca mais faltasse água doce. A São Félix tinha aquela sorte do Tibiri correndo por perto. Um rio daquele para uma fábrica valia ouro.

O dr. Juca dera o seu golpe de mestre, gastara muito, mas só no que economizaria em tubos pagava as despesas da captação. O povo do Vertente botou a mão na cabeça, com a notícia.

 O seu riacho generoso, manso, fora roubado. A usina mandara fazer uma barragem bem dentro da mata e cercava tudo de arame, com vigias armados de rifle.

 O Vertente descia bem minguado de mata afora. Nunca roncara, não avolumava o seu curso, fazendo medo a ninguém. No inverno, com uma chuvada mais forte, crescia, fazendo a sua figura. Mas era de hora aquele rompante. Baixava logo, era sempre aquele fio de água se enroscando, passeando por cima de pedrinhas. Nunca ninguém deixara de fazer uma viagem por causa do Vertente. Era bom para o povo. Pelas suas margens plantavam capim-de-planta, para os cavalos, faziam banheiros e o bamburral chorava ao vento. O povo do Vertente não dispunha das vazantes que o Paraíba criava, com as suas enchentes impetuosas. Mas ali nunca ninguém viu uma casa arrancada pelas correntezas. Ninguém morria afogado, a cabeça da cheia não metia medo. Pequenino, mofino, sem brabezas, mas também podiam dormir tranquilos que o Vertente não acordaria pessoa alguma com as suas águas invadindo, derrubando. O Paraíba dava muita coisa e tirava tudo o que dava, de uma hora para outra. Botava lamas nos canaviais e umedecia as vazantes para que as plantações dessem mais que em qualquer outra parte. Parecia-se assim com um pai generoso, fazendo todas as vontades aos filhos e brabo, castigando, forte e enérgico, sem que nem mais.

 A usina despojara o Paraíba de suas bondades, mijando aquela calda fedorenta, justamente nos tempos da seca. Transformava aquele leito branco, enverdecido pelos juncos, pelas salsas, num rego, por onde corria um fio de lama. O Paraíba de agora era um acampamento de urubus. As arribações sertanejas fugiam dele, procurando outros bebedouros para as suas sedes. Pássaro, que ali pousava, só aquele bicho de andar banzeiro, como de negro cambado.

Depois de ter arrasado o Paraíba, a Bom Jesus pegara o Vertente de jeito. Este não dava tanto ao povo, mas o que dava era de todo o dia. Água doce e aquela perenidade, que valia por uma dádiva de Deus. O riacho bonzinho descia silencioso, só mesmo com aquele sussurro de pássaro por debaixo da mata. Passeava por debaixo dos arvoredos e quando aparecia ao sol se enroscava pelas ingazeiras, pelo bamburral. Dava de beber ao povo do Pilar. Cargas e cargas de ancoretas saíam para a vila, sedenta de uma água mais doce que a salobra e pesada água das cacimbas do Paraíba.

E veio a usina e pegou o Vertente, indo às suas nascentes, cercando-lhe as matas. E com pouco mais o pobrezinho deixaria o seu leito macio de areia para correr num leito duro de tijolo e cimento. O Vertente deixaria seco, de pedrinhas brilhando ao sol, aquele caminho por onde há séculos vinha correndo. O dr. Juca queria o riacho para as suas máquinas. Gastaria uma fortuna com ele para em breve tê-lo na serventia, às suas ordens, como um prisioneiro submisso e útil.

O povo, que morava pelas margens do Vertente, não quis logo acreditar naquilo. Seria verdade mesmo que não teriam mais no fundo de suas casas o riacho que era um patrimônio de todos? Teriam então que cavar cacimbas para beber água, de agora por diante?

O Vertente seria engolido, seria papado pela usina. E foi um clamor, um comentário de casa em casa. Só poderia ser um castigo pior que o cólera. E não teriam para quem apelar. O engenho era da usina. Ela poderia fazer das terras o que bem quisesse, virar de papo para o ar tudo o que fosse das terras. E não seria só o riacho que lhes seria tomado. Um feitor andou prevenindo que o usineiro não queria roçado de ninguém pelos baixos. Quem quisesse plantar, fosse para os altos. A cana tomaria conta das várzeas.

O poder ofensivo da usina se alargava, ia cada vez mais longe. Ao povo fazia só destruir os sítios, que se criaram pelas margens do Vertente. Os pobres viviam deles, das laranjas, dos abacaxis, das bananas, que vendiam nas feiras. A terra era fraca, só dava mesmo para mandioca e fruteiras. E a usina queria plantar cana.

Correram ao dr. Juca para pedir. Eles viviam ali há tantos anos que nem sabiam quais tinham sido os primeiros donos daqueles sítios. Foram de seus avós. Viviam pagando foro ao senhor de engenho. Aquilo era tão longe que até ninguém se lembrava que fossem terras do Vertente. Por ali cana não dava tão boa quanto pelos outros lados do engenho. E era um fim de mundo. Um carro de boi só poderia dar uma carrada por dia. Eles viviam das fruteiras e dos paus de roça. Tirando-lhes isso era morrer de fome. As terras dos altos não prestavam para nada. Era um tabuleiro, maninho, uma areia, onde só nascia formigueiro e cajueiro bravo. Se o dr. Juca fosse ver nem se lembraria de plantar cana.

Mas o usineiro não sabia de nada. E mandou que eles se entendessem com o gerente do campo, que resolveria tudo. Fossem procurar o homem. Ele nem sabia daquela história.

E o gerente de campo não tinha jeito de dar. A usina precisava de cana. Ele tinha que tirar cana até dos tabuleiros.

O povo do Vertente voltou para as suas casas com a condenação. Teriam que sair. O dono mandava sair. O dono sacudia todos para fora. Haviam-lhes tirado o riacho, tomavam-lhes as fruteiras que os seus avós plantaram. As laranjas do Vertente já eram conhecidas nas feiras. Os abacaxis do Vertente eram doces como o mel. Nada teriam porém que fazer. Era só arrumar as trouxas e procurar outras terras para viver, porque ali tudo estava acabado com pouco mais. Tudo acabado. Fazia pena pensar naquilo. Mas ninguém tinha força para pensar em fazer nada. A terra era da usina. E ela podia fazer o que fosse de seu agrado. O dr. Juca nem sabia de nada. Nunca que um senhor de engenho plantasse um pé de cana que não soubesse onde estava plantado. Agora o usineiro não sabia. O gerente do campo dava ordens, a produção dos campos devia corresponder à capacidade da fabricação.

O gerente do campo viera de Tiúma, com renome de grande coisa. Andava a cavalo pelas terras da usina, mexera em tudo de lado a lado, metera-se pelas gargantas, subira pelos altos e depois chegou para o dr. Juca, dizendo que as terras da usina poderiam produzir o duplo do que estavam produzindo. E deu planos, falando muito do que fizera em Tiúma e do que pretendia fazer na Bom Jesus. Dessem-lhe terras que ele daria cana para mil sacos por dia.

O dr. Juca se entregou ao entusiasmo do auxiliar. E ele estava fazendo o que queria com as terras e com o povo da Bom Jesus. Raro era o dia que não batia na casa-grande um morador para reclamar. E a resposta era sempre uma: para que procurassem o gerente do campo.

E o homem se fez mais forte ainda do que devia ser, oprimindo, apertando os pobres, pondo vigia por todos os cantos para espionar. Ninguém podia mover uma palha que ele não soubesse, ninguém podia roubar um dia de serviço, para um roçado, que o recado não chegasse chamando o faltoso para o serviço, se não quisesse pular da terra, num abrir e fechar de olhos. E o homem garantira arrancar das várzeas e dos altos da Bom Jesus 120 mil sacos para a safra do novo ano.

O povo do Vertente voltara para casa com aquele não terrível. Teriam que deixar os sítios. No tabuleiro havia terras demais. Morava muita gente pelas várzeas paupérrimas do riacho. A várzea era uma nesga de umas duzentas braças de lado a lado, que só dava mesmo para o plantio de milho, para um roçadinho minguado de feijão. Dava mais para plantar bananeiras, que era o forte da zona. Caçuás de banana comprida saíam para as feiras de Itabaiana e Pilar.

O povo do Vertente era pobre, não tinha o algodão, que era uma riqueza da caatinga. A terra bem fraquinha só dava mesmo para o que plantavam, e lá vinha ordem do senhor. Que diabo tirariam daqueles tabuleiros, que chupavam a água da chuva como por um encanto? O jeito que havia era procurar lugar, terra que não fosse sujeita à esteira de usina.

As mulheres deram o desespero não querendo compreender que a terra era de outro. Ali haviam nascido. As mães delas haviam nascido ali mesmo. Estavam certas de que as terras lhes pertenciam. O Vertente ainda corria, suspirando lá por baixo. Os pedreiros trabalhavam para que com pouco mais ele se sumisse, descesse por outro caminho. Só mesmo coisa do demônio. Um homem só poder com o riacho, mandar nas águas do riacho. Parecia difícil acreditar naquele absurdo.

A mulher de Chico Leopoldo, que era o mais importante da zona, fazia há um mês uma novena para que nada daquilo acontecesse. Puxavam as rezas, com fé nos santos.

Os homens, porém, só faziam cuidar da mudança, cogitando para que banda se mudariam. Havia o Gramame, cheio de febres, mas a terra por lá era mais livre. Venceriam a sezão e poderiam plantar o seu milho descansados, sem receio de que lhes acontecesse uma desgraça, como aquela que lhes estava acontecendo. Quem poderia pegar o rio Gramame, entrar por seus alagadiços e fazer dele o que quisesse? O Gramame dava cheias, que se espalhavam pelos quatro cantos. E as suas águas ainda recebiam as sobras das marés.

O povo do Vertente cogitava. Saindo, só iriam para um lugar em que um homem não fosse rei, como na usina.

E o fato era que o gerente do campo manobrava com todos os poderes. Até já mandara sacudir Pinheiro para fora, com ordem de meter-lhe o pau se voltasse. As casas dos moradores agora eram numeradas e em cada canto da propriedade havia um vigia de rifle, com poderes de inspetor de quarteirão.

E a Bom Jesus, nova em folha, preparava-se para a grande festa da botada. Os engenheiros dariam a usina pronta, em ponto de moer. As experiências tinham corrido admiravelmente. A chaminé levara uma mão de tinta. Estava vermelha, como um mastro gigante, dominando os horizontes dos quatro cantos da terra.

15

Feliciano não tinha razão nem para responder a uma pergunta. Falava só, atendendo a interlocutores invisíveis, gente de um mundo que só existia para ele. Descompunha com a mesma brabeza e os moleques já andavam atrás dele, como de José Passarinho, quando bebia. Aperreavam o negro velho com crueldade, dando-lhe queda pelas estradas. E quando as mães brigavam, eles diziam sempre que o tio Feliciano estava com o diabo no corpo. Elas haviam dito.

    O negro velho corria atrás dos moleques de cacete na mão, tropeçando aqui e acolá, bambo das pernas. E a gritaria, no pé de seu ouvido, era infernal.

    Os homens brigavam, dando carreira nos moleques, mas tio Feliciano estava desgraçado de vez. Por isto se refugiava naquele banco defronte do barracão. Ali podia manter a sua conversa mais quieto, a não ser quando se zangava com os seus interlocutores. E começava a gritar, a trocar insultos, nomes feios, numa balbúrdia medonha. Diziam que eram os espíritos que vadiavam com o negro velho, espírito de pessoas ofendidas por ele na terra. Afirmavam então que, nos seus tempos de moço, Feliciano papava as donzelas, que fora um pai-d'égua afamado. E estava assim pagando o que fizera.

    Seu Ernesto era de opinião que uma pessoa naquele estado devia morrer. Para que se arrastar, como uma lesma, pelo mundo, só dando nojo aos outros? José Amarelo dizia que em Santa Rita o delegado mandava gente assim para o asilo da Paraíba. O moleque Ricardo, como sempre, guardava a sua opinião, lembrando-se do Pai Lucas, que era negro como Feliciano, que falava com os santos, e vivia amado do povo, morrendo nos braços do povo, dançando no seu terreiro, com os poderes de Deus em seu corpo. Tio Feliciano dera os seus santos para os pobres rezarem, abrindo o seu oratório para que as mulheres fossem cantar as suas ladainhas, e estava no estado em que estava. Deviam tratar do negro, como de gente. Os pobres da usina faziam ruindade com ele. Se tivesse filho, tio Feliciano teria casa e gente para tratar dele. Mas não, levara a vida servindo aos santos, dando tudo que era seu para as festas, para as velas do seu oratório. O seu orgulho fora aquele de ter debaixo de suas telhas Deus e os seus santos. E Deus abandonava Feliciano e o povo acompanhava Deus naquela crueldade sem tamanho.

Diziam que Feliciano tinha mais de cem anos. Fora escravo do pai do coronel José Paulino, tendo vindo no inventário do velho Num para o Santa Rosa. Mentiam muito a propósito do negro velho. Os mais antigos ainda se continham nas histórias que contavam. Os mais novos espalhavam coisas de arrepiar. Havia sido ele até lobisomem, e que correra pelos campos atrás de sangue de menino novo.

Feliciano não abria mais o seu santuário. Parecia que os seus restos de razão ainda davam para que ele percebesse a impressão que o povo tinha sobre ele e se vingava daquele modo. Quando voltava, alta noite, para casa, trancava-se na palhoça com os seus santos. Os que moravam por mais perto dele ouviam um gemido de gente apanhando, choro de menino, gritos abafados e espalhavam que Feliciano castigava os santos, arrochava as goelas de Nossa Senhora, judiava com o Menino Deus. Tão bonitinho que era o Menino Deus, do oratório do negro! Fora a velha Sinhazinha quem lhe dera aquela imagem, no tempo em que a velha brigara com a filha, e desmanchara o seu oratório com o povo. Botava os santos fora, mas a filha não ficaria com um. Coube a Feliciano o Menino Deus, tão corado, tão gordinho que até parecia mesmo de carne. Agora o menino sofria nas mãos do negro. Coisa horrível! As velhas se arrepiavam, só em pensar. Um padre do Pilar devia vir à usina e tomar os santos de Feliciano, tirando os eleitos de Deus das mãos do demônio.

Na casa de palha do negro velho o diabo vinha todas as noites dançar, fazendo judiação com as imagens. Só fazia aquilo porque não havia na usina quem tivesse uma hóstia consagrada. O Corpo de Deus espantaria os miseráveis. O dr. Juca devia tomar uma providência, porque podia cair um castigo sobre o povo, uma febre, uma desgraça maior.

O padre do Pilar nada tinha a ver com Feliciano. Isto mesmo ele dissera a uma velha que fora procurá-lo. Os santos eram dele. Ninguém podia meter-se com o negro, mas aconselhou que fossem ao usineiro.

O dr. Juca tinha outras coisas em que pensar. Iria lá perder tempo com as rabugices de Feliciano e com as crendices do povo? Não deu ouvidos.

E a coisa foi crescendo, um mal-estar no meio da cabroeira. Manuel Pereira, quase da idade de Feliciano, acomodava, dizendo que aqueles santos já não valiam, que tinham perdido a santidade. O próprio vigário lhe dissera que não eram mais que pedaços de pau.

Mas qual, o são Sebastião de Feliciano valia mais para o povo que todos os santos grandes da igreja. Tirando a Nossa Senhora do Alto da Conceição, era ele a maior força do céu, o poder mais respeitado por todos. E agora o negro velho oprimia daquele jeito padroeiro do povo.

Rezavam novenas por todos os cantos. Vinha gente de longe pagar promessas e, quando sabia da situação, ficava sem ter o que fazer, com medo de ter enganado o santo. O fogo do ar, a vela, o pé de cera eram somente para o são Sebastião de Feliciano. E não deixando a promessa com ele, tinha-se enganado, feito uma safadeza. Corriam então para o Alto da Conceição, para entregar à Nossa Senhora o que fora prometido a são Sebastião.

Formou-se até, em muitas léguas em redor da usina, uma lenda em torno de Feliciano. O negro dançava com o

diabo, dormia com o diabo e passava o dia inteiro conversando com almas penadas. O major Ursulino era de cama e mesa com o negro velho. O que o povo devia fazer era entrar na casa do negro e libertar os prisioneiros. Ninguém porém se atrevia a isto. Fazia medo. Só um padre teria força, um padre que chegasse com a hóstia consagrada. A casa de palha, com as portas tão frágeis que um menino poderia arrombar, e no entanto ninguém ousava. O negro Feliciano abandonava-a e ninguém se atrevia a meter os pés por lá. O velho Pereira dizia que os santos já estavam sem valer nada, sem poderes, mas também não quisera negócio. Deixassem Feliciano com as maluquices dele até que Deus se lembrasse e viesse buscá-lo. O oratório dele devia ficar como estava.

Uma impressão de terror e de mistério foi tomando conta do povo.

Era só no que se falava, nas conversas da boca da noite.

Feliciano andava pelas estradas, descompondo, sacudindo pedras nos meninos que não tinham pena dele. Cada vez mais arrastado. O homem, que andava na intimidade do diabo, não tinha força para a marcha da vida. Feliciano morria aos pedaços. Aquelas pernas trôpegas iam se entregando, não aguentavam mais os ossos de Feliciano. Sentado, no banco da porta do barracão, descompunha. Às vezes, o desaforo subia de tom, mas caía logo na fraqueza e era um gaguejar, um sopro de voz que saía da boca murcha de Feliciano.

Uma noite correu uma notícia: a casa de Feliciano estava pegando fogo. O fogo ardia nas palhas secas e o negro estava lá dentro.

O povo foi olhar, de boca aberta, para o sinistro, sem saber o que fizesse. E nada tinham mesmo que fazer. Era deixar que o fogo comesse tudo com a sua violência.

As chamas davam conta de tudo. Sentia-se até um cheiro de carne queimada. E passou pelo povo um frio de pavor. A carne de Feliciano cheirava como carne de boi nas brasas. Não houve ninguém com a coragem de arrombar a porta e tirar o negro de dentro. No incêndio do canavial da Paciência, José Guedes entrou de fogo adentro e tirara a velha Naninha entrevada. Ali estavam para mais de duzentos homens e nenhum se apresentara para aquela obra de caridade. A fumaça subia, a cumeeira já tinha vindo abaixo. Feliciano devia estar feito um carvão. O povo ficou olhando até que o fogo não tivera mais nada o que queimar.

E os santos? Procuraram nas cinzas e não viram sinal do oratório. Aonde estariam as cinzas dos santos?

Então o milagre se espalhou: os santos de Feliciano se tinham escapado do incêndio. Tinham entrado de terra adentro ou subido para o céu.

Feliciano fazia fogo dentro de casa e uma faísca pegara na palha. Castigo do céu. O diabo não havia podido com Deus. O negro velho ficou em cinzas, o corpo num pretume só, encolhido como um nó. E dos santos ninguém sabia. Nem se via sinal do oratório. Fora um milagre.

E o milagre se espalhou pela ribeira. O fogo torrara Feliciano e os cacarecos e ninguém encontrara o santuário.

Os santos haviam subido para o céu.

As cinzas da casa de Feliciano já estavam ficando uma atração de romeiros. Chegava gente de toda parte para ver de perto. Povo de Pilar, de São Miguel de Itabaiana, aparecia para olhar, ouvir a história e sair contando. Em Santa Rita diziam que o fogo queimara tudo, fizera cinza de tudo, mas que o oratório ficara intacto e nem uma língua de chama tocara no oratório.

Cada dia que se passava, mais gente chegava para ver. Mulheres e homens passavam pela estrada, subiam a caatinga para ver de perto o milagre.

Não havia mais dúvida, para todos, de que os santos tivessem se libertado do demônio. O lugar da casa de Feliciano, como o chão cheio de cinza, era agora uma espécie de terra santa. Deus ali tinha vencido o demônio. O fogo do inferno descera, mas o fogo de Deus vencera, era mais forte. Os santos haviam subido. Uma mulher da Areia vira, na noite do incêndio, uma estrela muito grande, correndo de um lado para outro do céu, uma estrela mudando de lugar no céu. Aquilo não era mais do que a força de Deus, aquilo fora a subida dos santos de Feliciano para o céu. Contava-se, na feira de Itabaiana, que o oratório subira como um balão, e que uma menina vira o oratório subindo, se perdendo de vista.

Na usina Bom Jesus acontecera um milagre. O negro judiara com os santos e lá uma noite caiu uma faísca na palhoça do feiticeiro e os santos tinham subido para junto de Deus, os pobres santos martirizados.

E povo descia na estação do Pilar, de Coitezeiras, para subir a caatinga e ver a terra, e ver a cinza por onde descera a vontade de Deus. Ficavam de joelhos, rezando ladainhas em voz alta. Doentes queriam cinzas para curar as suas doenças. Fora um milagre.

O Alto da Areia era como o Alto da Conceição.

Na usina, o dr. Juca sabia das coisas, ligando pouca importância. Ele sabia que o povo era besta como menino. Há anos atrás aparecera uma mulher morta lá para as bandas dos Picos, uma mulher que ninguém conhecia, de cabelos compridos e bem branca. A notícia correu que ela era Nossa Senhora, que ficara naqueles trajes para experimentar o coração do povo, para ver se o povo daria mortalha para o seu corpo, uma cova para o seu corpo. E fizeram romarias. Fora aquela mesma corrida de gente para ver a cova e por lá ainda hoje existia a casinha de tijolo, com uma capela que os devotos construíram. Faziam ladainhas no Desterro, como ficou chamado o lugar da aparição de Nossa Senhora. O velho José Paulino não ligou à crendice de seu povo. Desde que não estava empatando em coisa nenhuma, fazendo barulho, podiam rezar da maneira que quisessem. E a festa do Desterro ficara de todos os anos. Havia novena, chegavam crentes de distâncias enormes e a casinha se enchia de promessas e o foguete pipocava no ar. Nove noites de festejos e de rezas. O padre do Pilar não gostava daquilo, chegando mesmo a se queixar ao velho daquele abuso, mas o coronel José Paulino não se importava com a devoção da pobre gente. Maria Menina, a sua filha, também acreditava na santa do Desterro e fazia a sua promessa, com a mesma fé das negras.

Mas agora a usina quebrava cana, seiscentas toneladas de cana entravam nas suas esteiras e oitocentos sacos de açúcar saíam de suas turbinas. O Santa Rosa evaporara-se, fora-se. O gerente do campo já se queixava ao dr. Juca da impertinência daqueles devotos. Os eitos se enfraqueciam. Era preciso acabar com aquela aglomeração de gente inútil, com aquele rebuliço que perturbava a vida agrícola. Aonde se vira os serviços de uma usina, da importância da Bom Jesus, ameaçados com uma tolice, porque um negro velho morrera queimado e um oratório se sumira?

No Alto da Areia chegavam por dia mais de cem romeiros para levar cinza do fogo que Deus fizera descer do céu para destruir os demônios.

Avelina acreditava em tudo e Generosa queria curar os seus olhos com a terra queimada pela fúria de Deus. Feliciano aceitara o Bute na sua casa. E Deus descera para salvar o Menino Deus da judiação do diabo.

Seu Ernesto no barracão metia o pau. Aquilo não passava de ignorância, coisa de povo besta. José Amarelo acreditava. Joana Pé de Chita, em Santa Rita, com o dr. Sindulfo, estava cavando uma cacimba para descobrir ouro que os holandeses haviam escondido por baixo da terra. Havia um rio subterrâneo, que ia de Santa Rita ao convento de São Francisco, na Paraíba, e era por este rio que os holandeses navegavam, levando as suas riquezas. Joana Pé de Chita tinha olho que via as coisas mais escondidas deste mundo.

Joaquim, para um canto, era aquele silêncio de pedra, guardando segredos desesperados. Vira Feliciano apanhar de metro nas costas, soubera do fogo, do milagre, vira a Bom Jesus trazer o Vertente do alto para a várzea, o Paraíba ficar reduzido a carniça, e não dissera nada. Para ele sem dúvida o mundo ia cada vez mais diminuindo. O que crescia nele era aquela figura, que não podia fugir, era Clotilde, aquela carne, um terror que se enterrava pelo seu corpo, quando ela chegava no balcão para comprar, para conversar com seu Ernesto.

O milagre do Alto da Areia cada vez mais se propagava. Aquilo já tinha um mês e cada vez mais absorvia o povo das redondezas. Até os operários da rua saíam de casa para ver as cinzas de perto.

O padre do Pilar estivera na casa-grande da usina, conversando com o dr. Juca. Recebera ele uma carta do bispo para saber do que se tratava. A notícia chegara a palácio e dom Adauto queria informações. O vigário achava que o dr. Juca devia dar um termo àquele absurdo.

E foi isto mesmo o que o usineiro resolveu. Era muito fácil. Mandaria um vigia dissolver o povo e proibir ajuntamentos por perto. Obedeceriam sem relutar. Podia o vigário dizer a dom Adauto que a superstição estava acabada. Em tudo aquilo havia exagero. O povo era bom, com um grito dele deixariam as cinzas da casa de Feliciano. Bastava mandar limpar a terra e tudo ficaria como dantes.

No outro dia o vigia, que fora mandado para debandar o povo, chegou na usina assombrado, porque as velhas, os homens e os meninos tinham corrido para cima dele como feras. Só não morrera porque abrira nas pernas.

O dr. Juca mandou então uns cinco cabras, armados de rifle, para dar fim ao milagre do Alto da Areia.

E não tardou a chegar a notícia alarmante: dois vigias mortos e muita gente do povo ferida. O povo estava armado de enxada, chuços, espingarda de caçar passarinho. Não havia quem pudesse com aqueles cordeiros enfurecidos.

Ninguém na usina queria sair para atacar. O dr. Juca ficou embaraçado. Chamou o gerente do campo, combinando umas medidas enérgicas. Mas ninguém tinha coragem para atacar os romeiros. Só força de fora.

A notícia chegara à Paraíba e no outro dia, a pedido do usineiro, cinquenta praças de polícia apareceram na usina, à disposição do dr. Juca.

Falavam que havia no Alto da Areia para mais de mil pessoas, dispostas a morrer. O velho Joca, do Maravalha, achava que deviam ir com jeito, senão morreria muita gente mais. Os trabalhadores de campo estavam todos parados. A usina, de fogo apagado. Prejuízos por cima de prejuízos. Só havia mesmo um jeito, para os dirigentes da fábrica: era atacar com energia. E uns cem homens armados marcharam então para investir contra os pobres devotos das cinzas que o fogo de Deus havia feito.

Da usina se ouviu o pipocar do tiroteio, como girândola de fogo no ar.

Os jornais falaram muitos dias do fato. Alguns fanáticos na usina Bom Jesus se armaram e ameaçaram destruir o grande estabelecimento industrial. Mas a polícia chegara em tempo de evitar a desgraça, dissolvendo os amotinados. O povo havia sido iludido, acreditando no que não devia acreditar. E elogiaram a energia do usineiro.

Uma mulher tinha visto uma estrela grande, mudando de lugar. Uma menina vira o santuário de Feliciano subindo para o céu como um balão. Deus descera para salvar os santos das mãos dos judeus.

Em cima das cinzas de Feliciano correu sangue dos inocentes.

16

Naquele ano a Bom Jesus não moeu, como se esperava. Tudo era novo, os engenheiros garantiram e foi uma moagem, parando hoje para corrigir as moendas, amanhã para acertar as turbinas. E o açúcar da pior espécie. O dr. Pontual viera examinar, olhando tudo com um técnico de sua confiança e voltou dizendo que eram incidentes naturais na primeira moagem. O fato era que o açúcar da Bom Jesus não dava que prestasse. Um cristal escuro e úmido que nem se comparava com o da São Félix.

O dr. Juca e os parentes se desapontaram com a surpresa. Esperavam uma maravilha e era aquele desmantelo.

Não havia uma semana que a usina não parasse, para ajustar qualquer coisa. O dr. Pontual pedira um químico, um homem que entendesse de verdade de fabricação. Uma fábrica daquela não podia ficar superintendida por um curioso.

    E contrataram um químico por um preço exagerado. Falaram do ordenado do homem pelos engenhos. Ganhava mais que o governador. Quatro contos de réis por mês, casa para morar, criados e um contrato assinado.

    E o químico chegou, pedindo laboratórios, auxiliares. E o cristal da Bom Jesus continuava uma lástima. Então o técnico se queixou da cana. Um químico não podia fazer milagre. A matéria-prima lhe parecia a pior e daquilo só podia tirar o possível. Mas a cana da São Félix não diferia da cana da Bom Jesus.

    A moagem toda correu assim, com engenheiros fazendo reparo, a usina parando uma semana inteira e os lucros, que o dr. Pontual profetizara com tanta segurança, não apareciam com a abundância da profecia.

    O que era um brinco era o serviço do campo. Canaviais se perdiam de vista, entravam, invadiam tudo que fosse terra capaz de dar nem que fosse uma folha de cana. O dr. Juca preparava uma safra que seria a maior de todos os tempos. O seu auxiliar era de fato um bicho, conhecendo do riscado como ninguém. Cabra, na mão dele, gemia, chorava, mas dava leite, até a última gota de leite. Os sertanejos se danavam com ele, porque feito o contrato das tarefas, o serviço tinha que ser verificado. Não era só tirar a tarefa e receber o dinheiro, como antes. O gerente do campo saía medindo, examinando o trabalho, descontando as falhas. Em matéria agrícola o dr. Juca estava bem servido. O seu desespero porém estava na maquinaria, que não estivera na altura do prometido. Então gastavam aquela fortuna toda, jogara no fogo os parentes para dar à Bom Jesus a eficiência necessária e era aquilo que se via, uma moagem retardada e aquele açúcar sujo, molhado? A Bom Jesus estava com todos os recursos possíveis, com tudo de novo, com água doce ali em cima, um químico de quatro contos de réis e era, apesar disto, o fracasso que o usineiro verificava. Em todo o caso o seu contrato falava em possíveis desarranjos. Os americanos teriam que dar os aparelhos na capacidade que haviam prometido, em ponto de produzir o que eles exigiam.

Mas os aborrecimentos e as críticas dos parentes faziam mal ao dr. Juca. A salvação estava no preço do açúcar. Apesar de tudo, o preço compensava de tantos contratempos. Um saco de cristal, por sessenta mil-réis, dava para tudo e ainda sobrava. A safra estava quase no fim e toda a produção vendida. Se não fossem aquelas interrupções, teria sido uma safra maior, moída mais em conta. A cana secara no campo, dando rendimento baixo. O trabalho se desmantelara e o povo não queria ficar de mão abanando. Perdia-se a confiança na usina e corria-se para outros lugares. No ano que vinha, o usineiro esperava que a Bom Jesus pegasse em setembro e fosse a março, numa corrida só. Isto representava uma vantagem que ninguém podia avaliar. Parar, como fizeram naquela safra, para consertar a moenda, ajustar os motores, era uma desgraça para qualquer usina por melhor que fosse. O material americano era de primeira. A Usina Leão, de Alagoas, fora reformada com material igual ao seu e era a melhor aparelhagem do Brasil. A família Leão não tinha aonde mais botar dinheiro. Em dois anos haviam pago mais de quinze mil contos de réis. Era o que ele esperava. Pensava na Leão, de Alagoas, quando se meteu a reformar a Bom Jesus. Na certa que na safra vindoura tudo entraria nos eixos. E só podia ser assim mesmo. Uma engrenagem do tamanho daquela precisava de tempo para se ajustar. Mas quando estivesse em ponto de moagem livre, as coisas correriam às mil maravilhas. É verdade que devia muito. Todas as despesas para fazer aquela safra formidável vieram de Vergara da Paraíba. Os bancos não negociavam e ele tivera que procurar um comerciante, capaz de financiamento. Mandava o açúcar para o seu fornecedor e com os produtos da venda ia-se pagando de seus adiantamentos. No ano que corria, as despesas haviam subido a um despropósito. Só aquele Vertente custara-lhe um dinheirão. Muitos de seus parentes acharam que era um trabalho adiável aquele, mas se tinha que fazer, fizera logo. Vergara cobrava juros de dois por cento ao mês. Aonde encontrar por menos e quem dispunha de capital na família para custear uma safra de usina? Em breve a Bom Jesus não deveria um vintém. E como a Leão de Alagoas, daria dinheiro para os passeios na Europa. Os parentes estariam ricos, vivendo na abastança.

Não tivera o dr. Juca porém descanso na safra corrente. Nem podia estar com Clarinda, em Recife, como desejava estar. Não sabia muito bem compreender o seu apego por ela. Tivera tantas mulheres, se pegara com tanta coisa boa, mas a menina era uma coisa diferente. Estar com ela, sentir um corpo moço daquele, e aquela fala doce, os agrados ingênuos, a ternura. Tudo aquilo encontrara em muitas outras mas em Clarinda mudava. Clarinda tinha não sabia o quê de diferente. E gastava com ela, sem pena. Depois Orsine, que vivia em Recife, nunca lhe trouxera notícias que lhe desagradassem. Podia estar com ela sem medo de estar fazendo papel de trouxa, pagando manjar para bico de vagabundo.

Se Clarinda fizesse aquilo seria para o dr. Juca uma dor igual à que lhe provocaria a notícia de uma moenda partida. Seria um desastre, para ele, a deslealdade da amante. Por mais de uma vez quisera tirá-la daquela pensão. Ela não queria porque tinha medo de ficar só, isolada, sem conversa. E depois gostava tanto de Jacqueline, a francesa fizera dela uma filha, no trato que lhe dava. E o dr. Juca consentira que ficasse morando lá mesmo. Clarinda gostava de joias, de andar com solitário de contos nos dedos. O dr. Juca nunca lhe fizera cara feia para pagar uma conta no Krause.

A riqueza da rapariga era falada. As mulheres da vida invejavam aquela sorte. Uma matuta com aquela sorte. Não havia porém quem dissesse que Clarinda, há três anos, houvesse saído de uma casa de morador de usina. Na rua tinha o *chic* de francesa, aquele andar de quem tivesse nascido por longe. Jacqueline dera-lhe tudo. Só não pudera com a língua da discípula, que era a única coisa que ela conservava do seu recanto nativo. Falava errado, com aquela doçura de voz arrastada, sem saber com exatidão o nome das coisas que não fossem as suas coisas conhecidas. Por isto o dr. Juca gostava tanto dela. E por ela abrandara a sua fome sexual, que era conhecida.

As mulheres da Paraíba se queixavam: por que não aparecia mais, se tinha virado frade?

A Bom Jesus e a Clarinda haviam dado ao dr. Juca uma vida nova. Às vezes ele ficava pensando na amante. Era bonita de fato, não teria coragem de enganá-la, de mentir para ela. Ficaria com Clarinda para sempre.

Dondon, coitada, era uma santa, se consolando com os filhos.

O dr. Juca não se sentia em falta para com a sua mulher. Parecia-lhe que ter uma amante lhe fosse uma coisa natural. Dondon não se importava se soubesse. Era uma santa que não se baixaria para se misturar com as vadiações do marido. Nunca lhe falara de mulheres e ele desconfiava de que soubesse de tudo. A cara, que a mulher tinha para ele, era sempre a mesma. Só lhe falava de coisas que se relacionavam com os filhos. Agora queria que Clarisse ficasse com ela. A filha mais velha deixaria o colégio naquele ano. Muito bom para Dondon, que vivia tão só. Teria uma companhia. Ele sabia que Clarisse tinha um namorado, aquele filho do Guilherme, velho farmacêutico. Não se podia dizer que fosse gente de boa família, entretanto falavam bem do rapaz, que se formaria naquele ano.

Desde que se metera na Bom Jesus que quase não tinha tempo para estar com os seus. Não quisera que Dondon ficasse pela usina. A vida na cidade tinha mais atrativos para ela, embora a mulher vivesse a reclamar a vida mansa do Pau-d'Arco. Que nada. Aquilo não passava de atraso de Dondon. Os seus dois filhos é que, nas férias, viviam mais com ele, soltos de canga e corda pela usina. Gostava até daquilo. Nunca quisera filho com medo do sol, alfenins, uns não me toques. Os seus eram bem como ele desejava. Quando estivessem mais crescidos, mandaria todos dois para a América, como fizera com os seus o José Pedro, da Urupemba. Voltariam de lá com ideias avançadas, sabendo manobrar uma fábrica, como gente grande. Isto de bacharel não dava mais nada. Os seus seriam capazes de levar a Bom Jesus a um colosso. Dondon iria botar a boca no mundo, quando soubesse de sua vontade. Mulher era assim mesmo, cheia de sustos e prevenções tolas.

De suas filhas, Maria Augusta era a querida. Desde pequena que achava nela muita coisa de si mesmo. Aquele jeito de Maria sua irmã, qualquer coisa que era de seu. Dondon também tinha loucura pela filha mais moça. Dava-se melhor com ela que com a outra, voluntariosa, calada, de gênio forte. Todos seriam felizes. A Bom Jesus daria vida larga para todos os seus. Havia momentos em que sentia uma espécie de saudades do seu banguê, da vida descansada com a mulher feliz, na tranquilidade das pequenas coisas do engenho. A horta de Dondon fazia gosto. Mas aquelas saudades eram passageiras. A Bom Jesus dava-lhe cuidados, mas por outro lado vinha ao encontro das suas ambições. O diabo fora aquela moagem complicada, trabalhosa. E os parentes desconfiados com a reforma, com censuras e piadas para com ele. Eles tinham lhe dado as suas terras para garantir o ferro novo. E os engasgos dos aparelhos, aqueles incidentes repetidos deixavam os seus sócios desconfiados. Explicara a todos. O dr. Pontual seria obrigado pelo contrato a entregar a usina corrente e moente. Todas as despesas seriam por conta do fabricante das máquinas.

Mas o dr. Pontual não lhes pagava os prejuízos da cana no campo, esperando pela regularidade das máquinas.

E o ano se findara com um bocado de desânimo dos acionistas da Bom Jesus. Só mesmo o dr. Juca estava ainda cheio de esperanças. Aquela safra no campo animava-o. Havia cana que dava para muitos meses de moagem arrojada. E Vergara abrira os cofres para o fornecimento. Para a casa do comerciante o negócio era sem igual. Fornecer dinheiro, receber juros de dois por cento e por fim ser o vendedor único de todo o açúcar da Bom Jesus. Havia ganho dinheiro em charque e no bacalhau, mas com quanto trabalho, com que esforço.

Agora era um só freguês e com o capital garantido, juros de dois por cento e ainda por cima os lucros com as vendas do açúcar para o sul e para o norte.

O dr. Juca era recebido como um grande. Os comerciantes adivinhavam o seu pensamento. A última safra não dera para liquidar as contas da Bom Jesus, porque os trabalhos extraordinários foram enormes. Não fora brincadeira trazer o Vertente de duas léguas para dentro da usina. Mas aquilo não queria dizer nada. A casa estava com o dinheiro no banco, parado. Eles tinham se metido na Bom Jesus, na certeza de lucro certo e volumoso. Só os dois por cento do emprego do capital era um negócio da China.

Por isto o dr. Juca não se continha de satisfeito com os seus fornecedores de capital. Os seus pedidos para Vergara eram ordens. Lembrava-se de quando quisera comprar um Packard novo. Estava com receio, pois a Bom Jesus não correspondera às suas expectativas. E foi o chefe da casa quem o animou. Não perdesse ele a oportunidade, o dólar iria subir. E mandou o empregado pagar o carro. Nem parecia um comerciante. Era como se fossem velhos amigos, tomando interesse pelos negócios uns dos outros. Só mesmo muita confiança faria Vergara botar na Bom Jesus para mais de novecentos contos de réis.

A grande safra da usina fora plantada e criada com os cobres de Vergara. Vergara sabia que açúcar de sessenta mil-réis dava para enriquecer fornecedor de cana, usineiro e comerciante. A Bom Jesus, com a capacidade que estava, não permitia prejuízo a ninguém. E mesmo o chefe da casa sempre alimentou as esperanças de um dia entrar na sociedade da usina. Falara mesmo ao dr. Juca. Mas pareceu-lhe que a família não havia recebido bem a proposta. Eles queriam estar sozinhos. Agora, examinando bem as coisas, Vergara estava mesmo que sócio, pois os lucros eram certos e sem as preocupações de trabalho que não fosse aquele do escritório.

Em Recife falaram ao dr. Juca no juro excessivo. Mendes Lima, apesar de toda a ganância, cobrava um e meio.

Mas só Vergara, na Paraíba, podia aguentar o fornecimento da Bom Jesus. Se fosse para o Mendes Ribeiro, este queria logo comer os olhos da cara. E o Banco do Brasil era fechado. Somente Vergara tivera a coragem de dar dinheiro para enterrar na cana. E depois nunca chegara nos armazéns, que voltasse sem o que fora buscar. Nunca vira cara feia para as suas necessidades de numerário. O trabalho era pedir ou mandar ordem para receber. Aquela história do Packard dizia bem da boa vontade de Vergara para com ele. Vira o automóvel, achara-o lindo e eles forçaram a comprar o carro. E se a Bom Jesus não tivesse encrencado na moagem, poderia ter feito a sua viagem ao Rio, com a família. Desta vez pensara em levar Dondon e as meninas. Ficava até com remorso de Dondon não querer compartilhar com ele da sua riqueza. Estava bem certo que naquele ano iriam sem falta. Bastava que as meninas pedissem para a mulher atender. Chegara até a falar a Vergara e ele achou que não devia adiar a viagem, aconselhando-o a não perder a oportunidade.

Não havia dúvida que uns dois meses assim por fora seria ótimo para ele, que passara um ano no pesado. O homem de trabalho devia ser obrigado a tirar suas férias, dar descanso ao seu corpo. Se quisesse dinheiro, estaria às ordens.

E quando ele lhe dissera que adiara a viagem para o outro ano, o comerciante censurou:

— Férias não se adiam, doutor Juca. O senhor pode ir descansado que não lhe faltará coisa nenhuma.

O dr. Juca, porém, esperaria para o outro ano. Teria tempo para tudo. Para o outro ano iria com Dondon e as meninas e até a família poderia demorar mais tempo por lá, embora ele voltasse para a moagem.

A Bom Jesus desovando oitocentos sacos por dia, teria forças para muita coisa. Clarinda lhe escrevera pedindo cobres para fazer um passeio com Jacqueline ao Rio. Voltaria com um mês. A pequena estava no seu direito, queria ver o mundo. Ele mesmo conversaria com ela sobre essa viagem.

E foi o que fez. Clarinda estava doida para conhecer o Rio. A amante do Manuel Carneiro fora e chegara com vestidos que assombraram de bonitos. Jacqueline ia visitar a mãe que morava em São Paulo e Clarinda estava com desejos de ir também. Venderia até o bracelete se ele não pudesse dar o necessário.

O dr. Juca não fazia questão. Não podia era dar muito porque tinham sido muitas as despesas com a usina. Se cinco contos dessem, ela poderia contar.

E quando voltou no Packard, pela estrada de Goiana, o usineiro veio pensando. Não quisera aceitar o oferecimento de Vergara para levar a família ao Rio e a rapariga pedira e não tivera forças para recusar.

A chaminé da Goiana Grande via-se de longe, fumaçando ainda. No mês de abril, e ainda moendo. Moagem retardada. Os canaviais enchiam as várzeas, com águas correndo pelas levadas, águas se desperdiçando pelos alagadiços. Se tivesse aquilo na Bom Jesus não teria medo do tempo.

O Packard corria. Até podia ir dar uma conversinha com o dr. Dinis, o seu amigo. Era uma coisa que animava sempre.

Usineiro tinha sempre o que dizer um para o outro. Mas não. Iria de rota batida para casa.

Clarinda se preparava para o passeio. Um mês sem mulher, um mês sem dormir com a menina, boa que era ela. Não tinha nada, não. Orsine sabia arranjar coisa boa para ele.

17

O DR. RICHARD trouxera a mulher, uma americana de lábios grossos e de olhos vivos, de uma vivacidade que não se continha. O povo da usina olhava para a mulher do químico com espanto. Ela não parava. Vivia montando a cavalo, quando não cruzava as estradas na barata do marido, vivendo da Paraíba para o Recife, trazendo amigos da cidade para a casa-grande da usina. A casa-grande passara por uma transformação completa. A Mrs. Richard modernizara o pedaço que era seu, com o seu gosto. Recebia visitas de quando em vez. Eram os conhecidos do casal, que ficavam até alta noite com a vitrola tocando. Vinha sempre gelo para eles. Quase todo o dia um caixão chegava da Paraíba.

O dr. Juca enchia a vista com a mulher do seu químico. De fato que fora a mulher mais bonita que vira. Podia ela estar com os seus trinta anos. E que carne sadia, alva, dando ao seu corpo uma graça particular. E uma alegria, a da Mrs. Richard, uma satisfação de vida, que se compensava das tristezas e da solidão da Bom Jesus com os seus passeios, com a companhia de gente de sua raça. Raro era o sábado que não chegava americano ou inglês da Paraíba ou Recife para a casa-grande.

O usineiro ocupava a sua parte da casa e deixava para o químico o resto. Fizera um banheiro de primeira, dividira em dois o casarão do velho Zé Paulino, com duas salas de jantar, duas cozinhas.

Aquela vida de andar sozinha ou com homens, que não eram o seu marido, dera à americana uma fama que ia até a cidade. Ela também pouco estava sabendo o que pudesse ganhar nas terras do Brasil. O que queria era levar, com o marido, os seus dias de trabalho forçado da melhor maneira possível.

O povo dos engenhos não achava direito aquela mulher escanchada em cavalos, andando de manhã e de tarde pelos campos, passeando de baratinha, fumando cigarro. E ninguém queria se aproximar dela.

As moças do Maravalha achavam um absurdo Dondon consentir o marido morar na mesma casa com aquela doida. O Juca terminaria se pegando com ela. Todas sabiam quem era o Juca e o que ele era capaz de fazer por causa de mulher.

A galega gozava o que podia da Bom Jesus. A terra tinha o que mostrar. O alpendre da casa-grande já estava cheio de orquídeas, que ela fora colher nas matas. Um jardim floria, feito com as suas mãos. De chapelão na cabeça, ficava cortando folhas de roseiras, fazendo canteiros, a dar evasão às suas horas de solidão. Quando não tinha ninguém em casa, ganhava pela Bom Jesus a cavalo, procurando as matas do Vertente e sempre que voltava tinha uma novidade para contar ao marido.

Este, com a usina moendo, era todo da fábrica, de dia e de noite, fazendo o cristal da Bom Jesus branquejar, descobrindo a fraqueza e corrigindo os fracos dos aparelhos, com a sua química, a sua ciência. A mulher estava na certa sofrendo por aquele interior do Brasil. Mas era o jeito. Formara-se, casara-se, e viera para o Brasil, porque lhe falhara um contrato em Cuba. Aceitara uma oferta para uma fábrica de Campos, mas o impaludismo desgraçado o pegara por lá. Foi quando seu colega da Catunda descobrira aquela usina da Paraíba. Ganhava pouco, mas o seu contrato era somente por dois anos. O seu colega da Leão, de Alagoas, fazia 15 contos por mês. Assim, valia a pena trabalhar. A Bom Jesus, apesar de todas as reformas de material novo, estava em péssimas condições técnicas. A ferragem era nova, mas de antigo processo. Dissera mesmo ao doutor, fazendo ver que não podia dar o rendimento de uma Tiúma e de uma Leão, porque não havia força humana que valesse uma máquina perfeita. Felizmente que a mulher, que adoecera em Campos, ali passava muito bem. Procurava ela a melhor maneira de viver sem enfado. Casaram-se por amor. Lembrava-se bem de Mary, numa festa de seus colegas na universidade. Depois se casaram. Mary era pobre, filha de um empregado postal. Casaram-se logo e vieram para o Brasil. Ele cheio de esperanças de fazer a sua fortuna nos trópicos e depois voltar para os Estados Unidos e viver como muitos outros viviam. Em Campos, aquele impaludismo o obrigara a rescindir o seu contrato, que era melhor do que o atual. Em todo o caso o clima da Bom Jesus era bom. Havia aqueles mosquitos, mas não havia o perigo das febres, que tanto amedrontavam a mulher. Mary se divertia a seu gosto. Há mais de um ano que tinham chegado. E ainda nem uma vez Mary lhe reclamara a vida. As estradas para automóvel eram boas e ela fizera bons amigos em Recife: aquele rapaz da Western, inglês bem fino, que quase todos os sábados vinha para a companhia deles, para a companhia mais de Mary do que dele, que em época de moagem tinha todo o seu tempo tomado pelos trabalhos da fábrica. A mulher se divertia bem com o amigo, bem moço ainda.

Ambos saíam pelo domingo, a cavalo, pelas estradas sombreadas da Bom Jesus. Tinham que subir para o Vertente, para encontrar estradas de arvoredos. Por perto da usina haviam botado abaixo todas as sombras que pudessem fazer mal aos canaviais. Iam para longe, atrás dos paus-d'Arco das matas fechadas do Vertente. O inglês falando nos prados da sua Inglaterra e a americana querendo passar o seu tempo feliz, sem tédio.

O dr. Juca via aqueles passeios de uma mulher com outro homem, que não era o seu marido, e cismava, tirando as suas conclusões. Não havia dúvida que a mulher do seu químico dava corda ao inglês. Gostava do homem. Sempre que o dr. Juca se encontrava com ela, era aquele agrado de sempre, aqueles dentes brancos de fora, o sorriso mais bonito que ele já vira. A galega era um pedaço e tanto. E no entanto se engraçara daquele inglês, que só queria saber de passeios a cavalo. Muitas vezes Mrs. Richard convidava o usineiro para o almoço e jantar. Ele estava só. E comer acompanhado sempre era melhor.

Eles bebiam muito. A mulher sempre com aquela alegria. Num dia que o seu Packard se desarranjou, Mrs. Richard convidou-o para ir em sua barata à cidade.

Não houve na Paraíba quem não falasse na coisa. Diziam que o dr. Juca botara uma polaca na casa-grande da usina. E vivia na Bom Jesus numa farra contínua. Os seus próprios amigos falavam da coisa, com insinuações. Precisou que ele repelisse as brincadeiras, com seriedade, dizendo para todos que a americana era uma senhora distinta, gente de categoria, que vivia com o seu marido, com toda a dignidade.

No íntimo o dr. Juca desejava mesmo a americana. Com os seus 45 anos, sentia-se bem capaz. Junto do seu químico não havia quem não desse mais pelo usineiro.

Mrs. Richard convidava-o sempre para passeios. Deram para fazer excursões a cavalo. Há tempos que não sabia o que fosse um cavalo de sela.

E andou pelo Vertente com a galega. O povo parava para ver, de boca aberta. Então chegavam mulheres para falar com o usineiro. Era gente que vinha pedir, gente vestida de trapo, mulheres com panos na cabeça, que deixavam o roçado para falar com o usineiro. O coronel Zé Paulino, quando passava por ali, ouvia as histórias delas. Mas o dr. Juca não viera para aquelas bandas saber de nada. Viera passear, olhar as matas com a galega bonita. Fossem falar com o gerente no campo. Ele resolveria tudo.

Mrs. Richard perguntava por tudo. E falava da miséria do povo, querendo saber quanto ganhavam os maridos e se todos eram assim. Aí o dr. Juca preferia mostrar à estrangeira as matas do Vertente; as belas orquídeas dependuradas nas árvores, como raparigas chamando homens de seus sobrados. As matas do Vertente tinham mais o que mostrar que o seu povo esfarrapado, que vinha pedir as coisas, fazer-lhe vergonha, dar uma impressão deplorável àquela estrangeira.

E os passeios não saíam daquilo. Nunca que a galega lhe botasse um olhar que não fosse o mesmo das conversas com o marido.

E o tempo foi correndo e o dr. Juca perdeu as esperanças com a mulher do seu empregado.

Clarisse havia deixado o colégio e vivia com a mãe na cidade. Sempre que o dr. Juca ia à casa, a filha falava em passar uns dias na usina. A mulher queria também. Há mais de dois anos que ela não passava dias seguidos na Bom Jesus. E tanto Clarisse pediu que ele permitiu.

A casa-grande ficou outra coisa com as duas famílias. No começo d. Dondon desconfiou, não foi muito bem com a americana. Mas Clarisse ficou íntima da Mrs. Richard.

Para a moça fora um achado a companhia da estrangeira. Clarisse tomou-se logo de uma admiração absoluta pela outra. Viera de um colégio de freiras, onde custara muito às freiras dominar o seu gênio independente e encontrava-se agora com uma mulher como Mrs. Richard, cheia de vontade.

A mãe falou da amizade. O que não diriam as parentas do Maravalha, quando vissem a filha na companhia daquela mulher sem modos, que guiava automóvel e fumava cigarros na frente de todo o mundo?

Para Clarisse, Mrs. Richard fora um achado. Era uma figura de cinema, uma daquelas mulheres admiráveis que deixara a tela, fugira da câmera e viera para a Bom Jesus viver com ela. Aquilo é que era mulher. Uma filha de usineiro não devia andar com meninas do Maravalha, medrosas de homem, do vento, do sol. Uma filha de usineiro teria que ser da moda. E assim aprendeu a guiar automóvel com a amiga. E andavam juntas pelas estradas, ora a pé, ora a cavalo. Aquilo, sim, que era vida, vida boa, vida de gente.

O dr. Juca, no começo, teve as suas desconfianças, mas depois conversou com a mulher e concordaram que Clarisse precisava mesmo de alguém que lhe desse mais traquejo da vida, que melhorasse aquele seu gênio forte. Deixaram então que a americana servisse de mestra. Clarisse ia e voltava do colégio com aquele mesmo gênio, áspera com todos de casa, até com a própria mãe, respondendo como não devia. Era possível que Mrs. Richard lhe pegasse aquela alegria boa. E, aos poucos, d. Dondon foi ficando com admiração pela americana. Juca lhe afiançara que ela era uma moça bem-procedida.

Aquilo de andar só, de fumar na frente de todos, era costume da terra dela. Bem que ela via como Mrs. Richard gostava de seu marido e com que desvelo cuidava de tudo o que era da casa. Uma dona de casa, como qualquer senhora de engenho. Nunca pensara que uma mulher assim pudesse ser cuidadosa, como a americana era. Via-a sair para passear, com aquele inglês, que vinha aos sábados, enquanto o marido trabalhava. Hábito da terra dela. Agora Clarisse também ia com eles. Era Mrs. Richard quem insistira para que a filha a acompanhasse em seus passeios. Não havia nada entre os dois. Se todas as mulheres fossem como aquela americana o mundo andaria muito bem.

O fato é que Clarisse parecia outra, com a amizade nova. Em casa não se emburrava para um canto com raiva, às escondidas, não se trancava no quarto, não chorava sem ver de quê. Um milagre, aquela transformação. Dissera mesmo ao Juca e ele achava que deviam ir ficando na usina, desde que a filha aproveitava daquele jeito.

A menina estudava inglês com Mrs. Richard. Até para isto a amizade da americana servia. Mrs. Richard, em coisas de cozinha, era mestra, e Clarisse também estava se interessando pelo fogão. Ambas cuidavam do jardim, com desvelo, queimando-se ao sol. D. Dondon achava que aquele sol fazia mal. E a americana dizia que sol só podia fazer bem, naquela língua dela que a usineira achava uma graça do outro mundo.

No dia em que d. Dondon foi ao Maravalha, as primas caíram em cima dela. Como era que deixava a filha andar na companhia daquela galega? Ela estava cega. Não havia uma pessoa da família que não estivesse censurando.

A usineira defendeu a americana. Era um anjo, uma dona de casa como nunca vira.

As primas não acreditaram. Uma mulher, que andava pelos cantos com homens, não podia ser coisa boa.

Mas d. Dondon não deu ouvidos às primas. Também haviam espalhado na várzea que as filhas dela andavam de namorados na praia e que a mãe dava festas em casa, para casar as meninas. A língua das primas cortava demais.

A velha tia Nenen não perdoava ninguém. Censurava todo o mundo. O seu genro Edmundo nem parecia que tinha filho e mulher, botando fora os lucros que a usina dava. Melhor para ela era que vivessem como antigamente, sem aqueles luxos de automóvel. Automóvel só prestava para os maridos ficarem mais vadios e as mulheres mais gastadeiras. O que queria fazer a sua filha Cíntia, na Paraíba, gastando um dinheirão na Rainha da Moda? E mesmo Dondon, para que aquele luxo de cidade, palacete de varanda, com automóvel só para ela, enquanto o marido era do Recife para a Paraíba? Era a vida que Juca queria. O que ela tinha para dizer não guardava, não escondia. Quando Dondon estivera a última vez no Maravalha abrira-lhe os olhos. Como podia consentir que uma sua filha moça se juntasse àquela galega, de quem lhe contavam tanta coisa? Uma mulher que andava escanchada em cavalo, em companhia de homem que não era seu marido! Quem sabia lá donde viera aquela mulher? Podia ser até rapariga do galego.

A velha Nenen achava que a família estava sem um homem para ouvir. Lourenço, lá para o Gameleira, depois da morte do seu irmão José Paulino, pouco ligava ao povo da várzea. Ele que podia chamar o seu filho Edmundo e dizer-lhe umas quatro palavras pesadas, nem se importava. Cazuza Trombone só vivia mesmo para a besteira da política. E os outros eram uns cabeças vazias. O Juca arranjara aquela usina que encheu o pessoal de riqueza, de luxo. Sinhozinho, do Santo Antônio, com filhas no colégio das Neves, prosando pelos trens, como gente grande! Nem parecia que fora feitor de Lourenço, que levava gritos de Lourenço, há tão pouco tempo!

A velha Nenen tinha medo da usina. Melhor o seu tempo de safrejar no banguê. O seu marido Joca ganhava pouco mas dava para tudo. Nunca estiveram escravos de ninguém. E com o diabo daquela usina, Juca levara o marido a assinar escritura de hipoteca. Para que não dizer? Tinha medo da usina, tudo podia vir de água abaixo.

Só a velha Nenen punha as suas dúvidas naquilo: Juca estava cheio com os lucros dos últimos anos. Todos pensavam que sempre seria assim. Pagar quatro contos de réis a um mestre de açúcar! Parecia um fim de mundo. A casa, que fora de José Paulino, estava com uma mulher, que ninguém sabia quem era, morando por lá. Quem diria que o casarão do Santa Rosa terminasse dividido em duas casas? Tudo isto porque aquele Carlinhos não tivera coragem de aguentar o repuxo. Sangue do seu povo estava degenerado. Onde um homem, como José Paulino? Manuel César, Lola de Oiteiro, Quincas do Engenho Novo? Os antigos não deixavam rastro, tinham-se ido para sempre. O seu sobrinho Juca andava de automóvel grande pelas estradas, mandava filhos para colégio de Recife, a mulher num palacete na Paraíba, mas quem podia comparar Juca com o pai, com o coração e as qualidades do pai? Podia ser que fosse tolice, podia ser atraso, caduquice de velha, mas nenhum daqueles moços da família chegavam aos pés dos antigos. E as mulheres também. Todas as mulheres, as suas próprias filhas viviam iludidas pensando que meia pataca a mais fazia a grandeza de ninguém. Mulheres assanhadas era o que eram. Não viam Dondon consentir a filha moça andar de automóvel para baixo e para cima com uma estrangeira qualquer, um demônio branco, solta no mundo, sem modos de gente?

A velha Nenen, um feixe de ossos, franzina, não acreditava na chaminé da Bom Jesus, não ligava à riqueza que a esteira da usina trouxera. Quando foi da história da casa de Feliciano, ela chamara o seu marido, mandando que ele procurasse Juca. O povo só precisava de quem soubesse acalmá-lo. Dera numa desgraça. Ali no Maravalha chegara gente contando do tiroteio. Onde já se vira uma coisa daquela, atirar no povo, fazer mortes como se fosse em bando de arribação? Deus castigaria. Deus não estava surdo e mudo para não ver e ouvir aquilo. Chamaram soldados de polícia para acabar com a crendice dos infelizes e ignorantes. O padre Severino fora culpado. Outro teria se metido no meio do povo, teria terminado com aquela miséria, sem sangue. Alguns parentes lhe tinham vindo gabar a energia do Juca e ela dissera a estes chaleiras o que pensava de tudo. O próprio Juca não vinha mais à sua casa para não ouvir as verdades que ela tinha para lhe dizer. Ele estava abusando, de rei na barriga. Pensava que não sabiam de todas as pernadas dele pela Paraíba e pelo Recife? Aquela sua família era infeliz. Quando se unia era para se estragar, como estava se estragando. Por que dinheiro, aquele luxo, se não sabia se dar a respeito? Fora contra aquela usina, mas Joca não a ouvira e se metera nela. Para que velho com ambição? Dizia todos os dias a seus filhos para que não se metessem a lordes. Se José Paulino estivesse vivo nada teria acontecido. Juca nem parecia filho de quem era.

No fundo, a família inteira achava o dr. Juca um usurpador. Tivera ele a ideia da usina, como podia ter sido de Edmundo, de Raul, de qualquer um. É verdade que se não fosse o sogro dele não teriam comprado o Santa Rosa, e a São Félix estaria com todos na sua esteira. Mas uma coisa era ficar à frente da usina e outra gastar, como príncipe, como o Juca andava gastando. Na última safra os lucros se sumiram em obras, em melhoramentos, que podiam ter sido adiados. E todos sabiam das raparigagens do usineiro, que dera um anel de brilhantes a uma mulher de Recife, no valor de muitos contos de réis. Nada diriam se a usina tivesse moído, como esperavam. E as reformas? Ouviram o dr. Pontual falar de tantas vantagens e a moagem fora interrompida.

Todos pensavam mais ou menos assim. Mas nenhum com a coragem de dizer ao dr. Juca. Respeitavam o parente mais desenvolvido que sabia falar, que não se embaraçava com besteiras. E depois todas as esperanças estavam voltadas para a grande safra que se anunciava. A usina curaria tudo com a aparelhagem de que dispunha. Um engenheiro estivera na Bom Jesus, fazendo mudanças de peças, corrigindo os defeitos e o dr. Richard garantia que, com os pedidos e as instruções que dera, a Bom Jesus podia enfrentar todas as tempestades.

A última safra fora o que se vira por culpa exclusiva da montagem de algumas peças do aparelho. Ele indicara os defeitos e, feito o que exigira, não havia dúvida que a coisa desta vez iria muito bem.

O dr. Juca também acreditava no sucesso. Só pedia a Deus que o açúcar desse dinheiro. Lera no jornal que São Paulo se aprontava para, naquele ano, produzir açúcar em grande escala. Os jornais estavam falando de coisas absurdas. Em todo caso ficou com a notícia na cabeça e em Recife o dr. Bandeira, da Salgado, acreditava numa queda de preço. Mas o dr. Dinis lhe tirara os sustos. Qual nada. Açúcar daria muito dinheiro ainda. Os jornais falavam daquilo, mas nunca

Usina • 249

acreditassem que cana prestasse em clima frio. E até soubera que a safra de Campos era pequena, naquele ano.

    O dr. Juca se esquentou no otimismo do colega. Tudo esperava da Bom Jesus, naquele ano. Dera-lhe máquinas, químico de quatro contos de réis, enchera as terras de cana, o inverno fora criador, gente para o trabalho não faltava em vista das secas no sertão.

    A Bom Jesus correria livre. Tudo indicava que a vitória viria para os seus braços.

    Mas o usineiro sabia e tinha consciência dos perigos que estava correndo. Se fracassasse seria um homem perdido. Jogara com tudo que tinha, sacudindo os parentes no fogo.

    A mulher viera da cidade e há dias que estava na Bom Jesus, com Clarisse, que se apaixonara pela Mrs. Richard. Pensava em fazer voltar a família para a cidade. Com pouco mais a filha mais moça voltaria do colégio. Dondon porém não viu satisfeita a sua opinião. E ele mesmo, às vezes, sentia necessidade de uma pessoa para falar de seus negócios. Nunca falara de negócios a Dondon. Ela também nunca lhe perguntara. Agora, porém, com aqueles primeiros apertos, falara com ela da situação e, com espanto de sua parte, vira que a mulher sabia de tudo, que conhecia a Bom Jesus como ele próprio. E ele que a julgava uma boba para estas coisas! A princípio teve medo de que Mrs. Richard escandalizasse a sua mulher. E vira como se deram, como se uniram. Clarisse nem se falava. Não dizia nada, porque se convencera da superioridade da estrangeira que, para ele, era uma mulher de verdade, tão boa como Dondon. Andara com ela por dentro das matas e não sentira nada que não fosse de uma pessoa distinta. Tivera vontade nela, mas fora vencido.

Podia andar com a filha para onde quisesse. Ele sabia que os parentes andavam falando. Recebera até uma carta da tia Maroca, do Gameleira, censurando porque ele deixava que a filha fosse ao Recife em companhia de uma mulher desconhecida. Nem falou a Dondon daquela carta, para não incomodá-la. A tia Maroca, quando falava, estremecia a família, abalava convicções. Se Dondon soubesse que ela lhe escrevera, falando de Clarisse, sofreria com a coisa. Melhor seria deixar como estava. Tinha tanta coisa em que pensar que seria tolice perder sono por causa de uma rabugice da tia Maroca. Tinha certeza que Clarisse não perderia em nada na companhia da americana. Só podia lucrar.

18

Com d. Dondon na usina, as mulheres dos moradores começaram a recorrer a ela como a uma autoridade salvadora.

O gerente do campo procurou o dr. Juca para se queixar. O povo estava abusando do coração da usineira. Ontem fora o pessoal de Chico Baixinho, que ele havia botado para fora e que, no entanto, havia ficado na usina, porque a senhora dera ordem. Se continuassem assim, ele não podia ficar. O povo, descobrindo que ele não mandava como devia, perdia o respeito.

O usineiro procurou a mulher e falou-lhe: aquilo não era engenho, não. Ela estava pensando que usina podia ser governada com agrado do povo? Se desse trégua veria o que essa gente fazia. Ela bem vira em que dera o caso da morte do negro Feliciano. Mataram dois vigias seus e teriam feito mais se não fosse a energia da força de polícia, que mandara buscar. Tia Nenen censurava porque não sabia o que era usina.

D. Dondon não disse quase nada. Apenas falou de Chico Baixinho. Por que o haviam botado para fora? Era gente que vinha dos antigos da família. Então, por que Chico Baixinho não dava todos os dias de serviço para a fazenda, era sacudido para fora? A mulher do pobre vivia em cima da cama, saíra de casa se arrastando para lhe pedir aquele favor. Tivera pena. Também era demais. E mandou pedir para que deixassem o pobre. As filhas dele haviam plantado o seu roçado na caatinga. Ao menos consentissem que eles apanhassem o feijão, que haviam plantado.

O dr. Juca concordou com a mulher, dizendo-lhe porém que usina era diferente de engenho. Ou o povo era só dela, usina, ou teria que desocupar o terreno. Precisavam de gente. Amanhã chovia no sertão e ninguém podia contar mais com sertanejo. Pelo gosto dele, Chico Baixinho ficaria, e outros ficariam, mas não era brincadeira a falta de braços. Não podia ocupar uma casa com gente que não dava conta do recado.

Às vezes a usineira saía com a filha e a americana para passeios pelos arredores.

Agora d. Dondon via como tudo estava diferente do que era. Lembrava-se bem dos tempos em que vinha visitar o seu sogro. Pela beira da estrada havia casas de moradores, sítios, laranjeiras, jiraus com craveiros, pitangueiras, rodeando os casebres, e hoje era aquele canavial só, perdendo-se de vista. Tudo se acabara para dar lugar à cana, tudo se fora para que a fome canina da esteira tivesse sempre o que comer.

Clarisse e a americana subiam para a caatinga. De lá de cima a vista era bonita, o Paraíba dava voltas na várzea e os canaviais se sumiam na distância, numa massa compacta de verdura.

D. Dondon ficava sozinha e voltava para a casa-grande e não sabia por que uma tristeza, que não compreendia, tomava conta dela. A usina se preparava para a moagem. O marido não parava em casa. Quando não estava na cidade, era metido com os oficiais na usina reparando os serviços do apontamento. Ela tinha medo da usina. Quem sabia lá se Juca daria conta de tudo aquilo? Nos ombros do marido pesavam responsabilidades tremendas. Uma vez o seu pai lhe falara, dizendo-lhe que Juca se arriscara, botando muita gente no fogo. Por ele não, porque o que tinha era de seus filhos, mas havia parente que se a Bom Jesus fosse ao fundo estaria perdido. O velho confiava no açúcar, o preço do ano passado havia salvo a moagem ruim. Se o deste ano fosse igual, descansaria. A Bom Jesus, com cem mil sacos de açúcar, se safaria brincando. O diabo seria o preço. Se tudo corresse como estava não tinha dúvida de que o genro se sairia bem. Usina era negócio de primeira, bom de verdade. O genro porém se precipitara, fazendo uma obra grande demais. Se ele tivesse a sorte de pegar três anos de açúcar valorizado, muito bem. Ao contrário, seria uma desgraça. Não queria nem falar nisto à filha. Dera o seu engenho para a hipoteca, entrara com duzentos contos de réis para a compra do Santa Rosa. O que tinha era dos filhos. Não havia dúvida de que Juca fora além do que ele podia, pensando, como aquela gente de Pernambuco, que açúcar não fizesse papel safado.

    O velho conversava com a filha, num tom desconsolado. Ela porém o animava: Juca sabia o que estava fazendo. E mesmo só tentara aquela reforma porque todos os parentes consentiram. Eles não eram crianças. O marido trouxera o dr. Pontual que, na frente de todos, expusera a natureza do negócio e todos haviam concordado. Ela tinha fé em Nossa Senhora que a Bom Jesus iria para diante. Fizera mesmo uma promessa. Mandaria pintar todo de novo o monumento do Pilar e compraria para a santa um manto novo, bordado de ouro. Todas as joias, que Juca lhe dera, botaria no manto de Nossa Senhora. O marido não poderia perder aquela partida.

E depois que o velho se foi, d. Dondon continuou pensando na sua vida e na vida dos seus. Ela sabia que o seu marido vivia nas raparigas. Aquilo era do sangue. Outra teria se revoltado, fazendo como a velha Sinhazinha, aperreando o marido até os extremos. Deixara de mão. Só lhe bastavam o bem que ela queria a Juca e o bem de seus filhos. Todo o mundo invejava a sua vida. As parentas cresciam os olhos em cima do que era dela. Tinha até medo de mau-olhado. Mas só queria mesmo aos seus filhos. Tudo mais no mundo podia virar que, estando os seus filhos com ela, tudo estaria muito bem. Mas os meninos gostavam da vida de rico. Clarisse falara ao pai para comprar uma baratinha. Maria Augusta e os outros dois se acostumaram na fartura, em ter tudo o que quisessem. Se Juca perdesse a Bom Jesus, os meninos sofreriam muito. Eram filhos de usineiro. O povo se habituara em vê-los com as melhores coisas, nos melhores colégios. Se Juca perdesse a Bom Jesus, os filhos é que sofreriam mais. Nossa Senhora protegeria.

Pensando em tudo isto a usineira avaliava a situação que ela pressentia bem grave. Nossa Senhora protegeria a Bom Jesus?

A morte daquela gente na casa de Feliciano, aqueles santos que desapareceram por encanto, o gerente castigando o povo, a mulher de Baixinho passando fome, tudo isto não incomodaria Nossa Senhora? Juca virara um herege. Juca não parecia gente de carne e osso, fazendo o que fizera com o pobre Feliciano.

A mulher de Baixinho lhe dissera que um castigo estava vindo para cima do povo. Feliciano fora um santo. Fugira com os santos dele para o céu.

E o povo estava convencido de tudo isto. Se ela estivesse na Bom Jesus, não teria deixado que o negro velho sofresse o que sofrera.

Juca fechava os olhos para o que não fosse máquinas e canaviais da usina.

As suas parentas não lhe vinham visitar. Sentira que a velha Nenen, quando estivera no Maravalha, lhe falara como se ela fosse uma responsável, como se tivesse levado Juca para a vida que levava. Os parentes pensavam que estivesse cheia, orgulhosa, desfrutando a riqueza, como uma rainha. Mal sabiam que daria tudo pelos tempos do Pau-d'Arco. Os filhos sim, estes não queriam ver a mãe e o pai senhores de engenhos, rebaixados da categoria de usineiros. Por ela tudo poderia voltar ao que era que não lhe doeria. Todos os dias Juca falava pedindo para que ela voltasse para a cidade. E ela ia ficando. A amizade de Clarisse com a americana, aquela história de aprender inglês vinha-lhe sempre como um pretexto. Com pouco mais Maria Augusta e os dois peraltas estariam com ela. E para que levá-los para a cidade se eles estavam doidos pela usina? É verdade que fazia medo soltar aqueles meninos. Mas estavam maiores, saberiam se comportar melhor. Maria Augusta lhe escrevera dizendo que preferia a praia. Clarisse até lhe falara em convidar a americana para uma temporada na Praia Formosa. Maria Augusta não gostava de mato, era de gênio alegre, doida para se meter com rapazes, brincar, com aquele seu gênio tão diferente da outra. Deixaria os meninos com Juca e iria para a praia, com as duas filhas. D. Mary, como ela chamava a americana, gostaria na certa da temporada. Se Juca permitisse, faria a vontade das meninas. Elas queriam viver, estavam no seu direito.

As parentas, na certa, cortariam, enchendo a várzea de rumores, de histórias de festas, como da outra vez. Levaria d. Mary para lhe fazer companhia. O dr. Maciel lhe falara dos banhos salgados para o seu nervoso. É verdade que andava melhor, mas aproveitaria os banhos. E tendo assim uma companheira, melhor seria a temporada, podia se tratar melhor. Falasse quem falasse. Confiando nas suas filhas, pouco se importava com a língua dos outros. Botava a mão no fogo por elas. Isto de namoro era de toda moça.

E quando foi em novembro estavam na praia, na melhor casa de Ponta do Mato. O mar roncava quase que nos batentes do alpendre. O cheiro do mar lhe dava saudades dos tempos de sua mocidade. E só em ver as filhas satisfeitas se sentia também. D. Mary era mais das meninas do que dela. Clarisse pedira à mãe para comprar uma roupa de banho, como a da americana. A velha relutou. O povo falaria. Mas quando Clarisse queria, queria mesmo.

A americana e as filhas do usineiro ficaram o sucesso da praia. Os rapazes corriam de todos os cantos de Ponta do Mato para o banho de mar, defronte da casa de d. Dondon. A americana nadava, pegava-se com os rapazes, dava caldos, trepava-se pelos cangotes deles. As moças da terra achavam aquilo uma safadeza, uma sem-vergonhice. D. Dondon, do alpendre, apreciava o banho. D. Mary fazia coisas de homem. Era costume da terra dela. Confiava na moça, tudo aquilo que estava fazendo era na frente de todo mundo, sem maldade.

O namorado de Clarisse parecia que andava de mal com a filha. Maria Augusta lhe falara por alto. O rapaz não queria que Clarisse andasse com a americana e a namorada não ligou.

D. Dondon não gostou da notícia. Já tinha como feito aquele casamento. Não podia porém culpar a filha. Por que proibi-la da companhia de uma pessoa tão boa como d. Mary?

Às vezes chegavam à praia uns ingleses, amigos da americana.

D. Mary ficava com eles. Saía com os seus amigos, brincavam muito e Clarisse entrava também nas conversas. Juca, sem dúvida, não gostaria dessas visitas de estrangeiro. Não era por nada. Mas o povo da Paraíba era uma desgraça para falar. Se fosse em Recife, não queria dizer nada.

E na noite que tiveram que arranjar uma dormida para o inglês da Western, que viera visitar a amiga e não encontrara hotel na praia, fora uma revolução na casa. D. Dondon não dormiu naquela noite, com aquele homem estranho dentro de casa. O que não diriam, quando soubessem daquilo na várzea? Um homem desconhecido, dormindo numa casa de mulheres!

O marido, na certa, se zangaria e com toda a razão. Não era decente, mas d. Mary lhe falara e o pobre rapaz onde dormiria?

Os veranistas não tinham outro assunto que não fosse a família da usineira. As mulheres sobretudo não perdoavam o luxo daquelas matutas, a saliência da estrangeira que atraía a rapaziada por onde andava. Nas danças do pavilhão as usineiras dominavam. Clarisse mais retraída. Mordida no entanto pela atitude do namorado, dançava, flertava com um e com outro. Maria Augusta tinha o seu, mas não se prendia, ela, livre para brincar e a Mrs. Richard era de braço em braço, fazendo raiva às velhas, às casadas, que não podiam compreender como é que uma senhora deixava o seu marido no trabalho e vinha se divertir daquele jeito. Só podia ser mesmo muito enxerimento.

Nas danças, d. Dondon ficava sentada, gozando o sucesso das filhas. Lá disso ela se orgulhava. Por isto ou por aquilo nem

Clarisse nem Maria Augusta ficavam abandonadas para um canto sem pares para dançar. A usineira compreendia o despeito das mães que viam as suas filhas brilhando daquela forma. Notava mesmo a hostilidade, as ironias das senhoras que lhe perguntavam as coisas. Umas lhe indagavam por que o dr. Juca não gostava da praia, por que não vinha descansar com ela em Ponta do Mato. E sobre a americana não perdiam a oportunidade de indagar. Queriam saber se d. Mary já tivera filho, se vivia bem com o marido, se o marido não se importava com o gênio alegre dela.

D. Dondon sabia que o intuito daquela gente era fazer picuinhas a ela, que tinha filhas procuradas, disputadas pela rapaziada.

D. Mary estava encantada com a temporada. Aquela praia lhe parecia um pedaço do paraíso. Quase sempre saía com as meninas e iam passear até a fortaleza velha, de pés descalços, pela areia molhada. Nunca vira ela mar mais bonito. Colhiam guajirus e paravam de quando em vez para ver as jangadas, que chegavam do alto, com os pescadores encardidos de sol. Falavam com os homens que pouco respondiam às perguntas. Parecia uma gente que nada queria saber e nada queria dizer, taciturna. A americana achava o povo da praia bem diferente do povo da Bom Jesus. Aquela gente dali não se humilhava para abrir a boca, como a gente pobre da usina.

D. Dondon ficava em casa, enquanto a filha e a hóspede andavam por fora.

Uma manhã ficou com medo, porque chegara a hora do almoço e as meninas não haviam voltado. E só para de tarde aparecerem. Tinham ido à praia do Poço. Quis brigar com as filhas, mas d. Mary se ofenderia se ela fizesse. As meninas contaram como foi: foram andando, andando. Havia uma ponta de coqueiro entrando para o mar e foram andando atrás dos coqueiros, que, quando abriram os olhos, estavam perto do Poço. Iam rapazes com elas e por isto não tiveram medo.

O fato, porém, é que as usineiras estavam com nome feito de namoradeiras para o povo da Paraíba. Aquela americana, sabida demais, havia botado a perder as moças. Nem pareciam que tivessem estado em colégio de freira. Moças sem modos, pensavam que dinheiro de usina cobria assanhamento. Por despeito ou por qualquer outra coisa, a verdade era que as filhas de dr. Juca estavam faladas.

E foi o usineiro mesmo quem falou com a mulher. Um amigo da Paraíba havia chamado a sua atenção. Ele admirava-se era da mulher. Como era que ela consentia naquele comportamento das meninas?

D. Dondon tomou a defesa das filhas, com coragem. Ficasse ele na praia e veria que tudo não passava de língua grande. Ninguém no mundo zelaria mais pelas filhas do que ela. Aquilo fora Orsine que lhe enchera a cabeça de história. Nunca simpatizara com aquele sujeito. Não sabia mesmo como o marido se acompanhava com um tipo que não tinha ocupação. Iaiá Soares lhe dissera que Orsine não passava de um alcoviteiro de mulheres.

O dr. Juca se espantou da veemência da mulher. Nunca que ela tivesse falado com ele assim.

D. Dondon defendia as filhas. Ela tinha certeza que as meninas não faziam nada demais. O marido que se metesse por onde quisesse, mas que lhe deixasse Maria Augusta e Clarisse.

A fama das usineiras enchia os comentários da praia. Foi mais longe.

Chegou aos ouvidos da velha Maroca, que pegou da pena e fez a sua carta à sobrinha. Aquela carta fora um golpe para d. Dondon. A tia Maroca sabendo de coisas que eram mentiras e invenções. As filhas com d. Mary só faziam se divertir. Ela bem que estava vendo.

Voltaria para a cidade, depois da festa. Coitadas das meninas, pagando inocentes! E não dormiu na noite daquela carta. Não quis contar a Clarisse para não magoá-la e Deus a livrasse de Maria Augusta saber. Ela só queria adivinhar quem fora levar para a velha tanta ruindade.

A verdade dura para d. Dondon era esta: as suas filhas estavam faladas, eram moças de quem espalhavam boatos. Bem que podia avaliar que aqueles passeios, aqueles banhos, saltando nos ombros dos rapazes, só poderiam dar naquilo.

D. Dondon chorou a noite inteira. Que infelicidade a sua, ter filhas com o nome de namoradeiras. Só não arrumava as malas e seguia para a cidade porque isto seria para as meninas uma morte. As pobres se aborreceriam. Havia até uma festa de Ano-Novo no pavilhão e elas estavam falando tanto nisto, preparando fantasias, que deixar de ir seria para Clarisse e Maria Augusta um castigo cruel.

A americana gostava de conversar com rapazes, de se meter com os homens, pilheriando com uns e com outros. O seu marido só viera à praia uma vez, porque os trabalhos da usina não lhe davam tréguas.

Então d. Dondon começou a ficar com medo de d. Mary. Fora ela quem botara a perder as suas filhas. Com pouco mais Maria Augusta faria as mesmas coisas. E Clarisse, que tinha aquele gênio forte, se quisesse acompanhar os modos de d. Mary, ninguém teria força para contrariá-la.

A usineira refletia: não devia nunca ter feito aquela amizade. Culpado de tudo fora o Juca. E se fosse verdade o que contavam da americana? Iaiá Soares lhe dissera que na Paraíba se falava que d. Mary não era casada, que fora rapariga.

Mas aquilo não podia ser. D. Mary era assim alegre porque era de seu gênio. No fundo lhe parecia tão boa.

A senhora de engenho do Pau-d'Arco não dispunha de força para aguentar com a vida da usineira da Bom Jesus. As suas filhas estavam faladas. Uma mulher estranha dentro da casa falava com homens, como se todos fossem seus maridos.

19

Clotilde deixara a casa do pai para ficar com seu Ernesto.

O maquinista Filipe desabafou, bebendo e a dizer para todo mundo, para quem quisesse ouvir, o que pensava da filha: o besta pensava que tinha comido uma fruta de vez. Qual nada, aquela diaba puxara à mãe. Em Catunda fora de muitos.

E berrou: todas as suas filhas eram raparigas. A mãe fora de todo mundo. Todas as suas filhas eram dos homens.

Naquele dia Filipe não foi para a máquina, puxar cana do partido.

Seu Ernesto, no barracão, estava esperando que o maquinista viesse tomar satisfação, porque ele iria mostrar àquele cabra o que era um homem.

Mas o pobre só queria mesmo desabafar: moça de usina só servia para pasto dos grandes. Suas filhas, em Catunda, mal amadureciam, passavam para o feitor. As bichas puxaram à mãe.

E gritou tanto, que mandaram do escritório um recado para Filipe acabar com aquilo.

O maquinista não parava. Na porta do barracão, juntou gente para ouvir a gritaria dele. Então o dr. Juca ordenou que sacudissem o cabra para o seu quarto na rua. Dessem-lhe café com limão e, se se metesse a brabo, fossem com ele ao tronco.

A outra filha de Filipe, a de cabelos compridos, brigou com o pai: que jeito haviam de dar? Clotilde quisera e ele não devia abrir a boca no mundo. Cada uma dava o que era seu.

A rua dos operários se danou com seu Ernesto: papa-figo. Só fazia aquilo porque contava com a proteção do usineiro. Com pouco mais abandonaria Clotilde, como fizera com muitas outras ali na usina.

Outros achavam que a moça fora porque bem quisera. Não era uma menina, gostara e ninguém podia empatar.

Aquele seu Ernesto um dia teria um pago, um duro que fosse a ele.

O povo do campo nem deu pela coisa. Já estavam acostumados. As filhas entregavam o que tinham a quem quisessem, que eles não se apaixonavam pela coisa. Só aos que subiam de condição, a honra da família dava trabalho. Mas os pobres do eito, os chamados trabalhadores, estes nem sabiam nem indagavam. Fossem pra onde quisessem.

Com a usina, eles haviam ficado mais pobres, mais miseráveis. O senhor de engenho ainda consentia que ficassem com dois dias para eles. Eram donos de dois dias na semana, senhores de dois dias para fazer o que bem lhes viesse às ventas. A usina comera-lhes estas regalias. A semana inteira e nos dias de moagem, de domingo a domingo, de dia e de noite. Quem era que podia se incomodar com honra de filha, quem dispunha de tempo para brigar pela virgindade de filhas? As que se casavam, aproveitavam as santas missões, porque dinheiro não dava para pagar padre, fazer vestido branco. Antigamente as noivas faziam o seu roçado, plantavam o seu algodão, juntavam o seu pecúlio para o enxoval. Todos trabalhavam no roçado da noiva. Pai, mãe, irmãos, todos davam o seu adjutório. E a usina chegou. Terra era só para cana. Dia de serviço era para a usina. Desgraçara-se tudo ainda mais. Não havia mais ninguém que pudesse levantar a cabeça, fazer a sua festa com uma arroba de algodão. Tudo era para a usina e ainda recebiam aqueles vales, que só corriam no barracão. As casas de negócio, que existiam pelo Santa Rosa, tiveram que fechar. O barracão tinha de tudo, para que loja e venda pelas terras da usina? Recebiam os seus vales e caíam no barracão. Seu Ernesto sortira muito bem o estabelecimento. O preço do barracão era sem competência. Bem fizera João Rouco, que ganhara o mundo, bem fizeram todos os outros, que se danaram. Os operários da usina tinham casa de tijolo, recebiam em moeda corrente. Eles não. Eles eram mais abaixo do que cachorro. Cachorro. Bem que queriam passar como o cachorro do galego, comendo de grande, tomando banho todos os dias. Diziam que aquele galego ganhava mais que um governador. A mulher do galego andava a cavalo, falava com eles, perguntando as coisas. Vida boa para aquele galego. Tinha automóvel, como o doutor, morava na casa-grande. Vida boa para o cachorro que ele tinha.

A usina gemia, quebrando cana, as máquinas apitavam, puxando os trens carregados. Os trabalhadores ouviam nos partidos o ronco dos trens de cana passando. Boa vida de maquinista. Em pé, manobrando. Eles eram no duro, 12 horas, pelo de cana, espinho no pé, frieira e depois o vale para comprar carne de ceará e agora aquele peixe infeliz, que viera para o lugar do bacalhau. O bicho fedia e dava vontade de cuspir o dia inteiro. Mil vezes as piabas do rio, que aquele pirarucu fedorento. No tempo do rio, no tempo que o rio era deles, a vida era uma lordeza. Batata-doce, jerimum-de-leite, folha de fumo. As vazantes do Paraíba lhes enchiam a barriga. A usina tirara o rio, para fazer porcaria por cima dele. Ela precisava das vazantes. Em tudo o que era do povo a usina crescia os olhos. Eles trabalhavam no dia de santa Luzia e de são Sebastião, dia de domingo, dia de feira no Pilar que era sábado. Não havia lei de Deus para a usina. Suas mulheres ficavam com medo em casa, quando eles saíam no dia de santa Luzia para o eito. Aquilo dava em desgraça num dia qualquer. Mas tinham que ir. Os vigias da usina viviam de olho arregalado em cima deles. Lembravam-se de Aprígio das Antas. Um vigia pegou o pobre no roçado e trouxe preso para o gerente e ele teve que dar um dia de serviço de graça para a usina, porque não fora para o eito, que era de obrigação. Se saíssem da Bom Jesus, cairiam na São Félix. E ali ainda era pior. Havia por lá guarda-costas, assassinos que mandavam no povo. E se deixassem a São Félix, havia a Goiana Grande, de alagadiços, com as febres para comerem as carnes dos pobres, chuparem o sangue dos pobres. O melhor era ficar até o dia do juízo. Lá um dia a casa caía em cima dos grandes. Aquele seu Ernesto andava papando as filhas deles, fazendo vezes do senhor de engenho. Iludia as bichinhas com bugigangas. E o doutor não se importava. O doutor mesmo papava tanta gente, tanta moça que não iria se aborrecer com seu Ernesto. Filha de pobre só prestava mesmo para os grandes passarem nos peitos. As filhas de Pinheiro estavam todas de porta aberta no Pilar, raparigando. E vinham para São Miguel arranjar homens nas feiras. Salomé de Avelina era de um e de outro. Nem respeitavam a filha da negra da casa-grande. O diabo era a doença do mundo arrasando as infelizes. Com pouco estariam umas quengas, pernas abertas, com o mosqueiro atrás. Ali no Santa Rosa, só quem tivera sorte fora a filha de Calu, que pegara amigação, andando na seda. E fora só ela. Todas as outras, que saíram, ninguém sabia nem do rastro. Agora não era só o senhor do engenho que pegava as meninas e as mulheres. Havia mais gente. Aqueles operários lá de cima da rua, aqueles sertanejos que desciam, todos queriam o seu pedaço. E o dr. Juca não estava ligando, eles nem se queixavam. Para que gastar tempo? O doutor tinha mais coisa em que pensar. A usina rodava, o volante valia por dez do banguê, as turbinas desovavam sacos e sacos de açúcar branco. Eles nem viam o mel. No fim da moagem do engenho, a última trempe de mel o coronel dava para o povo. Cada qual levava o seu púcaro ou a sua panela e mestre Cândido enchia as vasilhas sem pena. Teriam mel de engenho para comer. E podiam chupar cana que ninguém viria aos gritos tomar. Cana de usina era só para a esteira. Ninguém podia caçar nas matas. Nunca mais que se pegasse um tatuzinho, uma paca, uma cutia para encher a barriga. Cabra que fosse encontrado caçando, estava com o tronco garantido. Bem bom era pegar uma paca e comer a bicha assada. Era mais gostosa do que galinha. Passavam de ricos. O usineiro empatara as caçadas. Havia vigia para espiar. Neco Gaiola que vivia de pegar passarinho para vender na Paraíba, um corcunda que sustentava a família com os pássaros, tivera que se mudar. Em terra de usina só ficava quem pudesse pegar na enxada. Os tempos do banguê pareciam de uma época distante, longínqua. Lembravam-se deles, com suspiros. Tempos que se foram, tempos que não voltariam mais. Os filhos andavam pelas estradas, como vagabundos. Os bichinhos deixavam a caatinga estorricada e desciam para a beira do rio. O rio era uma podridão e, mesmo assim, nos poços grandes os moleques mergulhavam na água podre. Antigamente os moradores cercavam o seu pedaço de rio. Aquele canto cercado era deles, ninguém meteria as mãos ali. O gado do engenho respeitava e a batata-doce e o feijão-verde e a folha do fumo faziam a sua riqueza. Uma fartura, que agora lhes parecia maior. Há mais de seis anos que aquela usina vinha roendo tudo, se alastrando por toda a parte. O povo do Vertente tivera que cair no tabuleiro. A cana subia até por onde ninguém nunca soubesse que dava cana. Os sertanejos sim, que sabiam viver. Chegavam para o plantio, para a limpa, contratavam, recebiam os seus cobres e ganhavam outra vez para as suas bandas. Nunca que fossem os escravos que eles eram. Alguns moradores dali haviam corrido para o Gramame. Nos engenhos de Itambé não havia casa para morador. O jeito era mesmo aguentar a usina ou cair nos alagadiços do Gramame, morrer de febre, tremer de sezão. Alguns pensavam em sair, mas estavam presos ao barracão, pelo pirarucu e pela farinha que comiam. Se fugissem, o vigia da usina sairia atrás, descobriria onde estivessem, como capitão-do-mato atrás de negro. Tinham medo de fugir. Sair da Bom Jesus para a São Félix, mudar de inferno. Melhor seria ficar por ali mesmo.

No barracão, depois da ligação de seu Ernesto com Clotilde, Joaquim ficou mais soturno.

Seu Ernesto, no princípio, botou a sua pistola no bolso, esperando pelo maquinista, e gabava-se: se ele fosse homem, botasse o pé ali dentro, com insolência. Fora ao dr. Juca e contara tudo. Não fazia nada escondido. A menina viera para ele porque quisera.

Joaquim passou uns dois dias sem aparecer. Ninguém sabia dele. Mandaram perguntar em sua casa e o pai não sabia também. Depois ele apareceu, sem dizer onde estivera. Coitado! Se pudesse falar, o que não diria aquele pobre? O que não sairia daquela alma escrava, cativa de forças indomáveis? Quando ele chegou para o barracão, notaram-lhe a cara mais triste e os olhos mais abertos. Ricardo chegou-se para lhe falar qualquer coisa e Joaquim respondeu à toa. Os cabras no balcão buliam com ele e era como se fosse com outra pessoa. Seu Ernesto uma tarde disse para José Amarelo:

— Este falta pouco para correr. Faz até medo a gente viver com um bicho deste.

Joaquim vira Clotilde passar-se para seu Ernesto, com desespero. No começo não acreditou. Todo mundo dizia. E foi ver de perto. Veio-lhe uma vontade de pegar seu Ernesto e passar-lhe a faca de cortar carne. Em casa a raiva foi se passando para ele mesmo. Clotilde estava na cama com o velho. A mulata nem sabia que existia um infeliz, que tremia quando ela passava.

Joaquim não dormia, uma ânsia, uma agonia se apossava dele. E foi assim que ficou dois dias, andando de estrada de ferro afora. Dois dias esteve sem saber mesmo por onde andava. Só se lembrava direito que dormira na casa de um cassaco da estrada de ferro e que comera por lá. Lembrava-se dos meninos, da cara da mulher que lhe dera o que comer.

Se pudesse encontrar outra pessoa e contar tudo, ficar livre daquele peso, daquela coisa fria, que estava roendo o seu coração. Voltou para casa, voltou para o barracão, sem raiva de seu Ernesto, sem raiva de Clotilde. Era dele mesmo, de seu corpo, de sua carne que ele criara ódio. Não sabia falar, não tinha palavras na boca. E no entanto se pudesse falar diria tanta coisa! Tanta coisa diria se a língua não ficasse parada em sua boca, como uma boca de mudo. Clotilde, aquele andar, aquele cangote, aquela boca, tudo se fora. Muito de longe agora, ele sentia que existia aquela mulher.

Nada existia mais para Joaquim. O pai saíra para o serviço na mata, estava velho. O irmão se casara. Um irmão mudo e feliz. Ali no balcão da venda só chegava gente mais feliz do que ele. A culpa era só sua, não dispunha de força para abrir a boca a contar a Ricardo ou a José Amarelo o que sentia.

E ficou assim dias inteiros.

Até que uma noite saiu para ver a usina moendo. Não via nada. A coisa, que havia por dentro dele, cobria tudo, todo o mundo. Só existia aquela agonia, que era de todas as horas e que tomara conta de tudo o que era seu.

A usina, como sempre, gemia. A moenda quebrava cana. E canos de vapor passavam por cima de Joaquim, enrolados de pano como pernas de doentes. As moendas quebravam cana, a esteira rodava para a boca das moendas. As esteiras traziam de longe cana, que aos poucos seria bagaço, que iria queimar nas caldeiras.

Joaquim em cima da moenda, perto do homem que manobrava a alavanca, ia vendo tudo passando por ele. Ele é que passava. A sua agonia, o negrume de sua agonia.

Então começou a sentir uma tontura, a vista embaçada e uma espécie de alegria, uma embriaguez de segundos tomou conta dele.

E quando se ouviu foi um baque, na cama por onde corria a cana verde. O homem da alavanca gritou:

— Para, para.

Pararam, mas Joaquim estava quebrado, de membros esfrangalhados, gemendo.

O caldo da cana descera com um fio de sangue para o cozinhamento. Mas o cristal da Bom Jesus sairia bem branco das bocas das turbinas.

Todo o mundo dizia que Joaquim caíra na moenda por causa de uma vertigem. Ele sofria de ataques.

A Bom Jesus parou uma hora para tirar o entulho de sua moenda.

20

A GRANDE CRISE DO açúcar pegou a Bom Jesus de jeito. Dois anos de moagem boa, de cristal de primeira. E o saco de açúcar por vinte mil-réis. Os compromissos enormes, os cálculos feitos na alta. As despesas com safras gigantes e a Bom Jesus sem recursos próprios, sem banco, sem crédito para se aguentar. Quem visse o dr. Juca de agora não o reconheceria. Perdera o entusiasmo, consumira-se na luta, que era superior às suas forças e às suas qualidades. Os parentes, para um canto, só faziam culpar o responsável pelo fracasso. A usina aparelhada com uma capacidade daquela e lhe faltando o essencial. Um fornecimento de numerário, em relação com o valor da produção.

Vergara era agora o administrador daquela feitoria. Estava com mais de mil e duzentos contos de réis enterrados na Bom Jesus, com as safras em penhor, mandando de longe, como um senhor absoluto.

O dr. Juca andara procurando recursos pelo Recife. Mais de um capitalista fora recebido na casa-grande da Bom Jesus, comera os bons almoços de d. Dondon, correra os partidos, vira a usina, indagara por tudo e voltava, para mandar de longe um não. A usina estava gravada. E eles não iriam botar mais dinheiro em mau negócio.

D. Dondon havia voltado para Bom Jesus. A casa da Paraíba fora entregue a Vergara, em hipoteca, e, por mais que o marido quisesse, ela não pensou em permanecer na cidade.

O dr. Richard, findo o seu contrato, aceitara uma proposta do dr. Dinis da Goiana Grande.

A casa-grande da Bom Jesus estava só com a família do usineiro.

Clarisse não se conformava com o isolamento e Maria Augusta não voltaria para o colégio. Só os meninos continuavam em Recife.

D. Dondon animava o marido. Contra ele porém se desencadeara a família. Todas as responsabilidades vinham do Juca, que não soubera se conduzir. Aquelas reformas podiam ter sido adiadas. A São Félix ainda continuava com as ferragens antigas e ainda produzia bem. Juca quisera andar com o carro adiante dos bois.

O povo do Maravalha não perdoava: o dinheiro que o parente gastava dava na vista. Automóvel para ele, para a mulher e para a filha. E aquele luxo do palacete, e temporadas de praia. Aquilo só podia dar no que deu. Por que o dr. Luís, da São Félix, não devia a ninguém? Este sim, que era um homem de juízo, só se mantendo no que era necessário, no que estava nas suas forças.

O pessoal da Bom Jesus não saía de casa para parte nenhuma. Para ouvir críticas de parentes, indiretas, nem d. Dondon, nem as meninas estavam dispostas.

Os trabalhos da usina continuavam, embora amortecidos, sem o entusiasmo de antes. O que Vergara fornecia mal dava para sustentar uma safra reduzida. Dois anos de preço na baixa não chegavam para cobrir os adiantamentos de numerário.

O dr. Isidro, o chefe da casa, não era o mesmo dos outros tempos. O dr. Juca chegava no armazém e não encontrava aquele cofre aberto, à disposição da Bom Jesus. O dinheiro saía aos pingos, depois de explicações, informações detalhadas de sua aplicação. Pois a usina devia mil e duzentos contos de réis e a casa só podia se cobrir com o penhor agrícola. As terras estavam hipotecadas aos americanos. O dr. Juca já lhe havia entregue todas as garantias de que dispunha. Até a sua própria residência na capital, o engenho Vertente e o Santa Fé, todos os bens que não haviam sofrido nenhuma gravação.

O pior era que a Bom Jesus não contava mais com o que precisava para se mover. As férias dos trabalhadores diminuíam, os partidos de cana sem o tratamento necessário.

E a São Félix por perto, rondando como uma jiboia, marcando o bote.

As prestações dos americanos não estavam em dia. A última ficara adiada. Mas fizeram um aumento nos juros para as parcelas que não fossem pagas. Juros para Vergara, juros para os americanos. A força da Bom Jesus caía aos poucos, roída de todos os lados.

A safra, que entrava, se reduzira na metade pela falta de tratamento das canas. Os senhores de engenho, também atingidos pelas crises, restringiram o plantio. Edmundo do Coité entregara o automóvel, porque a Ford não pudera esperar por uma quota atrasada. Deram outra vez para andar de trem.

E as conversas dos trens só tratavam da Bom Jesus. Havia os que achavam que dr. Luís, da São Félix, terminaria com a usina. E os que pensavam que aquilo cairia nas mãos de Vergara. Falavam de ofertas de gente de Pernambuco. Outros diziam que os americanos passariam o contrato para o dr. Luís e com pouco mais a Bom Jesus estaria incorporada à esteira da outra. Sabia-se que o dr. Juca devia mais de dois mil contos de réis e nunca que açúcar desse mais para usineiro tirar de limpo. O tempo deles havia passado. Com açúcar de vinte mil-réis o saco, o melão-de-são-caetano subiria pelas chaminés das usinas.

Uma queda de usina não era uma queda de banguê, que se levantava de um ano para outro. Em Pernambuco havia usineiro, que há dois anos gastava como príncipe, sem poder sair de casa, por falta de dinheiro para a passagem do trem.

A situação da Bom Jesus não se escondia. Estava às vistas de todo mundo.

21

O DR. LUÍS DA São Félix viu que tinha chegado a hora da sua ofensiva. Rira-se, chegara mesmo a temer a rival. Aquela compra do Santa Fé fizera-o passar noites sem sono. Daquela vez errara o golpe, mas agora o momento de agir havia aparecido. Se o dr. Juca tivesse sabido se aproveitar dos bons preços, estaria salvo, com forças para ir mais longe, como ele, que se organizava de tal jeito que as crises passavam pela São Félix deixando-a, entretanto, livre de qualquer balanço fatal. Todo mundo se admirava da sua calma. Então, não modificava as suas maquinarias, não fazia uma casa-grande, cheia de arrebiques, não gastava como o dr. Juca com as raparigas, sustentando vadios como Orsine? Era homem de sua casa, de sua mulher. E, por isto, o seu dinheiro inchava nos bancos, dobrando a sua fortuna. E não vivia a se abalar nos anos que açúcar não desse para ganhar cem por cento. Sabia o que era trabalho, o que era economia. Viera da caatinga. O pai negociava com gado, criara os filhos, como se devia criar família, sabendo que dinheiro se custava a ganhar. Falavam dele porque não vivia se mostrando. O padre Almeida, da Paraíba, se danara porque não assinara uma importância igual à que o dr. Juca tinha dado para a igreja de Lourdes. Nunca que fosse dar cinco contos de réis à toa, somente para fazer bonito. Mandara fazer uma igreja na usina, para ouvir dia de festa a sua missa. E para que o povo não precisasse sair da usina. Era melhor assim. Para que sair para ouvir missa em Santa Rita, gastar dinheiro nos botequins de lá? Ficavam por ali mesmo. E na folha de pagamento descontava um tostão de cada trabalhador e o padre Sabino vinha ganhar os seus duzentos mil-réis e o povo não saía da São Félix para beber cachaça na vila. Daria lá cinco contos de réis para fazer a torre da matriz de Lourdes! Fizera a sua igreja e até o bispo viera dizer a primeira missa e lhe gabara o gosto. Falavam que, em Alagoas, um dr. Lira, da Serra Grande, construíra uma igreja que era uma catedral. Para que esse despropósito! A sua só tinha mesmo de grande a torre. Os paramentos e o cálice comprara ao padre do Gurinhém, aquele que negociava gado com ele. Dera-lhe um zebu receado, pelos apetrechos para a igreja. O dr. Juca outra vez fizera bonito, numa lista para o Orfanato Ulrico. Mandaram para ele a lista e assinara duzentos mil-réis. E dera o bastante. Para que exibições ver sair nome no jornal? O dr. Heráclito, patrono do orfanato, danara-se com ele. Não fora por sovinice, dera o que devia dar. O mais era desperdício. Mais aproveitado era dar para a Santa Casa, para onde mandava os doentes da usina. Não fazia questão de dar uma saca de açúcar, por semana, para o hospital da

Cruz do Peixe. Aquilo que era caridade. Quando precisava de lugar, para os seus doentes, nunca lhe negavam. Muita gente censurava porque ele não fizera um hospital como o da fábrica Tibiri. Tudo espalhafato. Para que fazer um hospital, quando tinha o da Paraíba com médicos, remédios de graça? O presidente da Santa Casa era seu amigo. O açúcar, que os pobres comiam, era da São Félix. Por isto não precisava de besteira de hospital na usina. O dr. Juca que visse o que era dinheiro, o valor que dinheiro tinha. De que lhe serviram aqueles automóveis grandes, gente como Orsine a seu lado, farras, mulheres caras, vida de príncipe? Estava preso ao Vergara, recebendo em ração para que a Bom Jesus não parasse. Se lhe aparecesse uma oportunidade era capaz de ficar com a usina dos Melos. As terras eram melhores do que a sua e a maquinaria de melhor qualidade. Mas qual? Nunca que desse o que dr. Juca enterrara ali dentro. Só aos americanos diziam que ele devia para mais de mil contos. Vergara estava com mais de mil enterrados. E as pequenas contas, as prestações dos engenhos comprados, a conta de Chico Cícero, da ferragem, que subia a trezentos contos de réis? Se lhe aparecesse por um preço razoável, não enjeitava. Tinha filhos. Mais tarde botaria ali um de seus meninos e então o dr. Luís estaria senhor de toda a várzea do Paraíba. Os banguês, que ficassem por fora, se entregariam mais cedo ou mais tarde. O que poderia fazer um banguê, apertado entre duas usinas? Só mesmo o velho Trombone poderia resistir. Mas aquilo já estava muito velho. Com duas raivas emborcaria.

    Vergara ainda tinha esperança de receber os seus cobres e por isto financiava a Bom Jesus, na medida. Falava-se até que o dr. Isidro pretendia também ficar com a usina. Comerciante não dava para agricultor. E depois ele soubera que os sócios se opunham. O próprio Mendonça lhe dissera que estava doido que aparecesse um negócio para a Bom Jesus, para eles se verem livres daquele peso. Não fora brincadeira, para a firma, enterrar mais de mil contos no negócio. É verdade que o dinheiro estava rendendo dois por cento ao mês. Mas, mesmo assim, comerciante não devia se meter em negócio arriscado. Mendonça achava que o dr. Isidro afrouxara demais, deixando que o dr. Juca levasse da casa o que bem entendia. Nunca vira um homem gastar tanto dinheiro como o dr. Juca. Bastava aparecer uma marca de automóvel, mais bonito do que o que ele tinha, que chegava no escritório uma ordem de pagamento. A filha comprara uma barata de doze contos de réis. E o pessoal, que andava com o dr. Juca, uma súcia de vagabundos, vivendo à custa dele. E Vergara marchando com tudo isto.

E o Mendonça, sócio da firma, se abrira com o dr. Luís. Bem que dizia ao dr. Isidro para segurar. Mas açúcar de sessenta mil-réis animava.

— Vendemos três safras da Bom Jesus e ganhamos muito dinheiro. O usineiro nos entregava o açúcar pelo preço do dia, pagava comissão e armazenagem e nós especulávamos para as praças do Rio e São Paulo. Agora porém mete medo.

É verdade que não tinham prejuízo. O dr. Isidro já fora advogado e sabia arranjar os contratos. Não poderiam perder nada, mas o trabalho que estavam tendo, não era brincadeira. O dr. Juca havia lhes dado a casa da cidade, três engenhos, o penhor agrícola da safra em garantia do que eles tinham metido nas suas mãos.

— Tivemos que conter o usineiro nas despesas. No começo ele chegou aqui medonho, zangado porque não se pagara uma conta de gasolina que a Standard mandara. Parecia mentira, cinco contos de réis de gasolina para viverem de passeio de Recife para a Paraíba!... Pagavam a um químico quatro contos de réis por mês. Aquilo só podia terminar, como terminou, devendo a todo mundo. Todos os dias abríamos os olhos do dr. Isidro. Ele, porém, sabia o que estava fazendo. Nos falara até de ficar com a Bom Jesus. Fomos contra. Cada macaco no seu galho. Disse mesmo ao chefe: só se o senhor deixar a casa e se dedicar à usina. É verdade que o negócio, na Bom Jesus, estava muito bem seguro, com garantia de primeira. Mas para que se meter com aquilo? Ali mesmo no armazém o Edmundo, do Coité, dissera o diabo ao dr. Isidro, ameaçando-o de morte. É que eles gastam o dinheiro dos outros e ainda vêm ameaçar. Só nos metemos nesse negócio de açúcar por causa do dr. Isidro. Fornecíamos secos e molhados para os barracões, pagavam aos trabalhadores com charque, farinha e feijão, que levavam daqui e ainda por cima nos vinham ameaçar e nos chamavam de ladrão. Fora franco com o dr. Isidro. Ele devia passar o negócio para qualquer outro. Lembrei-lhe até o seu nome. Só quem poderia ficar com a Bom Jesus era o dr. Luís, porque conta com capital e sabe botar para frente o negócio.

O dr. Luís tinha, porém, os seus planos. Esperaria ainda para dar o seu bote seguro. Podia, se quisesse, propor a Vergara uma combinação, ficar com as garantias e ter nas mãos o dr. Juca. Aquilo porém dava na vista. Melhor seria que o jenipapo caísse de podre, se espatifando no chão de maduro. Ele tinha a certeza de que, mais cedo ou mais tarde, a Bom Jesus apitaria para ele. Era só ter paciência.

Ao mesmo tempo lhe chegava uma dúvida. Perdera por duas vezes para aquela gente. Vira o Santa Rosa fugir, o Santa Fé escapar-lhe das mãos. Quem sabe se não apareceria uma oportunidade para a Bom Jesus, um negócio inesperado?

Pensava muito. De capital dispunha, com fartura, nos bancos para comprar. Procurar o negócio era assanhar a cobiça de Vergara e despertar o interesse dos outros. Só se comprasse as letras do José Paulo, do Vertente. A usina ainda devia ao senhor de engenho duas prestações, embora estivesse pagando juro de dois por cento. Fora José Paulo quem lhe dissera aquilo no trem.

Mandaria, então, uma pessoa sondar o velho e, caso fizesse negócio com ele, estaria com uma arma para lutar com o dr. Juca. Tinha a certeza que Vergara não iria botar mais cem contos de réis em cima da Bom Jesus. Escolheria o Vertente, que ainda não estava gravado, e mataria de sede a Bom Jesus. O sogro do dr. Juca nada tinha mais que dar e nenhum parente acudiria. Pelo contrário, o único que podia salvá-los, era bem do seu peito, o velho Trombone, embevecido com a chefia política do município. Trombone não suportava o primo, que passava pela sua porteira, de automóvel grande, importante, como um barão dos antigos tempos. O velho do Maçangana não abria a porta para o parente, nem perseguido pelos cachorros danados. Podia morrer estraçalhado. Havia porém o dr. Lourenço, do Gameleira, mas este nem queria ouvir falar da Bom Jesus. Fora contra a usina, achara uma loucura o sobrinho ter metido o povo da várzea naquela aventura. Então, quando soubera que seu irmão Joca dera o Maravalha em hipoteca, rompera definitivamente com o dr. Juca.

O dr. Luís examinava bem a situação, vendo com que contaria, com os prós e com os contras, para a sua batalha final. Há seis anos que a São Félix se preparava para destroçar o Santa Rosa. A presa fugira, crescera, criara força, virara um tubarão tão grande como a São Félix.

Mas um sonho de cobiça, como o seu, não se evaporaria tão facilmente. Estava aí ao alcance de suas mãos. Uma usina inteira para encher o papo da São Félix. O automóvel do dr. Juca passava pela sua porta, sacudindo poeira. A baratinha da filha, com aquela cor bonita, fazia inveja aos seus filhos.

Em breve, a chaminé da São Félix seria como uma torre de uma igreja matriz. Tudo mais dependendo de um único senhor, uma única voz mandando pelo vale do Paraíba, as terras só dando cana para ele, os cabras só trabalhando para ele. Terras e homens do dr. Luís. O outro exército submisso a seus pés. Aquele dr. Juca não sabia o que era usina.

Chegara um feitor para falar com o usineiro:

— Seu doutor, fiz tudo como o senhor mandou. O cabra estava mesmo vendendo lenha em Santa Rita. O senhor não se lembra? Era aquele Joca Terto, que veio do Una para aqui. Me disseram que toda a noite ele saía de feixe de lenha na cabeça, para vender ao juiz e ao povo da vila. Dei umas macacadas no bicho, que chegou a se mijar todo. Bicho mofino. Agaranto ao senhor que não se lembra mais de roubar lenha.

Depois veio chegando um vaqueiro:

— O gado está gordo, seu doutor. Vim aqui saber de Vossa Mercê, uma coisa. Tem lá na caatinga gente com roçado, cercado de vara. Me disseram que era ordem de Vossa Mercê. Então eu vim perguntar. E o pasto para o gado, seu doutor? Se o povo fizer assim, não fica um galho de mato para o gado. Prejudica tudo.

O usineiro mandou que ele soltasse o gado na lavoura. Dera ordem, mas não sabia que ia prejudicar a criação. E deixando os auxiliares, o grande senhor foi para o escritório. Lá o guarda-livros queria uma informação sobre um lançamento de contas. O capitão Januário, do Ciramame, estava devendo quarenta contos de réis e viera pedir para quando tirassem a conta dele diminuíssem no juro. O usineiro olhou para o guarda-livros, perguntando-lhe quem era que mandava ali:

— Diminuir o quê? Quem adiantara os cobres, com que dinheiro ele fizera os partidos e sustentara a família? O juro era aquele, dois por cento. Eram uns sabidões. Viviam, ali na usina, atrás de verba e quando vinham pagar falavam em diminuir os juros. Admiro-me do senhor, seu Fonseca, vir-me perguntar isto. Juro de dois por cento, seu Fonseca, até para meu pai se fosse fornecedor. A propósito, o senhor me escreva uma carta delicada ao César, do engenho do Meio, lembrando-lhe o prometido. O senhor sabe, quem deve aqui na usina não pode botar cana para a Bom Jesus. Pode botar a cana dele para onde quiser, mas que me venha pagar. Estes senhores de engenho querem comer dinheiro da gente e cair no mundo. A balança da Bom Jesus não é melhor do que a minha. Mostre-me esta carta quando estiver pronta, seu Fonseca.

E saiu.

A manhã da São Félix brilhava, enchia tudo de uma alegria de menino. Um *flamboyant* faiscava ao sol, com o seu encarnado de vestido de negra. Os meninos do dr. Luís brincavam por de baixo da sombra do jardim. Nem sabiam que o pai era um domador de terras. Brincavam. O pai criava para eles um mundo. De noite e de dia se entregava ele a uma ambição, que não se saciava. Mandava que seu gado enchesse a barriga com o roçado do povo, que Joca Terto aguentasse no lombo a macaca do feitor. Tudo para os filhos, que brincavam tão distantes, tão felizes, por debaixo das sombras dos arvoredos, sem saber que o pai era aquela fera, que comia terra e gente, sorrindo com o tempo.

Na casa-grande da usina, conversando com a mulher de dr. Luís, estava José Moura, espécie de parente pobre da casa. Fora dono do engenho Pindoba e perdera, entregara-o à usina e ainda ficara devendo no escritório. E vivia sem ódio algum, na intimidade da família do matador, comendo na mesa dele, achando graça nas pilhérias do dr. Luís. O Pindoba se fora. Viera o engenho de seus avós, o seu pai o deixara, livre, de porteira fechada, corrente e moente. Foi quando apareceu aquela história de fornecer cana para a usina. E foi indo, entrando ano e saindo ano, até que um dia recebeu uma carta do escritório. Estava devendo quarenta contos de réis e precisava, com urgência, assinar umas letras. E assinou as letras. E por fim só teve mesmo jeito de entregar a propriedade. Não se queixava do dr. Luís. Era um homem bom para ele, tão delicado. Nunca houve um dia que, chegando à usina, o dr. Luís não o chamasse para almoçar. Tomara-o para padrinho de um seu filho. O filho mais moço de Moura se chamava Luís, em homenagem ao padrinho.

Mas quando chegava em negócios, o compadre não queria saber de nada. Gostava muito de José Moura, mas gostava mais do Pindoba. Não era por nada, não. A gente não sabia o que seria do dia de amanhã, nada como o preto no branco. E a escritura foi passada, com o dr. Luís dizendo que só fazia aquilo obrigado, e que gostava muito do seu pobre compadre José Moura. Não tiraria o compadre do engenho. Podia ficar no Pindoba, morando e plantando cana para a usina. E assim foi o engenho do Moura passado nos peitos, sem grito, sem gemido.

Agora José Moura estava ali para o almoço, conversando com d. Margarida, muito satisfeito de seu, muito contente com aquela honra de comer na mesma mesa com o dr. Luís, da

São Félix. Quando lá por fora falavam da história do Pindoba, José Moura estava do lado do usineiro. Ele estava mesmo devendo e não podia pagar. O que queriam que o homem fizesse? Era aquele o poder do dr. Luís. Oprimia, tirava o fígado pelas costas do povo e o povo gostava dele. D. Margarida, sua mulher, recebia presentes de ovos, de galinha gorda das comadres. O dr. Luís mandava meter a macaca em Joca Terto mas se no outro dia Joca Terto chegasse, chamando-o para batizar um filho, não mandava ninguém. Ele mesmo e d. Margarida pegavam na vela, rezavam e seriam compadres de Joca Terto. Não se via José Moura ali, alegre como se o dr. Luís o houvesse chamado para lhe entregar o Pindoba, de mão beijada, com as dívidas esquecidas? Quando porém chegava a hora de matar, o usineiro alisava o carneiro, dando-lhe a melhor ração, mas não teria pena de enfiar a faca na goela do pobre.

José Moura, nas mãos de outro, teria espernado, dado o desespero, gemido. O seu compadre tomara-lhe o engenho, que fora de seus avós, o bom Pindoba, que só tinha terras de várzeas e com vertentes de águas doces. A usina do compadre comera-lhe o engenho. E o dr. Luís fazia esta coisa sorrindo, pilheriando, chamando José Moura para a sua mesa. Agora mesmo ele estava ali sem dúvida para lhe pedir alguma coisa. E era verdade. José Moura queria falar com o dr. Luís:

— Doutor Luís, no escritório cortaram-me o crédito. Disseram lá que não me dariam mais dinheiro para a safra. Estou precisando, doutor Luís. A cana está no mato.

O dr. Luís, sem se alterar, com a mesma voz mansa, com que dava bom dia ao compadre, foi lhe dizendo:

— Compadre José Moura, este negócio de escritório é lá com José Fonseca. Não me meto com isto, não. Se ele lhe disse isto, está dito. Vamos almoçar, que Margarida está esperando.

Os meninos do usineiro brincavam no jardim, debaixo das sombras do *flamboyant*, com o filho de José Moura, que viera tomar a bênção ao padrinho. Viera de Pindoba para ver o grande, o padrinho poderoso. Fazia inveja aos irmãos: o padrinho dele era dono da São Félix, o homem mais rico da Paraíba e dava-lhe, sempre que ele ia à usina, uma prata de dois mil-réis.

José Moura almoçava na mesa, o filho brincava no jardim. E o Pindoba se fora para sempre. Seria dos filhos do padrinho de seu filho.

22

D. Dondon ficara, de vez, na usina. Fechara o palacete da Paraíba porque não iria morar numa casa que todo mundo sabia que não era de seu marido. Juca tivera que entregar a Vergara em garantia.

Para as meninas aquilo fora uma morte. Deixar a rua das Trincheiras, a vida boa da Paraíba, com as amigas, a retreta, o cinema, para se socarem no esquisito da Bom Jesus. Pediram ao pai para ficar, mas d. Dondon não cedia. Ali não ficaria por preço nenhum, e vieram para a usina.

Clarisse, de baratinha, estava sempre na cidade, visitando e trazendo amigas com ela. O seu quase noivado se fora por causa da americana. O seu namorado não se conformara com aquela vida que ela levava com a estrangeira saliente.

A verdade era que as filhas do usineiro ficaram faladas. Rapazes tinham-nas na conta de sapecas, contavam histórias de namoros.

Iaiá Soares, quando vinha à usina, enchia a cabeça de d. Dondon de coisas que ouvira na Paraíba. Ela defendera as meninas, que eram umas santas. Só mesmo muita ruindade faria inventar aquelas mentiras com Maria Augusta e Clarisse. Diziam até que Clarisse ia se casar com um inglês que ia à usina visitar a mulher do químico, mas que tinham descoberto que o tal era casado.

Com estas histórias de Iaiá Soares, d. Dondon se incomodava profundamente. Felizmente que viera de vez, para a sua casa, deixando a Paraíba. Não gostava de Iaiá Soares. Que vida a daquela mulher, trazendo, de engenho a engenho, da cidade, de toda parte, mexericos! Podia até ser que fosse mentira dela e ninguém andasse falando de suas meninas. Mas sempre lhe doía saber aquilo.

As parentas nem uma vez a vinham visitar na usina. Desde que chegara, fora ao Maravalha e ouviu o que não queria ouvir. Tia Nenen, como sempre, disse-lhe o diabo, censurando. Como era que ela deixava as filhas metidas com gente desconhecida, soltas na praia, como filhas sem pai e sem mãe? E aquela vida de Clarisse, guiando automóvel, de estrada abaixo e acima, sem jeito de gente.

Felizmente que Clarisse não fora àquela visita, senão a tia Nenen teria ouvido boas. A filha era assim com aquele gênio horrível. Há seis meses que estava na usina. E d. Dondon via as coisas com tristeza.

Coitado de Juca, não parava um instante. Pegando numa coisa e noutra, com as encrencas da moagem, a falta de dinheiro para mover a usina. Se estivesse no Pau-d'Arco, estariam livres de tanto aperreio, de tantas contrariedades. Sabia que as parentas criticavam muito a ela e as filhas. Tinham gasto muito, luxado demais. No entanto só Deus sabia o que lhe importava o luxo que Juca lhe dera. Vivia contrariada na cidade. E as próprias meninas não gostavam de se mostrar. Aquilo que faziam era de toda moça. Coitadinhas, o que podiam saber das posses dos pais?

    Clarisse pedira aquele automóvel. Pedira tanto que Juca mandou que ela tirasse o carro. Fora aquela d. Mary quem enchera a cabeça de Clarisse com aqueles jeitos de moça moderna. E a filha por isso perdera o casamento com o rapaz de seu Guilherme, da Paraíba. Podiam até já terem casado. O menino era bom, trabalhador. O gênio de Clarisse, porém, não era brincadeira. Outra teria se chegado, se chegado, e quando se desse fé, o rapaz estaria de boas, outra vez. Mas não. Era aquele capricho que não abrandava.

    Uma vez ela dissera à menina para fazer as pazes e se arrependeu. A filha lhe perguntara se ela queria que se fosse embora, se estava com vontade de vê-la pelas costas. Arrependera-se. Clarisse tinha aquele gênio.

    Um dia chegara ela em casa chorando. O que teria acontecido à sua filha? Então Clarisse contou: entrara na Rainha da Moda e comprara umas coisas e quando ia saindo e mandara o rapaz botar na conta do pai, o seu Avelino chamou-a para um canto lhe dizendo que perdoasse, que fazia aquilo contrariado, mas que não podia mais vender a crédito, pois a conta de dr. Juca estava muito alta, que já mandara lembrar, mais de uma vez, na usina; sem resposta.

    Clarisse saíra, como um rato, da Rainha da Moda e entrara em casa chorando. Nunca mais que botasse os pés no comércio.

    D. Dondon, com lágrimas nos olhos, contou-lhe a situação do pai: o açúcar caíra e as dificuldades eram grandes demais.

Clarisse, porém, não se conformava, se revoltando contra ela e o marido: era uma infeliz, nem podia entrar numa loja, que não fosse para sofrer vergonha.

Clarisse era assim. Para que aqueles passeios de automóvel, gastando gasolina, trazendo gente para passar dias na casa-grande, como se eles estivessem na fartura? Juca já lhe havia contado a história da conta da gasolina. Cinco contos de réis. Se todos ali fossem como ela, não passariam por vexames. Bem que ela quisera que Juca não se metesse em usina. Agora era o que estava vendo. Por ela não, que se conformava com tudo. Não nascera em palacete, nunca se acostumara em viver de automóvel. Outra poderia se queixar ao marido. Juca estava ali para dizer se nunca de sua boca ouvira palavras de reclamação. As meninas se queixavam, porque não havia nada mais sem juízo do que mocidade. Maria Augusta mesmo, que era tão boazinha, tão sem as exigências da irmã, sofria com a vida da usina. Clarisse, quando saía em seus passeios de automóvel, era sozinha, não se unia com a irmã mais moça.

Coisa feia, irmãs desunidas! Pedira tanto a Deus para que suas filhas fossem como ela fora com as suas irmãs. Mas qual!... Clarisse não ligava com ninguém. Só mesmo com d. Mary ela se pegara daquele jeito. Ficara espantada de ver a filha unha com carne com a americana. As criadas se queixavam: d. Clarisse não chegava aos pés de d. Maria Augusta. Era impaciente com elas todas. E d. Maria Augusta tão delicada!

A mãe temia. Se Clarisse se casasse com um homem de gênio, daria em desgraça. Podia acontecer o que acontecera com a tia Sinhazinha. Viveriam separados, marido e mulher.

Talvez que tudo aquilo da filha fosse coisa de moça e que Clarisse desse uma boa dona de casa, vivendo com seu marido da melhor maneira.

O que preocupava mais d. Dondon era a situação do marido. Via-o aperreado, sempre com os negócios, agitado, sem dormir e agora se queixando de dormência nas pernas. Pedira para ele ir ao dr. Maciel se receitar, mas Juca não ligava a doenças. Se todos fossem como ela, aguentariam o desastre da Bom Jesus, sem grande abalo. No dia que Clarisse contou ao pai a história da Rainha da Moda, vira a cara de sofrimento do marido. Bem que ela pedira para a filha não contar a Juca aquela desfeita de seu Avelino! Sabia bem que o marido andava quase de esperanças perdidas. Fizera aquela usina juntando os parentes. Fora um santo para todos até o dia em que açúcar dera dinheiro. Agora os parentes falavam dele, afirmando que tudo fora por culpa de Juca. Negócio com parente não dava certo. Até o seu pai, que nunca abrira a boca para falar do genro, chegara-lhe com censuras, falando no luxo que levavam. Que luxo era aquele?

Naquele dia da visita do pai, chorara. Tinha certeza que aquilo era história de sua irmã, do seu cunhado, que enchera a cabeça do velho de coisas contra Juca. Se açúcar estivesse como estivera, estariam todos elogiando, botando o marido nas nuvens. Negócio com parente só podia dar naquilo mesmo.

No começo da crise, Juca ainda estava animado. O açúcar baixara, mas havia esperanças de que subisse. Viera, no entanto, a nova safra e o preço cada vez mais insignificante. Ela então viu bem claro que Juca estava perdido, arruinado. E ele que, antigamente, pouco falava com ela de negócios, vivia a lhe contar as coisas, sempre coisas desagradáveis.

A safra da Bom Jesus diminuíra, fora-se embora o químico, e Vergara com exigências cada vez mais impertinentes. Juca só aguentava porque não havia outro jeito. Dissera-lhe mesmo que se estivesse sozinho na usina já teria sabido o que fazer. Mas atrás dele estavam os parentes exigindo.

Fora um louco quando se metera com aquela gente. Podia ter deixado que o dr. Luís houvesse comprado o Santa Rosa e estivesse agora com o pé no pescoço de todos eles. Para eles só servia mesmo um homem como o dr. Luís, que metesse os pés, tomando o que eles tinham, sem pena e ainda por cima debochando de todos. Não via como estavam todos pegados com Trombone, ouvindo o que seu primo dizia?

D. Dondon ouvia o marido com pena.

Pelos trens falavam dele, do luxo das filhas, dos seus gastos. Orsine lhe vinha dizer tudo. Tudo fizera pela Bom Jesus. Não podiam dizer que fosse um preguiçoso, encostado. Estava esgotado de tanto trabalho, de noites acordadas na fábrica, fazendo papel de feitor pelos partidos, aborrecendo-se dia e noite na moagem, se matando para ser difamado pelos parentes nas conversas de trem.

Só contava mesmo com Edmundo. O próprio tio Joca não saía de Maçangana, ouvindo as pilhérias de Trombone.

O dr. Juca examinava-se: coitada de Dondon. Só era mesmo a sua mulher para tomar conta das filhas. Há tempos viviam separados, de corpo. Ela para um canto e ele para outro.

O usineiro voltava-se para a vida de outrora, com certo amargor. Não podia ter encontrado melhor companheira. Quantos anos, sem mesmo aquelas brigas de mulher e marido, tão comuns. Tudo que fizesse era benfeito para Dondon. A vida do Pau-d'Arco fora mansa. Vira os filhos nascerem, a mulher conformada, os dias felizes no remanso do banguê. Às vezes pensava nas malvadezas que fizera com ela. Aquela rapariga, que tivera logo no começo de casados! Não soubera quem fora levar a Dondon a história. Um dia encontrou-a chorando, sem porém lhe dizer nada do que soubera. Só muito tempo depois viera a saber da razão das lágrimas da mulher. Teve pena de Dondon. Uma mulher daquela não se encontrava com facilidade no mundo, com aquele coração, aquela bondade de todas as horas. Há mais de vinte anos que estavam casados. E nem um dia encontrara a companheira de cara feia. Como ela era diferente das mulheres de sua família!... Da velha Sinhazinha, que só estivera dois anos com o dr. Quincas, da velha Janoca, que mandava surrar as amantes do marido!... Todo mundo lhe dizia: você tem um tesouro dentro de casa. E tinha mesmo. Fora cruel com Dondon. Mas não era culpado. O sangue pedia aquelas raparigagens, o sangue o arrastava a variar de mulheres, a ser o que era, como fora o seu tio Jerônimo, os seus avós. Dondon nem parecia que sabia das suas vadiações. Dera-lhe aquele palacete na Paraíba, enchera-lhe os dedos de joias, fazia todas as vontades das filhas, para ver se contentava, se se pagava de seus roubos para com ela. E ela fora tão indiferente à riqueza. Tivessem as meninas o que desejavam e ela estava bem satisfeita. A Bom Jesus crescera. Ele pensava mesmo que tudo ali se resolveria da melhor forma, que nunca mais seriam pobres. O velho Santa Rosa virara uma fábrica, desovava quase mil sacos de açúcar por dia. Pensando bem, fizera o que não devia ter feito. Como todos os homens da família, não tinha fé, só falava de Deus nos "se Deus permitir", nos "se Deus quiser". Não podia ser um castigo. Por que então o dr. Luís, da São Félix, não seria castigado com mais impiedade? Dondon agora fizera os pobres voltarem à cozinha do Santa Rosa. O gerente do campo não era mais aquele importante, cheio de vontades.

A Bom Jesus murchava aos poucos, ia perdendo aquela crueldade do começo. A miséria humanizava a organização que, para firmar-se, precisava não ter entranhas de espécie alguma. Os pobres da Bom Jesus já iam à cozinha de d. Dondon.

Avelina agora passava os dias na casa-grande, comendo, como as negras do Santa Rosa, do caldeirão da cozinha. As negras gostavam de d. Dondon. E o povo do eito vinha se chegando para os remédios da usineira. À tardinha, d. Dondon saía com Maria Augusta, nos passeios pelos altos. O marido falava para não irem muito longe. Os moradores da usina não eram os mesmos do engenho. Havia muita gente ruim, gente que ninguém sabia donde viera. E depois não convinha facilitar, porque cabras da São Félix andavam fazendo arruaças ali por perto.

A usineira subia pela caatinga, ia até a Areia, onde fora mesmo a casa de Feliciano. Ainda se via a marca da palhoça queimada. Ninguém quisera fazer casa, plantar nada por cima. Moravam, porém, nas proximidades mulheres conhecidas, o povo de Inácio Lavandeira e de Manuel Damião.

Havia não sei quanto tempo que os pobres não viam gente da casa-grande por aquelas bandas. Só aparecia por ali o feitor, os vigias armados para dar ordem e andar atrás dos homens.

Fizeram festas à usineira, contando-lhe, detalhe por detalhe, a história de Feliciano: uma mulher da Una vira uma estrela, maior do que a lua, mudando de lugar e os santos haviam subido para o céu. O santuário de Feliciano se fora. E havia morrido muita gente. Aqueles vigias tinham chegado, dando no povo e até mulher velha correra para cima deles como cascavel. Morrera gente no tiroteio: dois filhos de José Bentinho. A velha Candinha que rezava terço:

— Ah!, dona Dondon, se a senhora estivesse aqui, o sangue dos pobres não tinha corrido. O doutor Juca não se importou e os soldados fizeram um estrago. Foi castigo. Andaram dizendo que Feliciano dormia com o diabo. O negro virou santo, dona Dondon.

A usina estava moendo. Não era mais aquela moagem entrosada de meses a fio. Parava um dia por falta de cana. Uma máquina só não dava para alimentar a fome da esteira e a moagem se arrastava, dependendo de corte de cana, de trens, com dificuldades de todos os lados.

O dr. Juca passava as noites na fábrica, dirigindo tudo. Muitas vezes vinham acordar o usineiro, alta madrugada, para resolver situações que se criavam.

Fazia pena abandonar daquela forma uma maquinaria como a da Bom Jesus. Era o que diziam os entendidos. Se aquilo estivesse nas mãos do dr. Luís, com dinheiro e as facilidades do grande usineiro, veriam o que era um primor, uma beleza de produção. De fato, a Bom Jesus nem parecia que alimentara o sonho de atingir uma Tiúma ou uma Catunda. Parecia mais um gigante abandonado. Uma garganta imensa, comendo de ração reduzida.

O dr. Juca não tinha mais esperança. A usina tinha que se arrastar assim até o fim.

Lembrava-se da história, que lhe contaram, do coronel Pedrinho, do Batateira. O coronel Pedrinho vivia de grande no seu banguê, o maior banguê de Amaragi, em Pernambuco, moendo as suas canas com a força de uma roda-d'água. Todo mundo invejava a sorte do coronel Pedrinho. De inverno a verão aquele rio trabalhando para ele. Quando não era dando forças para moenda, era aguando as canas do coronel Pedrinho. Os partidos do Batateira nunca perderam uma touceira de cana por falta d'água. E a família do senhor de engenho tinha importância, os filhos nos estudos (até havia um estudando pintura no Rio). O coronel ganhava para tudo: para fazer a sua figura nas festas de Escada, gastando igual ao barão de Suaçuna, para ter a sua mesa larga e sustentar os seus aderentes. No Recife mesmo, o coronel do Batateira era conhecido. Que engenhão de primeira!... Pois bem, apareceu a história da usina, apareceu um sócio para o coronel Pedrinho. E veio o dinheiro e vieram as turbinas e o Batateira virou fábrica e com o tempo o coronel Pedrinho foi entregando o que tinha, o sócio foi comendo tudo. E terminou a história, como todo mundo sabia: o coronel Pedrinho sem o Batateira de águas correntes.

O dr. Juca se lembrava dessa história, de Recife, pensando nele mesmo. Se tivesse olhado para o coronel, não teria aceito a proposta do dr. Pontual. Mas o homem andara por Cuba e dizia que, com máquinas da companhia dele, não havia usina que não desse lucro.

Se pudesse contar ainda com um fornecedor de dinheiro camarada, a Bom Jesus estaria salva, apertando-se no princípio, mas se salvaria. Mas qual. Vergara estava com Mendes Lima, de Pernambuco, com os mesmos juros, a mesma tática. O dinheiro saía fácil com açúcar de sessenta mil-réis e agora era o que se via: garantias, juros sobre juros e redução asfixiante de crédito.

A Bom Jesus não era mais que uma prisioneira da casa Vergara. O comerciante mandava caixeiros contar os partidos, avaliar a safra, fazer balanço do barracão. Seu Ernesto não era mais empregado da usina.

Seu Ernesto estava como um testa de ferro de Vergara. Era um observador.

Mas o que podia fazer? Se aquilo fosse dele somente, saberia como agir, sacudindo aquele safado para fora e depois Vergara que viesse conversar com ele. Não podia porém fazer nada, porque os parentes estavam com esperança de passar a usina a Vergara, vendo assim se se libertavam das hipotecas dos americanos. O comerciante pagaria aos estrangeiros e lhes devolveria as terras, embora ficassem todos sujeitos a um usineiro estranho.

Todos eles acusavam muito ao primo Juca pelas facilidades com que entregou o que era deles aos americanos. Falavam pelos trens. Trombone bem que abrira os olhos. Mas quem poderia desconfiar de Juca? Nunca que supusessem que o primo fosse tão cego, tão imprevidente para se deixar enrolar daquela maneira.

O dr. Juca quase não conversava mais com os sócios. Se ele não tivesse com o sogro a maioria das ações, estaria há muito tempo no olho da rua. A vontade dos parentes dava para isto. Era aí que o usineiro mais se sentia. Se não fosse a mulher e os filhos e os interesses do sogro, ele teria deixado que o diabo levasse a Bom Jesus.

23

No terceiro ano da crise a Bom Jesus ainda se arrastava, entravada de dificuldades. A dívida a Vergara aumentara, as prestações dos americanos atrasadas, o usineiro doente e a São Félix entrando nas suas terras. Partes do Vertente tinham sido compradas pelo dr. Luís e letras vencidas contra o dr. Juca estavam nas mãos do rival.

A Bom Jesus ficava assim ameaçada de perder as nascentes do riacho que lhe dava de beber. O dr. Juca conhecera os passos do adversário impiedoso, mas não tinha forças para fazer nada. Vergara não lhe adiantaria mais um tostão para comprar terras. O comerciante só queria mesmo salvar o seu dinheiro enterrado.

Ninguém mais que pudesse auxiliá-lo.

Lembrou-se então de Marreira. O cabra estava muito rico, comerciante arrojado, o maior do Pilar. Era para ele uma humilhação procurar um antigo cabra do eito de seu pai.

E sem dizer nada à mulher, o dr. Juca, uma tarde, parou o seu automóvel na porta do capitão Marreira. O cabra recebeu-o com a satisfação de sempre, levando-o logo para a sala de visitas, atulhada com a mobília do comendador Napoleão. Pendiam da parede os retratos, em ponto grande, de Marreira e da mulher.

O dr. Juca foi logo ao negócio: a situação da usina estava um tanto atrapalhada, o açúcar descera, o fornecedor se retraía e ele estava precisando de uns cem contos de réis, para atender a umas despesas urgentes. Lembrara-se dele Marreira e viera incomodá-lo.

Marreira ouviu tudo com muita atenção, bem humilde em sua cadeira de braço e, depois que o doutor acabou, o moleque falou calmo, com a mesma voz adocicada:

— Se eu pudesse, meu compadre, o dinheiro estava nas suas mãos. Para este seu criado é uma honra. Mas não tenho, meu compadre. Tudo que tenho botei no estabelecimento. Compro a dinheiro na praça. E é o que o senhor vê. A casa cheia de mercadoria e os negócios fracos. Para ser franco, meu compadre, estou até arrependido da transação que fiz. A mulher era quem queria deixar a bagaceira do engenho, dizia ela que por causa dos filhos.

O dr. Juca deixou a casa de Marreira, mais humilhado do que entrara.

Em casa contou à mulher, que desaprovou o seu procedimento, dizendo-lhe que melhor era deixar o dr. Luís entrar na usina do que fazer aquela baixeza. Todo mundo sabia que Marreira dispunha de dinheiro nos bancos, negara-se porque não confiava na Bom Jesus. Aquela visita do marido, na certa, chegaria aos ouvidos de Vergara e do dr. Luís. Marreira bateria com a língua para todo o mundo, enchendo a vila com a história.

E, de fato, logo mesmo que o dr. Juca deixou a casa do moleque, não demorou muito que ele não saísse para a rua, contando tudo. O Pilar ficou sabendo que o dr. Juca procurara Marreira para um empréstimo.

E a notícia ficou pelos trens, nas conversas de todo mundo.

O usineiro dera um passo desastrado. O seu tio, o capitão Joca, do Maravalha, procurou-o na usina para falar da coisa. Para ele era preferível ficar sem um palmo de terra a fazer um papel daquele.

Trombone não perdoou: o barão andara pela loja de Marreira, pedindo dinheiro a juros.

Cada dia que se passava, mais o dr. Juca via a situação da Bom Jesus se agravando. Só a mulher, dentro de casa, não botava as mãos na cabeça, não o censurava.

Clarisse, depois que não pudera mais comprar pneumáticos para a baratinha, não se conformava com a vida. A mãe falou-lhe franca, foi enérgica. Então ela não via a situação do pai, os transtornos? O que estava pensando então?

Maria Augusta sentia as coisas sem reclamar. Os meninos no colégio não acompanhariam de perto o fracasso. Teriam que sair do colégio. D. Dondon recebeu esta notícia do marido, como um golpe. Os filhos não poderiam continuar no colégio dos jesuítas. Não sabia como seria aquilo, aqueles dois meninos, levados como eram, soltos na usina. O mais velho, naquele ano, terminaria o curso ginasial. Juca pensara em mandá-los para os Estados Unidos e agora teriam que voltar para casa, porque nem para colégio do Recife dispunham de recursos. Iria a seu pai, pedindo pelos filhos, para que ele concorresse para a educação dos meninos, até que o marido se levantasse daquela situação.

D. Dondon via o marido inteiramente desanimado, queixando-se de dor nas pernas, de dormência nos dedos das mãos. Dissera-lhe várias vezes para procurar o dr. Maciel. Saúde não era coisa com que se brincasse. Não sabia o que o marido andava fazendo pelo Recife que não procurava um médico para se tratar. Isto de ser pobre não amedrontava d. Dondon. Se as filhas se conformassem, ela estaria pronta para todos os sacrifícios. Viveriam bem em qualquer parte. Juca tinha uma carta, era bacharel. Quem sabe se não acharia um juizado, como os parentes dele, que foram para Minas e lá estavam enraizados?

Muitas vezes a usineira ficava no alpendre da casa-grande olhando as coisas. Ficava horas e horas na cadeira de balanço, remoendo os pensamentos. Se o marido tivesse ido atrás de seus pressentimentos estariam no Pau-d'Arco, com a família criada, sem serem incomodados por ninguém. O que eles iam passando não era brincadeira.

Até nos jornais da Paraíba saíra um protesto de letra contra Juca. O nome do marido nos jornais da Paraíba, como mau pagador. Nunca mais que ela botasse os pés por lá.

A chaminé da Bom Jesus se alteava, fumaças subiam para as nuvens brancas de verão. O rumor da fábrica chegava até longe. Um trem de cana passava apitando. Lá por dentro de casa, Clarisse lia romance e Maria Augusta bordava. Na cozinha as negras conversavam. A negra Generosa cega, meio caduca, falava como o tio Feliciano.

E d. Dondon, pensando no futuro dos filhos. Por causa de d. Mary, Clarisse perdera o casamento. A usineira nem gostava de ficar só para não pensar naquelas coisas. Se as filhas não achassem casamento? Clarisse, com o gênio que tinha, não tolerava ninguém. Notara que ela agora vivia recebendo cartas. Perguntara até a Maria Augusta de quem seriam e a filha não soube responder. Que gênio o daquela menina! Nunca vira uma pessoa puxar tanto a outra, como ela à velha Sinhazinha. Para que o orgulho de Clarisse? Orgulho de quê? Se ela fosse assim como Maria Augusta, não teria medo da sorte da filha e não haveria homem que fosse ruim para ela. Não era para se gabar, mas Maria Augusta seria como ela fora para o Juca.

Vinha gente falar com d. Dondon. Gente da usina para pedir remédios, as doses que ela sabia preparar. Até se esquecera de pedir a Juca para trazer uma nova caixa do dr. Sabino, que a dela já estava se acabando. As consultas eram de todos os dias. Mulheres para parir, mandando buscar as gotas de d. Dondon, que eram infalíveis, meninos, de olhos apostemados, atrás da água de santa Luzia.

Para o povo pobre da Bom Jesus há dois anos que a vida vinha melhorando. Se eles pudessem descer para a várzea, seria outra coisa. A usina não estava plantando tanto e havia terras devolutas para várzeas. Quanto mais a Bom Jesus caía, mais o povo tinha esperança de melhorar de condição. É verdade que o barracão não vendia como dantes.

Seu Ernesto acabara com os vales da usina, só vendendo a dinheiro. Vale da usina não comprava mais coisa nenhuma.

A importância de seu Ernesto crescia com a força que lhe dera Vergara.

O moleque Ricardo gemia nas mãos dele, que gritava, dizendo que não queria empregado para estar com conversas no balcão.

E mandava o moleque atrás de gente que estava devendo. Fosse ver o que se podia tomar do Malaquias, da Areia, que devia cinquenta mil-réis, e se o roçado do cabra valia qualquer coisa.

O povo tinha que se haver com o barracão, mais exigente do que o da usina.

Vergara limitara o fornecimento às necessidades do dr. Juca, e por isto seu Ernesto só fornecia aos trabalhadores até uma conta estabelecida. Fora dali o trabalhador tinha que puxar o cobre para levar o seu pedaço de bacalhau.

O moleque Ricardo e José Amarelo precisavam estar atentos, senão dariam mais um litro de farinha ou um pedaço de carne, além do limite. E para se guiarem bem, os nomes dos trabalhadores estavam numa lista grande. Cada um com a sua quota marcada. Para José Macaco meio litro de farinha e uma quarta de ceará. Para Cristóvão, da Una, mais alguma coisa. E quando o seu Ernesto descobria algum mais favorecido pela distração de Ricardo ou de José Amarelo, abria a boca no mundo. No outro dia o felizardo pagava pelo descuido, recebendo pela metade a ração.

O povo vivia assim, aperreado com a ganância do barracão. Os que recebiam dinheiro e tinham qualquer coisa, em casa, para comer, esperavam pelas feiras de Pilar e São Miguel para se abastecerem. Seu Ernesto embirrava com estes independentes, estes rebeldes, que podiam viver por fora de sua despensa.

A importância do testa de ferro, cada dia que passava, mais arrogante ia ficando. Até uma ordem da d. Dondon para dar uma cuia de farinha e um taco de carne a uma mulher de morador, que fora à casa-grande se valer, seu Ernesto quis recusar. Voltou mesmo o portador, pedindo para trazer ordem do dr. Juca. Mas quando a mulher foi voltando para trás se arrependeu e deu o mantimento, falando daqueles vagabundos, que viviam chorando nos pés de d. Dondon.

Pelos trens falavam da importância de seu Ernesto, havia quem dissesse que com pouco Vergara entregaria a ele a direção da fábrica. Dr. Juca estava por pouco. Questão somente de mais uma safra como aquela que estavam tirando, para chegar ao fim. E se o dr. Luís executasse as letras, o Vertente cairia em suas mãos e não havia justiça que pudesse livrar a Bom Jesus de morrer de sede. Qual era o juiz que decidiria contra a São Félix?

A Bom Jesus, na certa, ficaria com as suas nascentes comidas pela outra. O dr. Juca gastara uma fortuna no aqueduto, que era uma obra de engenharia. Viera usineiro de fora e elogiara o arrojo dos trabalhos. E de uma hora para outra vinha o inimigo e destruía tudo.

Mas o usineiro dá Bom Jesus já não tinha aquele interesse. Sentia-se doente, uma fraqueza nas pernas, umas dores pelo corpo. Não dizia nada em casa para não espantar a mulher. Bastava o que ela vinha sofrendo, as contrariedades, as decepções. Dondon era quem naquela casa ainda esperava por qualquer coisa. Ele soubera que Clarisse voltara ao namorado antigo. Orsine lhe dissera que o rapaz esperava casar logo, pedindo a menina num dia e noutra semana estariam casados. Falara nisto à mulher e a alegria de Dondon fora enorme.

Clarisse precisava mesmo de um casamento. Capaz de dar uma dona de casa de primeira ordem e de viver muito bem com o marido.

E a usineira começou a se lembrar do enxoval. O que poderia fazer para a filha sair de casa pronta? Tinha em casa umas peças de linho, muita renda, muita coisa, que vinha guardando mesmo para quando as filhas precisassem. Mas teve receio de chamar Clarisse e falar. Aquela menina era muito orgulhosa.

E lá um dia d. Dondon chamou a filha, foi ao seu quarto abriu as malas e lhe disse:

— Menina, isto aí é para o teu casamento. Para que não mandas chamar Marica, de João Miguel, Melu e não começas a preparar as coisas para o teu enxoval?

D. Dondon viu que Clarisse chorava. No começo um choro convulso. E ela chorou também com a filha.

Depois Clarisse falou: nunca pensara que fosse se casar daquele jeito, como uma pobre qualquer. Sempre sonhara com um casamento de luxo, com enxoval rico, e se casaria assim como qualquer uma.

A mãe recebeu aquela queixa, com uma dor que lhe entrou até os confins da alma. Mas resistiu. O que a filha quisesse teria. Teria o que ela quisesse. Se Juca não podia, se estava atrasado, não fora por culpa dele não. Fora o açúcar, os negócios ruins. A vontade dela era que as filhas tivessem casamento o melhor possível. O avô delas estava vivo. Tinha certeza que o seu pai a auxiliaria. Tudo que era dela era de suas filhas. O que Clarisse queria mais? Roupa, teria da melhor, só não a levava para as modistas do Recife. Podiam, no entanto, se servirem de d. Nina da Paraíba, que costurava muito bem. Daria as suas joias para ela. Para que mulher velha enfeitada? Seriam dela.

D. Dondon, porém, ficou pensando no casamento da filha. Lembrava-se do seu que fora falado como o de Maria Menina, do Santa Rosa. Duas grandes famílias se uniram naquele instante. Pensara sempre em casar suas filhas com o mesmo esplendor. Nunca em sua vida tivera sonho de grandeza, mas alimentava aquele. Via Clarisse e Maria Augusta puxando atrás delas um cortejo numeroso. As filhas olhadas, admiradas, invejadas por todo mundo. De toda a riqueza que lhe trouxera a Bom Jesus, nenhuma se comparava com o seu sonho de casar as filhas com uma festa que ficasse falada. Aquilo parecia uma tolice. Ela mesma meditava. Que felicidade viria de casamento de festa arrojada? O povo até cismava com casório muito festejado. Era tolice do povo. Muitas conhecidas suas tiveram casamentos bonitos e foram felizes.

Toda a vaidade de d. Dondon estava nas filhas. Pouco se importava que Iaiá Soares viesse contar coisas de Juca, gastos com mulheres, presentes a mulheres. Tudo o que ela pedia para os filhos Juca dava. Clarisse se casaria em breve e cadê riqueza para ela?

E a usineira se amesquinhava com aquilo. Soubera da hipoteca da casa da Paraíba, dos fracassos do marido, da ingratidão dos parentes e nada lhe doera tanto quanto aquela queixa de Clarisse. Não tinha nada não. Ela ainda dispunha, no curral do pai, de muitas cabeças de boi, gado que ainda vinha de seu tempo de solteira. Todos os anos o velho lhe trazia pelas festas um ou dois contos de réis, de venda de seus garrotes. Mandaria vender tudo de uma vez, mas Clarisse teria um casamento de arromba. Viria música da polícia da Paraíba, encheria a casa-grande de gente, a filha teria um vestido de cauda, uma festa das faladas da várzea. Clarisse não seria uma camumbembe para casar às escondidas. As primas do Maravalha veriam o que era um casamento.

E d. Dondon passou a viver para o noivado da filha. Marica, de João Miguel, Melu, Firmina, do Corredor, rendeiras do velho Santa Rosa, o linho de suas arcas enchiam a casa-grande de rumores de máquina de costura, de conversas de costureiras.

Toda a casa-grande renascia na faina. D. Dondon dando ordens, marcando monogramas, riscando bordados, Maria Augusta ajudando. E Clarisse mais alegre, mais satisfeita.

Dentro da casa-grande da Bom Jesus só mesmo o dr. Juca sabia que o açúcar, naquele ano, descera mais para baixo que no outro.

24

CLARINDA DEIXARA A MIMI. Jacqueline havia passado a pensão a uma polaca e a nova proprietária não se conformava com a conta atrasada da hóspede. Foram os tempos áureos das pensões alegres. Os coronéis do açúcar, debandados. Um saco por vinte mil-réis não dava para nada. Precisavam de três para uma garrafa de champanha. As pensões mais importantes fechavam as portas. Só iam ficando mesmo os prostíbulos, os que viviam das migalhas.

D. Júlia resistiu. A sua freguesia não era das grandes, das que tinham se abalado com a crise. Britinho continuava no seu piano, com as mesmas valsas de Alfredo Gama e aqueles quebrados de olhos. Muitas vezes o pianista, quando a cerveja subia, chorava cantando:

> *Passado florido abrolhos*
> *Sombras que vêm e que vão*
> *Entrando dentro dos olhos*
> *Saindo no coração.*

D. Júlia gritava:
— Para com isto, Britinho, estou de coração partido.
– Ela gostava imenso das valsas do Alfredo, mas a freguesia queria maxixe.

Estudantes sentados com mulheres e a freguesia rala por aqueles tempos de crise.

Clarinda viera cair na Peixe-Boi. O seu coronel não podia, fora perdendo aos poucos a força. Até a Jacqueline ficara devendo. Ela porém gostava dele. Muitas companheiras lhe abriram os olhos: deixe ele, menina, pega outro. Mas ela pegara afeição ao dr. Juca, que lhe dera aquele anel de cinco contos de réis. Por conta dele fizera passeio ao Rio. Nunca lhe pedira uma coisa, que lhe negasse. Lembrava-se de que o dr. Dinis andara à sua procura, querendo que ela fosse passar uns dias na usina. No fundo não tinha amor a ninguém. Via as outras pegadas com rapazes, gozando com seus amantes. Ligara-se ao dr. Juca e há mais de cinco anos não conhecia outro homem. Gostava, de verdade, muito mesmo da Jacqueline, que se fora para sempre. Era uma amizade misturada de amor de homem e de amor de irmã. Todo mundo falava daquilo. De fato, nunca gostara de homem nenhum como de Jacqueline. E se fora e agora estava ela na Peixe-boi, lugar horrível. Mas o dr. Juca não podia montar casa e as outras pensões ainda ficavam abaixo, de vida mais infeta.

D. Júlia a recebera de cara feia. Não queria saber de mulheres que viviam com francesas, aprendendo coisas ruins. Francesa e polaca só sabiam fazer porcaria. Povo nojento. Clarinda entrara ali, na sua casa, levada pelo dr. Juca.

D. Júlia, sentada à mesa, presidia aos repastos, metendo o pau, criticando as suas mulheres, dando conselhos. Aquela Maria do Carmo não criava juízo. Que mulher de fogo, não baixara a quentura. De todas era Maria do Carmo a única que não dava ouvidos a d. Júlia. Era tida como filha. E sua filha estava no colégio das freiras, no colégio de gente rica. E a velha ralhava com a rapariga com mais veemência do que com as outras. Tinha direito sobre ela, trouxera-a do interior, quase menina, para a vida, para os homens.

Clarinda entrara na Peixe-Boi hostilizada pelas companheiras. O convívio com as francesas, aquela pose de joia no dedo, de vestido bonito, de Cinema Moderno a incompatibilizavam com o mulherio barato.

Tinham raiva de Clarinda, tanto que, quando ela chegara ali, fora com pilhérias, com perguntas sibilinas que as companheiras a trataram.

D. Júlia falava de francesas perto de Clarinda para castigar. Viver com francesas, para a velha, era a mesma coisa que ser francesa. Não sabia como uma mulher, que se prezava, aguentava aquela canalha. No dia mesmo em que o dr. Juca lhe falara para Clarinda ficar na sua pensão, dissera com franqueza o que pensava. Só aceitava a rapariga por causa dele. Mulher que vivera com francesa se acostumara com os vícios, com as cachorradas das outras.

Clarinda suportou o diabo, no começo da mudança. Podia ter procurado outra casa, tivera mesmo ímpetos de mudar-se. Um rapaz, que conversava com ela, falara-lhe em irem juntos para Alagoas. Pensou muito e não foi. Só sairia dali com ordem de seu coronel.

D. Júlia não tinha papas na língua. Quando chegavam seus coronéis do interior se abria com eles, metendo o pau nos usineiros. Eles andavam agora titica, roubando os fornecedores, descontando nas costas dos outros os estragos que fizeram. José de Loureiro tinha automóvel até para cachorro passear. Agora estavam todos na gaveta de Mendes Lima tomando dinheiro para as despesas das safras, como estudante em correspondente. Mendes Lima estava escanchado nas cacundas deles.

Os fregueses de d. Júlia, senhores de engenho do Cabo e Palmares, se queixavam também de quebradeira. Para açúcar não havia mais jeito e usineiro quanto mais quebrado mais ruim ficava para os fornecedores. A balança roubava, a bicha ficava mais ensinada.

D. Júlia contava história de usineiros seus conhecidos. No seu tempo de mais moça, a sua casa vivia cheia deles. Bons tempos aqueles do governo de Gonçalves Ferreira, com Tonico gastando na pensão como nababo. Usineiros nem se falava. Ganhara muito de usineiro. Depois das francesas, só apareciam na sua casa quando o açúcar descia. Dos novos não conhecia quase nenhum. Ouvia falar do José de Loureiro, que dera um anel de brilhantes de dez contos de réis a uma espanhola dançarina. Juca, da Bom Jesus, trouxera o chamego dele para a sua casa. Conhecia o Juca desde estudante. Era um estudante que gastava como qualquer coronel. Passara um tempão sem vê-lo. Só ouvia falar de suas peripécias:

— Outro dia entrou-me aqui em casa e que chega nem conheci de velho que está.

Os homens sabiam da história da Bom Jesus. E diziam que a usina do dr. Juca estava na gaveta de Mendes Lima da

Paraíba. Era a sorte de quase todos eles. Em Pernambuco só o barão de Suaçuna cantava de galo. O mais estava de rabo entre as pernas.

— Só quero ver – respondia d. Júlia — quem vai dar de comer a estas francesas. A Jacqueline, da Mimi, encheu o rabo e danou-se.

Clarinda vivia assim cercada de hostilidades. O seu coronel pouco vinha à pensão e quando aparecia se queixava de doenças. E só, sem homem, sem uma proteção visível, ela não podia suportar a implicância das colegas. Vivia mais no seu quarto. D. Júlia dizia porém que não queria saber de freira em sua casa. E acabasse Clarinda com aquele luxo de amante de usineiro, que era melhor. Mulher, em sua casa, teria que atender à freguesia.

Ioiô do Maré, um velho amigo de d. Júlia, vira Clarinda e ficara desejoso. Falou à velha.

— Menino, esta pequena tem dono, vive de chamego aí pelos cantos – lhe informou d. Júlia.

Mas o homem insistiu, daria tantos e quantos, gastando o que ela quisesse. E tanto fez que d. Júlia cantou a menina: Não fazia mal. O coronel dela pouco vinha ali e não saberia nunca do caso. Ela se responsabilizaria pela coisa.

Clarinda resistiu. D. Júlia voltou com mais modos, mais delicada, chamando-a de minha filha, invocando a amizade que tinha pelas mulheres de sua casa. Todas eram suas filhas, só pensava no futuro delas. E tanto falou que Clarinda recebeu o coronel Ioiô.

Apesar de todo o mistério a pensão soube. Soube e comentou:

— Está aí em que deu o luxo da francesa, recebendo homens como as outras.

E o coronel Ioiô se gabou logo ao dr. Dinis e a história correu. A amante do Juca, da Bom Jesus, estava recebendo. A goga do Juca estava quebrada. E o dr. Dinis que levara um contra da Clarinda se rejubilou. Outros souberam. Riram-se, mangaram do colega. Não havia amante fiel com açúcar de vinte mil-réis o saco.

Na pensão, d. Júlia comparou, fez os seus cálculos e encheu a cabeça de Clarinda. E depois aquilo de mulher com um homem só em sua casa não ia, rendia pouco. Mulher só servia sem chamego, com um e com outro, que pedissem bebida, fizessem despesas. Dr. Juca vinha ali uma vez ou outra. E Clarinda parada sem receber. Se ele ainda gastasse como no tempo da Mimi, ainda valia a pena. Mas assim como ia, não estava de acordo.

A sereia cantou para Clarinda.

A moça resistiu ao canto da sereia, mas o canto foi ficando tão doce que a pobre não teve jeito de resistir, caiu nos braços da tentação. Após o coronel Ioiô vieram outros.

Quando o dr. Juca soube, quis ir à pensão e dar uma sova na safada. Pensou, avaliou-se. A doença ganhava o seu corpo. Já se sentia sem ânimo para o amor. Nunca experimentara aquilo que estava sentindo, aquela fraqueza do que nele fora sempre forte, pronto para toda a hora. Quisera ir a um médico mas teve vergonha. Passaria com o tempo. Orsine lhe trouxera a notícia da cachorrada de Clarinda. O primeiro desejo fora de correr à pensão e dar um ensino na cabra. Não era o mesmo dr. Juca. Aquilo poderia virar em escândalo e a mulher e as filhas virem a saber. Orsine lhe dissera que o Ioiô do Maré se andava gabando de que rapariga de usineiro estava dando até para fornecedor. Ele não procuraria mais

Clarinda. Não tinha cara para subir as escadas da Peixe-Boi. Todo mundo, quando ele entrasse, estaria mangando dele, fazendo pouco. Fizera correr champanha na Mimi. Enchera dedos de anel, dera casa para morar a raparigas. Tudo aquilo parecia-lhe de uma era distante e que fora outro o homem de todos aqueles estragos.

25

Sentada na sua cadeira de balanço, no alpendre da casa-grande, d. Dondon recordava-se do ano que correra para ela e a família. Casara Clarisse. Fizera uma festa que ficara falada, com música da polícia e gente de toda a redondeza. Parecera que o Santa Rosa de seu sogro voltara a viver nas suas grandes festas de são Pedro. Clarisse fora morar em Recife com o marido, que montara consultório. Nas duas vezes que vieram à usina lhe pareceram muito felizes. Ainda não tivera coragem de ir ver a filha na casa dela. Desde que Juca caíra com aquela doença, que ela não botava os pés por fora de casa a não ser para ir à Paraíba a negócios do marido. Coitado do Juca. Estava ele com a moléstia do tio Jerônimo. Uma doença que não se curava, que ia aos poucos reduzindo o cristão a um nada, a um trambolho. Quase que ele não podia andar, trôpego, encostado a um pau, como um velho e com aquelas dores infernais. Ela bem se lembrava do dia infeliz em que levou o marido ao dr. Maciel. Não havia jeito de Juca querer procurar um médico para ver o que tinha. Então ela, no dia em que o marido saíra de automóvel para a cidade, lhe dissera que também queria ir. E chegando lá, levou-o para o consultório do dr. Maciel. Fora a maior tristeza da sua vida. O médico mexeu e virou todo o corpo de Juca. Depois mandou ele se levantar com os pés juntos e fechar os olhos. Juca estendeu-se no chão. O dr. Maciel foi franco. O marido tinha a moléstia da espinha. Podia viver muito, fazer tratamento e o mais que se conseguiria no caso era estacionar o mal. Pobre do Juca. A cara triste que ele fizera, naquele momento, fora de fazer chorar a quem mesmo não fosse seu parente. Era a doença do tio Jerônimo. Ela se recordava da vida que levara o velho tio. No começo tateante, andando sem amparo de coisa nenhuma. Mais tarde de pau na mão, precisando dos outros para fazer as precisões. E as dores e os gritos que o tio Jerônimo dava, que se ouviam da casa-grande!

Melhor a morte, lhe dissera o marido, melhor a doença de seus parentes do Engenho Novo, morrendo do coração, de repente. E a vida do marido fora aquela, com a doença andando devagar, comendo a vida, sem pressa. O marido de Clarisse falava de uma viagem ao Rio. Havia lá especialistas, que poderiam dar jeito. Mas qual. Onde encontrar recursos para uma viagem dispendiosa daquela? O seu pai se oferecera para auxiliar, mas Juca não aceitou. Sabia que para a doença dele não encontrava recurso em parte alguma. O sogro e a mulher fizeram questão, mas tudo inútil. Ficaria mesmo com os remédios do Maciel da Paraíba e lembrava o caso de Henrique de Itapuá, com a mesma doença, gastando uma fortuna com os médicos do Rio e sem nada ter obtido. Ele sabia o tempo que deveria viver. Seu tio Jerônimo levara 15 anos se arrastando.

D. Dondon aguentara mais este contratempo, de ânimo forte. Ela mesma se espantava da coragem que tinha para estas coisas. Pensava que fosse fraca, que não pudesse suportar nem a metade do que estava suportando.

A Bom Jesus atravessara mais um ano de crise. Juca não podia ficar até alta noite, assistindo à moagem, resolvendo as encrencas que apareciam. O pobre chegava em casa com dores violentas pelas pernas, pelos braços. Nestas ocasiões desesperava-se, agoniava-se. Precisava que ela estivesse ao seu lado e que Maria Augusta viesse acariciá-lo. Muitas vezes ela deixava o quarto para chorar. A vida ia sendo para ela aquele martírio. Os filhos no colégio, por conta do avô. Sem dúvida que as suas irmãs se queixariam. O velho não teria mais obrigação de educar os netos. Nem queria pensar naquelas coisas. Bastava-lhe ver Juca dentro de casa. Aquele homem robusto, para dar um passo precisando de um braço de outra pessoa. Rafael de Avelina deixara os tratos de cavalo para servir de amparo ao marido, nas suas idas e vindas para a usina. Para ela o desastre da Bom Jesus lhe parecia uma coisa insignificante. Com o marido naquele estado nem pensava no fracasso da usina. Vergara viera visitar o seu marido a negócio. E ela ouvira a conversa. Juca vencido pela conversa do comerciante. Vergara falou franco! Eles não poderiam continuar, sentiam muito, mas a situação da praça era vexatória. Estava com quase mil e quinhentos contos de réis enterrados na Bom Jesus. Os americanos os haviam procurado para passar o que tinham na usina a eles. Os estrangeiros achavam que seria fácil para lidar com a Bom Jesus um credor só. D. Dondon ouviu o marido responder a Vergara. A usina não era só dele. Estava assim em cima da cama, sem poder andar. Procurasse o comerciante outros parentes e ele estaria disposto a tudo. No dia que quisessem sairia dali. Vergara se desculpou, dizendo a Juca que não se tratava de botá-lo para fora da usina. Estavam certos de que tudo se arranjaria de uma maneira que o dr. Juca ficasse sem prejuízo. D. Dondon se lembrava deste encontro, com uma grande tristeza. Ouvira as palavras do marido com um nó na garganta. E só não chorou ali mesmo pelo esforço medonho que fizera.

Há anos que andava aquela história de Vergara, querendo comprar a Bom Jesus. A luta estaria entre o comerciante e os americanos. Vergara querendo adquirir os interesses dos estrangeiros, com grande abatimento, e os americanos não pensando em prejuízos.

O dr. Pontual falara em levar a usina em execução e os senhores de engenho correram a Vergara para evitar aquela desgraça. Os seus engenhos iriam à praça. Mas, no meio de tudo isto, apareceu a São Félix com a sua força, a sua saúde, a sua robustez, a sua ganância. O dr. Luís via a entrada de Vergara, na várzea, como uma ameaça mais séria que fora o dr. Juca.

Os urubus corvejavam por cima da chaminé da Bom Jesus. A São Félix já dera o seu bote no Vertente. No dia que o dr. Luís quisesse, o seu advogado estaria com uma petição em juízo. Cem contos de réis de letras vencidas. O dr. Luís executaria a Bom Jesus, porque não podia estar com os cobres empatados. E o Vertente, com as matas e o riacho que dava água doce para a Bom Jesus, cairia em suas mãos. Mas agora Vergara poderia entrar no jogo, pagar pela usina e ficar mais forte do que ele. Foi quando o dr. Luís se lembrou de comprar as ações do José Maria do Melância, o que este parente do dr. Juca tinha na usina.

A notícia da transação correu pela várzea, fazendo pânico. O velho Joca, do Maravalha, veio a Bom Jesus para conversar com o sobrinho. Estavam perdidos de vez. Se outros fizessem o mesmo que o José Maria, em breve teriam que entregar ao dr. Luís tudo por um quase nada. Só mesmo um tiro naquele cachorro do parente.

As esperanças dos Melo estavam em Vergara. Duas grandes jiboias arreganhavam a boca para eles.

O dr. Juca, de perna bamba, se sentia sem forças para o comando. E o pior é que não havia outro que o substituísse. Edmundo era aquele rompante, aquele destempero, querendo resolver tudo a braço. O velho Joca, com seus oitenta anos, e o resto dos parentes, pobres senhores de engenho, sem entendimento para resistir às feras que cercavam a Bom Jesus.

D. Dondon se lembrara de falar com Trombone. Contou ao marido dessa sua vontade. Trombone e o velho Lourenço, do Gameleira, estavam em condições de unidos salvarem os parentes da várzea. Ambos eram ricos e seriam capazes de, com os seus nomes, conseguirem dos americanos uma situação favorável, uma moratória. Vergara por seu lado não rejeitaria uma garantia de Trombone. Juca deixaria a direção da fábrica, porque mesmo ele não podia continuar, em vista do seu estado de saúde.

E d. Dondon procurou o velho Trombone. Saiu de automóvel e parou na porta do Maçangana. O parente lhe fez muitas festas, perguntando-lhe pelo marido, como ia de saúde. A casa sempre cheia de correligionários, a mesa grande cheia de gente para comer, e o escrivão Mendonça, o auxiliar de confiança do chefe, e a senhora de engenho Iaiá, muito franca, dizendo tudo que lhe vinha à boca, descompondo os próprios amigos do marido quando sabia de qualquer safadeza.

A prima Dondon queria falar com Trombone, em particular. A usineira contou a história. Vinha por conta dela, falar--lhe da situação da Bom Jesus. Eles todos precisavam ver que a Bom Jesus não devia sair das mãos da família.

Mas Trombone, coitado, não tinha nada. Era um pobre, podia Dondon ficar certa que ele não tinha nada. Só mesmo as propriedades. Onde encontraria capital para atender a tantos encargos? Vontade não lhe faltaria. Sabia que o Juca, apesar de não se dar com ele, fizera tudo para salvar a Bom Jesus. Mas o que ele podia fazer? Só o Lourenço era capaz de entrar no negócio. Ele não. A fama da riqueza dele, Trombone, era só conversa de trem. Só tinha mesmo com que comer, o bastante para ele e Iaiá não precisarem de ninguém.

D. Dondon deixou o Maçangana com pena do parente. Mas aos poucos, enquanto o automóvel corria pelo partido de cana de Trombone, pelos roçados de algodão de Trombone, ela foi se convencendo que melhor fizera se tivesse ficado em casa. Bem que o Juca lhe havia dito. No dia em que Trombone visse o melão-de-são-caetano subindo pela chaminé da Bom Jesus, seria o grande dia da sua vida.

Do lado dos parentes não se poderia mais encontrar esperança alguma para a Bom Jesus.

A doença de seu marido crescia. Via-o pisando nos calcanhares, seguro no braço de Rafael e ela mesma nem acreditava que um homem, como Juca, pudesse ficar assim, tão forte, tão robusto que era.

A negra Avelina conhecera o velho Jerônimo, irmão do coronel José Paulino, que também se fora daquele jeito. Era um homem bonito, de barba grande, doido por mulheres. Dos irmãos fora o único que não casara, mas tinha raparigas por toda a parte. A fama de seu Jerônimo ia longe. Um dia apareceu se queixando de dores, de dormência nos dedos e foi assim mesmo que o dr. Juca, perdendo a firmeza, andando pelos braços dos outros. Todo dia lá vinha ele pela estrada, com Chico de Nana, para o almoço na casa-grande. E terminou nem podendo sair mais de casa.

D. Dondon começou a fazer novena, em casa, pelo restabelecimento do marido. Rezava ela as orações e as negras respondiam em coro. O seu oratório da Paraíba estava na usina, com a Nossa Senhora da Conceição, que fora de sua mãe. Nossa Senhora poderia fazer o milagre de dar outra vez força às pernas de Juca.

Às vezes, de tarde, ela saía com Maria Augusta e as negras e iam ao Alto da Conceição, no Pilar, onde havia o monumento de Nossa Senhora, que ficava no alto, lá para as bandas da estação. A usineira ia rezar no altar da sua padroeira pelo marido. Avelina se arrastando, de pernas de veias estouradas, queria ir também. Quase uma légua a pé, mas só valia mesmo subir ao Alto da Conceição com pés descalços, sofrendo com a subida, deixar que as pedrinhas da caatinga furassem os pés dos pedintes.

D. Dondon tirava os sapatos, tirava as meias, e as negras, pela primeira vez, viam aqueles pés brancos pisando na terra que elas pisavam.

Havia sempre peregrinos no Alto da Conceição. Gente que vinha de longe pagar as suas promessas, soltar os seus fogos do ar, acender as suas velas e agradecer a Nossa Senhora pelo filho curado, pelo marido são, pelos roçados colhidos. D. Dondon via tudo aquilo com esperanças de que um dia ela subisse também ali, agradecida, levando o marido pela mão para que Nossa Senhora visse o seu milagre de perto.

O povo das proximidades vinha ver a usineira. Era povo das terras do coronel José Paulino, gente que não havia sofrido com a usina, que não pudera chegar até ali, aos pés da santa, para perseguir. Quem morava junto do monumento gozava dos privilégios da vizinhança, como se fosse de um serviço sagrado. Até lá nunca foram os feitores do banguê e nem os vigias da usina.

Manuel Pereira, que andava de opa pelas estradas, morava bem perto de Nossa Senhora e a sua casa vivia sempre cheia de romeiros. Umas pretas, que viviam com o negro velho e faziam comida para os demais distantes.

Quando d. Dondon chegava para rezar pelo marido se via logo cercada pelos pobres, pelo povo do Alto da Conceição. E todos se ajoelhavam para responder aos padres-nossos da senhora e às ave-marias, que pediam pela saúde do dr. Juca. D. Dondon reparava nos olhos molhados da filha e sempre que voltava para casa, ela vinha com fé na cura de Juca. Deus podia ouvir. Nossa Senhora podia ouvir. Avelina dizia que tudo valia quando a pessoa rezava com fé. Um filho de Manuel de Úrsula, entrevado, deixara as muletas nos pés de Nossa Senhora, bonzinho de seu. Tudo pela fé.

Mas logo que d. Dondon chegava em casa e encontrava Juca com as dores, gemendo, a sua fé não tinha sustança, a fé não inflamava o seu coração. Juca não ficaria mais bom. Seria como tio Jerônimo, como Henrique de Itapuá, indo assim até que um dia se acabasse como os outros. Nestas horas de desânimo ela se trancava no seu quarto e chorava. Chorava até que vinham bater na porta. Era sempre Maria Augusta, que desconfiava e procurava a mãe para chorar também com ela. Aí reagia, ia aos extremos para consolar sua filhinha do coração. Com quem se casaria ela, filha de viúva pobre, com três filhos? E aquela ideia da morte de Juca andava perseguindo d. Dondon. Nem Nossa Senhora curaria o marido. Haviam-lhe dito que um sujeito, da Vila Espírito Santo, estivera assim como Juca e ficara bom com o tratamento de água fria do professor Juvenal Coelha, da Paraíba. Juca podia também aproveitar da mesma forma. O professor Juvenal era muito das meninas do Maravalha. Se o marido quisesse, poderia até mandar chamá-lo para experimentar. Avelina também lhe falara de Joana Pé de Chita, de Santa Rita, que curava gente pelo espiritismo. Quem sabe se Juca não ficaria bom com a reza da negra? Avelina lhe dissera que com uma camisa que a pessoa usasse, ainda suja do corpo, Joana Pé de Chita fazia a reza. E precisava que uma pessoa da família fosse mesmo levar.

A usineira foi à procura da curandeira. Viu a parda gorda na casa pobre de Santa Rita, deu o nome de seu marido com vergonha, com medo. E ela conhecia o dr. Juca. A mãe dela fora escrava do velho José Paulino. Faria tudo e, com os poderes de Deus e da Santa Virgem, poria o dr. Juca bom. Só precisava de dinheiro para festejar o santo.

D. Dondon voltou de Santa Rita mais triste do que fora. Vira gente magra, tossindo, pobres tísicos, aos quais Joana Pé de Chita prometia saúde. Todos ficariam bons. Pobre do marido! Teria que caminhar assim até o fim. Falavam em 15 anos, no tio Jerônimo passando 15 anos para morrer. Henrique do Itapuá se fora em dez. Nem era bom pensar nisto. Que Deus a livrasse de que Juca e Maria Augusta soubessem de sua visita à feiticeira de Santa Rita.

Os parentes da várzea souberam. Tia Nenen falou, criticando: como era que Dondon saía de seus cuidados para consultar uma negra atrevida e pedir conselhos a uma filha de Romana, negra cativa? Aquela família estava se liquidando de verdade.

Depois o dr. Juca soube da história e se riu. No fundo devia ter sentido muito em ver a sua mulher andando pelos catimbós para salvá-lo. E não disse nada a Dondon. Ficou com a notícia e comentou com Edmundo, que era o único parente que ainda vinha à casa-grande da usina.

Enquanto isto a Bom Jesus ia caindo. A moagem do ano se interrompera em mais de um mês por causa de um tambor da moenda que se partira. Não houve quem soubesse explicar como fora no meio das canas um pedaço de trilho de ferro. Só ouviram o estalo e quando pararam as máquinas um tambor partido. Um dinheirão para consertar. Vergara não quisera adiantar mais um tostão. O dr. Juca mandara o primo Edmundo tratar do caso e quase saíra morte. Precisou que ele se botasse de automóvel para ir conversar com o dr. Isidro: mandassem um mecânico de confiança da casa examinar. Eles vissem que não estavam tratando com um estradeiro qualquer. E neste vaivém levou a Bom Jesus parada, com as canas secando no campo e o prejuízo cada vez mais crescendo. A safra daquele ano podia ir no máximo a trinta mil sacos.

Pelos trens fora comentada a visita de d. Dondon a Trombone. Dr. Juca mandara a mulher pedir misericórdia ao inimigo. O usineiro perdera o roço. O coronel Trombone não ia se meter em negócio que desgostasse o dr. Luís, amigo do peito, que lhe dava eleitores.

Orsine falou ao dr. Juca desses comentários. E o usineiro se enfureceu. A mulher chegou para acalmá-lo, mas as iras do marido eram grandes demais: fora verdade. Dondon se lembrara daquela ideia infeliz. E era o que aquele cachorro queria, para andar fazendo pouco dele. Naquela noite as dores lhe vieram violentas, terríveis. D. Dondon foi para o santuário chorar. E Maria Augusta saiu de seu quarto para alisar a cabeça do pai, acalentando o pobre pai abandonado, vencido, perto da morte.

Depois foi uma raiva ainda maior. Parara de correr água para a usina. A bica seca. Mandaram gente correr o aqueduto e o encontraram arrombado na saída da mata. Tinha sido coisa feita. Até picareta descobriram por perto.

Então o Vertente começou a correr pelo chão de seu leito antigo. Um dia inteiro, enquanto os pedreiros consertavam a bica, a água do Vertente deitou-se pelo chão de seus tempos idos. Embebeu a terra, lavou os seixos do seu velho leito ressequido, estorricado. Há mais de três anos que as suas águas não sentiam o calor do sol, que o sol não vinha para cima delas brilhar, e as nuvens não se miravam pelas suas águas. O Vertente correu saltitante como menino de colégio que deixasse o castigo para o recreio, espalhou-se, fez boas, enquanto os pedreiros da Bom Jesus batiam tijolo, faziam caliça para que outra vez ele se encerrasse naquela cova comprida.

O dr. Juca, quando soube do arrombamento da bica, deu o desespero. Tinha paixão pela obra de engenharia, como todo mundo chamava o encanamento do riacho. Aquilo era obra da gente da São Félix. Foi para a cama com o choque.

D. Dondon temeu pelo marido naquela noite, em claro, impaciente com as dores mais terríveis que se podia imaginar chegando de quando em vez. Telegrafou ao dr. Maciel. Juca devia sair da usina, não podia estar se contrariando daquela maneira. Foi o que dr. Maciel lhe dissera também. Era o que o seu pai lhe falara há dias. Mas quem teria coragem de dizer uma coisa daquelas a Juca? Ela iria dar mais aquele desgosto ao marido? Só se ele quisesse por sua própria vontade.

26

Naquele ano de seca, os sertanejos haviam descido em bandos, trazendo as mulheres e os filhos. Vinham trabalhar por um quase nada que lhes desse para comer e beber. Quem os vira, nos anos anteriores, vivos, exigentes, cantando pelos acampamentos, orgulhosos, não os reconheceria naquele jeito em que estavam. Verdadeiros cacos humanos. Dois anos de seca passaram por cima deles, comendo, devorando tudo o que eles tinham de gente. Chegavam pela usina e sem ordem, sem consentimento do usineiro, ficavam, pegavam no serviço para poder contar com um pedaço de carne de ceará. A filharada, no começo encolhidos, como pássaros molhados, com pouco se soltavam pela usina, enchendo a barriga de jenipapo, de goiabas verdes, de tudo que pudessem mastigar.

No tempo do velho José Paulino, quando os sertanejos desciam desarvorados, o velho inventava serviço para os pobres. Pagava pouco pelo dia de trabalho deles e ainda davam graças a Deus pelo rabo de bacalhau e a farinha seca que comiam. Mangavam dos brejeiros, que comiam o mel de furo, aquela imundice, e agora comiam tanto que dava disenteria no meio deles. Viviam no eito com a mão nas calças e muitos nem tinham tempo de se aliviar por longe. Ali mesmo, na frente de todos, faziam as precisões.

O povo não gostava dos retirantes. O dia de serviço baixava com a invasão dos sertanejos famintos. Os meninos caíam nos partidos que só guaxinim chupando cana. Os vigias não dispunham de força para contê-los.

Naquele ano de seca a Bom Jesus recebeu os retirantes sem muito trabalho para dar aos pobres. Tudo andava pela usina, como se fosse a última safra que ela tirasse. Os partidos minguavam. As várzeas e os altos abandonados, com o mato crescido e o povo aos poucos descendo.

O primeiro foi Chico Baixinho, que veio pedir para fazer um roçado num capão de mato, onde a usina não plantaria. Depois foram outros.

E o feitor procurou o dr. Juca para falar, dizendo-lhe que o povo estava descendo para as várzeas, que estavam até fazendo casa. Mas d. Dondon interveio: que deixassem, Juca não estava precisando de terra e os roçados que plantassem dariam para aliviar a miséria, que vinham curtindo há quase seis anos. Mas com os sertanejos famintos, que chegavam, cada dia mais a miséria foi também crescendo no meio do povo. Por onde os bandos iam passando, iam raspando. Feijão-verde, jerimum, fava ainda de vagem sem caroço, tudo os sertanejos raspavam. A fome deles não dava para esperar que a vontade de Deus amadurecesse os roçados. Piores que lagartas, que gafanhotos. Quando eles desciam em lotes, o povo ia para a beira dos roçados para ver se empatava a destruição. Mas qual. Ninguém tinha coragem de repelir aquela miséria andante.

Caíam nos partidos. Precisavam botar vigias de armas nas mãos para evitar a avalancha. Mas depois que se aboletavam, contando com o pedaço da ceará e a farinha seca, eram as criaturas mais inofensivas, respeitando tudo.

O governo havia mandado, logo no princípio, mantimentos para o usineiro ir distribuindo entre eles. E o que o governo mandara nem dava para um buraco de dente, como diziam. Teriam que viver mesmo dos quatrocentos réis da diária e mesmo assim, só aquilo de beber água à vontade, de ter um toco de carne para roer, dava aos pobres a certeza de que não morreriam pelas estradas, de que poderiam esperar pelos relâmpagos lá para as cordas do norte. Até que chovesse na terra deles, teriam onde estar. A Bom Jesus não podia com eles. O auxílio do governo só dera mesmo para os primeiros dias. A carne de charque podre e a farinha de barco, que mandaram para distribuição, serviram para aplacar a fome que vinha roendo os infelizes. Havia gente na Bom Jesus até de Pajeú de Flores, famílias que haviam andado mais de 150 léguas. A usina teria que aguentá-los. Dia de serviço já estava de quatrocentos réis. E os moradores não sabiam o que fizessem. A miséria deles agora teria que se comparar à miséria dos sertanejos.

Seu Ernesto, no barracão, reduzira o quinhão de cada um. Passaram a levar para casa menos da metade do que levavam.

Se a usina pudesse, aproveitaria aquele trabalho gratuito. A São Félix não perdia tempo. O dr. Luís pegara os sertanejos, que chegavam por lá para ganhar por tarefa, importantes, exigentes e os tinha agora como escravos. A São Félix, com homem de quatrocentos réis por dia, podia reparar e construir as suas estradas de ferro. O governo mandara para ele grande lote de carne e sacos de farinha. E os retirantes só receberiam daquilo quando trabalhassem. As famílias teriam que dar um ou dois homens para o eito, senão não teriam a ração que o governo mandara para eles. E a São Félix fazia estrada para os seus trens de cana, limpava as suas canas com eito de graça.

A Bom Jesus não pudera se aproveitar da seca do ano por lá. Muitos dos bandos famintos passavam para outras terras que tivessem mais o que dar. Mesmo a Bom Jesus entrara numa espécie de agonia. O dr. Juca já ia para o serviço numa cadeira de braços, com dois homens carregando. Vinha e voltava da usina nos braços dos outros. E Vergara, que se tinha aliado com dr. Luís, apertava o cerco para empregar o último golpe.

D. Dondon perdera todas as esperanças. Vendo o marido se aniquilando, ela nem pensava em usina, em coisa nenhuma. Os meninos haviam chegado em férias, soltos, fazendo o que queriam. Sem pai para vigiá-los, não ligavam à mãe que temia por eles, vendo-os pela usina, fazendo o que bem entendiam. Estavam quase que dois rapazes, fortes. O mais moço era a cara de Juca quando rapaz. Era todo o retrato que ela tinha do marido, no tempo de estudante.

E d. Dondon pensou em mandá-los para o engenho do pai. Mas seria a mesma coisa. E pior ainda porque o avô caducava com eles e nem a ela os meninos teriam para ouvir.

O mais velho estava homem feito e era por ele que d. Dondon mais se amedrontava.

Homem e solto por aí afora. O marido estava naquele estado por isto mesmo. Edmundo, coberto de feridas, com um filho aleijado, porque os pais deixaram que ele se danasse pelo engenho, fazendo o que bem queria.

E d. Dondon tinha medo dos filhos. Com pouco pegariam doenças do mundo. Paulo gostava de sair, de ir lá para as bandas da caatinga, para as bandas do Pilar. Capaz de estar pegado com uma cabra qualquer e com pouco a saúde de seu filho perigaria. O pai aleijado, os parentes morrendo moços. A família andava assim porque os homens não tinham vergonha e os pobres filhos que sofressem as consequências.

D. Dondon não dormia direito, quando chegava no quarto de Paulo e ele não estava dormindo. Reparava a hora em que o filho entrava e no outro dia indagava onde ele estivera. Fora ao Oiteiro, ao Maravalha.

Nada, o filho em breve se perderia.

E foi assim até o dia em que estourou aquele escândalo da filha de um sertanejo.

O homem entrou de sala adentro, com a filha pela mão. A moça de vista baixa e o homem falando sério com o marido. D. Dondon se aproximou para saber o que era. A filha do sertanejo fora ofendida pelo filho do usineiro. O homem falava sério:

— Seu doutor, a desgraça é esta que eu estou dizendo. A menina foi desgraçada, seu doutor.

Um frio correu pelo corpo de d. Dondon. Aquela gente era má, matava brincando. Bem que ela estava pressentindo uma desgraça.

Foi um rebuliço em casa. Chamou Paulo e preparou a mala do filho. No trem das duas o mandaria para o engenho do pai.

O dr. Juca mandou dar quinhentos mil-réis ao pai desfeiteado. Mas o homem foi se queixar às autoridades, ao delegado de polícia que era José Marreira, amigo de Trombone.

Fizeram inquérito.

E d. Dondon outra vez foi parar no Maçangana. Iaiá de Trombone achava um desaforo que fizessem processo com o filho de Juca. A velha gritou para o marido:

— Mande chamar o meu compadre José Marreira. Quando aquele negro chegar aqui ele vai ouvir. Então ele pensa que filho de Juca é para estar metido em processo? Um desaforo.

Daquela vez d. Dondon voltou do Maçangana vencedora, porque o processo contra o filho se rasgaria.

A filha do sertanejo seduzira o menino. D. Dondon sabia como era aquela história. Viram o menino, botaram as vistas nele e o besta caíra na esparrela. Felizmente que Paulo já estava longe. E aquele homem, de cara feia, não o veria mais.

O sertanejo ficou com a filha, desfeiteado. Foi ao Pilar mais de uma vez saber do processo. Por fim desapareceu da usina. A mulher e os filhos ficaram. Ele se danara pelo mundo.

Outros porém se acostumavam com as filhas em estado idêntico. Quase todos os que chegavam por ali já vinham marcados pela fome. Mais urgente que guardar a honra, era comer, entreter a barriga nem que fosse com rabo de bacalhau e farinha seca.

D. Dondon ficou com medo quando soube que o homem se fora embora. Capaz de ir atrás de Paulo para fazer mal. E escreveu ao pai para que ele tomasse todo cuidado, pois poderia acontecer alguma desgraça ao filho. Paulo era uma criança, fora desencabeçado por uma retirante. D. Dondon punha os filhos acima de tudo. Enquanto isto ela nem dava conta do que se passava com a Bom Jesus.

O dr. Juca compreendera que chegara o momento crítico da usina. A venda das ações da usina ao dr. Luís metera um estranho dentro de casa. O Vertente com partes vendidas à São Félix. E agora a notícia que lhe chegava: Vergara unido com o dr. Luís, querendo forçar os americanos a se entregarem. A luta saíra de um ciclo menor para outro maior.

Falava-se que o dr. Luís queria a Bom Jesus para um irmão. O dr. Isidro abriria mão de suas ambições forçado pelos sócios, que queriam receber os mil e quinhentos contos de réis enterrados. Vencidos os americanos, a São Félix estaria com todos os trunfos na mão, podendo, na hora que quisesse, ocupar o território conquistado. O dr. Juca assistia aos últimos momentos da fábrica que criara, que fizera grande, forte, capaz de enfrentar a rival.

Uma chaminé crescera na várzea, mais alta que a da São Félix, moendas mais fortes reduziam bagaço de cana a farinha. Máquinas moderníssimas moviam as entranhas da Bom Jesus. Tudo isto ele fizera. E quando se preparava para desfrutar a obra, viera a queda do açúcar.

Sentado naquela cadeira de braços, o usineiro olhava para o mundo que saíra de suas mãos. A doença comera as grandes coisas da sua vida. Mulher para ele era como se não existisse. Fora-se o grande interesse de sua vida. Quando Orsine vinha lhe falar de coisas, de que tanto gostava, sentia-se como se ele lhe descobrisse uma ferida em público. Sabia ao certo que nada viria mais para ele. Com mais dez anos tudo estaria acabado. O velho seu pai governara o Santa Rosa por mais de oitenta anos. Lembrava-se bem dele, acordando de madrugada para o banho frio. Os galhos daquele tronco apodreciam. Não havia na família inteira um moço com força de ir muito além. Edmundo, doente, Henrique, morto, todos sem a robustez dos antigos. Quem substituiria o tio Joca? Os genros, dando de pernas, os filhos nas intrigalhadas. Os engenhos com pouco estariam nas mãos da São Félix. Os Mouras da Pindoba andavam pela cidade pedindo emprego. Os filhos do coronel Joaquim Inácio, do Puchi, uns lesos de marca. E ele naquele estado, de pernas bambas, incapaz de pegar uma mulher, reduzido a um intruso na Bom Jesus. Dondon lá para dentro saberia de tudo isto também e a sua filha Maria Augusta, a quem ele queria um bem diferente de todos, tão terna, de palavras tão doces, pedindo-lhe as coisas sempre com agrado. Maria Augusta estaria certa que ele não lhe daria mais o que ela desejaria ter, uma baratinha como a de Clarisse, um casamento de festas. E ele mesmo teria esta alegria de ver a filha casada com um rapaz que fosse do gosto dela e de todos?

A morte rondava por tão perto do dr. Juca que ele nem contava mais com fatos que fossem do futuro. Tudo para ele estava acabado. Os homens na sua família quase que não acreditavam em Deus. Deus teria castigado a todos eles? Feliciano amaldiçoara a usina muitas vezes. O dr. Juca se lembrava do negro, mas botava para longe aquela ideia de acreditar em mocô. Isto não passava de superstição e ignorância do povo. Mas tudo na usina fora de águas abaixo, depois da morte do negro. E morrera gente naquele dia infeliz. Os soldados atacaram o povo. Dondon lhe escrevera falando, censurando o fato. Ele não tivera culpa. O povo se amotinara. Feliciano praguejava contra ele e a usina. A língua do negro velho só batia para desejar desgraças aos outros. O dr. Juca não queria acreditar naquelas tolices. Dondon fora a Joana Pé de Chita e ele achara até graça. Não podia crer que um homem formado, como o desembargador Sindulfo, da Tibiri, acreditasse em reza daquela cabra.

No fundo o dr. Juca via Feliciano, e as pragas do negro, o sangue que correra no Alto da Areia.

Uma mulher vira uma estrela muito grande mudando de lugar. O povo via muita coisa. O povo mentia. Se fosse atrás do povo as almas do outro mundo andavam ali pelos marizeiros, os lobisomens viviam pelas estradas rondando sangue de menino para beber. De nada valiam as pragas de sua boca. Adoecera, a usina fora à ruína porque tinha que ir.

À tardinha, quando ele via a mulher sair com Maria Augusta e as negras para o Alto da Conceição, bem que lhe chegava uma esperança de longe, uma esperança que morria logo ao primeiro contato da realidade.

A chaminé da Bom Jesus estava bem defronte dele. Os altos sem cana, a várzea quase sem partidos, o seu Packard na garagem com peças quebradas, sem que pudesse comprar outras. O dr. Luís e Vergara de pacto firmado. A Bom Jesus morria primeiro do que ele. Orsine lhe dissera que o dr. Luís já tinha um nome para a usina. Seria em suas mãos, em vez de Bom Jesus, Santa Margarida, que era o nome de sua mulher.

O dr. Juca refletia assim os fatos daqueles últimos meses. Até José Marreira, delegado no Pilar, tivera ousadia de abrir inquérito para apurar responsabilidades de seu filho. Dondon chorou, viu a mulher de olhos inchados, viu-a tomar o automóvel e ir atrás de Trombone para pedir pelo filho. Aquilo lhe doeu. O parente contaria mais aquela nos trens da Paraíba. Se não fosse o egoísmo dos outros parentes, poderia ter salvo a Bom Jesus. Sairia da gerência, botassem outro. Mas parente era o pior inimigo. Só não podia dizer nada do sogro, que dera tudo o que podia dar. O velho ficara até malvisto pelos outros genros. Aquela de José Maria fora uma dos diabos, entregando a dr. Luís a corda com que o carrasco enforcaria os outros parentes. Família grande dava em imundice, dizia sempre o padre Amorim, do Itambé. Se Trombone quisesse e o seu tio Lourenço, teriam salvo a Bom Jesus. A usina resistiria aos três anos da crise, porque açúcar era assim mesmo, subindo e descendo. Com dois anos de produto valorizado, pagaria tudo. Contava-se a história da Leão de Alagoas, pagando tudo o que devia ao estrangeiro, com três safras regulares.

Mas os parentes, se pudessem, apertariam a corda ainda mais. Trombone era de dr. Luís. Se dependesse dele, a parentela podia tomar a bênção a cachorro.

Há dois dias Vergara mandara-lhe uma carta atrevida. Nem dissera a Dondon para não contrariá-la ainda mais. Vergara cortara até os fornecimentos da casa-grande. Felizmente que ainda tinham uns quinhentos sacos de açúcar retame para vender a Félix Touca. Não era sério aquilo. Mas se não fizesse, com que diabo poderia passar? Quem diria, há três anos atrás, que até para comer com os seus precisasse fazer uma estradeirice daquela? Melhor que a morte viesse logo, de repente, como fizera com o dr. Quincas, do Engenho Novo. A sua morte porém era caprichosa, queria comer a presa devagar, pedaço por pedaço, sem pressa, sem precipitação. Se Dondon soubesse da carta do correspondente – passaria bem mal. Ele via a mulher envelhecendo. Os cabelos brancos e a tristeza da cara e os olhos cercados de pregas e olheiras escuras. Clarisse vinha pouco à usina. Estava esperando um filho. Por isto Dondon encomendara tanta renda às rendeiras, preparando o enxoval do neto. Não sabia aonde a mulher encontrava dinheiro. No casamento de Clarisse fora um espanto para ele as despesas que Dondon fizera. Soube depois do sacrifício da mulher, porque um vaqueiro do sogro lhe dissera, sem ele mesmo perguntar. O gado da mulher fora vendido na Itabaiana. Ele nem podia casar uma filha. Estava como seu Lula, do Santa Fé. Bem pior ainda que o velho amigo de seu pai. Pobre do Lula, diziam dele. Deveriam estar dizendo por aí afora: pobre do dr. Juca. Tudo se perdera. Chegara uma ventania, carregando tudo o que era seu. Os filhos no colégio à custa do sogro. Clarisse se casando com as economias da mulher. E aquela carta de Vergara, prevenindo que não mandaria mais manteiga para a casa-grande. Uma casa-grande que nem podia comprar umas latas de manteiga. Lembrava-se de seu pai. Sempre que ele chegava da cidade era o que trazia na certa. As latas de manteiga francesa, as latas de chá-da-índia. Não havia comerciante, na Paraíba, que não quisesse vender para o coronel José Paulino, e agora aquela carta de Vergara. Se Dondon soubesse disso choraria de vergonha. Rasgara a carta e mandara que Rafael botasse por longe os pedaços do papel. Dera muito dinheiro a ganhar ao correspondente, juros de dois por cento, açúcar para que eles vendessem pelo preço que bem quisessem. E até latas de manteiga lhe cortavam. Não via a força que Vergara havia dado àquele Ernesto, ali às suas vistas, como um vigia da casa, espionando de lápis na mão, para saber das despesas da Bom Jesus? Seu Lula morrera como um senhor. Dentro do Santa Fé mandara ele até o último suspiro. O melão cobrira o bueiro do engenho, as bestas das almanjarras morreram de velhas, mas tudo era de seu Lula. Nunca de uma venda do Pilar voltara um portador de seu Lula, porque o pouco que o velho comia era pago na frente. Vergara mandara aquela carta. Um usineiro mais baixo na miséria que o seu Lula, do Santa Fé.

27

O BARRACÃO CADA VEZ mais apertava o povo. O moleque Ricardo deixara a casa da Mãe Avelina para morar com a filha de Filipe maquinista. Seu Ernesto não gostou. Um moleque entrava na família. Mulher só não casava com percevejo porque não sabia qual era o macho e a fêmea, comentava ele com José Amarelo.

Filipe vivia bêbedo e ninguém sabia onde ia buscar aguardente. Descompunha as filhas e falava da mulher. Todas tinham nascido para raparigas.

A rua de perto da usina estava um deserto. Os operários se foram. Avelina e Generosa moravam em uma das casinhas. Só existiam por lá morando Filipe, o cozinhador Maciel e agora as negras da casa-grande, que ocupavam outra vez os seus domínios. Bem melhores os quartos que tinham agora que os da velha senzala.

Vinham moradores conversar com os novos habitantes da rua. Ricardo pedira ao dr. Juca um quarto para ele e a mulher. Avelina não se conformava com o ajuntamento do filho. Aquela mulher era uma infeliz, era de todo mundo. Ricardo não era para ela.

E mãe e amante ficaram inimigas, dizendo uma da outra o que a língua ajudava.

Maria de Lourdes achava a negra velha luxenta, dizendo aos outros o que pensava: o que fora Avelina na vida, senão rapariga de um e de outro?

A mãe humilhada se queixou a d. Dondon: Ricardo ia dando tão bem, ia tão direito até que perdera a cabeça por causa daquela descarada da Catunda.

Por outro lado, Maria de Lourdes dizia que só descansava quando se casasse. A sua irmã Clotilde vivia com seu Ernesto, mandando no velho, dava escândalo no barracão. No dia em que Clotilde soube da ligação do seu Ernesto com uma retirante, chegou na porta do barracão e disse o diabo: só queria saber onde estava a safada para ir quebrá-la de pau.

Seu Ernesto naquele ano fizera a sua safra: retirantes morrendo de fome se contentavam com um pedaço de carne e a farinha do barracão. E o velho explorava, gabando-se dos casos. Só gostava de mulher feita por ele.

As pobres desciam da seca. Pouco lhes valia aquilo que seu Ernesto tanto cobiçava.

D. Dondon, quando soube, ficou desesperada. Uma miséria daquela não devia passar assim. Fez o marido chamar o velho e dizer o diabo. Mas se arrependeu. Juca se exaltara tanto que quase viu o marido dando no seu Ernesto. O testa de ferro de Vergara meteu-se a malcriado, perguntando ao usineiro o que ele tinha feito com a obra do filho.

D. Dondon se amedrontou quando viu o dr. Juca aos gritos, botando o seu Ernesto para fora de casa. No barracão seu Ernesto soltou a língua: não estava ali para ouvir desaforo de ninguém. O seu patrão vivia na Paraíba, fossem gritar com os cabras de peia. E quem queria falar dele? O dr. Juca. O dr. Juca falando de honra de donzela! E dizia mesmo que só ouvia ao patrão da Paraíba.

O moleque Ricardo e José Amarelo já estavam com o patrão que não suportavam mais. Com a força que lhe deram, seu Ernesto abusava descompondo, nem conversava com eles como antigamente, contando suas histórias do Amazonas. Vinham camaradas dele do Pilar para as prosas. E saíam com as novidades: a usina não era mais do dr. Juca, que só estava lá esperando o dia da saída.

O dr. Luís dava as últimas demãos no negócio.

E o povo do Pilar começou a tirar o seu pedaço da Bom Jesus, entrando pelas matas, tirando lenha e até no açude do Vertente entravam sem ordem para buscar água doce.

Um vigia veio dizer ao dr. Juca que a cerca de arame fora arrombada. O usineiro mandou consertar, mas no outro dia repetiram a mesma coisa. Mandou então gente para lá, armada, com ordens para passar fogo no primeiro que entrasse.

E sucedeu uma desgraça. O vigia José Vieira cumpriu as ordens ao pé da letra, derrubando um carregador d'água com um tiro.

O povo do Pilar se exasperou com a notícia. O delegado José Marreira mandou força para prender o vigia que caíra no mundo e os jornais da Paraíba noticiaram: na usina Bom Jesus mataram um homem por causa de uma carga d'água. O governo devia providenciar.

Seu Ernesto leu esta notícia no balcão, em voz alta. Já se fora o tempo de usineiro esfolar e matar e ficar esgravatando os dentes. O governo mandava soldados, o governo era de homem, não era de fêmea.

O dr. Juca recebeu a visita de José Marreira com hostilidade. O moleque, porém, se desculpava: recebera um ofício do chefe de polícia, mandando que ele desse conta do criminoso. Sentado na sua cadeira, o dr. Juca leu o papel que Marreira lhe passara às mãos:

— Pode levar o homem. Eu é que não sou capitão-do-mato para caçar gente. Por que este chefe de polícia não vai pegar os criminosos da São Félix? A São Félix está cheia dos piores bandidos, de gente com trinta anos nas costas.

E o dr. Juca alteava a voz:

— Por que não vai pegar os bandidos do doutor Luís, e vem para cá?

O delegado Marreira se desculpava: viera a mandado, estava no cumprimento do dever. O seu compadre não se aborrecesse com ele.

D. Dondon veio para a conversa e Marreira ficou concordando que não podia levar o criminoso. E ficou para almoçar na usina. Deus o livrasse de aborrecer a família do dr. Juca. A velha Iaiá do Maçangana, quando foi do caso do menino e da retirante, lhe dissera o diabo por causa daquilo. Ele sabia que todos eram parentes e que em brigas de parentes ninguém devia se meter.

Depois que Marreira saiu, o dr. Juca ficou certo que tudo aquilo era obra de parente. Queria lhe fazer picuinha.

D. Dondon achava Trombone incapaz de uma miséria daquela. E no outro dia Marreira voltou. Chegara um telegrama do chefe, pedindo informações das diligências.

O dr. Juca quis pegar da pena e mandar um desaforo para o dr. Manuel Tavares, chefe de polícia. Todo o mundo sabia que ele vivia de almoços na São Félix e era na Bom Jesus que mandava prender criminoso. Mas d. Dondon não consentiu. Podiam aparecer com mais perseguições ainda.

E o povo do Pilar nas terras da Bom Jesus tirando o seu pedaço, e os moradores descendo para as várzeas. De vez em quando cortavam a bica do Vertente. A usina parava por falta d'água. Quinze dias estivera parada por causa de um desarranjo no cozinhamento. A cana secara no campo. E para pagar o conserto Vergara fizera barulho.

O dr. Juca sabia que a coisa chegara ao fim.

Dizia-se por toda a parte que Vergara só estava esperando um americano, que vinha dos Estados Unidos, para negociar os seus créditos.

O dr. Luís quisera entrar logo na Bom Jesus. Depois os estrangeiros que viessem discutir. Mas Vergara achava que deviam comer o pedaço dentro da lei, com tudo regular. Não se devia brigar com Justiça.

A Bom Jesus reduzira a sua safra para uns vinte mil sacos. E se fosse assim, com pouco mais viraria banguê.

Um mundo de máquinas daquele, reduzido a uma quase imobilidade. Diziam pelos trens que o maquinismo estava se estragando e que com pouco mais nada valeria. Contavam então histórias de Alagoas, iguais à da Bom Jesus: a família Cansanção perdera a Uruda para os Peixotos. E a Mendes Lima, de Pernambuco, tinha usineiros em fileira como caranguejo. Achavam que Vergara estava com paciência demais. Outro mais duro já teria dado jeito na coisa. Havia, porém, os americanos na frente. E negócio com o estrangeiro não era assim tão fácil não, porque vinha o cônsul e o governo entrava na dança. Se não fosse isto o dr. Luís teria dado o bote.

Um dia apareceu o dr. Pontual na Bom Jesus, de automóvel, conversou com o dr. Juca, falou da crise, do açúcar, de Cuba, que estava também passando por grandes dificuldades, dos prejuízos da sua firma no Brasil, de toda a sua boa vontade para salvar as usinas que montara. E terminou falando franco com o dr. Juca: ele ia executar as hipotecas, podendo o amigo ficar certo que não era por maldade. Era somente para se defender. Sabia que a firma Vergara pretendia prejudicar os interesses dos seus clientes. Ele era brasileiro, mas acima de tudo a sua honra. Fizera um negócio com a Bom Jesus com toda a boa vontade, a prazos longos. É verdade que bem garantido. E de outra maneira não podia ser. Qualquer um, que estivesse no seu lugar, faria o que ele estava fazendo. Os seus amigos da América confiaram nele. E só tinha mesmo aquela saída. A execução era a única solução que havia para o negócio.

O dr. Pontual almoçou na usina, comeu a galinha com arroz de d. Dondon, e ficou algumas horas pela fábrica examinando as máquinas. E à tarde saiu de automóvel para Recife.

A chaminé da Bom Jesus espigava para o céu, bem vermelha, fumegava. O povo que passava de trem contava os seus dias. Com pouco mais a fumaça que subisse para o céu seria por conta de outro.

O dr. Luís, do alpendre da casa-grande da São Félix, esperava o dia da ocupação. Seria Santa Margarida, o nome da sua nova feitoria. A primeira botada seria com missa de monsenhor Sabino. E faria uma igreja para o povo.

A torre de igreja da São Félix ficava pelo meio da chaminé da usina. Deus ali era menor, mais baixo, espécie de vigia maior da usina. Os colegas do dr. Luís, em Pernambuco, achavam graça naquela mania do usineiro fazer igreja. O dr. Luís se ria e botava para cima da mulher: aquilo era coisa da patroa. Mas não era. Era dele mesmo, que se aliava aos santos para contar com o povo. Não queria que os seus homens perdessem tempo com as festas de santa Rita. Ali mesmo perto da sua esteira havia Nossa Senhora e são Sebastião para o povo rezar, pagar promessas, soltar fogos do ar.

O dr. Luís não tirava o nome do seu santo da boca, comprava, vendia, tomava, mandava surrar com o seu são Luís na frente. E corria no meio dos pobres que ele já fora ao Juazeiro do Padre Cícero. Ele mesmo fizera correr a notícia para contar com mais esse poder.

Deitado na sua rede no alpendre da casa-grande, o dr. Luís pensava na Bom Jesus. Vergara entregara-lhe os pontos. Convenceram ao dr. Isidro que a usina só servia mesmo para ele. E os sócios concordaram. Nada de se meterem com agricultura. O negócio só podia ser feito com o dr. Luís. E ficariam de fora. Os americanos não tardariam em chegar às boas.

No balanço da rede de varandas grandes, o usineiro sentia-se senhor de todas as terras da várzea. Ficariam para ser comidos depois os engenhos de Trombone.

Os seus filhos brincavam no jardim, bem felizes, bem sadios. Deus protegia o usineiro poderoso, dava água e sol para os seus partidos de cana, lenha para o seu fogo, força nos braços dos vigias e aquela saúde para os seus filhos. Ele fizera uma igreja de torre para Deus. A sua mulher dera dois contos para a igreja do padre Almeida. E só podia contar mesmo com a proteção do céu.

O dr. Luís acreditava em Deus. Todos os seus grandes negócios terminavam com uma missa. Com a proteção de

Deus venceria tudo. Monsenhor Sabino viria rezar o grande ofício no dia em que a Bom Jesus apitasse com as suas ordens. No balanço da rede era um fato consumado o domínio da rival vencida. Tinha até pena do dr. Juca. Dissera mesmo a Trombone, pensava até em deixá-lo no Pau-d'Arco. Todo o mundo dizia que ele não tinha pena de ninguém. Pois sentia pena de muita gente. O compadre Zé Moura devia à usina, nem sabia quanto. Entregara o engenho e ficara devendo ainda. E, no entanto, deixava o compadre no Pindoba, com a família por lá mesmo. Outro teria sacudido o pobre para fora. Mas aquele engenho fora dos avós do compadre. Ficasse. Não queria que a sua comadre andasse aperreada com aquela filharada enorme.

O dr. Luís queria somente a terra do Pindoba. Não fora culpado do caiporismo do seu compadre José Moura.

Os filhos e o genro do velho Joaquim Inácio, do Puchi, se queixavam dele também. O Puchi estava entregue ao velho caduco. E os filhos sem ação. Oferecera preço bom ao coronel, metera o seu filho Castro para intrigar os outros irmãos e, quando os genros abriram os olhos, o Puchi era da São Félix. Fora a melhor compra que fizera até aquele dia. Trouxera o santo da igreja do Puchi para a São Félix. Os velhos santos da família não correriam o risco de quebrarem o pescoço com a igreja caindo por cima deles. Teriam morada mais digna. Ninguém podia se queixar dele. Não perseguia ninguém e se fazia negócios bons era porque confiava no seu são Luís. Estava na Bom Jesus o dr. Juca para dizer se ele lhe tinha feito algum mal. Perdera o Santa Fé, e só comprara partes do Vertente porque não podia enjeitar negócios de terra. Agora não iria deixar por outro um negócio bom como aquele da Bom Jesus. Porque se ele não estivesse de olhos abertos, poderia entrar pela várzea um cara do Recife como aquele tenente do Cumbe que estava lhe dando tanto trabalho. Há quase dez anos que vivia com a Bom Jesus na cabeça, lhe tirando o sono. Perdera para o dr. Carlinhos, perdera para o dr. Juca, estivera com medo do Vergara. Felizmente agora tudo estava dizendo que a sua hora estava chegando. Uma missa com monsenhor Sabino seria celebrada no dia da escritura passada. Faria uma igreja na Bom Jesus. Mandaria para lá aquele são Francisco, do Puchi. E todas as moendas da Paraíba quebrariam cana para ele. A várzea inteira coberta de partidos do dr. Luís.

Nem Catunda e nem Tiúma teriam as terras que ele tinha. O dr. Juca não poderia ir além daquele ano. Soubera da situação dele pelo caixeiro de Vergara, no barracão. Um usineiro com um espia! Com pouco estaria sem forças para o povo. Soubera de que a canalha do Pilar já começara a comer as matas da usina. Pegando a Bom Jesus, daria um ensino naquela canalha. O povo de Santa Rita, quando ele comprou a São Félix, se metera para a usina. Um vigia seu pegou um tal de Vidal, que matava boi na feira, e deixou o bicho moído por muito tempo. Quando pegasse a Bom Jesus o povo do Pilar iria conhecer um usineiro de verdade.

28

Depois da ação dos americanos contra a Bom Jesus, Vergara deixou de fornecer os restos que ainda mandava para a usina. E se não fosse a aguardente que o dr. Juca estava destilando, o povo da casa-grande passaria necessidade. Havia uma porção de mel, feito com um resto de retame. E a cachaça ia dando para a família do usineiro viver mais ou menos.

D. Dondon, todas as noites, fazia terços no oratório com a filha e com as negras.

A doença do dr. Juca marchava com mais rapidez, mais desejosa de chegar ao fim. Maria Augusta estava magra, triste. Era isto, depois da doença do marido, o que mais afligia a sua mãe. Clarisse viera à usina e insistira com a irmã para passar uns tempos em Recife. Maria Augusta não quisera. Triste, na cadeira de balanço do alpendre, ela via os poentes da Bom Jesus, que eram naqueles dias de inverno de uma melancolia apertada.

D. Dondon notava a tristeza da filha, queria encher o coração de Maria Augusta de qualquer coisa, de uma esperança qualquer. Aqueles terços, que ela estava fazendo, eram mais para a filha, para que uma alegria viesse para a sua filha já que Deus ia lhe tirando o marido, e as incertezas da vida eram tão evidentes. Lembrara-se de levar a menina ao dr. Maciel.

E o médico não lhe deu remédio, com a conversa de sempre: aquilo passaria, não era nada, coisas de moça. Deviam mandar Maria Augusta para Recife, se divertir.

Então d. Dondon fez o possível para que a filha fosse passar uns tempos com a irmã. E só descansou no dia em que Clarisse viera buscar Maria Augusta.

Longe dos filhos e das filhas, ela ia ficando mais perto do marido e da desgraça da Bom Jesus. Rezava os seus terços com as negras. Avelina vinha da rua para acompanhá-la. E a tia Generosa nem podia mais se arrastar até o oratório, caducava, falando só, descompondo como o negro Feliciano.

O dr. Juca, no seu quarto, ouvia a mulher tirando as orações e o coro soturno das negras. A mulher pedindo a

Deus, Dondon nos pés dos santos, pedindo por ele e pelos filhos. Vinha nele, nestes momentos, uma tristeza maior do que a de todas as horas. O fim de tudo se aproximava. O tio Jerônimo demorara tanto porque não tivera aquelas contrariedades, aqueles transtornos de vida, a miséria roncando aos pés para morder como um cachorro doente. O tio Jerônimo durara muito. E o que valia durar tanto para ver o que se aproximava, ter que cair nas costas do sogro, ser injuriado pelos parentes, do modo que estava? Orsine lhe dissera que só Edmundo não falava dele nos trens. Para todos fora um louco, um gastador, um desperdiçado, que botara fora o que era seu e o que era dos outros. Até o tio Joca falava dele. A tia Nenen falava, sempre fora contra, mas o seu velho tio era a última consolação, o irmão de seu pai, bom como os antigos. Perdera também esta última estima.

A voz de Dondon puxava as negras para a reza. A sua pobre mulher acreditava, cria, esperava que alguma coisa existisse ainda para fazê-los mais felizes. O usineiro não vira remédio nem para o seu mal e nem para o mal da Bom Jesus.

Parara tudo na usina. Nem um trabalhador puxava enxada nas suas terras. Os partidos da usina, entregues ao mato e um resto de cana para moer, secando ao sol. A fábrica parada. Os mestres da fabricação já haviam saído à procura de trabalho por fora.

Uma coisa mais triste ainda do que um banguê de fogo morto era uma usina de fogo morto.

O povo do Vertente havia rebentado outra vez a bica, por perto da mata. E ficou por isso mesmo. Ninguém se importava mais com a obra de engenharia do dr. Juca.

Então o riacho começou a correr como dantes. A princípio tateante, sem saber por onde fosse, como um aleijado curado por um milagre. E aos poucos correndo pelas pedrinhas que ele alisara. Já havia casas de moradores pelas margens do Vertente ressuscitado.

Mas a fome pegara o povo da Bom Jesus. O barracão com seu Ernesto só vendia a dinheiro. Nunca por aquelas bandas houvera fome assim, fome de verdade, sem a batata-doce, sem o feijão-verde, sem a farinha. O povo do Santa Rosa, quando a necessidade apertava, tinha sempre por onde se defender. Agora, porém, os retirantes tinham comido os roçados, passado pelas plantações como lagartas.

E só agora era que as vazantes do Paraíba haviam sido plantadas. Não existia nada para os pobres da Bom Jesus, que estavam nivelados aos retirantes pela miséria.

Seu Ernesto no barracão não atendia. Só daria ração ao povo se viesse ordem da Paraíba.

As vendas do Pilar não atendiam também. As feiras viviam de pedintes. Parecia o ano terrível de 1915. Alguns mais animados deixavam a Bom Jesus mais para baixo. Outros subiam para Goiana Grande. O grosso, porém, ia ficando pela usina. Os vendedores de feira passavam pelas estradas armados, porque haviam pegado cargueiro de banana e comido tudo o que o homem levava. Os partidos, os restos dos partidos de cana da usina, estavam reduzidos a bagaço. Até os olhos de cana cortavam para chupar.

E agora não eram só os retirantes. Os pobres todos da Bom Jesus estavam iguais aos outros.

A câmara de sangue começou a matar gente. Principiara na casa de Chico Baixinho. Dois meninos estavam lá obrando sangue. Era a câimbra de sangue, como dizia o povo, a peste que matava.

D. Dondon distribuía dose de ipecacuanha.

E todo o dia chegava notícia de morte. Na Areia, raro era o dia que não descia um para o cemitério do Pilar.

A água, que o povo bebia na caatinga, fazia nojo. Podiam ir buscar no Vertente, mas não tinham coragem. Bebiam dos barreiros uma água cor de lama, que deixava lodo nos canecos de flandres. E era isto o que a disenteria desejava. Os que estacavam dela pareciam bodoques, com a barriga para dentro, sem forças para um passo.

No meio dos retirantes, a epidemia bateu de cheio. O dr. Juca mandara pedir remédio ao major João José, prefeito da terra.

E o povo do Pilar nem queria que se enterrasse mais gente da Bom Jesus no cemitério. Espalhavam que havia bexiga na usina. A vila inteira queimava bosta de boi pelas portas das casas. E quando passava uma rede, com defunto da usina, fechavam as janelas. Gritavam para os meninos. E um frio de pavor corria pelo povo amedrontado.

O major mandou pedir ao dr. Juca que escolhesse um lugar lá pelas terras da usina para enterrar o pessoal. Aquilo pareceu uma miséria ao usineiro. Mandara pedir remédio e a resposta fora aquela: que ele enterrasse os seus defuntos nas suas terras.

D. Dondon andava com medo das negras da casa-grande. Uma dor de barriga era um alarme, a usineira se enchia de cautelas, separava a doente das outras.

Corria um terror pela usina. Retirantes ficavam pelas calçadas, esperando um punhado de farinha, um taco de carne. O dr. Juca telegrafou ao presidente, pedindo um auxílio. Mas já fazia dez dias e não havia resposta alguma.

Fome e peste no meio do povo.

E o barracão trancado.

Seu Ernesto dizia, para quem quisesse, que não chegando ordem, não podia repartir nada com o povo. Não queria fazer figura à custa dos outros.

O moleque Ricardo via a desgraça dos outros, se lembrando de sua vida. Florêncio e Simão haviam morrido, haviam pensado numa coisa impossível. Há mais de quatro anos que ele estava ali na Bom Jesus, e não sabia por que se esquecera da vida, de tudo que vivera antes. Ligara-se a Maria de Lourdes, mais branca do que ele, de cabelos grandes. O pai dela dizia horrores das filhas. Mãe Avelina, na rua da usina, vivia agora como negra da casa-grande. De pernas inchadas, doente, nem parecia aquela negra que ele conhecera no pilão, com força de homem. Brigara com ele por causa de Maria de Lourdes. Todos os outros filhos se foram. Maria Salomé feito rapariga. Só ele e Rafael restavam para a velhice da mãe. Ela terminaria como a tia Generosa, se até lá chegasse com aquelas pernas estouradas. Podia fazer as pazes com Maria de Lourdes, morarem na mesma casa, a família inteira, sem a separação que a raiva da mãe obrigava.

Seu Ernesto era um miserável. Clotilde vivia fazendo barulho na porta do barracão, enquanto ele estava com uma e com outra, fazendo mal às mocinhas da Bom Jesus. Um papa-figo infeliz.

Há mais de quatro anos vivia Ricardo ali na usina, como se estivesse tirando uma pena, sem opinar, sem reagir. Não sabia por que de repente lhe viera a saudade do povo de Recife. Amanhecera uma vez com vontade de voltar. Que valeria aquela vida de usina, vendo tanta gente morrer e a fome andando pelo meio do povo, com mais impiedade que pela casa de Jesuíno? Ele ali dentro, com sacos de farinha, com mantas de carne, com feijão, com milho, tudo trancado e gente pedindo lá por fora, gente pelas matas, atrás de raiz de pau, fruto de gravatá, que cortava a língua como caco de vidro. Maria de Lourdes dizia que na vida dela nunca vira miséria maior. E Ricardo lembrava-se da seca de 1915, do povão que o velho José Paulino sustentara com farinha de barco e bacalhau. A casa-grande de agora não podia nem com ela. O Santa Rosa ficara grande, inchara, subira e era aquilo que se via, sem força para moer um pé de cana, sem força para mandar num cabra como seu Ernesto.

José Amarelo danara-se no mundo.

Restavam só ele e seu Ernesto para guardar os gêneros da casa Vergara.

Por que o governo não mandava mantimentos para distribuírem pelo povo?

Nos tempos do Santa Rosa, quando o Paraíba descia inundando, o governo mandava farinha e bacalhau para os flagelados. Ninguém morria de fome naquele tempo. E agora era o que se via. Por todos os lados da usina, morria gente de câimbra de sangue. Seu Ernesto pedira para ele dormir no barracão. Ele e um cabra de confiança tomavam conta, espiavam, defendendo a coisa dos outros. No Maravalha haviam arrombado uma bodega e levado tudo.

Trancado no barracão, o moleque pouco dormia com o cheiro ativo da venda. O bacalhau, os rolos de fumo, as sacas de café cheiravam. Ele dormia em cima de uns sacos de farinha. E o sono não chegava. Como na ilha, como nos tempos da morte de Odete, um mal-estar qualquer vinha para ele. Maria de Lourdes ficara medonha com aquilo de dormir num tempo daquele, com ladrões andando à solta, numa casa cheia de mercadorias.

O companheiro, que dormia com ele, era um cabra mandado, um valentão que fora da São Félix. Viera para a

Bom Jesus a mando de alguém e seu Ernesto botara o cabra para servir no barracão. Nas noites em que ele ficava com Ricardo, contava histórias de Mamanguape. Fora dos Dantas, até que fizera um crime no Sapé e o dr. Luís o tirara da cadeia. Cabra só devia se encostar em homem como o dr. Luís. O rifle dormia a seus pés e o punhal não saía da cintura. Junto com ele Ricardo guardava a carne de ceará, o feijão, a farinha de Vergara.

 E, enquanto o cabra dormia sereno, o sono não chegava para o seu companheiro. Chegavam as recordações de sua vida, o Carnaval, Isaura, d. Isabel, seu Alexandre, a morte de Odete, Abílio cotó e seu Manuel. Onde andaria àquela hora o bom amigo, aquele que tivera a mão mais leve, que lhe acariciara a vida? Sofrendo em Fernando, contando para outro a história da princesa que descasava os bem casados. Matara por causa da irmã ofendida, uma irmã a quem ele queria bem como a uma amante. E seu Ernesto comia as franguinhas da Bom Jesus, dava medalhinhas, laços de fita, frascos de cheiro e passava nos peitos e vivia de grande, de bigode para cima, trancando o barracão para o povo. O moleque ouvia a noite passar, hora por hora. Não sabia por que não pegava no sono. Pela estrada passava gente, cargueiros conversando alto, outros assoviando. E a lua espalhava-se pelos sacos de farinha, pelos caixões de querosene. Pelas telhas de vidro a lua vinha pratear os gêneros de Vergara. Com aquela lua, na ilha, seu Manuel estaria com outro. E Isaura? Onde andaria Isaura, com quem estaria a negra, que tanto lhe dera? E Jesuíno e os filhos e a mulher, tremendo com Deus no corpo, batendo no chão com o espírito do céu? Ele viera para a usina por causa das saudades que sentira do Santa Rosa, e ficara ali, sem saber como, vendo Joaquim morrer, as irmãs raparigas. Fernando não se comparava com a Bom Jesus. O Paraíba dos banhos, das vazantes, o bom rio parecia o cemitério dos bois, coberto de urubus. Estava com seu Ernesto, sem saber como. Depois viera Maria de Lourdes, de cabelo grande, gostando dele. Ficara e agora o povo com a peste, com a fome, com a maior desgraça deste mundo. No dia em que José Amarelo fugira, com o apurado da venda, teve inveja dele, daquele que se danara no mundo feito ladrão, que ficara livre de estar num lugar preso, vendo somente o que era ruim, a peste e a fome comendo o povo.

Na casa-grande ninguém sabia o que fizesse. D. Dondon recebera convite do pai para se passarem para o engenho dele. O dr. Juca não aceitou. Ficariam ali mesmo, até que ele entregasse a usina aos outros.

E a peste comendo gente. Pelas calçadas amanheciam moradores, pedindo comida. Os retirantes ganhavam as matas, atrás de coco-catulé e raízes.

Ver-se um era ver-se todos, magros, de boca roída pelas feridas.

Falavam de grupos armados, que estavam atacando os engenhos. Do Itambé viera a notícia de um ataque ao Cipó Branco, do seu Né.

D. Dondon, logo à boca da noite, fechava as portas. O marido no quarto aguentava as suas dores como podia. E ela e as negras rezavam. Eram padres-nossos e ave-marias, orações a são Sebastião para dar fim à peste. Às vezes nestas ocasiões as corujas cortavam mortalha, passando por cima da casa. As negras sentiam o agouro, como uma condenação.

D. Dondon se sentia mais tranquila com Maria Augusta, Clarisse e os filhos, que estavam bem longe daquele inferno. Ouvia-se da casa-grande o falatório dos retirantes, aboletados pela usina. Dormiam por lá e falavam, como se quisessem enganar o estômago com palavras. Iam até tarde na conversa. D. Dondon tinha medo. Com pouco viriam grupos de assassinos, atacariam a casa-grande, matando a ela e ao marido. E os seus terços se prolongavam até tarde. O marido chamava-a para dormir. Aquilo também lhe fazia mal.

Os retirantes ainda comiam a farinha seca e o pedaço de carne que o dr. Juca distribuía. O povo da caatinga descia, de mochila na mão, para pedir. Pareciam os penitentes da quaresma, atrás de jejum, pelo amor de Deus. A casa-grande quase nada tinha para dar. O barracão é que estava arrojado de mercadorias. O povo passava de olhos compridos por ele.

Seu Ernesto não podia dar um litro de farinha sem ordem do patrão.

O moleque Ricardo dormia com o cabra armado, tomando conta das mercadorias.

E tudo foi assim até que num dia de manhã a porta da casa-grande amanheceu cheia de gente. Famintos da caatinga, dos agrestes, retirantes. A usina não deixara fazer roçado. Tinham sido expulsos das vazantes do Paraíba, não contavam com a batata-doce, as espigas de milho para as necessidades. Queriam de comer.

O usineiro, de pernas bambas, pelo braço de Rafael, chegou ao alpendre para falar com o povo: ele não tinha o que fazer, não tinha mais nada que dar. Não era mais dono. Dondon havia feito o que as suas posses permitiam.

O povo calado olhava. Os olhos do povo, cavados, duros, olhavam para o usineiro. D. Dondon, atrás dele, explicava: haviam dado tudo. Juca não contava com ninguém.

O rumor crescia. O copiá da casa-grande coalhado de trabalhadores, de velhos, de mulheres. Os retirantes se chegando para ver. O choro dos meninos doía nos ouvidos. O povo queria de comer. Vinha chegando mais gente. Parecia que haviam sido convocados. Desciam de todos os lados.

    O usineiro em pé, seguro no braço de Rafael, a mulher junto dele. Não tinha nada para dar.

    Depois o povo olhou para o barracão lá embaixo.

    Seu Ernesto trancara as portas. O moleque Ricardo, de dentro, ouvia o povo no falatório. Seu Ernesto olhou pelo buraco da fechadura a multidão que descia para ele. De rifle na mão, o cabra que dormia com Ricardo esperava. Seu Ernesto falava exasperado: o primeiro que botasse a cabeça ali dentro ele derrubava.

    Gritavam lá fora. Um urro de boi emperrado vinha lá de fora. Ricardo começou a sentir uma coisa esquisita. Era medo e não era. Sentado num saco de farinha, o moleque não sabia o que era aquilo que passava por ele, era um frio, era uma vontade de gritar, de fugir dali. Lembrava-se de Florêncio, da cara do pobre na hora da morte, de Simão, do sino tocando na ilha, na morte de Simão. O grito do povo. Um urro de boi emperrado e o carreiro queimando palha na barriga do animal. Um urro de boi sofrendo era o que Ricardo ouvia. O cabra guarda-costas fumava descansado.

    Seu Ernesto, lívido, não sabia o que fazer. E sacos de farinha, as mantas de carne, as barricas de bacalhau.

    Por que não sacudiam tudo aquilo para o povo encher a barriga? O primeiro que botasse a cabeça veria o que era uma bala. Para o cabra de rifle em punho, nem parecia que havia perigo.

    Ricardo fechava os olhos para não ver a cara de Florêncio morrendo, o olho arregalado de Simão. Deodato lhe dissera que ele na ilha fora um safado. Os filhos de Jesuíno, roubando nos quintais. A Mãe Avelina de pernas estouradas. Salomé rapariga de todo mundo.

A cabeça do moleque rodava, um zum-zum, como de canto de cigarra distante, gemia nos seus ouvidos.

Bateram na porta. E o cabra disparou um tiro à toa.

Então Ricardo correu, pulou o balcão da venda, se agarrou na tranca para abrir.

— O moleque está doido – gritou seu Ernesto. E uma bala pegou-o pelas costas.

O povo entrou pela porta escancarada, passando por cima do corpo do negro ferido. E aqueles braços semimortos tiveram força para matar gente.

Depois levaram Ricardo para a casa da Mãe Avelina. O moleque, estendido na cama da mãe, só tinha de vivo os olhos, andando de um lado para outro. Avelina passava a mão pela cabeça, alisando. Seu Manuel, na ilha, fazia aquilo. Era a mão de seda de seu Manuel que ele estava sentindo.

Naquela noite começara a relampejar nas cabeceiras do Paraíba.

29

A CASA-GRANDE SE ENCHERA, vieram parentes e visitas. E o delegado Marreira, do Pilar, para tomar conta dos restos do barracão. Havia chegado um empregado de Vergara para inventariar as coisas.

O dr. Juca, acabrunhado, narrava os acontecimentos. Bem que ele telegrafara pedindo mantimentos para o povo. Só sucedera aquela desgraça porque não podia andar. Se tivesse corrido para o barracão teria tirado o povo dali. Seu Ernesto e o cabra tinham ficado estraçalhados.

Os retirantes, com os relâmpagos para as cordas de cima, há uma semana que iam desaparecendo. Os moradores para as suas casas, escondidos.

Pobres, que nunca tiveram coragem para levantar a vista para um superior, se enfureceram daquele jeito, virando feras, com garras de feras.

O capitão Joca achava que não ficaria naquilo: se o governo não mandasse providências, mais assaltos se sucederiam. Outros achavam que não, porque os sertanejos já estavam voltando com as chuvas, que vinham caindo no sertão. E o povo dos engenhos era fácil de ser mandado.

A povoação de Sobrado fora atacada também pelos retirantes. E as feiras viviam sem um pé de gente.

Um jornal da Paraíba afirmara que o caso da Bom Jesus fora instigado pelo usineiro, por questão de dívidas.

Vergara se queixava do dr. Juca. Se ele tivesse querido, o povo não teria feito aquela desgraça.

O barracão ficara de papo para o ar, com o terreiro branco de farinha derramada, barris de bacalhau vazios e nem uma peça de pano ficara nas prateleiras. Diziam que o estrago era de mais de setenta mil-réis.

D. Dondon tinha vivido muitos anos de sua vida naqueles dias. A cara era de uma velha e ninguém tinha mais medo da câmara de sangue. Na usina os sertanejos deixaram uns seis doentes, que gemiam com as dores. E o lugar onde estavam fedia, porque ali mesmo se desapertavam das cólicas. Da casa-grande ia comida para os pobres e as doses de d. Dondon.

Mas o povo da caatinga se encolhera, como depois de um grande crime que todos houvessem cometido. Ninguém descia, ninguém botava a cabeça do lado de fora para olhar. O povo estava aturdido. Nunca por aquelas bandas sucedera uma coisa daquelas.

O negro Manuel Pereira, no terreiro da sua casa, contava da morte dum feitor do pai do coronel José Paulino, um tal de Cândido, que os escravos picaram de enxada. Os negros, depois do crime, mais de cinquenta, correram para o engenho Jardim, do major João Alves, e só voltaram de lá com o perdão do senhor. Mas aquilo fora uma coisa dos outros tempos, que nem se comparava com a morte de seu Ernesto e do cabra de Mamanguape. Não havia quem soubesse quem havia pegado os cabras para matar.

Lastimava a morte de Ricardo: pobre do filho de Avelina, que havia sido morto pelo cabra Mariano. Negrinho bom. Fora abrir a porta para o povo entrar.

E falavam de Feliciano. O negro velho amaldiçoara a Bom Jesus. Não viam como o dr. Juca fora para trás, como tudo correra para trás? A peste, a fome.

Um trabalhador havia achado os santos de Feliciano, enterrados na várzea, ali por perto da lagoa. Todas as imagens enroladas em um lençol branco e por baixo da terra. O negro velho fizera o enterro de seus santos e havia sacudido o oratório na lagoa. Três dias antes do caso do barracão, tinham descoberto os santos de Feliciano.

Fora um rebuliço. A peste e a fome vinham daquilo. Os santos haviam subido para o céu.

Uma mulher viu uma estrela muito grande, correndo no céu. E depois desceram para a terra, ficaram embaixo da terra, sofrendo até que o povo desenterrasse e fizesse um ano de festa, um ano de novena.

No terreiro do negro Manuel Pereira, acreditavam que tudo fosse parar. Os sertanejos já tinham descido para as suas terras. Relampejava nas cabeceiras, fartura para os infelizes, que desciam para mais desgraçar os pobres da várzea. Ricardo morrera inocente, como um carneiro. O moleque era bom. Pobre de Avelina que não tinha sorte com os filhos. Os outros andavam perdidos pelo mundo. E aquele, que viera para junto dela, sofrera aquela infelicidade.

Manuel Pereira falava de uma procissão, que deviam fazer saindo da Cruz do Deserto para o Alto da Conceição. Porque só assim abrandariam as iras dos santos. Dera fome e peste neles pela raiva que os santos estavam. Os frades das missões no Itambé falavam de peste e de fome. A procissão sairia da Cruz do Deserto para o Alto da Conceição. Nunca ninguém vira santo enterrado como defunto. Os castigos do céu tinham vindo por isto.

Na São Félix o destino da Bom Jesus estava tomado. O dr. Pontual fora chamado. Vergara, ele e o dr. Luís chegaram a um acordo razoável. Os americanos passariam ao dr. Luís os seus direitos, ficariam livres de prejuízo maior e tudo entrava na paz de Deus entre a Bom Jesus e a São Félix.

O dia da paz fora comemorado com um grande almoço na usina do dr. Luís. A nova fábrica se chamaria Santa Margarida. E o dr. Pontual e o dr. Isidro estavam convidados para a festa da botada, com missa de monsenhor Sabino.

A várzea do Paraíba nas mãos de um só dono. Havia os engenhos de Trombone, como uma ilha, cercados pelas terras de dr. Luís por todos os lados. Um dia tudo seria dele, todas as terras da redondeza seriam do dr. Luís. Ele tinha dinheiro, tinha cabras, tinha são Luís a seu favor. O dr. Juca passava de Packard pela sua porta, espanando areia pela estrada.

A filha de baratinha. A chaminé da Bom Jesus dava na vista de longe, vermelha, com as pontas dos para-raios, como aquela da usina Beirão. O dr. Juca estava em casa, andando pelas mãos dos outros, a filha e a mulher andando de trem, sem luxo. As raparigas da Paraíba compraram casas, raparigas de Recife receberam joias de contos de réis. Ele dr. Luís não enchia as listas do padre Almeida, não pagava para ninguém beber, não tinha Orsine para olhar as coisas para ele. A São Félix ficaria a grande matriz. Comera engenhos, comera usinas, o Pindoba, o Puchi e a Bom Jesus.

O povo dizia que as jiboias passavam com um boi seis meses no ventre, esperando que os chifres caíssem. A Bom Jesus lhe dera trabalho igual. Um trabalho que mobilizara todas as suas forças. Marreira estivera às suas ordens contra o dr. Carlinhos. Perdera. Noites e noites, pensando na concorrência de uma fábrica mais forte do que a sua, comendo as terras do Paraíba. Felizmente que chegara ao fim, como ele quisera chegar. Tudo era seu, desde o Pindoba, do compadre José Moura, ao velho Santa Rosa, do coronel José Paulino. Só Trombone no meio fazia aquela ilha, que ele cercava de todos os lados.

A notícia do acordo chegara à Bom Jesus, no dia mesmo do fato. Edmundo veio alarmado com a notícia. Todos sabiam que a morte era a única realidade, mas quando o monstro chegou, fez alarme no meio de todos. Havia ainda a esperança da luta dos americanos com Vergara.

Em Pernambuco uma usina se achara assim naquele estado da Bom Jesus, com dois leões lutando pelas suas carnes, e, no fim, as feras enfraquecidas deram ânimo à vítima para resistir. E chegara Edmundo com a notícia.

Foi um clamor... Terras hipotecadas, terras dos antigos, comidas para sempre. A velha Nenen deixaria o Maravalha. Todos debaixo do reino do dr. Luís.

O velho Joca apareceu, com seus olhinhos fuzilando. Só sairia do Maravalha aos pedaços.

E quando a casa-grande ficou vazia, o dr. Juca e a mulher se sentiram sós. Pela primeira vez em sua vida d. Dondon viu lágrimas nos olhos de seu marido. Abraçaram-se. Ela soluçando e os olhos pretos do dr. Juca banhados em lágrimas.

As negras no oratório rezavam baixinho. O pai de d. Dondon mandara um recado para que eles fossem para o seu engenho. Ainda tinham aonde cair. Maria Augusta, coitada, não faria um casamento como o de Clarisse. O pai contava os dias. Nossa Senhora da Conceição se esquecera deles todos.

30

Há oito dias que relampejava nas cabeceiras do Paraíba. O acordo dos americanos com Vergara e dr. Luís ficara conhecido. Iriam com a execução da usina até o final. E, após os efeitos legais, a São Félix encamparia a Bom Jesus.

Maria Augusta viera do Recife para ficar com a mãe e o pai. Voltara alegre e d. Dondon ansiosa para saber a razão daquela alegria. Clarisse lhe disse logo: namoro com um rapaz que era caixeiro na Encruzilhada. Trouxera a irmã para a usina porque não queria ser responsável por coisa nenhuma.

D. Dondon ficou em desespero com a filha se casando com gente que não era igual.

Maria Augusta dizia que se casaria e quando a mãe reclamava, dava para chorar, para se maldizer. Ninguém queria saber dela. Os rapazes corriam, tinha até vergonha de encontrar os conhecidos da Paraíba, depois de tudo o que havia acontecido. Estavam pobres e gostava do rapaz, que podia ser até de boa família. A mãe só se opunha porque não o conhecia. Gostava do rapaz e pronto.

A epidemia passara sem que o governo providenciasse, matou até quando bem quis. Os sertanejos, que haviam ficado na usina, só esperavam ganhar um pouco de forças para o retorno às terras chovidas e felizes.

D. Dondon, com a notícia do namoro de Maria Augusta, recebera mais um golpe. Aos poucos porém foi se conformando. Podia ser que a filha fosse muito feliz. E aquilo de contrariar casamento não dava certo. Quando Juca soubesse, se constrangeria, com uma filha se casando com um caixeiro da Encruzilhada.

Depois que recebeu uma carta de Clarisse, se conformou ainda mais. O rapaz era pobre, mas era de uma família de Limoeiro Grande e até parecia aparentado com gente conhecida do dr. Lourenço. Assim ela se animara a dar a notícia a Juca; escondendo a história do emprego na Encruzilhada. Para que fazer o marido sofrer mais um pedaço? O namorado de Maria Augusta era filho de uma pessoa conhecida do tio Lourenço. O dr. Juca recebeu a notícia satisfeito. Restariam somente os filhos. Homem sabia se aguentar por si. A ideia de cair nas costas do sogro, de servir de peso aos outros, humilhava-o, reduzia-o.

Os outros genros cresceriam a vista e as irmãs de Dondon ficavam logo pensando que fosse explorar o velho. Já dera ao sogro aquele prejuízo medonho e os filhos estudavam à custa dele. E agora o recurso que tinha era aquele. Bater no seu engenho para viver às suas custas.

Orsine trazia notícias ao usineiro, que não queria saber delas. Pelos trens já estava marcado o dia da posse do dr. Luís na Bom Jesus. Sabiam das reformas, dos administradores que viriam para lá. A São Félix ligaria o seu ramal de estrada de ferro com a outra usina. Só ficariam mesmo de fora os engenhos de Trombone, que dera autorização para os trilhos do amigo atravessarem as suas terras.

O dr. Juca não gostava das notícias de Orsine. A morte estava na sua porta, de dentes arreganhados. Cada dia que se passava era um pedaço que a bicha comia. Não tinha mais tato nos dedos, sentia dificuldades para fazer tudo. O tio Jerônimo vivera 15 anos. Henrique, do Itapuá, dez. Com ele a doença caminhava mais depressa. Lembrava-se do tio, indo do sítio da sinhá Germina para o almoço e o jantar no Santa Rosa. No começo andando sozinho, depois com cacete, depois com Manuel de Nana e por fim de cama. Mas com o velho, de uma etapa para outra, levava tempo. Com ele fora diferente. Em pouco tempo ficara de não poder se aguentar de pé, se não fosse segurado em outra pessoa. Deixara os remédios. Só tomava aqueles que Maciel passara para aliviar as dores, que eram cruéis. E as pílulas nem faziam mais efeito. As dores entravam e saíam à vontade, terríveis.

A família estava se acabando. Ele mesmo fora culpado da desgraça maior. O tio Joca, sacudido para fora do Maravalha. Sabia-se que o velho Lourenço já mandara oferecer o Comissário ao irmão. Um homem, com o orgulho do tio velho, obrigado a viver às expensas do irmão mais moço. Edmundo, Manuel César, todos os outros com a São Félix escravizando-os, machucando-os. Ele só estava vivendo porque não tinha coragem para uma loucura. Olhava para a mulher com remorso. Fora um marido ruim. Nem queria pensar naquilo.

Com a história do namoro de Maria Augusta, Dondon se animara outra vez, andava comprando renda, vendo se descobria qualquer coisa que fizesse para a filha. E lá um dia chegara muito contente para ele, porque achara uma caderneta da Caixa Econômica, que nem se lembrava que existia. Botara há anos para o Paulo um conto de réis. E aquilo devia ter rendido muito juro e daria para comprar o enxoval de Maria Augusta. Homem se arranjaria por si mesmo. A filha não sairia de casa, lisa, fazendo vergonha, sem um lençol de linho, sem um vestido de noiva bonito.

D. Dondon, no meio de toda a desgraça, achava tempo para pensar na felicidade de Maria Augusta. Casaria a menina na casa do pai. Pouco se importava que os cunhados censurassem e crescessem a vista. Com pouco deixaria a Bom Jesus para sempre. Bem que ela poderia estar no Pau-d'Arco, no remanso do banguê, mas Deus quisera e fora aquilo. Se Juca estivesse com saúde, nada estaria ligando. Assim se arrastando, sofrendo do jeito que sofria, era mesmo para desesperar.

Maria Augusta bordava na cadeira de balanço do alpendre, que nem parecia aquela triste menina de dois meses atrás. Juca no quarto, a chuva roncando e o Paraíba cheio de barreira a barreira.

Uma tarde o dr. Luís viera falar com o rival arruinado. Teve recepção de sala de visita. O dr. Juca e o usineiro da São Félix trocaram palavras convencionais até que a visita chegou ao assunto: só entrara no negócio da Bom Jesus para ver aquilo logo resolvido duma vez. Podia ficar certo que o seu interesse fora o melhor deste mundo, pacificar a várzea. Sentia que o dr. Juca não pudesse ficar com a Bom Jesus. Um parente seu, em Pernambuco, estava naquela situação, preso ao cofre de Mendes Lima. Fora um imprevidente este seu parente, gastando como um príncipe. Sabia que o dr. Juca estava sem ter para onde ir. Falara até com Trombone. Punha à disposição dele o Pau-d'Arco:

— O senhor pode ficar como engenho, morar por lá o tempo que quiser, plantar cana.

Foi quando d. Dondon entrou na sala e falou duro: não estavam de esmola. O dr. Luís podia vir tomar conta da usina quando quisesse. Eles só estavam esperando a hora de sair. Não estavam de esmola. Tinham muito bem aonde cair.

E a voz de d. Dondon não era a voz mansa e doce. Era um falar duro, cortado na garganta. Falava de pé e disse ao dr. Luís o que não quisera dizer.

O usineiro embaraçado se desculpava: não viera para isto, não trouxera intuito de humilhar, de fazer pouco.

O dr. Juca, sorrindo, punha a situação na calma anterior. D. Dondon no seu quarto chorava com Maria Augusta, acalentando-a.

E quando o dr. Luís deixou a casa-grande, enquanto o automóvel roncava de estrada afora, o ex-soberano da Bom Jesus começou a se medir. Não tivera coragem de repelir o atrevimento do inimigo que viera pisar por cima de sua desgraça.

Um sol de junho caía pelas terras da Bom Jesus. As estacas da estrada floriam com as trepadeiras. As cajazeiras, com aquele inverno, haviam crescido os seus galhos, cortados para que não dessem sombra aos partidos. Bandos de periquitos gritavam. Uma alegria imensa enchia a terra. D. Dondon chorava no seu quarto e o dr. Juca do alpendre olhando a grandeza que fora sua. A chaminé da Bom Jesus mirava as terras que foram do dr. Juca, as terras de seus partidos.

Meninos de moradores, de mochila na mão, pediam comida para o pai e a mãe. O gigante parado, mais de mil contos de máquinas enferrujando.

O Paraíba descera lavando o seu leito das porcarias das caldas, espantando os urubus. Roncava coberto de espumas, de bancos de espumas que rodavam nos remoinhos.

O Vertente, lá em cima na mata, corria livre, cantando manso e bom, livre da bica arrombada.

Avelina, na rua que fora dos operários da usina, morava com Maria de Lourdes, que Ricardo lhe deixara.

Generosa maldizia.

E os pobres do Santa Rosa mais pobres, ainda mais.

E mais pobres ainda quando a São Félix tomasse conta e fizesse moer as moendas, andar as esteiras, apitar os trens pelos partidos.

Num dia daqueles de junho o velho José Paulino sorria de contente. O eito cavava a cova para as sementes de cana. A chuva criava o milho, amadurecia o feijão, fazia a fartura do povo. Os trabalhadores bebiam cachaça para esquentar o corpo engelhado.

Fora-se o velho José Paulino, acabara-se o Santa Rosa. E estava ali o dr. Juca como um aleijado e a Bom Jesus no fim, sem força para moer um feixe de cana. Lá por dentro a usineira chorava.

E no alpendre, o usineiro olhava o sol de junho, o tempo bom de chuva. E nem um cabra no eito puxava a enxada por sua conta. Um grito dele ali ecoava em vão, pelas terras mortas do Santa Rosa.

31

A União, jornal do governo, dera notícia da compra da Bom Jesus, dizendo que um industrial de vistas largas evitara que uma grande parte da várzea do Paraíba ficasse reduzida com o fracasso da outra usina. Elogiava-se aí a ação do dr. Luís, homem de capacidade, que estava sempre disposto ao trabalho, um exemplo de nordestino, que vencia pelo trabalho e pela honradez.

Leram este jornal na Bom Jesus, o dr. Juca diminuído e d. Dondon e Maria Augusta aborrecidas, porque não haviam evitado que ele lesse a notícia espalhafatosa. A miséria de todos estava em letra de fôrma.

Nos trens comentariam. A Bom Jesus fora à garra porque não tivera um homem da têmpera do dr. Luís para conduzi-la.

Os parentes agora não deixavam a usina. Sem jeito a dar, sem esperanças, chegavam-se para falar da sorte. Só o velho Joca não botava a cabeça fora de casa, desde que soubera do acordo, da inevitável queda de todos. Os outros vinham prosar. Alguns já haviam procurado terra para onde ir. Sinhozinho, de Santo Antônio, estava de engenho em vista no vale do Mamanguape. Metera-se no negócio contando com a sorte. Outros ficariam por ali mesmo, na balança do dr. Luís. De senhores, passariam a escravos, a fornecedores de uma esteira que engolia a cana e chupava sangue. Nunca mais que fossem livres, que a mulher e os filhos pudessem contar com a vida larga. Tinham em mente os senhores de engenho do baixo Paraíba que a São Félix despenara. Não havia um só que subsistisse com a independência de outrora. José Moura era mais um apaniguado do compadre, com o seu Pindoba entregue ao latifúndio, comido e chupado pela terra maior. Todos sabiam o destino que teriam. Edmundo, do Coité, já arranjara engenho para plantar cana pelas bandas de Nazaré. Queria ser escravo longe dos campos, onde mandara como dono.

  O dr. Juca, naqueles 15 dias últimos, piorara de saúde por meses. Uma fúria, as dores, que ardiam como chumbo derretido pela sua carne.

  Teriam que em breve deixar a Bom Jesus.

  O inimigo já batera na porta para humilhá-lo.

  Avelina, Generosa, as negras da cozinha, nem a casa de d. Inês teriam mais. Elas sabiam da desgraça que se aproximava e andavam tontas. Para onde iriam? D. Dondon não poderia com elas. A tia Generosa naquele estado, amalucada. A sua filha, de Recife, morrera. E Avelina só com Rafael de resto. Fora-se a grande esperança de Ricardo. E seus outros filhos soltos pelo mundo.

  Quando o povo soube da entrega da Bom Jesus, ficou com mais medo. Saía gente para Goiana, para o Gramame. Melhor a febre, a sezão, a fome canina que aguentar a esteira da usina nas mãos do dr. Luís. Diziam que o feitor do campo já estava escolhido, um cabra Pascoal, que viera de Frexeiras para a São Félix, um monstro para o povo.

  A calçada da casa-grande ficava repleta de gente que queria saber mesmo da verdade. E quando sabiam, muitos davam para chorar, para se lembrar do velho Zé Paulino, com palavras sentidas.

  D. Dondon nem queria ouvi-los. Dava o punhado de farinha, o taco de carne e que fossem sofrer por longe. Já havia sofrimento demais pela casa-grande. Dores que não se aplacavam, e esperanças que se perderam de vez.

O Paraíba inchava de cheio, roncando. As suas águas cresciam. Falavam de açude arrombado no sertão. O bicho já andava pelas várzeas, repetindo a façanha de 1875 e de 1923.

Da casa-grande avistava-se o vermelhão cobrindo a mataria da várzea. E relâmpagos nas cabeceiras. E chuva que não parava.

O Crumataú descera, como há muito não havia notícia. O Gurinhém transbordando. Todos davam no Paraíba.

O povo descia da caatinga para ver o monstro roncando. Um ronco sinistro com as águas que comiam as ribanceiras, que ruíam com estrépito. Não havia canoeiro que tivesse coragem de meter uma canoa n'água. A correnteza não dava tempo para manobra. Árvores enormes passavam de cabeleira de fora. Marizeiros arrancados pelas raízes como touceiras de coentros.

D. Dondon já estava com medo.

A rua da Palha, no Pilar, não tinha mais casa em pé. O rio levara tudo. E amanhecia enchendo. E à tarde enchendo.

O santuário da casa-grande estava com velas acesas. As negras e d. Dondon rezavam.

Na outra manhã, o rio amanhecera mais brabo. As águas chegavam na destilaria.

No tempo do velho Zé Paulino temia-se pelos caixões de açúcar, pelos tanques de mel de furo.

O dr. Juca, do seu quarto, com as dores, nem perguntava pelo rio.

As mulheres com medo. E a casa-grande, quase ilhada, só tinha mesmo uma saída pela estrada nova, pela bueira, que cobria o sangradoiro da lagoa.

E ao meio-dia chegou gente falando: a casa do engenho do Santa Fé, debaixo d'água, fora-se o maquinismo que Zé Marreira botara lá. A cheia parecia maior do que a de 1924.

Ouvia-se da casa-grande o rumor que faziam as águas, caindo nos tanques da destilaria.

E com pouco chegou Rafael com a notícia: o rio arrancara o marizeiro grande. O rumor das águas parecia pertinho da casa-grande.

D. Dondon lembrou-se do povo do Maravalha. Sem dúvida que teriam fugido para São Miguel. Àquela hora, pelo que se dera no Santa Fé, o engenho do tio Joca estaria debaixo d'água.

À tardinha o rio enchia ainda mais. A estrebaria submergida. O gado corria do curral para berrar, ali bem perto do alpendre. Um resto de gado magro. O rio entrava pelo cercado. Via-se a água barrenta entrando quase na casa da usina. O oratório aceso. E as negras e a senhora rezando.

Maria Augusta correra para perto do pai.

Depois, d. Dondon chegou com a notícia: não podiam ficar mais ali. Ela mandara chamar Miguel Targino para aprontar um carro, que levasse todos para a caatinga.

O dr. Juca achava uma tolice, dizendo que as águas nunca chegariam até a casa-grande. Mais tarde era a garagem que estava invadida. E o rio já corria por dentro da usina.

O barracão afundado. Só tinha mesmo saída pela estrada nova. D. Dondon arranjava roupas de cama, latas com carnes e feijão. E o carro de boi na porta, esperando. O dr. Juca não queria sair. Maria Augusta chorava perto dele, pedindo para que todos fossem embora.

A queda de uma barreira, no rio, era como se fosse pertinho de casa, doía no coração das mulheres.

Foi quando d. Dondon falou sério com o marido: Maria Augusta estava com eles, não podiam ficar ali para morrer afogados. O marido se lembrasse da filha.

A chuva parara. E um sol de inverno cobria a Bom Jesus. O dr. Juca, encostado no braço de Rafael, saiu de cabeça baixa para o carro de boi.

E foram deixando a Bom Jesus.

O carro enterrava as rodas no lamaçal da estrada.

Com mais vinte braças o Paraíba roncava, subindo cada vez mais. O gado encolhido olhava um para o outro.

O usineiro e a família deixavam a Bom Jesus para a caatinga. Iam ele, a filha, a mulher e as negras. Rafael a pé acompanhava a retirada. Miguel Targino levava os bois para os atalhos. O povo, lá do alto, olhava as águas furiosas. Tocavam búzio que era um gemido profundo, um chamado de socorro de quem estivesse morrendo. O carro já atravessava a bueira para o alto.

O dr. Juca, deitado, com as suas dores, que vinham de quando em vez. Maria Augusta, de olhos esbugalhados, e d. Dondon rezava baixinho. Avelina e Generosa vinham com eles. As outras negras caminhavam a pé, com trouxas de roupa e as latas com comida.

Era numa tarde de junho. O carro subia para a caatinga. E agora via-se bem a grandeza do Paraíba. Era um mundo d'água barrenta. Via-se o Santa Fé afogado. E mais para um lado, bem longe, o Maravalha, também afogado com o bueiro de fora.

Subiam para a Areia. O povo olhava o carro e via com espanto o dr. Juca estendido como um doente. Nunca tinham visto um senhor de engenho naquele estado.

O usineiro e a família fugiam para a caatinga. Para ali o dr. Juca sacudira o povo da várzea, com usura das terras para a cana.

D. Dondon pediu para o carro parar, para o marido ver o rio. O dr. Juca olhou e viu a Bom Jesus lá embaixo com a sua chaminé vermelha. Antigamente, nos tempos de cheia, ele ficava com o pai no engenho, salvando o que era possível salvar. Nada tinha mais para salvar. Pensou no seu tio Joca. Sem dúvida que teria corrido para São Miguel. O velho conhecia bem o Paraíba.

Lá embaixo era um mar que crescia.

Começara a chuviscar um pouco. E o carro subia mais para o alto, com destino à casa de Amâncio, que era a melhor da redondeza. O povo olhava feito besta para o carro com o dr. Juca deitado. O usineiro gemia com as dores que não duravam a chegar.

Maria Augusta passava as mãos pela sua cabeça quase toda branca.

Era quase de noite. O sol se ia, sem nem uma cinta vermelha no poente. Tudo cor de chumbo no céu. A noite chegava. Chovia. E d. Dondon olhou lá para baixo. Tudo ia se escurecendo.

Só mesmo, de muito longe, a lanterna do monumento de Nossa Senhora da Conceição atravessava o rio e a chuva.

Aí o dr. Juca falou para a mulher, para a filha e as negras:

— Isto é o mesmo que pedir esmola.

Cronologia

1901

A 3 de junho nasce no Engenho Corredor, propriedade de seu avô materno, em Pilar, Paraíba. Filho de João do Rego Cavalcanti e Amélia Lins Cavalcanti.

1902

Falecimento de sua mãe, nove meses após seu nascimento. Com o afastamento do pai, passa a viver sob os cuidados de sua tia Maria Lins.

1904

Visita o Recife pela primeira vez, ficando na companhia de seus primos e de seu tio João Lins.

1909

É matriculado no Internato Nossa Senhora do Carmo, em Itabaiana, Paraíba.

1912

Muda-se para a capital paraibana, ingressando no Colégio Diocesano Pio X, administrado pelos irmãos maristas.

1915

Muda-se para o Recife, passando pelo Instituto Carneiro Leão e pelo Colégio Osvaldo Cruz. Conclui o secundário no Ginásio Pernambucano, prestigioso estabelecimento escolar recifense, que teve em seu corpo de alunos outros escritores de primeira cepa como Ariano Suassuna, Clarice Lispector e Joaquim Cardozo.

1916

Lê o romance *O ateneu*, de Raul Pompeia, livro que o marcaria imensamente.

1918

Aos 17 anos, lê *Dom Casmurro*, de Machado de Assis, escritor por quem devotaria grande admiração.

1919

Inicia colaboração para o *Diário do Estado da Paraíba*. Matricula-se na Faculdade de Direito do Recife. Neste período de estudante na capital pernambucana, conhece e torna-se amigo de escritores de destaque como José Américo de Almeida, Osório Borba, Luís Delgado e Aníbal Fernandes.

1922

Funda, no Recife, o semanário *Dom Casmurro*.

1923

Conhece o sociólogo Gilberto Freyre, que havia regressado ao Brasil e com quem travaria uma fraterna amizade ao longo de sua vida.

Publica crônicas no *Jornal do Recife*.
Conclui o curso de Direito.

1924

Casa-se com Filomena Massa, com quem tem três filhas: Maria Elizabeth, Maria da Glória e Maria Christina.

1925

É nomeado promotor público em Manhuaçu, pequeno município situado na Zona da Mata Mineira. Não permanece muito tempo no cargo e na cidade.

1926

Estabelece-se em Maceió, Alagoas, onde passa a trabalhar como fiscal de bancos. Neste período, trava contato com escritores importantes como Aurélio Buarque de Holanda, Graciliano Ramos, Jorge de Lima, Rachel de Queiroz e Valdemar Cavalcanti.

1928

Como correspondente de Alagoas, inicia colaboração para o jornal *A Província* numa nova fase do jornal pernambucano, dirigido então por Gilberto Freyre.

1932

Publica *Menino de engenho* pela Andersen Editores. O livro recebe avaliações elogiosas de críticos, dentre eles João Ribeiro. Em 1965, o romance ganharia uma adaptação para o cinema, produzida por Glauber Rocha e dirigida por Walter Lima Júnior.

1933

Publica *Doidinho*.
A Fundação Graça Aranha concede prêmio ao autor pela publicação de *Menino de engenho*.

1934

Publica *Banguê* pela Livraria José Olympio Editora que, a partir de então, passa a ser a casa a editar a maioria de seus livros.
Toma parte no Congresso Afro-brasileiro realizado em novembro no Recife, organizado por Gilberto Freyre.

1935

Publica *O moleque Ricardo*.
Muda-se para o Rio de Janeiro, após ser nomeado para o cargo de fiscal do imposto de consumo.

1936

Publica *Usina*.
Sai o livro infantil *Histórias da velha Totônia*, com ilustrações do pintor paraibano Tomás Santa Rosa, artista que seria responsável pela capa de vários de seus livros publicados pela José Olympio. O livro é dedicado às três filhas do escritor.

1937

Publica *Pureza*.

1938

Publica *Pedra Bonita*.

1939
Publica *Riacho doce*.
Torna-se sócio do Clube de Regatas Flamengo, agremiação cujo time de futebol acompanharia com ardorosa paixão.

1940
Inicia colaboração no Suplemento Letras e Artes do jornal *A Manhã*, caderno dirigido à época por Cassiano Ricardo.
A Livraria José Olympio Editora publica o livro *A vida de Eleonora Duse*, de E. A. Rheinhardt, traduzido pelo escritor.

1941
Publica *Água-mãe*, seu primeiro romance a não ter o Nordeste como pano de fundo, tendo como cenário Cabo Frio, cidade litorânea do Rio de Janeiro. O livro é premiado no mesmo ano pela Sociedade Felipe de Oliveira.

1942
Publica *Gordos e magros*, antologia de ensaios e artigos pela Casa do Estudante do Brasil.

1943
Em fevereiro, é publicado *Fogo morto*, livro que seria apontado por muitos como seu melhor romance, com prefácio de Otto Maria Carpeaux.
Inicia colaboração diária para o jornal *O Globo* e para *O Jornal*, de Assis Chateaubriand. Para este periódico,

concentra-se na escrita da série de crônicas "Homens, seres e coisas", muitas das quais seriam publicadas em livro de mesmo título, em 1952.
Elege-se secretário-geral da Confederação Brasileira de Desportos (CBD).

1944

Parte em viagem ao exterior, integrando missão cultural no Ministério das Relações Exteriores do Brasil, visitando o Uruguai e a Argentina.

1945

Inicia colaboração para o *Jornal dos Sports*.
Publica o livro *Poesia e vida*, reunindo crônicas e ensaios.

1946

A Casa do Estudante do Brasil publica *Conferências no Prata: tendências do romance brasileiro, Raul Pompeia e Machado de Assis*.

1947

Publica *Eurídice*, pelo qual recebe o prêmio Fábio Prado, concedido pela União Brasileira dos Escritores.

1950

A convite do governo francês, viaja a Paris.
Assume interinamente a presidência da Confederação Brasileira de Desportos (CBD).

1951

Nova viagem à Europa, integrando a delegação de futebol do Flamengo, cujo time disputa partidas na Suécia, Dinamarca, França e Portugal.

1952

Pela editora do jornal *A Noite* publica *Bota de sete léguas*, livro de viagens.

1953

Na revista *O Cruzeiro*, publica semanalmente capítulos de um folhetim intitulado *Cangaceiros*, os quais acabam integrando um livro de mesmo nome, publicado no ano seguinte, com ilustrações de Candido Portinari.
Na França, sai a tradução de *Menino de engenho* (*L'enfant de la plantation*), com prefácio de Blaise Cendrars.

1954

Publica o livro de ensaios *A casa e o homem*.

1955

Publica *Roteiro de Israel*, livro de crônicas feitas por ocasião de sua viagem ao Oriente Médio para o jornal *O Globo*.
O escritor candidata-se a uma vaga na Academia Brasileira de Letras e vence a eleição destinada à sucessão de Ataulfo de Paiva, ocorrida em 15 de setembro.

1956

Publica *Meus verdes anos*, livro de memórias.

Em 15 de dezembro, toma posse na Academia Brasileira de Letras, passando a ocupar a cadeira nº 25. É recebido pelo acadêmico Austregésilo de Athayde.

1957

Publica *Gregos e troianos*, livro que reúne suas impressões sobre viagens que fez à Grécia e outras nações europeias. Falece em 12 de setembro no Rio de Janeiro, vítima de hepatopatia. É sepultado no mausoléu da Academia Brasileira de Letras, no cemitério São João Batista, situado na capital carioca.

Conheça outras obras de
José Lins do Rego

Doidinho

Menino de engenho

Banguê

Fogo morto

Conheça as próximas publicações de José Lins do Rego

Água-mãe
Cangaceiros
Correspondência de José Lins do Rego I e II
Crônicas inéditas I e II
Eurídice
Histórias da velha Totônia
José Lins do Rego crônicas para jovens
O macaco mágico
Melhores crônicas de José Lins do Rego
Meus verdes anos
O moleque Ricardo
Pedra bonita
O príncipe pequeno
Pureza
Riacho doce
O sargento verde